中国少数民族文学发展工程·翻译出版扶持专项（民译汉）

草原故事

（维吾尔族）托乎提·阿尤甫／著
（维吾尔族）伊力亚·阿巴索夫／译

作家出版社

一

春末夏初的季节……

草原上最后一点残雪已经开始融化，只有在山腰的背阴面和山峰上，还存留着让人们记忆冬日冰寒的雪，在那里发散银色的光芒。就在一个星期前，仿佛脸色蜡黄的病人一般，枯黄、萎靡不振，显得闷闷不乐的广阔草原，今天开颜一笑，淡淡的绿色开始逐渐蔓延。草原上蒸腾起温暖的淡灰色的雾气，山上吹来的风依然干涩寒冷，但吹到草原，风儿就像山歌，亲切悠扬，像星光一般柔和而又让人感到舒适，仿佛婴儿香甜的呼吸，透着阵阵原属于草原的清香，风吹拂过的地方，混杂着草原上蒸发的湿气，逐渐温暖着大地……

短尾狼踏着碎步从松树林间静静地走出来。它的乳房因为充足的乳汁鼓胀下垂，不停在身下两侧晃动着。母狼的身体明显消瘦下来，背部和腹部上灰色白色交杂的毛，显得蓬乱松弛。那条不知道何时断了的，只剩下半截的尾巴，让它失去了往日自然的优美和从容，显得劳碌而又可怜。但发自内心的坚强，超乎一般的自信，依然让它显得与众不同。高大的身躯，充满力量的四肢，散发着蓝色幽光的眼睛中，有极强的力量感。短尾狼来到河边，凝神静气听着雄壮河流发出阵阵湍流声。

在草原的西面，是并不宽阔的阿克提坎河，由北向南湍流不息。

河的两岸，是如同刀刻一般齐整陡峭的山峰。阿克提坎河显得独具特色，远远看去，珍珠般四溅的浪花，放射着水银般的光芒，波涛汹涌的河水，撞击着河岸两边的岩石，像极了饱食青草的肥壮马群，尽情奔驰在草原上。喧嚣的河流震动着这片广阔的大地，河流声回荡在草原深处的群山中。

发现短尾狼的动静，红嘴鸟不安地在天上飞着，不一会儿就急匆匆地消失在视线里。但短尾狼的注意力并不在红嘴鸟身上，显得无动于衷，也仿佛没有听到红嘴鸟的鸣叫声。

短尾狼朝山下走去，来到山脚下，低下头不停嗅着，四周有被人们扔掉的空酒瓶、烟头和塑料袋。母狼看着这些四散的废弃物，厌恶地扭头走开，不时抬头张大嘴，呼吸湿润的空气。短尾狼今天的运气不好，没有猎到猎物，看来只能一无所获回到狼穴。此时，仿佛有什么东西在召唤它，在催促着它，让它心情激动。这些让它怀念不已的情绪，荡漾在心间，在不断提醒着它，在不断催促它朝狼穴而去。

短尾狼穿梭在布满老鸦瓣、墨果小蘖、柏树、野蔷薇的山林间，沿着蜿蜒如蛇的盘曲山路，向峰顶攀越……

不久，短尾狼来到了自己的洞穴前，来到了被浓密的墨果小蘖、柏树掩盖着的窝。狼崽们出生还不到一个月，刚刚能睁开眼睛。闻到了短尾狼熟悉的气味，闻到短尾狼身上残留的河水露珠气味，它们争先恐后地来到洞穴口，满是兴奋和期待地看着短尾狼。短尾狼来到洞口，5 个小狼崽立即扑向它，有经验的短尾狼，立刻带着狼崽们到山洞最深处，来到洞穴里感觉安全温馨的角落。洞穴角落里铺着一层层的蒿草、艾草和羊毛，让这个角落显得特别的温暖和舒适。短尾狼躺在羊毛毯上，伸长四肢，将头轻轻放在地上，安静地伸展着身体。饥饿的狼崽们扑向短尾狼的身体，争抢着咬住短尾狼满是乳汁的乳房，使劲地吸吮起来。短尾狼感觉着乳房上传来的微疼和麻痒，压抑不住心中的快乐，将四肢更加伸展开来，轻轻拍动尾巴，安静地躺着。

这是一个多么伟大的安静，是多么温馨的家园！短尾狼以及几个狼崽都是出生在这个洞穴。这个记录着它们美妙的过往，有着短尾狼和狼崽熟悉的气味，已经渗透到洞穴的一个个石缝中。养育它的母狼滴下的每一滴血，送到它嘴边的每一滴乳汁，都那么让它怀念。而现在，它也已经成年，已经同自己的母亲一样养育着逐渐长大的狼崽。同样，它也在这个温馨的洞穴里，照顾自己的孩子们。

吃足了奶的狼崽们，满足于丰美的乳汁，照旧赖在母狼身上，朝着各个方向躺着，进入甜蜜的梦乡。狼崽们终于饱了，母狼也压抑着自早晨起就充斥身体的饥饿，从内心深处发出阵阵满足的低喘声，它像睡着了般安静地躺着，只是默默地睁着眼睛……

……记得那一年冬末，它和灰鬃毛带领着狼崽们，并没有像往常一样去河边，而是仿佛被什么东西蛊惑一般，向被大雪覆盖的草原奔去。也就是在那次，在大雪飘飞的一天，为了捕猎草原上的猎物，灰鬃毛和短尾狼从山上下来，身后跟着狼崽们。清早，牧羊人还没有走出家门，正是个绝佳的捕猎时分。短尾狼这次带着狼崽们出来捕猎，并不是要喂饱它们的肚子，而是希望它们能学到捕猎的本领。狼崽们必须学会捕猎，将来有一天，它们离开母亲的怀抱，也能在残酷的世界中生存。这是对狼崽们的一次考验，通过这种方式，短尾狼为狼崽们留下的经验会越发丰富。狼崽们现在还缺少对生命世界严酷环境的认知，为了在自然界中生存发展，必须在自己的精神世界中，在心灵深处，做出适应这一切的变化才可以。因此，今天的狩猎就显得更加重要。短尾狼对狼崽付出乳汁和爱护，让狼崽感到温暖安逸，并在自己的生命中懂得关心和爱护，最重要的一点是，这些关心和爱会转化为它们的习惯，成为它们勇敢的外在表现，这就是短尾狼试图教会它们的东西……

灰鬃毛和短尾狼走在前面，在它身后，狼崽们艰难地在茂密的灌木丛中爬行前进，慢慢地接近羊群，还试着努力从灌木丛中冲出来，扑向羊群。它们朝一只春天才出生的羊羔跑去，争先恐后地撕咬起来，不多时就吃光了猎物。但就在此时，一直让灰鬃毛和短尾狼恐惧的事情最终还是发生了。从羊圈方向，有三个骑手向它们奔来，一边冲向它们，一边举起枪向它们射击。短尾狼立即带着狼崽们，转身向河边——向密布杨树的丛林跑去，身后射来的子弹从耳边划过。在这一眨眼的工夫，它终于冲进了杨树林。但它的身后，却不见狼崽们跟来，短尾狼飞快地奔跑着蹚过小河，爬到山上，向山下四周望去。它在恐惧和生死威胁中，锐利的眼睛如火焰一般发光，搜索着草原上的动静。三个骑马的猎人，使劲赶着马儿飞快追赶着，追赶着还在覆盖着皑皑白雪的草原上拼命逃跑的狼崽们。在厚厚的积雪中艰难奔跑的狼崽们，无论怎么努力，都无法与追赶的马儿拉开距离。短尾狼的身体因为恐惧和愤怒颤抖起来，那双锐利的眼睛中闪着光，紧张地注视着眼前发生的一切。骑手们用木棍将狼崽们一一打倒在地，随后装在随身带的麻袋里，放在马背上。母狼看到这里，不顾一切地冲下山去，它不知道灰鬃毛去了哪里，它已经决心与骑手们拼命了，试图用自己的努力来挽救狼崽们的性命。它顺着草原的路径奔跑，朝着骑手们靠近，它都没有感觉到自己是怎么从还漂着冰块的河水中蹚过去的，也完全不顾身上寒冷刺骨的冰水，穿过冰雪覆盖的草地，急促地奔跑着，不知不觉中竟然跑到了公路上。它看到了一列车队正从公路上驰过，看着这个最近几年才突然出现，身躯巨大而又发出嘈杂噪音的钢铁怪物，感到超出了自己的想象。它只能等待这些怪物从眼前消失，像一棵老鸦瓣一样蜷缩着躺在路边上。等到汽车走远，它站起来向四周看去，骑手们早就消失在视线里。此时此刻，短尾狼内心深处喷涌而出的痛苦，混杂着愤怒和哀伤，让它像一个丧失亲人的人类一般，发出凄厉的嚎叫声：

“嗷呜……嗷呜……嗷呜……”

直到现在，灰鬃毛依然杳无音讯。灰鬃毛啊！它曾经是这片草原上的狼群中，最强壮的首领！从来无所畏惧，没什么能让它低头。在争抢猎物时的搏斗，在山上争夺领地的战斗，与牧羊犬的撕咬……在它愤怒时，脖颈上的灰毛会根根直立，面对灰鬃毛眼中那勇敢无惧的光，又有什么生命会不感到畏惧和退缩呢！在与其他猛兽搏斗时，如果让它咬一口，它那尖锐、锋利的牙齿，又有什么动物能够承受，这是一匹让短尾狼分外喜欢着的、爱着的灰鬃毛啊！

当天夜里，短尾狼独自回到洞穴里，忧郁悲伤地卧着。在对狼崽们的思念中，在内心的极度痛苦中，发出阵阵哀伤的喘息，一会儿又低声地哀嚎起来。这时，唯一能够在此时给它安慰的，能稍稍减少痛苦的，是它肚子里的新生命，是新生命不停的胎动和清晰的心跳声。仿佛继承了灰鬃毛那活跃的性情，肚子里的小生命每次的翻动，每次的心跳，都能够给予短尾狼新的希望和依靠，让它能够暂时得到一些安定，小生命的胎动和心跳，在短尾狼的意识中，都是甜蜜和温馨的……

第二天一早，短尾狼开始寻找灰鬃毛，它嗅着灰鬃毛在雪地上留下的痕迹。突然，它嗅到熟悉怪异相杂的气味，急忙循着气味，像出膛的子弹一般飞快奔跑起来。在山腰上，有一块不知什么时候从山顶滚下来的大块岩石，岩石下躺着灰鬃毛和一个人的尸体。灰鬃毛还维持着嘴咬着那个人喉咙的姿势，嘴间还在慢慢滴淌着血，血在雾中蒸腾。灰鬃毛的眼睛依然睁着，眼中还能看到以往勇猛的、火焰般的光芒。

死去的那个人，脸上露出恐惧和惊吓过度的表情，他的脸色发青，血从他浮肿的脸上和眼角渗透出来，在嘴里伸出的舌头下，掺杂着血的气泡已经结成了冰。看到这一切，短尾狼没有嚎叫，没有发声，没有惊惶，没有害怕。它慢慢走到灰鬃毛身边，凑近闻着灰鬃毛竖立的耳朵，闻着灰鬃毛的头、脸和眼睛，这是母狼熟悉的、亲切的、喜爱的味道。短尾狼靠近，紧紧依偎在灰鬃毛身上，试图用自己的身体温暖灰鬃毛已经僵硬的尸体，短尾狼用身体亲热地、撒娇一般不停摩擦着灰鬃毛的肚皮和背。不知为什么，短尾狼这时感到的是一种难得的安静平和，没有了恐惧和悲伤。不一会儿，短尾狼敏锐地感觉到，有两个骑手正骑马向这边走来。它突然站起身来，机敏地向那个方向看去，它像是感到灰鬃毛会立刻站起来，同自己一起离开一般，不断地望向身后的灰鬃毛。但它最终失望了，似乎感觉到灰鬃毛真的已经死去，它才走进灌木林，消失在丛林深处。

……睡足了觉醒来的狼崽们，伸展四肢，很是惬意地伸了伸懒腰，随后纷纷爬到母狼背上、头上和脖子上。狼崽们喝足了奶，肚皮鼓鼓的，呼吸中冒着热气，身体像绒毛一般柔软，四肢也是毛茸茸的，看起来很是健康。

狼崽，是短尾狼在灰鬃毛死后，这段诀别回忆中，唯一还在怀念的。只有这些狼崽，才能让母狼逐渐忘却去年冬天的悲惨遭遇，忘却那几只已经快要成年，被骑手们在冰天雪地里追赶，被他们用棍棒打伤，放进麻袋里的狼崽。它不知道狼崽被带去到什么地方，也无法忘却灰鬃毛死在大块岩石下面的情景。让它有勇气活下去的，就是抚养这些不停动着的，从睁开眼睛到现在活泼好动、样子可爱的狼崽和美好梦境般的生活。这些都是让它活下去，而且不仅是活下去，还要自由、勇敢和坚强活下去的勇气和动力。

从洞穴外透进来些许的光亮，狼崽们纷纷张开还有些困意的眼睛，摇头晃脑，好奇而又兴致勃勃地看了过去。短尾狼立刻站起身来。自然界中，春天的这个时节，正是带着孩子们走出洞穴，吹吹春风、晒晒太阳的日子。它们不会一辈子待在洞穴里，大自然正在向它们张开手臂，它们还有很多、特别多的东西需要了解，需要它们去接触。

短尾狼带着孩子们来到洞穴口。在洞穴口，透过灌木丛看去，周围一切都显得朦朦胧胧。狼崽们珍珠似的眼睛很快适应了外面微弱的亮光。

下面——在山下，一望无际绿色的松树林出现在眼前。松树林靠着山峰生长，在星星太阳的光照下，舒适地在绿色间享受这生命的乐趣。不知是从松树林中，还是从阿克提坎河那边传来，仿佛山洪暴发般轰隆隆的响声，随着这阵风声响烈或者削弱，山洪声也随着不停地变动着。这声音，将这片大地上所有一切都交织在一起，衬托起大地和空气，变得宏达辽阔。远处传来欢笑声和哭泣声，就像狼的长长嚎叫，回荡在山间的回音。这就是现实，是客观存在的现实。从空气到人地，再从大地到空气，声音就像什么东西在激烈地撞击。山雪就像柳絮在飘飞，河流像挣扎求生的蛇，蜿蜒流淌。这时，它们的身体就像狼的眼睛一样，发散出绿色的光芒，很快就成为燎原野火，将绿色染满整个世界。它是自然界中的精灵，是这片土地中最伟大不屈的心脏。

短尾狼从洞口退了回来，将狼崽们压在身下，陷入了沉思。它又不禁回想起上次捕猎的场景。那真是一次成功的捕猎，就在那次，灰鬃毛和它教会了狼崽们，怎么样悄无声息地靠近羊群，靠近后，又要如何勇猛迅速地扑向羊群，将挑中的羊扑倒在地，如何凶狠地咬断羊的喉咙。那时，羊群的状况看起来比以往还要悲惨，在短尾狼不怎么费力地就咬断四只羊喉咙的时候，身旁三只狼崽也冲向羊羔，用尚不锋利的牙齿撕咬羊羔的尾巴和大腿。狼崽的表现也让母狼惊奇不已，那只羊羔也像是屈服于命运的安排一般，呆呆站立在那里，只是轻微地颤抖，发出微弱的咩咩叫声，没有做出任何反抗，这种状况反倒引起母狼强烈的不满……

怀念起从前，母狼又想起了灰鬃毛，让它忘记自己孤单寂寞中的平静，想起灰鬃毛死去的场景……

……猎人们举起猎枪砰砰射击，像火一样火红、像雨点一般细小的子弹，从狼的头顶嗡嗡地闪过。狼崽们最是惊慌失措，它们又能跑到哪里去？是不是因为追赶不上父母而不知所措呢？灰鬃毛跑着跑着放慢了速度环顾四周，寻找狼崽们留下的气味。随着砰的一声，灰鬃毛落入陷阱中，被捕兽夹撞击得从地上弹了起来，随后又重重摔在灌木丛中。灰鬃毛被摔得头晕目眩，随后自右后腿处传来无法忍受的疼痛。它呻吟着，感受到腿部传来的伤痛。灰鬃毛扭过头吃惊地看着腿部的伤，这是怎么回事，一个小小的伤口，这个硬币大小的伤口，却奇怪地，让它感受到这样的疼痛。它咬住捕兽器，放在口中，气愤地咬了起来。奇怪的是，它感到身体上传来阵阵虚弱，根本不像平时那样充满生机。灰鬃毛听到不远处传来脚步声，这是人类在灌木丛中行走的声音。很快，它闻到了人的气味。它那锐利的视觉、敏锐的感官和灵敏的嗅觉，已经开始变得迟钝，是不是因为它正被埋在薄薄的一层土里？不会是这样，灰鬃毛哪怕埋在更深的土里，也会闻到人类汗腺和油脂混杂的特殊味道。它想起了不知身在何处，在哆嗦着躲避的狼崽们。强迫自己不再将人类那夹杂着汗液和脂肪味道的气味记在心中。灰鬃毛至此仍不相信人类比自己更聪明，比自己更有谋略。它依然觉得自己是这片土地的勇士和首领。捕兽夹将它的腿越夹越紧，它越发仇恨和奇怪地看了捕兽夹一眼。这时，它的眼中发出愤怒的光，向捕兽夹那斑驳不堪的铁锈上看去。捕兽夹像石头一样沉重和粗糙，灰鬃毛的每一次挣扎，都会带动捕兽夹，带动牢牢钉在深坑中铁杆上的链子，发出刺啦刺啦的声音。灰鬃毛失去理智一般与捕兽夹搏斗起来，用锋利的牙齿咬住捕兽夹，狠命地撕咬着。在极度的气愤和疼痛中，它都没有感觉到，因为狠命地撕咬，它的牙齿已经出现了裂痕。它的口中流出混杂唾液的血，慢慢浸满了捕兽夹和拴着的铁链。灰鬃毛无法控制心中烈火一般的愤怒和仇恨的力量，越发地挣扎起来。它口中流出的鲜血滴落在雪地上，与地上的泥土混合在一起。灰鬃毛在与黑色捕兽夹的搏斗中，不停地翻滚着。让它感到悲伤的是，它灰色黄色交织的毛发，变得乌黑一片，肚子上泛白的狼毛也变成黑泥一片，肮脏不堪。它身上散发出火热和白色的雾气，眼中开始出现让人心酸的、极度恐惧的神情。它亮出完好的四颗獠牙，獠牙还是像以往那样雪白，像宝剑一样锋利。

周围一片寂静，只是从不远处传来断断续续的狼嚎声。夜幕下，显得无精打采的星星，像月亮滴下的一颗颗眼泪，闪着微弱的光芒。看着天空，灰鬃毛难过得掉下泪来，它为什么哭呢？为什么在低声地哀嚎？是为了掉入陷阱变成猎人的猎物而惊恐吗？不，不是这样，它并不认为自己被捕兽夹夹住，就此失败了。是因为它发现自己做错了一件事……只是觉得不应该走出那一步，就是不应该这样走出那一步……

不断地撕咬捕兽夹，让灰鬃毛精疲力竭。就在这气喘吁吁的过程中，它依然没有放弃努力。它仿佛听到母狼在远处发出的嚎叫声，它的耳朵还是那么灵敏，眼睛依然敏锐。它低下头，伸出舌头，舔着被捕兽夹夹得几乎骨碎的脚踝，同样开始乌青发黑肿胀的大腿。以往它那健壮的狼腿，现在逐渐失去知觉。但它扁长的舌头上，还散发着火炭一般的热劲，那是狼滚烫的体温。灰鬃毛看了看山背后缓缓升起的月亮，随后对着捕兽夹用尽全部力气再次与之搏斗撕咬。现在它处于力尽而虚弱的状态，它将身体放倒在捕兽夹上，安静了下来。它是在安静等待命运的宣判吗？它在被迫接受吗？不，不是这样。他不是在等待死亡的来临，灰鬃毛从来不会屈服于命运，它血脉中流淌着滚烫的血液。它还在为活着而争斗，它对生活还充满着爱和希望，它依然坚强地要跟既定的命运，进行最后的斗争。

雪白的田野渐渐亮了起来，山顶上方有阳光在闪烁。一道道发散的阳光，照射在灰鬃毛的眼睛上。暴风雪越来越猛烈，卷起雪堆上的雪，一阵阵地扑到灰鬃毛脸上、眼睛里。远处传来河流上冰块碎裂的声音。这时，灰鬃毛又从暴风雪中嗅到让它不安恐惧的、特别的气味。它警惕地抬起头，努力用鼻子嗅着什么……是人……是马蹄踏地的声音……看来，随着太阳升起，骑手们正在向陷阱走来。哎，这些人……这些人一会儿就会来了……他们会跳下马，剥去我的狼皮，肢解我的身体，将我的狼蹄节单独切割出来，将我的肉扔给乌鸦。想到这里，灰鬃毛身上立刻重新有了力量，开始撕咬起来。它对准被捕兽夹夹起处上面一点的位置，它完好的四颗獠牙依然锋利尖锐，这次它的目标是自己的踝骨！它开始不断地咬起它的踝骨。开始时，灰鬃毛还在为那难以忍受的痛苦而不断嘶吼，并且时不时不安地抬起头来，昨天遇到的那些骑手正在朝陷阱这边走来。“我在干什么？是在害怕死亡，还是恐惧？”灰鬃毛低声喘息着。但它不一会儿就恢复了活力。不，不，我怎么会害怕死亡？我还要去争取最后一线活着的、自由的、不受拘束的生命。

灰鬃毛嘴里两排牙齿早已经碎裂，灰鬃毛忍住痛苦真的咬断了踝骨，但在它继续咬断踝骨上的筋时，疼痛已经无法忍受，它已经没有了气力。灰鬃毛的心跳越发加速，猎人们离它越来越近，甚至可以清楚地听到他们说话的声音，不一会儿，他们看到了正在拼命与捕兽夹搏斗、翻来滚去的灰鬃毛。立刻围住它，挥舞着鞭子吆喝，抽打起灰鬃毛。马蹄上飞散的雪，扑上灰鬃毛的身躯。正在此时，通过灰鬃毛最后一次狠命的咀嚼，脚踝上连着的筋最终被咬开了。灰鬃毛立即跳起来摔在了一匹马的侧方，但它是怎么摔倒的，就怎样立刻原地站起来，拖动着剩余的三条腿向山上跑去。它清楚地知道，自己求生的欲望，生存的最后一丝机会全在于那座山。只有那座山可以给它庇护和生存的机会。猎人们毫不放弃地在它身后追赶，喊叫声、吆喝声不绝于耳，猎人们射出的子弹不时从它身侧飞过，飞雪像被鹰撕扯的鸽子羽毛一般扑面而来。就这样，猎人与灰鬃毛之间的距离逐渐拉长起来。

猎人们沿着灰鬃毛留下的血迹追赶着，他们感受到了灰鬃毛在逐渐虚弱，也看到了追上灰鬃毛的希望。灰鬃毛的呼吸越发地急促，呼吸开始艰难起来，冷风透进它的肺里。每次呼吸，喉咙里就会发出剧烈的喘息声。它的舌头长长地伸出，耷拉在嘴边，肚子也随着喘息一张一缩，被咬断的脚踝处，骨渣、碎肉和筋已经被寒冷的空气冻住，像一条棍子般在身后甩动。它用三条腿奔跑着，像一条蛇一般困难地爬行着，躲在了山腰间一棵老柏树浓密的枝条下，敏锐地听着身边传来的声音。四周静悄悄的，像是同样被寒冷的空气冻住了一般。

灰鬃毛心中的不安仍然没有消除，它在惶惶不安中趴下身体，紧挨着老柏树的枝条，安静地躺着。躺了多久，连它自己都无法判断了。

朝阳从山顶上升起，将耀眼的阳光洒向大地，刺痛着灰鬃毛的眼睛。随着太阳越升越高，像哈密瓜一般橘黄色的阳光渐渐被大雾笼罩，显得暗淡起来。间或被慢慢移到山顶的厚厚云层吞没，过一会儿又从云层中穿出来。在云层中左冲右闯的太阳，仿佛挣扎求生的灰鬃毛。灰鬃毛为了减轻伤口的伤痛，以获得片刻的安定，不停地舔舐着伤口，用温暖的舌头舔着伤口边的冰碴，似乎这样能感到好受一些。但看到冰碴融化后，显露出鲜红的血肉，它又开始惊慌起来，眼睛里开始不停地掉下泪来。为什么会这样？从来不抱怨命运的不公，总是努力争取、努力奋斗的灰鬃毛，怎么会陷入如今这样可怜的境地？或者是脚踝上甩动的肉片、腿筋和一滴滴掉下的血，让它难过起来吗？是啊，让勇敢的灰鬃毛变得沮丧的正是伤口上显露的肉、筋和血。短尾狼生下狼崽时，小狼崽们正是像现在它的伤口一般，红殷殷的，像一团肉一般。虽然是从母狼的身体中生产出来，但狼崽的身体里流动的，依然是灰鬃毛那勇敢果断的血液……灰鬃毛一生中有过很多孩子，它也在狼崽身上倾注了无数的心血。看着腿上的伤口和伤口中不断流出滚烫的血，它想起在枪声中四散奔逃的三个狼崽。狼崽们逐渐长大了，已经可以勉强跟着它狩猎，但突然看到射向它们的子弹，一定快吓破了胆吧！不知现在正在何处担惊受怕？不知道它们能不能找到自己出生的洞穴？

从近处又射来两颗子弹，枪声在山林中回荡，震动着树上的雪飘下来，飘在灰鬃毛的脸上、眼睛里。灰鬃毛紧张地抬起头来，警惕地嗅着空气中的味道。空气中弥漫着一种刺鼻的气味，随后又有熟悉的味道，先是淡淡的，随后越发浓烈地扑鼻而来。啊，那是它的孩子，是它的孩子……真的是它的孩子！显然是它的孩子正在近处向它所在的方向走来，狼崽们的气味让灰鬃毛身上重新充满力量，它立即站起来，抖落身上覆盖着的雪，向着味道传来的方向，用三条腿支撑着身体，拼命地跑了起来。越是奔跑，它的鼻子中就越是能闻到狼崽的味道，人的味道，马的味道。这些气味混杂在一起，让它的爱和恨像山洪般暴发出来。灰鬃毛从远处看得清清楚楚，一位骑着马、肩上背着猎枪、留着大胡子的猎人，马背上还放置着昨天放入狼崽的麻袋，沿着雪地上的足迹向这里走来。灰鬃毛这下什么都明白了，它感到心脏碎裂，浑身冰凉，一动不动地站在那里。它立即跳上崎岖小路边上的一块岩石，用充满悲愤和绝望的眼神盯着骑在马上的猎人，仿佛心跳已经停止。猎人在马上冻得哆嗦着，眉眼上挂着冰碴，在离灰鬃毛还有四五米时，他拉动马缰绳，像受到惊吓一般抬起头，看到灰鬃毛。他看着在岩石上站立、冷冷地盯着自己的灰鬃毛，急忙将猎枪拿在手中，但他已经吓到握不紧手中的枪了，眼神不停游弋着。身下的马面对灰鬃毛，也因为惧怕而原地打转。猎人用力拉拽着缰绳，好不容易控制住马儿，就在这时，两双充血的眼睛第一次对视起来，像两道闪电冲击在一起，这幅画面既刺激又让人恐惧。猎人端起枪瞄准灰鬃毛开了一枪，“嘭”的枪响声让灰鬃毛心里一紧。灰鬃毛充满愤怒地从岩石上高高跳了起来，向猎人扑去。看到翻滚在一起的人和狼，马儿惊嘶一声，转身朝着河边像出膛子弹一般跑了开去……

牧羊人们在马圈中看到猎人的马独自回来，心中有一种相同的忧虑，不顾天色将晚，骑着马儿朝各个方向跑去寻找。等到他们来到那块巨大岩石的时候，天已经黑了，他们看到纠缠在一起的猎人和那匹公狼的尸体，躺在洒满血的雪地上，他们费尽力气，都无法将公狼深深嵌入猎人尸体上的牙齿松动下来……

短尾狼仿佛听到狼崽们微弱的呼喊声。它抬起头来，心里充满恐惧和哀伤的情绪。眼前不停出现灰鬃毛躺在雪地中的情景，母狼望着天空嚎叫起来，就像猎人就在不远处，打算将它这些狼崽也打死丢入麻袋中一般，紧紧地守护着身下的狼崽们……

二

羊群散布在草原上，几只羊围着渐成浅草绿色的湖边，跪下前肢喝着湖水。喝饱水的羊退出来，低下头继续啃食着树林里落下的枯叶。镜子一般的湖面，倒映着羊的影子，伴随着羊喝水的动作，微微起着波澜。等到羊走开几步，湖面即刻又恢复平静。

女孩来到湖边一块岩石旁，坐了下来。像以往一样静静地欣赏着湖景。16 岁的年纪……正是不停照着镜子，心里充满美好憧憬的花样年华，是在夜深人静时想着心事的年纪……上天为了满足少女满怀憧憬的心情，将这一池神奇的、镜面一般的湖水赐予了她。湖面像镜子一样纯净，有着超出人们想象的平静。湖水在层峦叠嶂的山峰间仿佛美丽的奇迹，不知道这湖水中，还有着多少的秘密不为人知。这座湖泊也是不久前才广为人知，这件事要从城里的大款们来到这里时说起，他们拿着成箱成箱的白酒、啤酒，翻山越岭开 3 个小时车才走到这个湖泊，用很便宜的价格从牧民手中购买成年羊和羊羔，在草地上支起帐篷，将买到的羊做成烤肉，然后在湖边的野杨树和松树间畅饮烈酒、跳舞和玩乐，等到夜晚聚会结束时，留下满地的空酒瓶，摇摇晃晃地上车，回到城市里。6 月，是在湖边旅游的最佳时期，从这座位于塔克拉玛干沙漠以北的古城出发，到这里走亲访友的人逐渐增多。此外还有来这里旅游的人们，都会在这里待上一天，欣赏这里的风景。

女孩看着湖面倒映着的娇艳面容，不自觉地害羞起来，仿佛有童话中的水精灵在调皮地看着她一般。她头上戴着绣花格子、周边有淡色图案的头巾，在湖水的映射下，显得格外美丽。女孩无意识中出现的娇羞，像极了微风中摇摆不已的山花。她那在浓浓睫毛下，像黄羊羔的眼睛一般，忽闪着的双眼同样地美丽动人。

哎呀，这双眼睛，真是人类的眼睛吗？它像晨星一般明亮，就像这面湖水一般宁静而又敏感，像草原上透亮的天空一般深远清澈……女孩脸上洋溢着的，正是这片美丽草原的女孩特有的自然之美。白嫩的肌肤，鲜红的嘴唇，像清晨中多彩的风景，像夏季绽放、秋季依然鲜艳的玫瑰，脸颊上透出少女的纯洁和优美……女孩想找个人撒娇，看向身边的小黑羊，小黑羊眨巴着珍珠似的小眼睛回望着她，像被女孩的美惊艳到了一般，静静地待在她的身边。女孩快速地抓住小黑羊，把它拉到身边。小黑羊身上浓密卷曲的羊毛像黑莓一样，它眨着珍珠似的眼看向女孩，将黑色的脸靠近女孩的面颊，喘气时嘴里透出温热的气息。女孩受了一惊，第一次……就在这里……正是在这岩石下……是在去年……正是草木过膝、草原丰美的时节。那是她的初吻，那种被亲吻的迷人感觉，还有仿佛在草原吃草的兔子，突然被饥饿的老鹰捕捉到时的惊慌失措。那一次，她从湖边哭着一直到家门口，当天夜里，她就发烧了，直到一个星期以后，才从床上下来。

女孩放走了小黑羊，用手拢了拢稍显凌乱的头发。转身背对着湖面。她的每一个微小的动作都没有逃出湖水的映照，显得娇小可爱。

湖边一株杨树的阴影中，从树的另一侧飞出了一对鹄鸟，静悄悄地靠近女孩。它们黑白分明仿佛黑莓似的，透着羡慕和好奇交织的眼睛中，表达着亲近的意味。仿佛在说，美丽的小姑娘啊，快坐到我们背上，我们带着你去看最美丽的风景。这时，身后突然传来熟悉而又激动的声音：

“尤丽吐孜！”

受惊的女孩连忙站起来，向身后看去，心里一紧。在突如其来的惊喜中，她低声说道。

“凯沙尔……”凯沙尔扭转马头，从山路转向湖边骑来。他头上戴着小碗状的毡帽，身上穿着咖啡色的皮夹克，白白的脸上，那双大大的、羊眼睛一般的眼中有着喜悦又略显木讷的神情。

从远处看，马额头上银色的五角星标志发着白色的光。它的腹部和背部非常光滑，黄色的皮毛上泛着汗珠，套着马嚼子的马嘴两边冒出白色的沫子。马儿轻快地踏着步子，马蹄踏在树林中的碎石上，发出响亮的声音。凯沙尔来到湖边，轻松地跳下马来，说道：

“你好吗？我猜你可能就在湖边。”

尤丽吐孜害羞地低下头，将衣服下摆处的一颗扣子解开又扣上，看着地面一言不发。随着凯沙尔的到来，她内心深处有一种欢喜蔓延全身，是思念，还是喜欢呢？这些感觉让她的身体、腿脚都有些颤抖起来。

她用羞涩的语气问道：“你要去哪里？”

“去尕依孜·帕里万（意为尕依孜好汉）那里，听说他已经病了一个星期了。”

尤丽吐孜笑起来：“哎呀，你是又找不到路了呀，不会又碰到狼了吧？”她是在取笑凯沙尔，以前有一次，凯沙尔准备回宿舍，结果在山间迷了路，差点被狼吃了的事，她在善意地提醒凯沙尔。也就是那次，凯沙尔在湖边第一次遇到尤丽吐孜。

凯沙尔觉得丢人，解释道：“没去过的山路还有不少呢，不知怎么总是迷路。”

“尕依孜·帕里万家不是在那个方向吗？”

凯沙尔装作才知道一般，说道：“你聪明得就同你名字一样（尤丽吐孜：维吾尔语意为星星），那我还要返回去呢。”

尤丽吐孜想多看几眼凯沙尔那青松一般的身躯，但自从那次被凯沙尔亲吻之后，她怎么也没有勇气盯着凯沙尔的脸看。她装作不经意的，从湖面倒影中，才清楚地看到凯沙尔的容貌。凯沙尔却没有注意到她认真、激动和喜爱的注视。尤丽吐孜心里默默地祈祷，这个时刻能够保持下去。凯沙尔看着身边的女孩，满心喜欢，到了没有她就活不下去的地步。他全心全意爱着她，愿意为她付出一切。凯沙尔那从黑色毡帽边缘透出的黑色鬈发，还有那双透着浓浓爱意的眼睛……还有……那对蹭在脸上，就像是有一群蚂蚁在脸上般，麻麻痒痒的、细细的黑黑的两撇胡须，这时候也同样倒映在水中。尤丽吐孜在心中想象着，凯沙尔也能像上次一样，用可爱的胡子摩擦她的脸。但她随后又想起那次，她从凯沙尔怀抱中，像受惊的动物般挣脱，头也不回地跑开。今天，当她看到凯沙尔仿佛在担心她再次跑开，紧张地站在马儿旁边的样子，不由得笑了起来。这笑声就像有珍珠掉入碗中，发出清脆甜美的声音。

凯沙尔紧张起来，问道："你在笑什么?"尤丽吐孜的眼中闪烁着异样的光，回应道："幸亏你迷路了……要不你还不会来到这边吧?"

凯沙尔激动起来，说道："为什么不来? 喂，你不知道，我一个星期会来这个湖边几次，有好几次都碰到你父亲。我每次就这样从湖边闷闷不乐地回去，有时候还拿这匹可怜的马出气呢!"

尤丽吐孜叹息着道："可怜的马儿。"

凯沙尔皱着眉头，来到岩石边，紧挨着尤丽吐孜坐下说道：

"我受够了这种小偷般鬼鬼祟祟的日子，我要找媒人去你家提亲。"

尤丽吐孜赶忙跳起来说道："什么呀! 别说了，我害怕! 你别吓我!"

"你听我说，你知道我现在过的是什么日子吗? 我过得连狗都不如! 我的亲戚都不在身边，每天跟着尕依孜·帕里万巡查山林，说说笑笑中，一天倒是很快就过去了。最难熬的是晚上，到了晚上，飞鹰、鸟、狐狸和黄羊这些能出点声音的动物都睡了。而我呢，就像被端了窝的老鼠一样，从家里到湖边、从湖边到家里这样来来回回。要不就是在家里待着，等实在累了，就倒在床上睡觉。有时候，怎么也找不到你，我就跑到你家门口，哪怕能看到你晾在架子上的头巾才回家，我都觉得是个安慰……”

凯沙尔安静下来，刚才还充满阳光和自信的脸上，现在却挂满了忧郁和不安。尤丽吐孜第一次看到凯沙尔沮丧的表情，她的心软了。但她也不能就这么告诉凯沙尔，你去找媒人提亲吧。不，她实在说不出这样的话来。18岁的年纪……女孩的感受总是充满纠结、秘密和娇羞。这样的年纪，追求的不是从家人，或通过家人介绍而得到的幸福。而是向往着爱，爱自己和爱他，追求的是充满诗意的、让人迷醉的纯洁的爱啊。

凯沙尔难道不知道现在找媒人去提亲还太早吗？不，凯沙尔知道。那为什么他还要用“提亲”，来让尤丽吐孜担心和不安呢？不是这样的，提亲这句话，凯沙尔不是说给尤丽吐孜听的，他是说给自己听，是为了安慰自己那颗沮丧的心。因为，对他来讲，没有尤丽吐孜的生活毫无乐趣可言。秋天，他在孤单矗立湖边的小屋里，将收集起来的松子碾碎、晒干。春天，他将松子种在自己建造的大棚里，等到夏天来临时，再将已经发苗的松树苗移栽到山林中的试验田去，然后就是一整个夏季的守护。其余的时间，他会随着老伙计尕依孜·帕里万四处巡查，有时也会采集些具有药用价值的植物。清晨和夜晚，他除了写字和读书外，都是在思念关于尤丽吐孜的一切。这份思念和情感，是凯沙尔唯一的安慰和寄托。

上大学期间，凯沙尔就对国内外人类学家关于人类奥秘，那些至今都没有被探知的、隐藏着神秘规律的新观点方面的论文感兴趣。他对自然科学、哲学社会科学和生命科学都有浓厚的兴趣，并以让同学们吃惊的速度读了一本又一本这方面的书籍。同时，他也留下了一篇篇的读书笔记。他写的一篇有关达尔文进化论的研究论文，曾在校报上刊发，引起了很大的反响。毕业后，他被分配到家乡工作。开始时，他并没有进入与所学的林业专业对口的单位，而是被分到了市上的一所重点中学。原本他可以教学生生物或者植物学课程，但学校反而让他教授语文课。就这样，他的第一份工作成了在初中为学生们讲课的语文老师。但是，他关于文学的见解，让他的语文课，成为了与任何一位语文老师都不同的课程。他认为，现在的语文课中许多理论、课文里的文学形象已经跟不上时代的发展，都是五十甚至六十年代的陈旧、呆板的作品。所以，为了让语文更具有知识性，他从弗洛伊德时期开始形成的哲学思维入手，从文学的多重性、文学不拘一格的题材体裁着手，讲述他的课程。但是，这些关于人类发展的学术性教学，不仅是学生们听不懂，就连那些老教师也觉得费解。对他们来讲，这是从来没有接触过的思维方式，从而学校里有了很多议论，“他所说的弗洛伊德是谁？是像马尔托斯一样的人吗？是个空想派吗？他为什么要将这些教学大纲里没有的内容教给学生？很显然，他是想通过这些来掩盖自己在文学上的无知。”

“不，不，这不是专业方面的授课，这样下去，可能产生不好的后果，你们知道吗？在大学时，他就表现得很怪癖。”

“我们这些经历过60年代社会动荡的人，都会用理性思维看待事物。我们不能这样，我们不是拒绝接受新的知识，而是应该正确地看待这些新生事物。虽然课堂是让学生接受新生事物的地方，但是，不能让那些还有争论的、还没有统一意见的言论，用他个人的想法，将这些言论传授给学生。”

就这样，一个星期后，凯沙尔被教育局叫去，告诉他准备调他到天山牧场中心小学上班。

凯沙尔感到很突然，问道：“这是为什么？”

教育局的领导冷静而艺术地说道：“这是为了给你充分的时间和精力，让你继续新时期文学方面的探索。”

凯沙尔开始感觉受到了排斥。他接受了这种改变，静静地从这个逐渐熟悉的，从每夜读书学习的简陋宿舍中搬了出去，坐上中学那辆运煤车，来到了天山牧场中心小学。

天山牧场中心小学，位于城市的北边，离城市150公里，这所小学建在崇山峻岭之中。在大山和草原间的这所小学周围，生活着190余人，还有马儿、牛、骆驼、绵羊、山羊等家畜，按照各自的种类，安放在40多个羊圈里。在稀疏的山林间，有五六亩并不高大的果树。十几户人家，小小的商店和只有两间教室的学校，就在这山林中。用生砖和草灰堆砌而成的屋子显得有些破旧，屋子在山间松树的映衬下显得有些落寞。山脚下有河流流过，顺着山间小路，间或可以听到小汽车和公交车那模糊不清的车轮声。

似乎是已经提前知道了凯沙尔将要到来的消息，有一位50多岁的人来接待他。天气已经热了，这个人还穿着一身符合山里人装束的袷袢，脚上穿着双厚鞋底的鞋子。他就是这所小学的校长，校长带着他到办公室里，将凯沙尔递过来的介绍信和调动材料拿在手中，反反复复看了看上面盖的印章，然后随意地放在办公桌上，说道：

“欢迎您，但我们总共只有两个班，现在的两个老师已经足够了，再加上你，那剩下的一个人怎么办？我们已经将增加一个初中班的请示报给了教育局，教育局也批了，但现在没有经费，我的意见是……在我们有了经费，开了初中班前，如果你愿意，可以到山上先喂养一段时间我们学校的牛羊，你同意吗？”

“我来这里不是养牲口，而是为了当老师。”

校长挺起胸来，将手背在身后，说道：“你这样说，那我就没有办法了。你最好出去见见沙迪尔场长，只要他批准你在这里上班，那么你就可以在这里上班，你就是白拿十年工资我也没有意见。”

凯沙尔拿着介绍信和调动材料来到场长办公室，只见一位长得像拳击手一般的高大、脖子粗短、小眼睛的中年人站起来跟他握了握手。

“来，来，坐下，我们坐着说话。”随后他拿起介绍信和调动文件材料仔细地看了起来。

“好啊，你是新疆农业大学毕业的啊。”

“是的。”

“学的什么专业？”

“林业。”

“为什么不把你分配到专业对口的单位，让你当了老师？”

“说得是，我一回来，他们就把我分配到了学校当老师，教什么的你知道吗？是教语文课……就像让马耕地、让牛拉磨一般，我来到这里，他们又让我放牧。”

“是谁说的？”

凯沙尔将校长对他说的话，简短地告诉了场长。

“原来，这件事从一开始就错了。我认为将你分配到教师岗位就是个错误。”他低头想了想，继续说道：

“让你从事自己的专业怎么样，你有没有意见？”

“这样可以吗？”

“怎么不可以，当然可以。我们这座山上全是树林，这是数不清的财富。但是现在没有人珍惜，没有人保护。林业局倒是派过几个人，但是这些人短的一两年，长的两三年拍拍屁股就走了。补种树苗，计划性伐木，预防破坏树木，预防灾害等事，当然需要专业的人去做。如果你愿意，牧场的这些树木会拼了命地欢迎你。我今天就带你去林业局，为你办理调动手续。不瞒你说，还有另外的一个原因是，我们俩原本是校友。”

“是吗？”

“我是在新疆农业大学畜牧专业，1983 年毕业。”

“你毕业后就在这里上班吗？”

“我干了六年的兽医。还当过几年队长，现在管理这个中心，好了，说正事，你对我的建议有什么看法？”

“好的，那就如你所言，我愿意。”

“这就对了。”沙迪尔场长高兴地站起来：“走吧，我们现在就进城去。”

一两个小时前，凯沙尔坐着煤灰弥漫的煤车，沿着像玉米棒子般的路面一路颠簸着来到这里。现在已经坐上了小车，背靠在柔软而舒服的坐垫上往回走着。场长自己开着车，车在羊肠小道上行驶，车外传来山风的呼啸声。

“车开得真好。”凯沙尔羡慕地看着场长自如地控制着方向盘。

“在山上工作，这是正常的……我自己学的……慢慢就学会了。”

“看起来你已经习惯了山上的生活？”

“不习惯也得习惯，工作需要，不习惯也没办法。我老婆不习惯山里的气候，一直在城里住，所以我的家也在城里。我母亲也老了，我老婆和孩子在家照顾她，在中心我就住在刚才那个办公室里。我是个住在办公室里的单身汉！你来了，这里就又要多个单身汉了。你有没有爱人？看啊，你还脸红啊，那就是没有了，说起来这样也挺好，我们中心有很多漂亮的山里姑娘，感兴趣我就给你介绍一个。”

汽车不到两个小时就来到了城里，停在畜牧局办公楼前。凯沙尔可以看出，畜牧局局长吾买尔·太瓦库里和沙迪尔的关系不错，两个人可能是朋友。凯沙尔静静地站在一旁，心怀希望地看着两人热烈地谈着话。听到沙迪尔场长的介绍，吾买尔很快地就同意将凯沙尔调到畜牧局。但要调动，还要先征求教育局的意见，还要经过人事局办理相关手续。这些事都需要沙迪尔场长和畜牧局的人事干部一起去办，他们先让凯沙尔去沙迪尔场长家里等候消息。晚上，沙迪尔场长带着微微醉意高兴地回到家里。

他伸出手掌，在凯沙尔肩上重重地拍了一下。说道：“你的事情我已经办妥了，从现在起，你就是林场的人了！我真为你高兴，一个学校的校友又可以在一起上班了！”

第二天一早，沙迪尔场长带着凯沙尔回到了林场。

沙迪尔场长开车沿着河流向上坡开去，说道：“我先带你去见尕依孜·帕里万，老人可还不知道这个消息，要不他一定会跑出来接我们。”

“尕依孜·帕里万……”凯沙尔好奇地重复着这个名字。“他是谁?”

“是你的副主任。今后，你就在这个老人的领导下工作，据局长说，他早就可以退休了，但尊重他本人的意愿，还是干到了现在。牧民们之间发生的故事很多……那是60年代，有一天，队长指着身边一只两岁的牛犊，对尕依孜说，看着我，尕依孜，你要是能把这头牛犊举起来，我现在就奖励你一个馕。那时候吃的都是定量的，正饿着肚子的尕依孜，二话不说，将肩膀支在牛犊肚子下，一下子就将牛犊举了起来。他将牛犊举到队长身前，又将牛犊放在地上说，队长，馕呢? 还有，他还曾经在山里和熊斗过，你猜发生了什么? 他和熊搏斗，结果把熊背着带回家里。从那以后，远近的人们都叫他英雄，现在他老了。但就算是现在，他一顿也能吃下一个羊羔的肉，还能唱一晚上的歌，哎呀，是个厉害的老头!”

这一路上，沙迪尔场长还说了很多关于牧场、山林、草场的情况。尕依孜·帕里万的家在河下流的一个鼓丘下，在茂密的松林间若隐若现。像其他山里的屋子一样，他家的房顶上铺着枯树枝，低矮的围墙是用草和泥砌成的。因为房顶被树叶覆盖，看起来就像是一片草地。听到汽车的声音，不知从哪里跑出两条下颚宽大的长毛狗，就像要把汽车咬开一般，围着汽车不停地吠叫。随着狗的吠叫，不停地有唾液沿着狗嘴滴落，沙迪尔场长将车停在院子里，开始不停地按喇叭。

“来了……来了……”尕依孜·帕里万急忙从家里跑了出来。看起来，他真的能把牛犊举起来，也能够征服山里的熊。他像头耕牛一般高大，宽大的脸上还留着些天花病的印子，看起来满脸横肉，手掌就像是一个大盘子，胸口和手掌间都长着浓密的毛。他远远地冲着沙迪尔场长喊道：

“哈哈，这不是沙迪尔场长吗，快下车，怎么像个坐月子的女人一样待在车里？”

“什么时候都能听到你这张臭嘴说话，还站着干吗，在看戏吗，快把这两条畜生赶走！”

“哈哈，今天怎么害怕了，下来，快下来，我的两条白老虎可是认识你的……”

“今天我带着客人来了，快去铺地毯！”

尕依孜笑着露出两个大门牙，低头朝车里看去。沙迪尔场长下车，指着正向尕依孜伸出手的凯沙尔说道：

“客人就是这个小伙子，在大学可是学的林业专业，吾买尔局长让他来给你做技术员，本来要你这个老头自己去局长那里领人，这次就让我代劳了。”

“帕里万大叔，你好！”

“你好啊！”尕依孜握着凯沙尔的手，眼中流动着亲近的眼神：“太好了，很久没有人叫我帕里万了，今天你让我的心情变得很好啊。你看，这个腌臜货的嘴里整天的只叫我老头。”

“老头，你老婆呢？”

“老婆在家里，等着你这个坏家伙什么时候带客人来，她在家里煮着肉等呢。”

沙迪尔场长转身拉开车门，说道：“好了，我这就开车回去，还有事要做。这个小伙子我就交给你了，我的任务完成了，你要安排好他的工作。”

尕依孜伸手“嘭”的一声关上车门。

“等等，先到家里坐坐，你这个爱吃独食的家伙！有时候，你就是像女人一样。来，请客人进屋，我这几天也正想你呢，你开车带客人来，这下你也可以沾点客人的光了。来……来……来……”

他们在尕依孜家里做客直到半夜，刚宰的羊羔肉炖在锅里，盛出来后放在盘子上，肉还颤巍巍的。老人弹着都塔尔，用浑厚的嗓音唱着动听的民歌，让凯沙尔感到高兴，觉得是一种享受。牧场来电话告诉沙迪尔场长有会议，他走时答应说要经常来看望凯沙尔。也不顾黎明时分的黑暗，开着汽车走了。

清早起来，尕依孜·帕里万和凯沙尔喝着奶茶，对凯沙尔说道："我们山里人，看小鹰长大厉不厉害，会看小鹰的眼睛，你想知道为什么？眼睛是智慧和力量的窗口，说真的，我从你眼中也看到了这些。现在就要看你是否真的喜欢这个牧场，你要记住，这是一片神赐的土地，爱护这片土地是我们神圣的使命。我今天带你去看看山上的草场和畜牧中心的山林，你想去吗？"

从昨天开始一直在与场长开着粗俗笑话、显得不拘小节的老人，现在突然变了个样子。凯沙尔听着老人充满哲理的言语，急忙站起来点了点头。

"听你的，我也正想着去看看呢。"

老人从餐桌边站起来，从马厩里牵出两匹马，将其中一匹枣红马的缰绳递给凯沙尔。

"你应该骑过马吧？"

"小时候骑过的。"

"别担心，这匹马很老实，但跑起来可是跟飞一样。"

尕依孜·帕里万骑上了自己的铁青色老马，马儿因为突然承受他高大沉重的身体，趔趄了两步，但立刻站稳了，没等老人下命令，就熟练地走了起来。就这样，尕依孜·帕里万在前，凯沙尔在后，马蹄下泛起轻微的尘土，走出了院子。

此刻，展现在凯沙尔面前的，是一个让人惊奇的，美丽而又神秘的世界……在上大学的时候，他曾经到乌鲁木齐市的乌拉泊、南山、天池等地玩耍，自以为也见过一些风景。但是他从来没有想过有一天能看到这样天堂般的美景。首先映入凯沙尔眼帘的，是山背面的古铜色太阳，一座座山峰高耸入云，山峰间云雾缭绕。一时间山峰突起云雾，一时间云雾覆盖山峰。河流喧嚣流淌，河水溅起白色的泡沫，仿佛珍贵的珍珠，一粒粒在湍流的河水中此起彼落。在月光的映射下，更显得璀璨夺目。浸泡在黄色河水中的刺木枝条干枯黑沉，枝条上挂满了不知什么时候由山洪带下来的泥土。枝条割裂了水面，就像是初吻时不知所措的少女手指一样，探出水面，随着水波摆动。枝条的下面，被树根和石头严密地包裹住，固定在河水里。河两岸吹拂着轻快的仿佛要催人入睡的微风，那里就像是在天堂的怀抱中一样，瞬间成为了花的世界。荡漾如海的河水边，小草和五颜六色的花朵之间，有两个马头露出来。除此之外，还有枸杞等植物点缀其间，显得更是鲜艳夺目，让人心旷神怡。这里充满一种让人沉迷的味道，这种味道，能使人从内而外感到一种深切的愉悦，会使人陶醉在一种美妙的幻觉之中。仿佛你在面对美好幸福的感觉，世间的烦恼和苦闷逐渐远离你一般。在你看到如此美景时，烦恼和苦闷已经显得不重要了。凯沙尔跟着老爷爷一路看着风景，在牧民家里吃着肉和奶酪，喝着牛奶，开始想着“我能到牧场上工作，算起来也是一件好事啊”。当天晚上，他们来到了称为白大梁的地方，准备在一个牧民家里住宿，第二天早晨返回。

“熟悉了这一带的路吗？”

“差不多。”

“那我现在带你去睡觉的屋子。”

说着，老人调转马头朝向西方：“屋子是两年前草原局盖的，还是很不错的，遗憾的是周围没有邻居。”

老人说“屋子不错”是真的，这个用砖砌成的三间屋子靠近河边，周围被柏树、松树和枸杞树包围着，特别是枸杞树上红色的果实，都压弯了带刺的树枝。凯沙尔一眼就喜欢上这个地方，当天就从农场办公室将自己的行李被褥拿了过来。

不远处有河流的声音传来，就像无际世界无尽传唱的歌曲。河岸那边被松树环绕，河边的石头是暗褐色的，绿色的高山就在面前，高山上陡峭的山峰挺立，猛地一看，就像看到一个用石头刻画的高鼻梁、深眼窝、大胡子、宽脸庞的老人一样。凯沙尔打扫了屋子，准备将被褥、书籍、箱子摆整齐。因为门窗很久没有开过，房间里透着潮湿和不知什么东西朽坏的味道。床上积了厚厚一层土，不知谁扔了一顶沾了棉絮、满是油污的帽子。地上扔着一地的烟头，屋子角落里堆着酒瓶，靠近墙一面支着一个炉子，烟囱伸出屋顶，炉边的煤灰放了满满一簸箕。窗台上有一只烧了一半的蜡烛，顽强地立在那里。凯沙尔心想：不知道以前是谁住在这里，看来他的日子很是寂寞，很是难过，最后受不了才离开了这里。凯沙尔收拾屋子，到了肚子饿到极处时，才将将收拾干净。他将家具摆放停当后，到河水中痛痛快快洗了个澡，才从包里拿出早已经干硬的馕，他把桶里的水盛出来，倒在碗里，把馕在水里泡了泡，就嘎嘣嘎嘣吃了起来。白大梁刮来的山风，拂动他的头发，夜幕渐渐从河流、松树林蔓延到山峰。凯沙尔看着山峰上泛着白光的山石，看着夜色中的奇异画面，慢慢露出惊奇的表情，仿佛不相信自己的眼睛。真的，山峰上的石头，就像老人在眺望远方，陷入沉思。凯沙尔仿佛可以看到狼群围绕在他身边，像是在听他说什么似的。其中一只狼，仿佛在俯视山下，警惕地观察着什么。看到这个情景，凯沙尔被吓了一跳，不知该怎么反应般坐在地上。心想，不会真的是狼吧？不会就这样跑下山吧……让凯沙尔感到更加害怕的是，接下来不停的有狼嚎声响起。处于惊恐中的凯沙尔，都不知道自己是怎么站起来的，他想尽快从狼群的视线中消失，急忙跑进屋子里。他靠着门站了一会儿，才慢慢缓过劲来，脑门上一时全是冷汗，心脏像是要挤出来似的剧烈地跳动着。这是怎么回事，怎么会这样？难道狼群就像被牧民训练的狗一样，被那个雕刻出来的老人雕像驯化了吗？不，不。他舔了舔干枯的嘴唇，这不可能……不可能，这怎么可能呢？这可能是我产生的幻觉吧，肯定是。过了不知多长时间，他恢复过来，但怎么也没有勇气再去把门打开。他开始后悔，答应尕依孜·帕里万自己一个人留在这里。他想着，只要熬过今晚，明天一定去找尕依孜·帕里万，告诉他，自己不要一个人住在这个屋子里。屋里像墓地一般黑沉沉，他听着远处河流的喧嚣声，现在只有这个声音在陪伴着他。听着听着，他感觉自己逐渐平静了下来。为了点亮蜡烛，他来到窗台边，又下意识地朝外面望去。山仿佛被墨水染黑了一般，高高矗立，看起来朦朦胧胧。但刚才看到的可怖景象已经不复存在。看来刚才看到的，都是我自己的幻觉？他努力开解着自己，努力说服自己可能是受惊过度，也可能是干了一天的活儿很是劳累，凯沙尔不知不觉躺在床上睡着了。

凯沙尔睡着后，那个用整个山峰雕刻出的老人，那山峰上的群狼还是不断出现在梦中，等他醒来，屋子里已经变得亮堂堂的。他跳着从床上下来，打开门向山那边望去，黑灰色的山峰，在清晨的雾气中清晰可见，再也看不到晚上那个老人的样子，那些像狼一样的岩石围绕着山峰，看起来像是在支撑着山峰一般。

下午，天山牧场的沙迪尔场长和尕依孜·帕里万来到凯沙尔的屋子，他们是来慰问他。

与他俩同行的还有一个人，是草原局的干部，那个人当他的面，宣读了县草原局的决定，随后说道："从今天起，你就是草场的技术员了，我们来这里，就是安排你的工作任务，为了解决你工作中的困难，我们这次带来了米面油，还有提前发给你一个月的工资。这是你的马，这是给你配发的 5 发子弹的枪……"

就这样，凯沙尔在这个屋子里，开始了他的工作。尕依孜·帕里万经常骑着那匹跟他一样老的白马，来到他这里，带着他一起巡视草场。可能老人真的老了，开始经常生病，后来的日子里，凯沙尔开始独自一人在山间、在草场间巡查。

一天，凯沙尔朝着白大梁方向走去。如今的草原，已经看不到一个月前的那个美景。花儿凋零，草原也变成了淡黄色。山风赶着黑灰色的云雾，慢慢向这边飘过来，预示着将要迎来草原的第一场雪。草原一片寂静，只能间或听到啄木鸟啄树和山羊在草原间的移动声。空气是潮湿而沉重的，凯沙尔骑马走过草场，向自己的屋子走去。这时，在河岸边，已经开始下起了小雪，马儿仿佛也想尽快回到温暖的窝，沿着山间弯弯曲曲的山路，轻快地走着。开始时，路面像是撒了薄薄一层面粉，显出白白的一层。随着雪越下越大，已经渐渐看不见路面。但是马儿早已经习惯了来往之间的山路，无视路上石块和枝刺的阻碍，以一种平稳的节奏走着。山风轻微但寒冷，凯沙尔将棉帽护耳放了下来护住耳朵。今天他只穿了薄毛衣和薄衣服，让他从内心深处感到了阵阵冷意，都打起了冷战。他在山中逐渐扩散的雾气中前行，慢慢靠近屋子的时候，胯下的马儿像是受到惊吓一样发出了嘶声。马儿转头竖起耳朵向山那边看了看，随后向左边草原方向走去。默默骑在马上的凯沙尔，被马儿的动作搞得晃动起来，赶紧牢牢抓住了缰绳。他马上调整了坐姿，紧了紧马镫，紧张地观察起四周。除了上面盖着一层雪的花草、石头，他看不到任何异常。过了一会儿，突然间，他从山腰间突出的石头缝隙中看到了一个奇怪的东西，那东西与白色的雪有着明显的区别，看着像狗一样，两只耳朵挺直，身体附着在地，静静地在那里，看着山脚下。是狼啊，凯沙尔吓得紧紧抓着马鞍。以前，他只是在电视里播放《动物世界》节目时看到过狼，此外，就是在动物园里见过狼，那时看到的狼是关在坚固的铁笼子里。他可是从小的时候起，就知道狼有多么残忍可怕。他开始深深地后悔今天出来时没有带枪，如果狼真的冲上来，他又能用什么来反抗呢？他全神贯注地看着远处的那匹狼，可怕的事情还是发生了，两匹狼像从山间滚落的石头一般，向下冲来。在冲下来的过程中，他们一会儿伸长身躯，一会儿又像球一样缩成一团，飞速地向凯沙尔冲来。凯沙尔吓到难以呼吸，感到肺部都已吸不进空气。他使劲鞭打马儿，身体伏在马鞍上，白马的两只耳朵朝后贴在两边，向着草原的方向疾驰而去。在马儿迅疾的速度下，山路两边的树枝不断刮在凯沙尔身上，耳边是呼呼的风声。他已经不知道头上的帽子是什么时候被风刮走，他不停地看看身边，看看四周，感觉到身后追来的狼在增多，马儿与狼的距离也在逐渐缩短。狼追赶着，从马儿两边追赶着，控制着马前进的方向，像钳子一样慢慢围拢。“这次要完了，这次要完了。”凯沙尔这样想着，像失去知觉一般，快要闭上眼睛。风在呼啸，马儿在喘息。此刻，他已经听不到马蹄踏在山路和石块上发出的声音，紧抓着马缰绳的手也冻得快要失去知觉。狼群试图将马儿赶到河边去，黄色泥水般的河流盘在马儿前方，马儿在岸边显得有点紧张，不敢过河。但狼从后面追赶上来，那匹灰鬃毛的狼扑上来咬住了它的尾巴，马儿吓得一用力向河里跳去，冰冷的水让凯沙尔恢复了神志，马儿一深一浅地在湍流的河水中前进。这时，凯沙尔仿佛看到了河对岸出现牛、马车和人。

凯沙尔用尽力气喊道：“来人，救命！”但是河流的喧嚣声压住了他的声音。但河对岸的人群中，还是有个人注意到了河流里的白马，更是看到了紧贴在白马上的凯沙尔。他立刻扔掉手中的马鞭，朝凯沙尔跑去，马儿在离他们50步的距离，爬上了河岸，河水沿着马儿的身体不断地流下。马儿沿路碰撞，看起来已经受了不轻的伤，左前腿上流着血，眼睛也是充满了血丝。马儿还是坚强地嘶叫着想从人们之间过去，一个人跑过来，抓住了马嚼子，凯沙尔从马背上滑了下来，没有站稳，一下子坐在了地上。

有几个人围着凯沙尔说道：“你是谁，你从哪里来？”

“有狼！”凯沙尔只来得及说了这么一句。他的声音就像被微风拂动的细沙一般软弱无力，嘴唇被冻得瑟瑟发抖，脸色也是白得吓人。

“狼群？”牧人们警惕地看着河岸另一头，但那里看不到狼群的痕迹。

其中一个牧民说道：“莫明大叔，把马车上的牧草卸下来。老天保佑，如果他从马上摔下来，那就麻烦了。该死的，看起来好像是个干部，赶快把他扶进屋里去。”

躺在热腾腾的屋子里，很快让凯沙尔缓过劲来，这才相信自己是从凶残的狼群中跑了出来。他身边坐着那个被牧民称为“莫明大叔”的人，在听凯沙尔诉说被狼群追赶着，掉下马来的经历后，用宽大的手掌拍打膝盖，露出像树桩般坚固，又像河水一般泛黄的牙齿，笑了起来。

“孩子，你可能不知道，如果当时你把马的缰绳放长拖在地上，那么狼群是不会靠近你的。”

凯沙尔问道：“为什么？”

“一直以来就是这样，可能是曾经看到有狼被鞭子捆死，所以狼都很害怕鞭子。”

三

凯沙尔和尤丽吐孜在湖边一角的岩石上坐着，中间隔着 20 厘米的距离。但这 20 厘米又是多么遥远的距离？什么时候，他们两个人能像一个花盆中的两朵花一样，成为一家人？这种时候，尤丽吐孜是否也有这样的念头呢？

石头路方向传来汽车的喇叭声。尤丽吐孜立刻站了起来，向那个方向看去。喝饱了水的羊群正在穿过石头路，向山林中觅食而去。

尤丽吐孜摆弄着裙子下摆，轻快地向自己的羊群走去，说道：“我要带着羊群去放牧了，以后再见吧，你要经常来啊。”凯沙尔在她身后大声说道：

“尤丽吐孜！我就说一句话，我很快会让媒人去你家提亲的！”

那辆小车惊动了羊群，开到了湖边后才慢慢减速。苏力坦·艾力摇下车窗，看了看湖那边，又转头问司机道：

“那是谁，在马旁边的那个人是谁？”

“他就是凯沙尔，是个老师。”

“这小子，不好好的在学校教书，跑到这里来干什么？”

“他好像不教书了，现在是这片草场的技术员。”

“哼，一会儿老师，一会儿技术员。技术员？技术是在姑娘身边做的事吗？他是看到山里的姑娘老实漂亮，才来这里当技术员的吧！”

相比以往，苏力坦·艾力更胖了，脸颊上的肥肉托在两边，都快成了个肉袋子，眼袋浮肿，神情中透着病态的疲惫。颓废暴躁的苏力坦·艾力县长烦躁地翻着白眼，透过汽车的后视镜，一会儿看看跟在羊群后的尤丽吐孜，一会儿看着骑马向河流那边走去的凯沙尔。他嘴里不停念叨着凯沙尔这个名字，猛地靠倒在柔软的汽车座，气愤地喘着气。司机轻轻踩着油门，慢慢开动车，问苏力坦·艾力道：

“我们去莫明·琼的家里吗？”

“不，朝沙塔尔家开。”

汽车在石路上拐了个弯，转向马车在粗大的杨树间轧出的小路，碾轧着尖利的小石头，发出刺耳的声音。

不知走了多久，汽车来到了一座老旧房屋前。房屋的墙是用石块砌成的，墙外层糊上一层黄土，墙角上堆着石块、砖头和树枝。还有一间屋顶半面是用枯干的杂草堆砌成的羊圈。从河边望去，老旧的屋顶隐约可见。院子前二三十米外，有几棵一人无法合抱的杨树冲天而立。粗糙的树皮由于牛羊不停地啃食剐蹭而显得油腻、黝黑，最外一层厚实的树皮也被鸡啄得坑坑洼洼。除草机的齿轮老化，一个轮子已经掉了，被扔在羊圈的一角，以往葱白光亮的外层涂漆掉光了，只剩下斑驳的锈迹。在墙角下，一堆零件被胡乱丢弃在那里。还有一只大黑狗，它的皮毛蓬松，伸直前腿，将头放在腿上，在安闲地睡觉。它时不时地晃动耳朵，狗耳朵在很小的时候就剪过，短粗而尖。屋顶上有个将将高出屋顶的烟囱，烟囱中冒出的青烟，仿佛因为疲惫而显得无精打采，青烟向天上飘去，像覆盖着轻纱般缓缓飘向河边，从烟雾中传出难闻的牛粪味。

小汽车驱赶着院子前的几只鸡，在鸡乱蹦乱跳、叽叽喳喳声中，停在了杨树下。司机先从车里下来，他有着一头鬈发，中等身材，随后苏力坦·艾力下了车。黑狗看到他们，像是要将他们和车一起吃掉一般，猛地扑了过来，它的声音嘶哑而巨大，眼中充满血丝。苏力坦·艾力和司机一时不敢动弹，站在那里大声喊叫起来：

“沙塔尔……哎……沙塔尔，谁在家里？”

这时，门框已经发黑的老旧大门吱呀一声开了。一位头上戴着褪了色的盖尔斯头巾，身上穿着栗色裙子、蓝色毛衣，身材婀娜的中年女人走了出来。看到他们的一瞬间，女人仿佛愣了愣，随后轻快地走到车旁，微微行礼后，说道：

“您好，县长大哥，您怎么来了？帕夏汗嫂子、孩子们都安好吗？艾合买提江，你也来了啊。”

“哦，哦，他们都好，你也好吗，再娜甫汗，沙塔尔不在吗？”

再娜甫汗四下看了看，说道：“刚还在的，你们请屋里坐，我现在就去找他。”

“我们再等等，等他来了再进屋。”

再娜甫汗向羊圈那边跑去。沙塔尔·阿木提对屋子前发生的一切一无所知，此刻正忙着修补羊圈塌下来的一部分墙面。

“喂，到这边来，县长哥哥来了。”

“啥时候来的？”沙塔尔·阿木提扔下手里的石头，走出了羊圈。他来到苏力坦·艾力身前，将自己那双被风吹得干裂粗糙的手，在灯芯绒外衣上擦了擦，伸向苏力坦·艾力说道：

“县长哥哥，您好，您怎么来了？”

以往，沙塔尔·阿木提夫妻见到苏力坦·艾力时，都是叫“苏力坦·艾力大哥”。他们的孩子们则叫他“苏力坦·艾力伯伯”。这个称呼，可和现在苏力坦·艾力县长这个身份不合，让他听着很不舒服。每当听到沙塔尔·阿木提叫他“大哥”，他总是表面上表现出亲近，皮笑肉不笑地说道：

“好啊，你在忙什么？”

“那头公牛撞倒了羊圈的后墙，我正在重新把它砌上……”

“公牛？”

“以前将您吓得不轻的那只牛犊，现在已经长成一头大公牛了，那身子壮得像一面墙。我那时就说过，它会长成一头荷兰种牛的。”

“还没有阉割吗？”

“我舍不得。”

苏力坦·艾力不再说话，他像是在向他人展示身份和尊严似的，将手背在身后，挺着胸膛看着四周，看着院子里的馕坑，看着馕坑边的枯草堆。沙塔尔·阿木提跟在他的身后说道：“这个寒冷的冬天，雪下得很厚，所以飞鸟、黄羊都缺少食物，饿死的鸟，在砰砰响声中，从树上掉下来落在雪地上。但是因为在这个羊圈中，牧草准备得充分，相比于其他的羊圈，牲畜的死亡率是很低的。”

苏力坦·艾力看起来仿佛没有注意到他的话语一般，但在心里已经打好了盘算。

“秋天里一共生了多少个羊羔？”

“一共生了 238 个，其中春天出生的羊羔是 235 只。刚我告诉过您，在羊羔集中出生的那几天，雪下得很大，发生了寒潮灾害，我想尽了一切办法，将羊带进家里，盖上被子，我们也被冻得瑟瑟发抖，就算这样，还是有三只羊羔死了。”

“除了这些呢？”

“有 6 只羊被狼吃了，2 只羊病死了。”

“这些羊中有我交给你代养的羊吗？”

“4 只……有 4 只是您的。因为您的羊是最肥的……您看，那些该死的狼，可不吃小羊羔，总是挑最肥的吃……”

“那些狼吃了一个又一个，都吃了 6 只羊，你都在干什么？”苏力坦·艾力一时间脸黑得跟炭一样，转身严肃地望向沙塔尔·阿木提。沙塔尔·阿木提不自然地左右看着，躲避苏力坦·艾力的眼光。“牧场还让你当打狼队的队长，要不是这样，谁知道你还会让狼吃掉多少只羊？我可是知道，狼都到羊圈了，你一定不知道在什么地方喝酒呢，不知道又喝醉了摔倒在哪个墙角下。拿着枪也不是去山上打猎，而是到哪个烟鬼的家里抽烟去了。你就让狼把我的羊全部吃掉！春天让狼吃掉了一只，现在又让狼吃掉了 4 只。”

“我会赔的，我都会赔给您，晚上您去羊圈抓 5 只羊，我都会计算好的。”

“别说废话，你就是强词夺理，总有你的说法。”苏力坦·艾力用手指戳了下他，来到门口，突然看到墙角下的狗：“你这只狗怎么了？夏天，它可是差点把我从马上咬下来。”

“不知道是不是哪里被狼咬了，两个月来一直这样，这个狗崽子再没有发出过声音。”

“这样啊，你是羊被狼吃掉，还把狗送给狼吃，你自己怎么还有模有样的！你怎么不把自己送给狼吃了。”

客厅倒是挺干净宽敞的，炕上面铺着厚厚的毡毯，被粗粗粉刷了的墙面，窗台上摆着两盆叶子枯萎了的哈密瓜花。再娜甫汗在炕上为客人铺上褥子，再放上驼绒枕头让客人靠上去。沙塔尔·阿木提急忙给生铁炉子生火，这间很长时间没有生火的房间，也开始迅速升温。

“快点！”沙塔尔·阿木提着急地催着隔壁房间里的再娜甫汗。

“做什么饭好呢，糟糕，馕都干了。”

“馕干了！让你的舌头也变干算了，该死的！”沙塔尔·阿木提恶狠狠地向老婆挥了挥手。“你看什么看，快点，不管是什么，快点去做！”

忠厚老实的女人早就习惯了沙塔尔·阿木提整天的粗暴喊叫声，她也习惯了唯命是从，赶忙在锅前忙碌起来。沙塔尔·阿木提为了挑选要宰的羊，去了羊圈。在苏力坦·艾力突然出现在他家时，沙塔尔·阿木提还在为了被吃掉的那 5 只羊担心。苏力坦·艾力心想，算了，既然是亲戚，还是别太怨他了。沙塔尔·阿木提这辈子从苏力坦·艾力那里，得了很多好处。在沙塔尔的人生道路上，苏力坦·艾力几次将他这辆跌跌撞撞的大车扶上大道。

在沙塔尔·阿木提十七八岁时，一天，他的父亲阿木提老人急急忙忙来到正在地里耕地的孩子身边。他看起来很高兴的样子，走来拉住耕牛说道："别再犁地了，县里的县长亲戚来了，你快去找队长，让他帮着找只肥羊，钱我以后会给他，顺便告诉他，让他也过来见见县长。"

当沙塔尔·阿木提将肥羊放在驴背上回到家，院子里停了一辆草绿色的轿车。邻居家的小孩好奇地看着，围着小轿车打转。沙塔尔·阿木提以往也听说自己家在县城里有亲戚，但还从没见过，他看到在院子的板床上摆桌子的父亲，有个人也坐在床上与父亲聊天，那个人三十来岁，清瘦高个，他健壮的身体洋溢着阳光、豪爽和敦厚。他带着点害羞地伸出双手握住男人的手，恭敬地道："您好。"

苏力坦·艾力握着他的手，看向爷爷，似乎在问："他是谁？"

老人说道："这个是我最小的孩子，沙塔尔。"

苏力坦·艾力上下仔细打量着沙塔尔·阿木提："是个棒小伙儿，几岁了？"

"18岁了。"

沙塔尔·阿木提提着肥羊，就像提着皮球一般，混不着力地将羊放在院子中间。苏力坦·艾力看着他拿出匕首，快速抹过羊的脖子，表现得冷静无畏和利落的动作，不由得羡慕不已，说道："阿木提大叔，挺能干的小伙子啊。"

"是啊，现在是个勤快能干的小伙子了。"

"这样吧，我们想办法让他去当兵。"

阿木提大叔说道："那是您的恩德啊。"随后又有些犹豫地道："兄弟，这样做好不好？"

"好不好？当然好了！"

"我是说，万一真打起仗来怎么办。"

“哪儿有什么战争？现在形势很好，世界和平，等你的孩子当兵了，也就当三年兵，这三年也会经受锻炼，学会很多以前不会的事情，也许能靠自己找到出路，升个官就更好了。要不等到他退役了，也可以在县城分配个工作。这我会负责的，不要犹豫了，我也不想我的亲戚都在农村，你们中也应该有个和我一样的，我就是这个意思。”

原本似乎只是院子里闲聊的话语，没想到一个月后就成为现实。一天，沙塔尔·阿木提被叫到县城里，糊里糊涂地完成了审查，就这样应召入伍。他也摆脱了农田操劳的辛苦，摆脱了农民这个称呼，穿上了崭新的绿军装。这些让他感到既兴奋又高兴，几天后，他就被分配到军队某工程部队。经过短暂的培训后，他与新兵老兵一起坐上盖着迷彩帆布的卡车上路了。沙塔尔·阿木提不知道他们要带他去哪儿，去做什么。傍晚，他们下了军车，在崇山峻岭中见到了其他战友。在惊奇和兴奋中，他们一起往山上爬去。他看到以往只是从别人嘴里听说，在电影或者照片里看到的景色。那是一棵棵直入天际的松柏，他伸出手好奇地摸着松树尖利的枝叶，摸着即使在寒冬，依然有着鲜艳绿色的柏树叶。第二天清早，战士们排着一排排的列队，军官站在一片大岩石上，向着他们训话。他知道了一件事，面前的山，就是横贯新疆的天山山脉的支脉。这座山的北面就是北疆，南面就是南疆。他们这支工程队的任务，就是在这座山中修出一条路，贯通南北疆的公路，这是部队接到的一项非常重要的任务。

新老战士按照班排的顺序开始了工作，山上开始传出震耳欲聋的爆破声，石块飞舞在天空，雄伟的高山、低矮的山丘和巨石被剧烈地爆破，周围一切在震动声中变得浓烟滚滚，随后像是被风吹过浓雾般消失不见。随着爆破，汽车轰鸣声交织着镐头、铁锤、铁锹或清脆或尖锐的声音，大地开始颤抖，沙塔尔·阿木提的耳朵都快要被震聋了。

沙塔尔·阿木提住的兵营里，堆放着最近收割的粮食，满是枯叶的园子里还残留着水果的香味。营地外的暴风雪一时猛烈，一时安静，将雪花吹得漫天飞舞。山峰被灰色笼罩，太阳像病人的脸一样显得苍白无神。战士们有些在爆破山石，有些战士用镐头、铁锤、锄头将滚落的巨石敲成碎块，还有些战士在将石头搬到车上。劳动让战士们感到异常的紧张、繁重和艰难。天还没亮，战士们就被军号声叫醒，纷纷走出帐篷排着队走到工地。到了晚上，又在军号声中回到营地。这时他们已经筋疲力尽，好不容易才挪动着脚步回到帐篷。帐篷里开始有人的抱怨声和大口吸烟的声音。沙塔尔·阿木提在工地上脱掉上衣敲打着石头时，这样想着，这里的劳动，对他来讲，相比他在田间地头的劳动，还是轻松了很多，所以他从不抱怨和沮丧。他觉得，只要能吃饱肚子，有衣服穿，就是待上 3 年也没有什么问题，只要咬牙坚持下去，最终能够继续拥有县长哥哥的支持就够了。就这样，他先后得到了班、排、连队的嘉奖，没过多久，他就担任了爆破班的副班长。时间在冰雪风暴中度过，工程进度不断向前推进，慢慢向山中延伸。在这个过程中，沙塔尔·阿木提认识了几个自称是“牧民”的怪模怪样的人。据他们说，山里的狼、金钱豹、狗熊总是给他们的放牧带来很多麻烦，虽然他们有猎枪可以猎杀它们，但总是缺少火药。他们给沙塔尔·阿木提一叠叠的钞票，要他想办法搞到点火药和雷管，他们告诉他，他们可以出高价来买。在爆破班里，火药、雷管堆成堆，而保管这些的自然是沙塔尔·阿木提。他想到，只要自己隐藏得好，不露馅，就没有追究细查的人，起初他还很担心犹豫着，最终还是决心把这件能够带来钞票、带来幸运的事情做上一做。先后两次，夜里他将火药和雷管放在包里，偷偷卖给了他们，好处倒是真不少。但在第三次，他进山林里与他们做交易时，被暗中注意的战士们抓住了。战士们议论：“这下沙塔尔·阿木提一定会上军事法庭的。”但后来不知为何，他只是被开除了军籍，清清白白地摆脱了常年与山石打交道的苦差事。就这样，在一年后，他穿着没有军人标志的绿军装，出现在了县长家门口。这时候，苏力坦·艾力已经由副县长升职为县长了。起先，苏力坦·艾力生气地告诉他："赶快回到农村去，回去举着坎头曼干活儿。"但两个星期后，这位县长大哥告诉他，在天山牧场为他找了份工作。在那里，他可以租一个羊圈的羊，只要好好干，两三年后，他就能拿到经济专业中专文化的文凭。沙塔尔·阿木提怎么会不好好干呢？他年纪虽然小，但是个合格的农民，还有参军的经历，山里的那些事，哪件让他怕过？说真的，他那时就对山林生活、对牧民的富裕生活感兴趣，觉得很羡慕。相对于农田里的生活、山上砍石头的生活来讲，牧羊算什么辛苦的。他觉得自己算是找到正路了，当兵也未曾获得的那种幸福快乐的生活，现在终于可以通过放牧得到。"在农田里吃土，在山上吃油"，这句俗话可不是白说的。

县长看到沙塔尔·阿木提很快答应了他的要求，感到很高兴。他早就在心里想过，要把沙塔尔·阿木提放到牧场去。这其中也是有他的私心，他在牧场中，每个羊圈里都有 4 到 5 只羊，以自己名义放在羊圈里的羊。他觉得，还是要这些羊集中起来，给一个可信任的人养起来要好得多。他一直认为，牧民都是些无知的人，这些人他可信不过。只要想吃肉了，不光会吃自己的羊。嘴馋起来，连别人的羊也不会放过。到时候，只要说羊是从山上掉下去了，或是被狼吃了，将羊皮扔在雇主面前完事。你骂他们，批评他们，都是没用的，他们会厚脸皮低头站在那里，任你喊破喉咙。所以，这件事还得交给沙塔尔·阿木提来做，现阶段再没有比他更值得信任的人。

第二天，县长就让沙塔尔·阿木提坐上车，来到了牧场。牧场场长早就知道县长要来，正在办公室等着他。场长显得很高兴，手忙脚乱地接待着苏力坦·艾力和沙塔尔·阿木提。他请客人来到地上铺着地毯、墙上挂着昂贵地毯的家里，到了晚上，端上来一盘盘肉请客人品尝，随后还端来了酒。

早饭后，苏力坦县长对沙塔尔·阿木提说："你的事我都对场长说了，现在你要养 200 只羊，工资还是很不错的，每生 100 只羊羔，就有 10 只羊羔归你私人所有。"

"大哥，我还能说什么？不知道该怎么感谢您。"沙塔尔·阿木提为能称呼这位人人尊敬的县长为"大哥"，感到与有荣焉。

"现在由这位木拉提场长负责安排你的事情，有什么困难你就找他，我有时间也会来看你。"

苏力坦·艾力吃过早饭后就回了县城。木拉提场长当天就带沙塔尔·阿木提来到了他承包的羊圈。

归沙塔尔·阿木提管理的羊圈，位于湖边，牧草过膝。草场东南方与茂密的松树林相连，在松树林右边崇山峻岭间是碧波荡漾的湖。沙塔尔·阿木提就在这样美丽的地方做了一年牧民，也解决了婚姻大事。那个姑娘，13 岁开始在苏力坦·艾力家当保姆，脸圆圆的，脸颊像窝窝馕一般红扑扑，眼中透出沉郁柔情和羞涩。她是沉默寡言的姑娘，但是干起家务来很熟练。这个农村姑娘就叫再娜甫汗，是苏力坦·艾力老婆帮忙撮合的。沙塔尔·阿木提与再娜甫汗的婚礼在父母农村的家举办。婚礼那天，为了给苏力坦·艾力面子，一辆辆车载着县里的客人来参加婚礼。但有一点说起来很奇怪，本来婚礼后第二天，女婿要去岳父岳母家回礼，但这个仪式没有举行。

女孩当天晚上就从村里直接到了山上，住在了沙塔尔·阿木提家里。在新婚之夜，沙塔尔·阿木提发现她不是处女，在两个人光着身子钻进被窝后……沙塔尔·阿木提就像吃了一口肉，发现这块肉是臭的一般，突然感到恶心得想吐。他从床上站起来，感到被愤怒和屈辱所驱赶，用颤抖的手拿出火柴点亮了马灯。再娜甫汗害怕得像树叶般抖动，像只兔子一样躲在被窝里。沙塔尔·阿木提抢过被子扔在了地上，因为屈辱恼怒而感到呼吸困难。他对着她问道："你这个破鞋，卑污的东西，你把身子给了谁？说，你卖给了谁？"

姑娘无法回答这个可怕的问题，哭泣着，沉默着。她用双手遮挡住胸，眼中透着恐惧，盯着她的丈夫。此刻，再也看不到那张让沙塔尔·阿木提心花怒放的美貌容颜，只剩下害怕得蜷缩在墙角边的她……

“你死了吗？为什么不回答我的问题？说啊，你把身子给了谁？卖给了谁？”

“没有……没有给谁……”

“什么？你以为我不知道？我现在恨不得杀了你，杀了你后我给你偿命！你到底说不说，你别想着此事就这么过去。”沙塔尔·阿木提找出擀面杖握在手中，愤怒地向着姑娘的胳膊、大腿、屁股上打去。

再娜甫汗被打得在沙塔尔·阿木提脚下打滚，在房间里四处逃着，躲避着。擀面杖咔嚓一声断了，沙塔尔·阿木提骑在她身上，开始拳脚相加。

“快说，告诉我，快告诉我？”

再娜甫汗被打得失魂落魄：“我说，我说。你别打了，别打了。天啊……”

沙塔尔·阿木提抓着再娜甫汗的头发，拽起来让她坐在地上，问道：“好，你说。”

“我怕羞，你快关了灯，我就对你说。”

沙塔尔·阿木提吹熄了灯。房间一下陷入了黑暗。再娜甫汗仿佛身处寒风中一般颤抖着。以往，她也会在苏力坦·艾力的威胁下这样恐惧呻吟。但她能告诉沙塔尔·阿木提自己那屈辱的经历吗？如果泄露这些秘密，又会发生什么可怕的事呢？

“前些时候，我母亲病了，我想去看望她……”

“别说那些废话，快点！”

再娜甫汗痛苦地流下眼泪：“我想回家里去，在路上，我上了一辆黑车……半路上，那个该死的司机他欺负了我……”

“然后呢？”

“在半路上，他说车坏了需要修理，我就去沙枣树下乘凉。不一会儿，他来到了我面前……事情就是这样，就那么一次。”

“是哪个该死的家伙？”

“我不知道他叫什么。”

“你真的不知道？”

“我以前没见过他。”

沙塔尔·阿木提听到这里，失魂落魄，痛苦地坐在那里叹了口气。再娜甫汗坐在那里听着沙塔尔·阿木提悲叹，也不知道是因为屈辱在哭泣，还是因为沙塔尔·阿木提对她的憎恨和仇视。她不由自主地开始为自己的丈夫难过，她原谅了他的暴怒，因为这个原因产生的愤怒憎恨，她认为他受了委屈，看起来很可怜。再娜甫汗早在结婚前就知道，自己早晚会面对这样悲惨的后果，结果也不出所料。如果说她在等待难以避免的不幸遭遇，但再娜甫汗又能怎么办，她又能拿苏力坦·艾力怎么办？现在的苏力坦·艾力，是那个掌握农村农民命运的人，是像抓住马缰绳一般，紧握着权力的人，她又怎么去报复呢？这是不可能的，她唯一能做的就是屈从自己的不幸和侮辱……

过了一会儿，沙塔尔·阿木提打破家里沉重的寂静，问道：“那现在，该怎么办？”再娜甫汗猜到沙塔尔·阿木提一定会这样问，她也在等着这个时刻。

“你说怎么办就怎么办，如果你心里过不去，那我们就去办离婚。”

“为了结婚我费了多少劲，我又花了多少钱！还有县长大哥那里……”

“我会给父亲说，将所有的钱都退给你。”

沙塔尔·阿木提沉默着，日子就在这种沉默中度过，再娜甫汗也猜不出沙塔尔·阿木提心里在想着什么。这件事过去一个星期后，苏力坦·艾力来到牧场视察工作，在返回时来到了他们家。

闲聊着，苏力坦·艾力突然问道："怎么样，跟你老婆过得还好吗？"

"嗨，怎么说才好呢。"

"怎么了，发生什么事了吗？你说说看。"

"我们过不到一起，我想退婚……"

"为什么？"

"是这样，有些话我真说不出口。"

"有什么说不出口的，到底发生了什么事？就算是要死，你也要抬起头来，快，告诉我。"

"我心情不好……"

苏力坦·艾力上下打量着他，像是要吃了他一般，急急地问道："什么？什么叫心情不好？你看看你说的！你老婆13岁就来我家，这些年来可没做过坏事，让她站着她就站着，让她走就走，乖乖地长这么大，这样的姑娘还让你不高兴了，啊？你就是这样报答我的好意吗？你的身子就晒了几天太阳，就开始忘记我对你的好，开始恩将仇报了是吗？你在军队里做的那些事，够你上军事法庭，判个几年牢狱。是我让你免于牢狱之灾，就连你父亲没有为你做到的事，我都给你办了。现在我看你是吃饱了撑的，你想自立门户，我又有什么办法？你想离婚，那就离吧，反正婚姻自由，你要是觉得在牧场过得不习惯，想回农村去，想回去当农民，那也随你。"

沙塔尔·阿木提被苏力坦县长话语里的抱怨、深深的刻薄语气弄得不知所措。苏力坦县长的意思很清楚，如果沙塔尔·阿木提真的要离婚，那第二天，他就会像拔一棵艾草一般赶走他，没有根的艾草还能去哪儿？他会随风而起，就这样被吹到干燥的田间地头去。沙塔尔·阿木提就会失去在苏力坦县长的照顾下，得到的舒适的生活，失去幸运和财富。他是决不愿意的，他在心里用恶毒的话语骂着苏力坦县长，心里想着"真想就在这里掐死他"。

当时，看到自己老婆那种悔过的痛苦，他的心中始终充满无法原谅的苦恼，他也曾在心里默默流泪。他在是否离婚这个问题上，显得十分犹豫，将这个念头埋在心中，就是对自己的父母他也没有提过。

人的苦难日子，并不能只靠着流泪就能得到解脱，再娜甫汗在结婚两个月后，察觉到自己已经怀孕了……

就这样，日子过去十六七年，苏力坦·艾力还是没有亏待沙塔尔·阿木提。一穷二白来到这片牧场的沙塔尔·阿木提，到现在已经有了近100头羊和牛，成为了牧场的小康牧民。除了女儿尤丽吐孜，再娜甫汗还生了一个女儿和一个儿子。

隔壁的房间里正煮着肉，那是刚宰的公羊羔，飘到客厅的羊肉汤味特别的鲜美，让人胃口大开，忍不住咽口水。

苏力坦·艾力坐在铺了厚厚两层的褥子上，将手肘支在枕头上，看着在他面前卑躬屈膝的沙塔尔·阿木提，继续说道："还有一件事，你应该好好利用这座湖。你说怎么利用？每年从6月到下雪这段时间，有多少人来这一带旅游？这些是啥，这些就是钱，所以我说，你把湖也承包下来。不要犹豫，与牧场签个10年的合同，把湖边圈起来，向那些来湖边的人和汽车卖票，再开饭馆、宾馆和商店，卖肉和马奶子。虽然只能做4个月生意，但肯定能赚上几倍的钱，除了这些，还可以在湖里放上船，再倒些鱼，还能再赚钱。这些事，你可得赶紧行动起来，现在可是市场经济时代，你不做，马上就会有人做的。现在可找不到这样环境好、赚钱多的事，一个生意可是有千百个人挤破头呢。"

沙塔尔·阿木提明显感觉到，这次苏力坦县长来到牧场，不仅仅是看看自己寄养的牛羊，还有更加重要的目的。苏力坦县长说的这些，他从来没有想到过，这真是个绝妙的主意！按照县长所说，那可是赚大钱的机会，可以把在牧场闲逛的人集中起来，专门为游客修个到湖边的路，但之后的事怎么办？这可是要投入大量的资金，还要有技术懂专业的人员，总之，需要很多有素质的劳动力，这要他从哪里找？苏力坦看到沙塔尔·阿木提立刻陷入沉思，坐在那里安静下来，立刻就知道了他在想什么，解释着说道：

“你怎么不说话？”

“我在想这些事。”

“有什么好想的？资金我来投，需要什么人，山上找不到的话，就从城里找。在城里，什么样的人找不到？只要让湖边热闹起来，厨师、烤包子师傅、乐师和歌手，这些人会一个个到你面前鞠躬行礼的。”

沙塔尔·阿木提听了苏力坦·艾力的话，感到精神振奋，不由自主挺起了胸膛，伸直了腿坐了下来。

“好的，就这样试试，但这些事您一定要帮我。”

苏力坦·艾力仿佛在宣示自己才是这件事的主导者，立刻说道：“我一定会的，但要注意保密，在外人面前，你可不能说漏嘴了。”

沙塔尔·阿木提谄媚地笑着说道：“我是傻子吗？这样的道理我还是懂的。”

苏力坦·艾力对沙塔尔·阿木提的诚实，以及他对自己的忠诚感到满意。知道他对他们之间发生的那些事，一定能始终守口如瓶。在心里，他还是很喜欢沙塔尔·阿木提这个家伙。

尤丽吐孜走进屋里，带着害羞以及害怕的表情，客气地向苏力坦·艾力问好，从柜子里取出盘子走了出去。苏力坦·艾力赶忙抬起头来，似乎要仔细看一看女孩一般，伸长脖子看向门口。他摸着自己的秃头，深深喘了口气，用沙哑的声音问道：

“是尤丽吐孜吗？很长时间没看到她了，她已经长这么大了。”

“是啊，都是托您的关照。”

苏力坦·艾力皱了皱眉：“关照？如果有我的关照，你的女儿怎么会还是这样，现在说不定已经上初中了。”

“我也很后悔，牧场里没有中学，所以她小学毕业后，就想着让她在家里照顾弟弟妹妹，还能帮我养羊。”

“是啊，对了，你另一个孩子呢？”

“在学校，是住宿生。”

“等他小学毕业，牧场里也应该建中学了。但尤丽吐孜也不能就这样小学毕业跟着你放牧，这样吧，县化肥厂最近准备招工，等我回去后打听打听，厂长要是同意，就让她去厂里上班。”

“那真是太好了，就怕她的年纪现在到工厂上班，还太小。”

“她几岁了？”

“16岁。”

苏力坦·艾力摸着下巴想着什么事一般重复着：“16岁……这……”再也没有就这件事开过口。

到了晚上放牧回来，羊儿回羊圈的时候，苏力坦·艾力来到羊圈，将手放在松梁上，仔细地看了看里面的牛羊，坐着车走了。一个接一个走进羊圈的羊中，除了被狼吃掉的以外，还有53只羊、一头奶牛、一头牦牛和一头两个月的牛犊，这些牲畜都是属于他的。看着牛羊，让苏力坦·艾力心情大好。牛羊可都是繁殖能力很强的东西，这样每年增加二十只羊，不过几年就上百了。牛的数目也会增加的，就像是放在银行的钱在产生利息一样。每当他这样想着，就会感到自己像以往那样有力、帅气和大权在握，感到一切尽在掌控中。到现在为止，他都为自己这一世，能够靠理智而不是感情生活而感到庆幸。想当初，苏力坦·艾力可是很羡慕那些富有的人，有权势的人。他看到有些人，全身心投入到工作中，为了事业奉献了自己的一切。在几十年里，他们忍受着一般人无法忍受的辛苦、繁忙和紧张。最终有一天，他们会忽然感到非常疲惫，发现自己已经老了，还有一身的病。但就算如此，他们也不会屈服于病痛，老了病了又怎么样？在生命最后一刻，也要把交给他的印章和权力把握在手中。直到有一天，上级会让他写辞职报告，会让他交出权力，让他退休。那些以往因为他的权势，在他面前表现谦卑的人，再也不会对他表现出往常那般的客气，而是会选择无视他。他们会觉得自己是最虚弱、可怜的人。其中的原因，就在于最后留给他们的，只剩下笨拙的身躯，家里年老多病的妻子，还有政府分配给他们的房子，房子内空荡荡的墙壁。退休后，他们会在门口的小卖部或者茶房里聚在一起，发发牢骚，饮酒消愁。苏力坦·艾力每次看到他们，都会在心里嘲笑他们："活该，可怜的家伙们……哎，傻子们。"难道不应该同情他们吗？不，苏力坦·艾力早就想好了办法，在外人面前，凡是拿着礼物到他办公室办事，他都会把礼物扔出去。但到了晚上，他会接受任何人送的礼物，并想办法为他们排忧解难。总之，一切都在他的计划中，就像在新挖掘出的河道中，河水总会流得顺畅一般。

很早之前，苏力坦·艾力在穿过县城的河边，花很少钱买了 1 亩地。他在地上，一半面积建成了花园，一半面积盖了两层楼房。他请来县里最好的砖瓦工、木工和雕刻师傅进行装修，楼房盖好后，人们为这栋院子的美丽、奢华而惊叹。对门头、墙壁上雕刻的各种花纹感到羡慕不已。苏力坦·艾力一直这么认为"权力就像落在你头上的幸运鸟，它总会飞走的，但钱就像是你明媒正娶的老婆一样，不会离开你"。后来，他的职务也从副县长变成县长，再后来，他由县长调任县人大常委会主任，他也没有任何抱怨。没过几年，他接到了退休的通知，也没有一丝往心里去。他没有像其他人那样时不时到小卖部、茶房与那些退休干部聚一聚，一起发发牢骚。失去权力是无法避免的事情，他已经享受了一生权力带来的乐趣，现在他没有遗憾。他在银行里有足够的钱，在羊圈里有牛羊，在农村还有以他弟弟名义办的面粉厂和榨油厂……他还准备在牧场，以沙塔尔·阿木提的名义做很多事情。

苏力坦·艾力来到了关着花牛的羊圈前，三岁的花牛已经跟羊圈的墙一样高，转动着碗大的眼睛，面对这个陌生人，它用惊讶、生疏和排斥的眼光看着他，它的脖子也很是厚实，身材像非洲犀牛一般可怕，沉重的牛蹄走起路来，像要把土地砸出个大坑。

“你要把它阉了。”他看着沙塔尔·阿木提突然命令道。

“为什么，很多人都想要来找这头牛配种，每配一次种就能收50元，我已经赚了四五百元了。”

“我们不需要花牛，需要的是产肉多的牛，知道了吗？阉割了它，还会长得更大，然后带到县里这么宰了……”

“好吧，到了夏天就阉。”

“你怎么还等夏天，明天就阉了它。”

那个晚上，花牛似乎知道苏力坦·艾力的命令，显得异常愤怒，一夜不停地叫着，折腾得沙塔尔·阿木提一夜都没睡好，花牛粗重且有威势的吼叫和踏步声，让沙塔尔·阿木提感到像在地震。

苏力坦·艾力抬头看着沙塔尔·阿木提问道：“喂，沙塔尔，这头牛怎么了，怎么叫得没完没了？”

“它在向狼发起挑战，它可能听到远处狼的嚎叫声，它会这样整夜拱地咆哮。”

被吵醒的司机，从被窝里探出头来，说道：“这样啊，真想看看它和狼搏斗的场景。”

苏力坦·艾力呵斥道：“快睡你的觉，你什么时候见过花牛和狼斗？”

沙塔尔·阿木提突然来了兴趣，说道：“我还真的见过。去年秋天在河边，一群狼围着这头牛，始终都没奈何得了它。”

司机道：“这个是可能的，最重要的是信任、勇气和力量。公牛为什么犁地，为什么怒吼？那是它身上特有的气质，是由精神积淀起来的信心，是自身能量的爆发。母牛有这样的精神能量吗？没有。狼为什么敢攻击比自己庞大的动物呢，它们为什么有能力击败猎物？原因就在于，它们浑身是劲，它们是强大而野蛮的，它们的精神世界中是没有畏惧的，是充满力量的。”

司机在关于精神力量方面解读中，继续说了很多道理，苏力坦·艾力只是随意地听着，等到后来，司机听到他越来越响的呼噜声后，也慢慢安静下来。

四

苏力坦·艾力和沙塔尔·阿木提两人信马由缰，在山沟里刚刚浮出些许绿色的灌木丛中，随意地走着。同时也警惕地观察四周。早晨，在喝过奶皮茶后，苏力坦·艾力对沙塔尔·阿木提说道：

“沙塔尔，今天天气不错，要不要去山里转转？”沙塔尔·阿木提是知道的，苏力坦·艾力每次来到牧场，是一定会去山上打一两天猎的。因此，他立刻准备了两匹马，带足了弹药，背上背包，将猎枪斜挂在肩上，领着苏力坦·艾力来到山上。

成群的雷鸟在灌木丛中叽叽喳喳地叫着，跑来跑去。被马惊到的鹌鹑扑腾着翅膀飞上了天空，还没飞出十米，就赶忙钻进灌木丛里。沙塔尔·阿木提可不愿意为这些鸟浪费子弹，只是打了两只鸟就停了下来。一只鸟的翅膀被打断，一只打中后连内脏都露了出来，沙塔尔·阿木提将两只鸟挂在马鞍的两边。在大山里，没有比鸟更有营养和药用价值的禽类了，苏力坦·艾力可是很清楚这一点。他们在吃了鸟肉，喝了肉汤睡一觉后，总会感觉身体中充满了力量，会感到精神的饥渴，体会到年轻时的性冲动和渴望。就算是鹿茸，也无法让他们体会这样的感觉。最近，他有无法向别人诉说的烦恼和痛苦，以往经常遇到的那些女人，在舞会上含着深情地对他抛媚眼，晚上会给他打电话，邀请他去家里做客。他非常想去，但他没有了以前那样的精力，他怕自己像公牛一样扑过去，抱住她们，却干不了什么事，这样就太难堪了。所以，面对暧昧，面对诱惑，他开始找他的医生朋友，用没有阉割过的鹿柔嫩的鹿角做补药，他开始用这些药来刺激自己的神经。

在天山牧场的山上，是严禁捕猎珍贵的野生动物的。沙塔尔·阿木提正是为政府履行这个守护职责的人之一。但今天，他是跟着这片土地最有权力的人，县长有着超越这些法律的权力，所以他显得肆无忌惮。今天不仅可以捕猎鹿，就算是更加珍稀的动物，他也会毫不犹豫地开枪。

苏力坦·艾力拿起挂在脖子上的望远镜，时不时地观察峡谷两侧的山峰，观察着岩石之间的动静。他突然停下马，将望远镜固定地看着一个方向，眼睛顿时一亮，说道："停下，是狼，等等，狼旁边还有什么东西，你来看看。"他把望远镜交给沙塔尔·阿木提，用手示意着指向松树林右边。

沙塔尔·阿木提激动的声音颤抖着说道："看到了，看到了，狼的身边还有狼崽，它是带着狼崽出来晒太阳的，1，2，3，4，哎呀，还是有点看不清楚。"

"我们怎么办？"

"抓住它们，我们今天的运气太好了！"

两个人的眼中是贪婪和喜悦的光，朝着那个方向开始快马加鞭。

短尾狼将才学会睁开眼睛、才学会走路的狼崽们带出洞穴。温暖的阳光照在狼崽柔软的皮毛上，在阳光照射下，狼崽眨着眼睛舒服地跑来跑去，互相追逐玩耍，因为身体还不够协调，它们总是摔倒，狼崽的脸时不时碰在岩石上，搞得一鼻子灰。就算如此，它们也不灰心，互相打闹，互相摔跤……它们都是圆圆胖胖的，像石头一样圆，热气腾腾的身体散发着奶香味。短尾狼屁股朝着洞穴坐着，仔细地观察着孩子们的每一个动作。现在到教它们吃肉的时候，吃肉可不是吃现成的肉，而是要教它们如何捕猎羊羔，学会如何让猎物断气，从它们身体何处下口。短尾狼对做这些事还是很有经验的，它在捕猎时，会有意地捕捉小羊羔，并将羊羔活着带到洞穴里，扔在狼崽面前。狼崽们可不知道面前的是什么生物，都对羊羔表现出浓烈的兴趣，奇怪地看着，想跟羊羔一起玩。没过一会儿，它们就咬住羊羔，将羊羔摔在地上……这就是在锻炼它们勇敢无畏的品格，也是在教会狼崽们如何走出第一步。短尾狼在怎么生存方面，早就顺服于自己的本能，本能在一步步地提醒着它要怎么做……狼崽们玩闹着，玩闹着，不一会儿就累了，似乎开始觉得无聊，开始想到短尾狼身边吃奶，但是因为不停喂奶而干瘪的乳房，让短尾狼也感到了饥饿，它马上站起来，嗅了嗅迎面吹来的山风。它仿佛闻到了随山风夹杂而来的，猎人那熟悉而又强烈的气息。短尾狼从洞穴中走出来，跳到下面黄色的岩石上。看到短尾狼的动作，狼崽们立刻跑到洞穴边缘，伸长脖子看着它，不安地叫了起来。但不管如何努力，它们都没有勇气跳下去。短尾狼回头看了看狼崽们，沿着山腰向北方跑了过去。就在这时，苏力坦·艾力和沙塔尔·阿木提正从马身上下来，让马到沙枣林里去吃草。他们俩人则趴在厚厚的泥地上，拿着望远镜向洞穴方向望去。

“哎呀，母狼跑了，我们应该早点动手。”沙塔尔·阿木提拿下望远镜，举起手扇了一下自己的脸。

“把望远镜给我。”苏力坦·艾力举起望远镜对着洞穴接着说道：“那些狼崽不还在那里吗。”

“俗话说得好，打蛇要打七寸，还是要先抓住母狼。”

“会打到的，好了，我们走！”

两个人开始用尽力气向山上爬去。苏力坦大口大口喘着气，头上脸上不停地淌汗。他脱下短皮衣，扔在了半山腰，这才感到轻松了些。沙塔尔·阿木提背上背着麻袋，手里拿着上了膛的枪，另一只手拉着苏力坦·艾力努力攀爬。两个人爬到山腰处停了下来，洞穴在他们头顶隐约可见。柏树、小蘖、野沙枣的枝条下垂着，狼崽们在上面偷偷惊奇地打量着这两个从来没有见过的生物，它们那对小眼睛中透露出奇怪、害怕和好奇的眼神。

“快，快点，把枪给我！”

“那您快踩到我背上。”

“你的背上？这种时候你还说得出这样的话？你上去，再把我拉上去！”

两个人连拉带拽地终于爬到洞穴口。看到两个人爬了上来，狼崽们凭着自己本能，感觉到危险的来临。它们对着这两个人吼叫起来，它们不知道应该逃跑，还是躲进洞穴深处，只是眼睛里透着凶光，聚拢在一起。

苏力坦·艾力高兴地喊了起来：“哎呀，一共有5只，那就是5张狼皮啊！”沙塔尔·阿木提端起枪指着狼崽。

“怎么办，要杀了它们吗？”

“笨蛋，你要浪费子弹吗？把麻袋拿来，把它们都装进麻袋里，到牧场给他们看看。哈哈哈……除了能拿到奖励外，你这一下就抓了5只狼，你可要出名了！”

苏力坦·艾力将麻袋口张大，沙塔尔·阿木提则像面对生死大敌般，猫着腰走向狼崽。狼崽们看到伸向它们的手，仿佛看到了死亡的来临，向他愤怒地扑来，想撕咬他。它们的牙像小米一样小，但它们不顾自身的脆弱，龇牙吼叫。它们现在的动作就像是成年狼准备向猎物发起攻击的动作一般无二，眼中露出愤怒的火花，准备为了生命勇敢地拼斗，身上闪耀着献身精神。在沙塔尔·阿木提抓向它们时，它们也拼命地咬起他的手。但沙塔尔·阿木提随手抓住狼崽的嘴，又或者用他的大拳头朝狼崽的头脸打几拳，一个个将它们抓住放进麻袋里，狼崽在麻袋里艰难地呼吸，四肢胡乱挣扎着，哀吼连连。

这时，两人似乎感到了有什么危险要降临，苏力坦·艾力拿着枪，沙塔尔·阿木提拿着麻袋，什么都不顾地跑了起来。快跑到脱力的苏力坦·艾力来到马旁，将沉重的身躯扑通一声扔到了枯草地上。

他用手轻轻捶着胸口，说道：“哎哟，哎哟，我不行了，没劲了，累死我了……”

沙塔尔·阿木提扔下麻袋，来到了苏力坦·艾力身边。他知道苏力坦·艾力有心脏病，有时会突然发作，他也开始担心起来："县长大哥，您哪里不舒服吗？"

苏力坦·艾力仰面朝天躺着，喘着气说道："让我休息一会儿，我是太高兴了。一共5只狼崽吗？天啊，拳头般大的东西还凶得很啊，看着挺可怕的，要是成年的狼会怎么样？会生吃了我吧！"

"肯定会吃掉我们的，你看，小小的狼崽，把我的手咬得跟被沙枣刺扎过了一样。"

沙塔尔·阿木提扶着苏力坦·艾力上了马，把麻袋挂在马鞍后边，用绳子紧紧地捆住麻袋口。现在，他就像是打了胜仗的战士一般，高兴且骄傲。因为自从牧场建立以来，他还从没有听说有人能一下子抓住5只狼。只有去年沙塔尔·阿木提参加的打狼队的队长坎吉·热扎提，曾经追赶围困抓住过3只狼崽。就这样，那天晚上的牧场，充斥着赞美和夸耀的声音，而在他家里，人们唱歌、跳舞、喝酒直闹到三更半夜，但第二天，热扎提队长遇到了谁也想不到的事，他一大早骑着马，到自己设下捕兽夹的地方去看是否抓住野兽，但到了下午也没有回来。

不久后，他的儿子看到马独自回来，惊慌失措，就带着人去找他，最终，他们在傍晚山间搜寻，在草原看到了与一只公狼搏斗后僵硬的尸体，并把尸体带了回来。但是，如果不说这个意外事件，逮住3只狼崽，还是为坎吉·热扎提带来了不少好运气，市动物园到这里来要买几只活的狼，长时间住在牧场总部的一个工作人员，用让牧民都感到吃惊的价格收购了那3只狼崽。沙塔尔·阿木提边说边走，顺手轻轻拍了下麻袋。3只狼崽……他们也就卖了3只狼崽，沙塔尔·阿木提抓的可不止3只，而是5只狼崽！

他们俩还没有回到家，这个消息已经像旋风刮过一般在牧场闹得人尽皆知，还不知道这件事能造成多大的影响。

当沙塔尔·阿木提解开挂在马鞍上的麻袋，放在地上时，一时张大了嘴，意料不到的情况让他睁大了眼睛，呆在原地。

“你怎么傻站着？还不把麻袋解开？”

“天啊，怎么会这样。”

“怎么了这是？”

“您看看，它们怎么都一动不动的。”

“是死了吗？看来是闷死了！”苏力坦·艾力凑过来看着麻袋里：“你这个笨蛋，傻瓜……你怎么就没在麻袋上打几个眼。”

沙塔尔·阿木提嘀咕着，委屈地说道：“我怎么知道会这样？”

苏力坦·艾力说道：“现在也没办法了，好在有这几具狼崽的尸体也行，反正总是会宰了它们。”随后来到汽车边，叫来司机说道：

“你去电视台叫记者过来，路过时给沙迪尔场长也说一声，就说有重要的事找他，让他快来，等等，别忘了再找几个鼓手乐师。”

司机走后，没过多久，沙迪尔·司马义带着凯沙尔骑马来到了他们这儿，看到死去的狼崽被摆放在院子正中间。

苏力坦·艾力带他们来到狼崽尸体旁，说道：“为了抓到他们，沙塔尔·阿木提差点丢了性命。”

沙迪尔·司马义吃惊地看向沙塔尔·阿木提：“沙塔尔·阿木提！真是这样吗？”

沙塔尔·阿木提夸耀说道：“猎杀狼本就是领导交给我的任务，那些危险都不算什么。”

沙迪尔·司马义激动起来，似乎遇到了让他极为高兴的事，说道：“杀狼崽与杀成年狼是一样的！我们得通知那些牧羊人，把他们都集中起来，我要当着他们的面，奖励你5只羊！”

沙塔尔·阿木提搓着手道：“客人们，快请进屋。”

“请……请……”

“县长，您先请。”

这种时候，连凯沙尔也忘记了去看看尤丽吐孜，整个注意力都在这些死去的狼崽身上。刚才他听到沙迪尔·司马义说，快点准备马，我们要去沙塔尔队长那里时，还想着可以找借口与尤丽吐孜见面，他当时很是高兴，但当他看到眼前恶心的景象后，心情一下变得糟糕起来。

沙迪尔·司马义对凯沙尔说：“走吧，进去。”但沙塔尔·阿木提则用敌视的目光看了看凯沙尔，也向门口走去。凯沙尔的声音压抑中带着颤抖，都没意识到客人在哪里：“好的，好的。”他看到这些狼崽才从母狼的肚子里生出来，就遭遇了这么悲惨的命运，从心里感到阵阵难过。他将狼崽一个个抱在怀里，将一个个冰冷的尸体放在他火热的怀里，因为，他觉得这些刚来到世界、才睁开眼睛看世界的狼崽，就像是婴儿一样纯洁和伟大。这个沙塔尔队长……以往听到沙塔尔这个充满爱意的名字，给凯沙尔的印象是那样的崇高、优雅。对沙塔尔，他总会充满敬意和亲切。而此刻，这个人给他留下的美好感觉，突然间变得黯淡无光，让他从内心感到厌恶和愤怒。那沙迪尔·司马义呢？很久以来，对凯沙尔来讲，他都是朋友、校友，是他有魄力的领导，是凯沙尔所尊重的人。但他刚才对沙塔尔说了什么？他要为沙塔尔·阿木提杀害5只狼崽这样残忍而凶恶的行为作出奖励！凯沙尔越是想到这些，越是觉得心里阵阵抽搐，仿佛突然间生了场大病，身体发冷，头晕眼花。直到一只温暖宽大的手搭在他的肩上。

“哎哟，我的兄弟，你日夜与松树为伴还不够吗，现在又想研究死掉的狼崽不成？”

凯沙尔用冷淡的态度看着沙迪尔·司马义：“我只是觉得奇怪，在这里猎杀野生动物，不是犯罪，反倒能获得奖励。”

“为什么这么说。”

“我刚听到，你要奖励沙塔尔·阿木提队长5只羊，所以才这么说。”

“因为他猎杀的是狼啊。”

“就因为是狼，所以杀了狼就应该得到奖赏吗？”

“是啊，猎杀狼的命令是上级下达的。我们的理想是牧场里没有一只狼存在，一定要将它们斩草除根，我们为此还定了一些具体规定，凡猎杀一只狼，就要奖励他一只羊！”

“这是多么愚蠢的规定！”凯沙尔突然打断他的话说道，他提高音量接着说：“这是最愚蠢的行为！天啊，这些人都怎么了？”

沙迪尔·司马义压低声音说道：“别激动，你知道牧羊人是怎么样千辛万苦地牧羊吗？你不知道！你到现在还没有了解牧民的生活。我来告诉你，在森林，在草原，牲畜最大敌人就是狼，狼随时随地都能对牲畜构成危害。”

凯沙尔高声地开始表达自己的感受：“但你说的这些，绝不是灭杀狼这个种群的理由。你们怎么能通过消灭狼群，来达到繁殖牲畜的目的？沙迪尔场长，这不是正确的行为。我们对狼进行残酷的屠杀，是对严重甚至是无比残忍错误的纵容。”

沙迪尔·司马义嘲笑道：“你……你……你……你说我们错了？哎呀……你真是年少无知，关于狼的一切，你一无所知。如果你用眼睛真切地看到，你就会知道狼是多么凶猛、残暴的野兽。”

“难道我不知道狼是凶猛残暴的野兽？但是你们就为这个理由，将狼定义为有害，在这个时代是错误的想法。因为，世间的所有生命，都有生存和保护自己的本能，只是它们表达这种本能的方式不一样而已。问题就出在这里，因为我们是占据主导的人类，让我们变得极度的无情，也像它们一样恐惧于死亡。现在我们言归正传，我们真的了解狼吗？对这种神奇和神秘的生物，我们到底有多少了解？为什么我们只记得它给人类造成的损失，而根本不去了解它带来的益处呢？”

沙迪尔·司马义吃惊得睁大了眼睛：“什么？你说什么？有益的作用？”

凯沙尔用严肃的声调说道：“从根本上说，狼是对人类有益的，因为狼是保障自然界生物链的重要一环。如果这个链条毁灭了，会怎么样呢，人类会面临另一场悲剧。”

沙迪尔·司马义已经厌倦了凯沙尔的话语："好了好了，兄弟，我实在不想再就此事跟你争论了。走吧，他们在等着呢，但你要记得，在聚会上，可别再说关于狼的话题，好好弹琴就可以。"

凯沙尔刚走到门口，听到这句话，又停下脚步。

"你是为了让我给他们弹琴，才带我来的？"

"我听说你都塔尔弹得很好。"

凯沙尔纠正他道："不是都塔尔，我弹的是吉他，弹得其实也不好。"

"啥都塔尔、吉他的，不管是啥，我相信你一定会让聚会热闹起来的。"

"沙迪尔场长，对不起，无论我弹得好不好，我是不会为了他们弹琴的。"

沙迪尔·司马义拦住凯沙尔说："等等，等等，你想干什么？今天你要是不给我面子，我会生气的！"

"你生气也罢，有一天我会让你解气的，但今天别拦着我。"

凯沙尔从杆上解开拴马绳，马儿早已被拴得心急，立刻活跃地蹦跶起来。凯沙尔敏捷地踩着马镫飞身上马，马儿不耐烦被缰绳拉着，嘶叫了声，向着石路跑去。

沙迪尔·司马义追赶了几步，喊道："停下，你要干什么？"这时，马儿早就跑上了石路。沙迪尔这时只能失望地摇摇手，低声地嘀咕着："真是个性格古怪的人，以前怎么没发现呢？"

夜晚将要来临，沙塔尔·阿木提取出小型发电机，来到羊圈前，放在地上，将准备好的电线连接起来，用点火器紧紧缠绕，将顶端狠狠一拉，点着了火。随着刺啦一声轻响，整个院子立刻亮如白昼。苏力坦·艾力与沙迪尔·司马义的话题从今年的畜牧业发展，城市的建设，新开发的石油基地，城里修建的公路……扩展开来。没过一会儿，就听到外面汽车停下的声音，随后，司机就将电视台的记者请进屋里。

苏力坦·艾力亲热地招呼着记者，并请他坐在自己身边：“你来得正好，吾普力江，还是你勤快！来来，上座，到这里坐。”等吾普力江坐下后，他拍了拍吾普力江的肩膀，说道：这家伙可是个了不起的记者，自己摄像，自己撰稿，还能说会道啊，哈哈哈……”

苏力坦·艾力夸张的赞美，让记者觉得有些不好意思，低着头安静地坐着。苏力坦·艾力心情很愉快，每当这种时刻，他也会显得十分豪爽，对着身边的人不停地开玩笑，显示自己的宽容厚道。

沙塔尔·阿木提端着水壶，来请客人洗手。他一手拿着水壶，一手端着盆，肩上挂着毛巾走进屋里，第一个来到苏力坦·艾力面前。

苏力坦·艾力洗了3次手后，用干净的黄毛巾擦了擦手，说道：“是这样的，吾普力江，今天牧场发生了件大事，你听说了吧？”

“来的路上大概听到了些。”

“那现在我仔细说给你听，今天这个家的主人，沙塔尔队长捕杀了5只狼并带了回来，这就像是一个战士杀了5个敌人啊。”

沙塔尔·阿木提赶紧插了句话：“不是我一个人。”

“虽然我当时也在场，但真正杀狼的还是沙塔尔。你自己算算，杀了5只狼，等于救了多少牛羊的命。这是对牧场繁荣做出的大贡献，绝对的大贡献。现在，按照沙迪尔场长定下的规定，还要奖励沙塔尔5只羊，关于这件事，还需要你写一个新闻稿，最好明天就上新闻。”

“好的，新闻稿我一会儿就写好，照片等天亮了再拍。”

“那今天我们的任务是好好吃肉，好好喝酒，明天一早再做都来得及，来来，大家吃饭。”他对旁边的几位客人说道，按照规矩，苏力坦·艾力第一个将手伸到盘子里，抓起了一块羊肉。

每个人都专注地吃着纳仁饭和肉，炕上传来咀嚼面食和啃骨头的声音。等每个人都吃饱了坐起身子，沙塔尔又端来清水，让每个人都洗了手，随后，沙塔尔·阿木提端着一箱酒进来。今天，苏力坦·艾力比平常时刻要高兴得多。

沙塔尔·阿木提举起酒杯，刚准备说两句祝酒词，就听到苏力坦·艾力似乎取笑他一般说：“你拿的是什么？怎么拿像小孩子玩具一样的东西，那是酒杯吗？快扔掉，没有大杯子吗？什么？你说没有？那就拿碗来！喝小杯酒就像咽唾沫一样，这样喝太没劲，这几个小伙子怎么能喝过瘾。”

沙迪尔·司马义和吾普力江互相看了看，不敢说什么，只有安静地坐在那里。

苏力坦·艾力从沙塔尔·阿木提手中接过一碗倒得满满的酒，眼含深意地朝他看了一眼，转过头，看着沙迪尔·司马义和吾普力江说道：

“今天大家有幸聚在一起，刚好我也想你们了，我就不客气，先喝了这碗酒。我提前对大家说句话，今天这里没有领导和群众的区别，我们大家都是朋友，来，我先干为敬。”

这么一碗酒……被苏力坦·艾力一口闷了下去。今天他哪儿来的胆量和勇气？而他那句这里没有领导和群众的表态，让其他几个人也渐渐没有了拘束，高兴放松地接过酒碗轮流喝起来……这碗酒喝到沙迪尔·司马义肚子里，就像是吞了颗子弹一样，让他好长时间都没有缓过来，呛得眼泪都流了下来。酒碗又传到司机手中，司机两手放在胸前，不停推辞着。看到他的样子，苏力坦·艾力豪爽大笑着说：

“今天晚上你不用开车，别盯着我看，快喝吧。”

“沙塔尔大哥，就是让我喝，也喝不了这么多啊。”

沙塔尔·阿木提有些犹豫不知如何是好。喝了一碗酒后，双颊上的肉都有些下垂的苏力坦·艾力，红着脸看向司机，捏紧拳头，仿佛要捶打司机一般大喊道：

“让你喝，你就快点喝！”

司机从来都不敢抗拒苏力坦·艾力的命令，这时更不敢说什么，像喝毒药一般分了好几口，强忍难受，挣扎着，痛苦地将那碗酒喝进肚子里。他好一阵都难受地坐在那里，辛辣的酒在肚子里闹腾起来，灼烧起来。从他那快从眼眶里凸出来的眼睛，苍白的面容中，表现出来他真的很难受。但苏力坦·艾力仿佛根本没有看出什么一般，享受似的哈哈大笑起来。

“这不是嘛，我就说过，喝酒就要劝酒，交情就要用钱做铺垫，老婆就要夸才行……哈哈哈……我说得对吧，沙迪尔场长？”

苏力坦·艾力大方地喝过一碗酒后，就再也没有喝一滴酒。只有他在不停劝着客人们，可没一个敢劝他喝酒，大碗酒就这么轮流在几个人手中传递。窗台上放着的录音机中，传来一个女声迷人、柔细、动人的歌声：

亲爱的爸爸妈妈，
没有你们，哪来的幸福……

听到这里，苏力坦·艾力发出粗暴的声音：“今天这样的好日子，怎么听什么爸爸妈妈的歌……”在这个烟雾弥漫、充斥酒味、脏乱不堪、浑浊的空气中，他继续说道：“舞台上唱妈妈，电视里唱妈妈，收音机里唱妈妈，好像别人没有妈妈，都是野种一样……没有别的磁带吗？沙塔尔，放几首民歌听听……”

沙塔尔·阿木提放下手中的碗，快步走去，从架子上挑了一盘磁带，放进录音机里。立刻有个弹奏都塔尔，优美、响亮的男声传了出来……

我没有找到盐抚慰伤口，
只有把胸膛贴在冰上。
姑娘能让我心动，
其他对我一文不值。

在聚会中显得兴高采烈的苏力坦·艾力，听到这首歌，仿佛想起了一件重要的事般。他在心中想到，对了，今天正好有机会，将那件事给办了……如果沙塔尔·阿木提能够把湖承包下来，那赚到的可不是小钱啊。对苏力坦·艾力来讲，不是第一次办这样的事了，他已经很有经验。他没有直接对沙迪尔·司马义开口，而是把厚重的手掌放在沙迪尔·司马义大腿上，换了个角度说道："我有句话跟你说，中央实施改革开放政策，国内的经济空前大繁荣，新疆也是这样，对发展牧场经济方面，你有没有什么好想法？"

沙迪尔·司马义早就被酒精麻醉得昏昏沉沉，反应越来越迟钝，此刻听到苏力坦·艾力突然冒出这么一句，一时没有反应过来。他也感觉到，苏力坦·艾力这个问题的分量很重，是个十分重要的问题，一时不知怎么回答这个问题才好。他努力想控制自己僵硬的舌头，磕磕绊绊地说："哎呀，我就是没想过这个问题。"

"如果牧场单纯想要靠传统的畜牧业来繁荣经济，那你这样说无可厚非。但要想让牧场焕发生机，在经济发展方面取得明显进步，就要通过多方面想办法，要学会通过利用自然环境来制造财富，只有这样，你才能成为一个适应市场经济浪潮、在浪潮中站稳脚跟的场长。不然呢？牧场就会像一辆旧马车轮一样缓慢转动，到了那个时候……你就会像地基松动的石头一般，从山上滚下来。"

沙迪尔·司马义用醉眼迷离的眼神祈求般看着苏力坦·艾力，紧紧握住他的双手。他心里想到，这种时刻为什么要喝酒呢？他听苏力坦·艾力说着过去从未说过的话，但这时，他迷迷糊糊的脑袋又怎么想得清楚这些事。他对苏力坦·艾力说道：

"您是父母官，我们是您的孩子，您是我们的领路人，是启发我们智慧的人，希望您不吝赐教。"为了不说错话，引起苏力坦·艾力的不满，沙迪尔·司马义一个字接一个字，不紧不慢地说着："今年冬天，因为雪灾，牧场损失了250只羊，说真的，为了挽回这些损失，我也想做些事情，但哪有那么容易？我是坐着站着都是烦恼，整天头疼着怎么想办法解决……”

“你想过在牧场搞一个旅游区吗？”

沙迪尔·司马义一下子清醒起来：“旅游区？”

“这可是从没有人在古兰姆草原做过的事情，你要先行一步，在开发旅游业的道路上做先行者。就比如说湖吧，一个夏天有多少人到湖边旅游？赏景的赏景，喝酒的喝酒，烧火的木柴是免费的，喝的水是免费的，景色是免费的，甚至牛奶、马奶、酸奶和肉都便宜得跟白给似的。你想过没有？牧场这是把多少钞票扔在天上？”

听了苏力坦·艾力的话，沙迪尔·司马义立刻兴奋地说道：“是啊，是啊，我也曾想过这方面，但就是不知道怎么入手。”

“想到就去做，离夏天也没几天了。要在夏天到来之前将所有该准备的都准备好。”

“如果我们也像对外承包羊圈一样，承包出去……”

“对了，就是要承包出去。但这可不像是在草原上放牧，需要这样的人，他要会做生意，人要机灵，主意多，还要有一定的文化。”

苏力坦·艾力没有着急说出沙塔尔·阿木提的名字，只是说了些具体的条件。因为他知道，在牧场里，没有能在这些方面超过沙塔尔·阿木提的人。接着他们都没有再喝酒，话题转到为沙迪尔·司马义挑选合适人选上来。

今天，沙迪尔·司马义是喝得最多的一个。他磕磕绊绊地说着：“我……我……这么重要的事，得看看谁愿意承包，这个人本身的条件怎么样？每年给牧场交多少钱？明天等我脑子清醒些，我就去和场部的人商量商量，然后再说。”他喝完最后一碗酒，头就向下垂着，仿佛要睡着了一般。苏力坦·艾力跟他们坐了这么久，等的就是这个时候，现在一切都按他设想的进行……他豪爽地喝了那碗酒……但这碗酒所带来的好处又是超乎想象的！

不顾他们到凌晨才躺下，沙迪尔·司马义很早爬了起来。屋里的空气已经十分浑浊，还散发着浓烈的酒气。沙迪尔·司马义走出屋子，呼吸了阵新鲜空气后，头疼也有了些缓解，夜间的阴郁也散发一空。一会儿，沙塔尔·阿木提也走了出来，恭维地说道：“场长，大清早的，您可别感冒了，赶紧进屋吧。”

“我的马在马厩吗？把马牵出来，别吵醒县长，让他多睡会儿。”

“您别急，先吃早饭，我为您准备了……”

“谢谢，早晨牧场里还有重要的事。”

“哎呀，那您等等。”沙塔尔·阿木提急忙说着进了屋，推了推正半盖着被子、呼呼大睡的苏力坦·艾力：“大哥……大哥……”

苏力坦·艾力翻了个身，半梦半醒，勉强睁开眼睛：

“怎么了？”

“场长急着要走，我们怎么办？”

“你告诉他，先别走，有什么事要那么急着走？记者还要给他照相呢。”

大家都起床了，按照山里的规矩，每人吃了一大碗放了很多肉的汤饭。随后记者吾普力江开始准备他的录像机。

苏力坦·艾力问记者道：“你准备怎样摄像？”

吾普力江说：“我先拍那些狼崽，但把它们放在一堆，拍出来可能不清楚。”

苏力坦·艾力建议：“那你一个一个拍怎么样？”

苏力坦·艾力接着说：“那样也可以，但最重要的是要突出猎狼人的形象。”

几个人为了怎么拍照，从哪里开始，忙活了一阵。最后决定，将狼排着一排，沙塔尔·阿木提手里拿着木棒站在旁边。

“好了，只有这样才能体现出山里人无畏的精神和高尚的品格，我们就是要加强这个效果。”

按照苏力坦·艾力的安排，他们完成了摄像。随后，记者问沙塔尔·阿木提是怎样冲进狼窝，怎样与狼搏斗，又是怎样打死了狼崽。沙塔尔·阿木提面对着摄像头，用双手紧紧握住长长的棒子末端，另一端戳在狼身上，挺胸抬头站着，拍摄结束后，沙迪尔·司马义准备回去了，他来到苏力坦·艾力面前说道：

“县长，我该回去了，再见。”

“你要走吗？好吧，你可别忘了晚上我们说的话。”

“不会，我不会忘的，那对牧场也有好处啊。”

苏力坦·艾力对着沙塔尔·阿木提，用眼角示意起来，沙塔尔立刻扔下手中的棍子，跑到马厩，不一会儿牵了匹马出来。

沙塔尔·阿木提谄媚地笑着，把缰绳递到沙迪尔·司马义手中，说道：“场长，我有个请求，如果你没有合适的人选，能不能让我承包那个湖……”

沙迪尔·司马义左脚踩上马镫，敏捷地翻身上马，说道：“这个建议不错，好，我会考虑的。再见，县长，有事请叫我！”

沙迪尔·司马义走后，记者吾普力江为了拍好这则新闻，同司机一起去草原和牧场取景。吃过午饭后，苏力坦·艾力吩咐司机送吾普力江回城。沙塔尔·阿木提时刻关注着苏力坦表情变化，当他看到苏力坦·艾力又用眼角向他示意，立刻明白过来，将一只早晨就宰好的羊塞进袋子，装进车的后备厢。

苏力坦·艾力对记者说：“这是一点心意，你可别嫌少。”车开走了。苏力坦·艾力又变得昏昏欲睡，开始一个劲地打着哈欠。他准备睡午觉，这是他的习惯，习惯了午睡，在饭后美美睡一觉的机会，他可一次都没有错过。他走进客厅，路过厨房时，微不可察地向厨房瞄了一眼。他在看什么？到现在为止，除了他自己，没有任何人知道。再娜甫汗在灶台前洗着碗，尤丽吐孜不知去了哪里。苏力坦·艾力喘着粗气，躺在铺着被褥的炕上，睡了起来。屋子里，院子里，一下子安静了下来。

五

狼崽们熟悉而又夹杂着奶香、温热而又独特的味道，在湿润的空气中荡漾。但一时间仿佛有什么异味混在一起，让短尾母狼一下警觉起来，静静趴着抬起头来。它嗅了嗅空气中的气味，知道在狼窝附近有人在活动。今天它一直没有找到捕猎的时机，在新生羊羔的周围总是有牧羊人在巡视。为了不引起牧羊人的注意，短尾狼已经在浓密的灌木丛中藏了很久。短尾母狼在混杂着油味和烟味的空气中，耐心地等待了很久，终于放弃了可能获得战利品的努力。它迅速地站起来，朝后面的山腰一路小跑，加快步伐向山上奔跑而去。等它爬过这座山，再到西边的山，就会回到它的洞穴。它爬到山顶，观察着下方被茂密灌木丛覆盖着的狭窄的峡谷。它突然心里一紧，那是一个人……经常会在附近，留下自己气味的一个人，带领着另一个人，骑着马在峡谷里走着。它的心脏仿佛要停止跳动。它向山下疾驰而去，然后又像蛇一般朝另一座山顶爬去……在它眼前，是没有任何生命气息的洞穴，安静得任由山风呼啸而过。它不相信自己的眼睛，扑进洞穴里，立刻又从洞穴里跑出来。失魂落魄地嗅着周围，嗅着岩石间的缝隙，嗅着灌木。洞穴里除了狼崽的味道，还残留着人类陌生的气味，其他的就什么都没有了。愤怒和离别让它疯狂起来，它哽咽着，抬起头，狼嘴张大朝着天空，用尽全力嚎叫起来。

嗷……嗷……嗷……

它呻吟着，声音中充满了痛苦，眼中喷涌出泪水。它的哀嚎，就仿佛一个女人，向老天祈求得到了子女，她实现了愿望。但没料到，子女那充满光明的脸庞，突然间因为意外而消失不见，让女人无比痛苦。是的，短尾狼的哀嚎同样充满痛苦，这悲哀的嚎叫声，在山崖间，在远处回荡。

没过一会儿，短尾母狼就恢复了神志，看向洞穴口的石头，一时间就像看到那个凶猛的人类。它怀着无尽的痛苦和仇恨，愤怒地扑向那块石头，用自己的嘴巴摩擦着石头，嘎吱嘎吱地嚼着。锋利的牙齿狠狠地碰在岩石上，仿佛闪耀出火花。狼时而哀嚎，时而嚼着石块，甚至感觉不到，从它受伤的唇齿间，已经渗出鲜血。现在的它，也已经全然不像以往那个灰色的、壮勇的、充满生之力量的、幸福的母狼，反倒像是随时随地都会死去，生了重病的狼。它变得像干尸一般，那一双总是亮晶晶的蓝眼睛，眼中那抹红晕像燃烧殆尽的火苗，浑身像被冰块困住一样颤抖起来，牙齿还在嘎吱作响。它现在变得孤独，又显得异常的可怜，全身无力地摔倒在洞穴口。夜幕即将降临，四处都回荡着狼的嚎叫声。很久后，短尾狼慢慢恢复了些。但它受伤的鼻孔，已经无法嗅到远处人类气味中混杂着狼崽呻吟的熟悉的味道。现在只有它还没有失去功能的耳朵，还能听见远处河流奔腾的声音，还有狼的嚎叫，哀伤和凄凉的嚎叫，仿佛在呼应着短尾狼的悲伤……饱含乳液的乳房低低垂下，它多希望自己的孩子们，能够争先恐后地跑来吸吮它的乳汁！不仅是孩了，连它也会感到享受啊！狼崽吃饱奶后，会立刻懒散起来，将狼嘴塞到它的身体下，开始呼呼大睡。它是多么享受这刻的感觉并沉迷其中。它感觉到的那刻乐趣和幸福，是世界上任何生物都无法体会的。母狼想起狼崽的样子，乳白、温热的奶水又从乳房流了出来。啊，就是这乳白、温热的奶水……上天既然赐予它狼崽，给了它这样的恩惠，难道就不能让它们延续生命？短尾狼伤心地流下了眼泪。它为将狼崽从它温暖的怀抱中夺走的悲惨命运而呼喊哀嚎，就像是人类的母亲撕扯衣领哭泣一般，一直哀嚎到夜晚。

这个夜晚，短尾狼不知道自己是醒着还是睡着。这个世界上，总是悲伤多过喜悦。世界上总是有很多人高兴着，有很多人悲伤着。而凯沙尔也是这许多人中的一个，他在这个不眠之夜徘徊，像个不幸的旅者。自从他骑着马到沙塔尔·阿木提家门前，又骑着马回到自己的家，将马牵进马厩，拴在拴马桩上，又随手在马槽里放了些干草，然后无意识地看着马儿贪婪地嚼着草的样子。现在应该做什么？为了暂时忘记狼崽们死去时的可怕景象，是不是应该做些什么好？他走进屋子，将自己狠狠地扔在床上。为了集中注意力，他将厚厚的笔记本放在床头，想要继续写他的论文。他用笔支着下巴陷入了长时间的思考。以往日子里，像在野地里奔驰的飞马一般，在纸上流畅划动的笔，今天就像是深陷在地里的犁一样，在笔记本的第一行就停了下来，不再划动。凯沙尔赌气一般，将笔记本拿在手中，又扔到床的另一边，站起身来从壁橱里拿出一本书，他又读了一会儿书，在看到的页码处，打了个折印。他觉得自己打开书看了不少时间，但书上的内容没有一丝留在心中，像云烟一样飘散，痛苦的想法在不停地折磨着他，他的心同样在痛着。

在这间屋子里，凯沙尔每天看着白昼和夜晚交替。在这片草原上，凯沙尔是神奇而又充满奥秘的土地上，第一个迎接朝阳从东方升起的人。他也是最后一个看到太阳落在西边山峰的人，从人世间走过的太阳，到这里似乎累了，像是要在山上驻步停留休息一下，用余晖照耀世间，随后才快速地消失在山那边。这片土地的白昼，是坚强的、安逸的、愉快的。但夜晚则相反，它的夜是惊心动魄的，是神秘的、可怕的。因为这里的夜，不像凯沙尔以往习惯的城市的夜，不再有凯沙尔早已习惯的车辆轰鸣声、喇叭声、人们的嘈杂声。河流的喧嚣和湍流代替了音乐和歌声，还有狼悲烈的嚎叫声，不时从山上滚落的石块声。如果没有这些声音，山里也许是平静的，仿佛一切都失去了自身的存在，是那样一种神秘的寂静。今天，狼嚎声就在屋子附近回荡，他听到的不是一群狼的嚎叫，而是一只狼呻吟着发出嘶吼的声音。凯沙尔肯定地想到：“这肯定是那几只狼崽的母亲发出的声音。”夜幕逐渐黑沉，灰色的铅云遮挡住了星星，山峰像戴着一个蒸笼帽，留着一脸长须的老人，显得突兀地站在那里。

就像是烈酒渗进人的血脉中，让人不觉沉醉一般，躺在床上的凯沙尔想着心中存在的诸多心事，也渐渐地迷失了自己，沉迷在想象的世界……

暮色笼罩在茫茫的农村……

什么都看不见的无限空间……

不知从哪儿传来，心脏平稳而又有节奏地跳动……

越来越近的脚步声……

不知是谁粗重的喘息……

远处持续传来强烈的呼喊声：“救命啊……救命啊……”

凯沙尔听着开始时微弱、慢慢逐渐变得清晰的声音。他不是在用耳朵听，而是用超越感知，微妙的感知接触到的。随着这种感觉越发强烈，他想要摆脱，想要起床逃跑。这种感觉，就像有一块巨大的岩石压住他，让他无法动弹。他痛呼道：“啊，我死了，就像那几只狼崽一样死去。”他就这样用尽全身力气呼喊，但却发不出一点声音，好像总有一口气呼不出来。他仿佛看到一位戴着蒸笼帽、留着长须的老人从他身边经过，老人的相貌对他来讲非常熟悉。“原来不是山峰，而是一个老人啊，样貌真的很像我的爷爷，眼睛就像爷爷的眼睛一样……”这样想着，凯沙尔逐渐平静下来。他扑上去对老人说道：

“帮帮我，救救我！”

“与其期望别人的援手，不如信任自己。”

听了老人的话，凯沙尔生气地说道：“那你在向谁呼救？”

“我是向人类呼救啊，孩子。”

“他们又能救什么东西？”

“这个正在死亡、毁灭的世界。”

“不是还有天理循环吗？”

“不，你也是救世主，你也是世界的主人，人类不应该是毁灭者，还应该是救世主。”

老人的声音是如此响亮，充满了真诚和亲近的感觉。这个声音不像是人间的声音，更像是最能表达人类情感的音乐。凯沙尔被老人的话语感动：

“您说得对，尊敬的老爷爷，人类拯救世界不就是最终的救赎吗？抱歉，我有件事想问您，人类早就放弃了拯救世界的想法，您现在不是从人类的角度，而是用天道的角度说话。我想知道，您到底是谁？”

“我是居住在这片土地上、伟大而又被抛弃的灵魂。我被埋在塔克拉玛干大沙漠中已近千年，曾经经历过伟大的辉煌。但是人们从没有注意到我发出的光华，那光华，那崇高的辉煌，是我生命的源泉。我以这个光华为生命源泉，活到现在，你看到过那里的红柳和胡杨吗？”

“当然看到过，我从小生活的村庄到处是红柳和胡杨。”

老人激动地闭住眼睛，过了一会儿说道：“红柳和胡杨……那些红柳和胡杨正是死亡的预兆，是那些树啊！人类从没有在意过这些最伟大、最有价值的东西，没有珍惜这一切。为什么会这样？他们被眼前的舒适和享受迷惑，丢失了自己的信仰。于是，他们像飓风吹过大地一般，失去了自己的意志，被迷惑蒙蔽了双眼，丢失了智慧。你知道世界末日是怎么样吗？”

“我自己也不知道什么是正确答案。”

“别犹豫，将你心中所想说出来。”

“我想，就是所有的一切都毁灭了吧。”

“这就是人们思想中的灾难，孩子，我想更清楚地表述这点。如果真像人们所想的，会发生什么？那时候，人不再为人，人们不再追求真理、爱情、死亡、伟大，那将会成为灾难的源头，混乱的始作俑者。真主用泥雕塑了世界上的一切生物，我哭着告诉真主，伟大的真主，我求求你，你少制作点人吧，会对其他生物造成伤害的，请您再多赋予人类以怜悯和爱。”

……附近传来狼嚎声。凯沙尔艰难地翻了个身……他的呼吸变得急促起来，身上开始冒出汗来，身上的衣服，头下的枕头，身下的褥子都被汗水浸湿……

老人坐在山上，像一座巨大的山峰。凯沙尔坐在老人面前，仿佛自己也变成了一座山峰。

一声声狼的哀嚎传来。

老人心情变得低落，哀伤地说道："它在向真主控诉。一出悲剧降临到了狼身上，人类会把狼的故土还给它们吗？狼能回归自然吗？"

凯沙尔哀伤地说："我不久前还亲眼看到人类杀死了5只狼崽。"

"是的，就是那只狼，它在控诉。"

"除了老天，又有谁听到它们的嚎叫，又有谁听它们的控诉？"

"凶手，凶手的良心不会听到这种声音，你听，狼还在嚎叫！"

"你听到了什么？"

"你安静下来，竖起你的耳朵仔细听。"

凯沙尔在碧绿的草地上坐着，他感到非常孤独。他不知道老人会从哪个方向来，不断地四下张望。会不会是河流那边？近处又有狼嚎声传来，随之而来的，还有一种凯沙尔从未听到过的、非常特别的声音，似乎是狼与沙塔尔·阿木提辩论的声音。

"啊，人类啊，你怎么这么无情，你是个黑心肠的家伙。你将我的孩子，将我的心肝宝贝装进麻袋里带走了。你说，你伤害这样的小生命，你又得到了什么？"

"哈哈哈，我换来了5只羊，你知道吗。是5只羊啊！"

"你也有这样的子女吧，你为什么不为他们着想？你是爱和恩典的叛徒。"

"你对我们来说就像害虫，我为什么要给予你爱和恩典？你从没给过我们安宁，你吃了我们的牛羊，给我们造成了那么多损失。"

"不，不，我们不是吃掉牛羊的肉，而是吃掉了它们中无法成才的灵魂。而你却是要吞噬整个世界。我为了维护生存的权利，向你们宣战，这个世界中，所有生命，都有一样的权利，而你破坏了这种平等的权利。你是在吸吮伟大土地的血液，让它变得虚弱，你要怎么向世界的主宰解释你的行为？现在，你这个可恶的人，你这个破坏者，会遭到报应的。”

“报应？哈哈，短尾狼啊，我还会杀了你的，你知道吗？如果杀了你，我会得到多大的奖赏。上级已经通知我们，杀一只狼会得到一只羊的奖励！还不止如此，如果卖了你的皮，还有你的肉，你的油，都是钱啊！”

“钱？钱是什么东西？”

“你竟然不知道什么是钱，对，对了，你是个无知的野兽，所以不知道钱为何物。钱是大千世界的根本，是人类生活和幸福的主根，是人类信仰的根基，还是……”

“够了，如你所说，钱不就是万恶之源吗？”

“不，你在胡说些什么？老天在金钱面前算什么？它比老天还要伟大，比老天还要崇高。”

“我知道了你的意思，哎，生命的猎手，那又是谁制造了金钱呢？”

“笨蛋，当然是人类，是人类创造出的，钱是人类智慧的结晶，是人类最伟大的创造。”

“啊，可怜的人类，正因为你们将钱看得如此伟大，所以在钱的面前，你们就如同奴隶一般卑微。你们就像是被恶魔诱惑一般，在大地上进行着如此的屠杀，让地球被血浸染。在金钱的面前，你们丢失了信仰，你们是罪恶之源，你们如同乞丐，终究会失去自己的生存。如果你们忘记人类的可贵，丢失为人的价值，这样你们会下地狱的。”

凯沙尔听到这里，心里难过得哭出声来……

第二天，凯沙尔就病倒了，病得连床都起不来，太阳穴和眼睛像要爆了一样疼痛难忍，身体发热得像火炭一般。他满头满脸地淌着汗，手脚发抖，嘴唇像稻谷一样干裂起来，水……这时候，他最希望的是喝到一口水。

早晨刺眼的阳光从窗户里照进来，远处传来牛的叫声，马厩里的马嘶叫着。他就一直这样在床上躺着，是过了1个小时还是2个小时呢？但这段时间给他的感觉，像是过了一年。他忘记自己以往是否像这样赖在床上过，不，不是，他一般都起得很早。他会到河边，用冰冷的河水洗脸，这样他会一下就来精神，开始一天的忙碌。他会先到马厩里，往马槽里倒些稻谷，然后用尕依孜·帕里万经常带给他的酥油烧一碗奶茶。他先将馕掰成块放在瓷碗里，然后将奶茶倒入碗中，干馕遇到热腾腾的奶茶，不一会儿就变得软绵绵。等他舒适地喝完茶后，不是去实验地里松松松树苗的土，要不就是骑上马在草原上巡逻。他盯着天花板，心里又想着晚上发生的是梦或者是想象出的，奇怪的事情。他感到毛骨悚然，老人的模样，他那哲人般的话语，狼的哀嚎，沙塔尔·阿木提大声的辩驳声……梦中所有一切，给他的感觉，就像是晴朗的天空中，又开始若隐若现出团团云雾。“这究竟是怎么回事，我真的遇到了一件神秘的事件，抑或是我生病后病痛的反应？”他想着这些，一时呆住了。这时，门突然开了，随后一缕阳光从门缝中透进来，照亮了房间。

凯沙尔激动得喃喃自语：“尤丽吐孜……”在凯沙尔眼中，尤丽吐孜从来没有像今天这样，从内到外透着美丽和纯洁。姑娘小巧的嘴唇挂着甜美的笑容，鼻尖上冒出几滴汗珠。凯沙尔陶醉在幸福中，像树叶一样颤抖起来。看啊，那就是他的天使，老天赐给他这个孤单的人以天使，出现在他的面前。

“我的天使……”凯沙尔激动得说，他的声音显得无力沉闷：“你是来赐予我生命，还是要将我的命取走？”

姑娘噗嗤一声笑起来：“你这个傻瓜，为什么老是说些奇怪的话？”

她将手中的碗放在桌子上，走到凯沙尔身边：“起来，到吃饭的时间了，别总是躺着。”

“求求你，给我拿碗水……我快死了……不信你摸摸我的额头。”

尤丽吐孜伸出手摸了摸凯沙尔的额头，烫得跟火炭一样，一下担心地说道：

“哎哟，怎么烧成这样，你怎么了？”

“我也不知道……老天啊，快给我点水喝，就一点水……”

水壶或者水桶里都没有水，尤丽吐孜提着水桶向河边跑去，没一会儿就喘着气，提着一桶水回来，对凯沙尔说道：“水来了，来，喝点水。”

尤丽吐孜看到凯沙尔试图挣扎着坐起来，走过来扶着他，另一只手拿着碗说道：“等等，我来帮你。”

“不用，我自己起来。”

凯沙尔咕噜咕噜几口将一大碗水喝了进去，感觉身上的火，一下子被熄灭了一般……哎，山里的水啊……在心里干渴的时候，能喝到山水，是多么地舒服。尤丽吐孜坐在凯沙尔身边，用眼神期待地看着他，撒娇地说道：

“够了吗，还要再喝一点吗？”

凯沙尔摇了摇头：“不用了，这时候，我一点也喝不下了。”

“昨天你为什么突然离开，有时候你的行为真古怪。我原本看到你还高兴着呢……知道你喜欢，我还自己动手切了汤面面条呢。”

凯沙尔笑着说道：“现在要是有碗汤饭……”喝了碗水后，他还是有了些精神。

“那我来给你做吧，一会儿就好了。”

“谢谢，不用了，等会儿，你家里人该找你了……”

姑娘安慰他道：“我把羊群都赶到这里来了，我爸爸看来要上电视了，现在他和苏力坦伯伯都很忙。面粉在哪儿？”

凯沙尔激动得抬起头：“你真的要给我做饭？那你也别麻烦和面，我这儿有晒干的面条，肉……在储藏室的架子上。”

尤丽吐孜到厨房在灶台下生了火，劈成均匀的一块块木块的松树枝，在灶台下劈啪作响。凯沙尔的头疼慢慢减轻，他感到舒服了点，就闭眼打起盹来。

不知睡了多久，尤丽吐孜轻轻推了推，叫醒他：

“醒醒，饭好了。”

尤丽吐孜静静坐在一旁，看着凯沙尔慢慢将冒着热气的汤饭，一点点送进嘴里。

尤丽吐孜沉思了会儿，说道：“苏力坦伯伯好像要把我带到城里去。”

正在吃饭的凯沙尔停了下来：“你听谁说的？”

“爸爸和苏力坦伯伯说话时，妈妈在一旁听到的。”

“到城里做什么？”

“叫什么名字来着？好像是在一个工厂工作。”

“那你是怎么想的？”

“我是很高兴的，终于可以不用放羊了……”

凯沙尔嗓子咕噜了下，将手里的碗放在桌子上。

“你怎么了，我可以当工人了，你不乐意吗？”

“我当然高兴……但是，那个人说的话不可信。”

“为什么这么说？”

“你没看出来吗？那个人一看就很狡诈。”

“哎哟，你怎么骂起苏力坦伯伯了……爸爸能到牧场工作，还是苏力坦伯伯介绍的呢！”

凯沙尔静静地在心里想着。嗨，小姑娘，你真是天真，还在为苏力坦·艾力的话而感到高兴。但凯沙尔却十分伤心，他不知道自己为什么不高兴。尤丽吐孜能够摆脱整天放羊的苦差事，到工厂里工作，不是很好吗？是啊，这是件好事，甚至是一件大喜事。但凯沙尔只要将这件事跟苏力坦·艾力联系起来，就像走路踩在脏水里一样，有一种无法言说的担心。现在对尤丽吐孜说什么好呢？如果苏力坦·艾力与沙塔尔·阿木提真的商量好，凯沙尔可没有资格阻止尤丽吐孜。何况，尤丽吐孜也没有不去的理由。单纯的姑娘不知道他的想法，说道：

“饭要凉了，快点吃吧。”

凯沙尔感到一阵阵焦虑，让他瞬间失去了力气，一下又躺在床上，说道：“不，我吃不下。”

六

宁静的湖边，开始在新出现的热闹和噪声下，颤抖起来。湖边被一圈圈铁丝网从下到上围绕起来。人们已经不能随便进出到湖边这片地。人们要先从入口前摆了张桌子卖票的姑娘那里，花 5 元钱买张门票，然后当面交给窄小的入口处的小伙子手中。只有这样，他们才可以得到河边自由的玩乐吃饭的机会。湖边已经支起一排排白色的帐篷，帐篷里按照等级铺着地毯，铺上席子。在离湖边稍远处，有发电机在发电，电流点亮灯光，照亮周围的一切。电视机里播放着最新一期的文艺节目，间或播放电影和电视剧。除了进驻每间帐篷都是要交钱以外，每间帐篷的价钱也是不一样的。每位到来的人，都要根据自己的权力或金钱的多少，挑选适合自己的帐篷，在里面舒适地休息。从城里聘请来的面貌姣好的姑娘们，穿着漂亮的衣服，到他们面前，礼貌地问要吃什么，喝什么，还有什么要求等等。在湖边一角，已经建了一间饭馆，饭馆前支起了一口大锅，锅里煮着羊羔肉，烤肉架上烤着 1 米长的烤肉，还烤着带骨肉、馕坑肉。此外，还有白酒、啤酒和各种饮料不停地送进帐篷里。在湖边的一块平地上，铺上了地毯，在那里，城里最有名的乐师们在奏乐。在帐篷里吃吃喝喝兴致高昂的男男女女们，开始走出来成双成对跳交际舞。在湖里，自夏天就到来的白天鹅，不知道跑到哪里去了，鸭子和鹅也不知道被赶到哪里去了。在它们原本该在的位置上，停放着一艘艘汽艇，来这里的除了人以外，还有汽车、公交车，还停了不少面包车，那都是来赚钱的。一位胳膊上戴着红袖标，脖子上挂着绿色包，颤颤巍巍、胖胖的白胡子老人，来到刚停下还没来得及熄火的车前，伸出手喊道：

“2元！”

眼前的所有景象，就是沙塔尔·阿木提在湖边建设的旅游区。所有一切，都如同苏力坦·艾力想象的一样，跟他的安排一样。沙迪尔·司马义回到牧场场部，想着再了解下正在建设的旅游区，到底取得了怎么样的经济效益。沙塔尔·阿木提来到牧场告诉他，今年他已经交给牧场1万元的租金。1万元……旅游区一年中总共只能开4个月，几个月就能上交1万元，当然不算少了。沙塔尔·阿木提承诺会上交1万元，现在已经很轻松地兑现了承诺。沙塔尔·阿木提还说，从明年开始，每年会再增加5000元的租金。当时，沙迪尔·司马义没有丝毫犹豫就签了字。沙塔尔·阿木提被这个他一辈子都没有见过的大生意惊呆了，一时感到心惊肉跳。但苏力坦·艾力强迫着给了他5万元的本钱，在两个星期内就建成了现在这副模样。在开门营业前一个星期，苏力坦·艾力就在电视台和广播电台，以沙塔尔·阿木提的名义，在同一时间播出了广告。说在天山牧场尤丽吐孜湖边，经过批准建立了旅游区，在这里，游客除了能享受大山和大湖的美景，呼吸新鲜的空气外，还能喝到马奶和骆驼奶等特色饮品，享受独特美食。接下来的节目中，又开始播放马奶、骆驼奶的种种好处，宣传说对各种疑难杂症都有明显的治疗效果。沙塔尔·阿木提一时间大开眼界，苏力坦·艾力的功夫没有白费，更没有让沙塔尔·阿木提吃亏。广告播出一个星期后，来这里旅游的人开始成倍地增长，每天的收入多得超过了沙塔尔·阿木提的想象。在游玩和享受的过程中，游客的大方程度更是没法形容，游客们花起钱来真是大手大脚……看到这些变化，沙塔尔·阿木提觉得美梦成真，心满意足。可惜啊，他以前追赶在牛羊身后放牧，像狗一样奔波的一生！要是能早点有这个聪明劲多好啊！那他就不会和苏力坦·艾力合作了，他会自己经营这个生意。现在，他要为苏力坦·艾力躺在床上随便想出的主意，为了还银行的贷款，做生意赚到的钱，还要分一半给苏力坦·艾力。因此，他开始想找到另一条路，这是一个连那个狡猾奸诈的苏力坦·艾力都没有想到的路，而通过这个生意赚到的钱，只会落在他的腰包里。在沙塔尔·阿木提左思右想，苦苦思索但毫无结果时，一天，还是苏力坦·艾力为他指明了道路：

“现在不能只把生意限制在湖边，需要把旅游区扩大到古兰姆草场，古兰姆草场里适合作为旅游点的景点更多。”

“那样做，牧场那里会不会反对啊？”

“他们反对不了，你仔细看看合同，那里有你能够利用的条款，合同中只有‘天山牧场’这个大概的范围。这就是合同里的漏洞，你这个笨脑袋，连这个都想不明白？以后我们还要开矿……在这片无边无际的美丽土地上，以后还有很多事情要做呢！”

沙塔尔·阿木提急忙在古兰姆草场花草丰美、景色优美、离湖不远的地方建起了一排排帐篷。又找来山里的哈萨克族、柯尔克孜族小伙子和姑娘们，给他们足够多的钱，让他们准备在游客集中的时候，表演姑娘追、抢羊羔等节目。为了完成这些事，沙塔尔·阿木提又花了大价钱，委托信得过的人，才得以一一办到。城里那些被喧嚣和紧张的工作节奏搞得神经衰弱、被种种极端情绪困扰的人们，从广播和电视里一遍遍听着广告，都是撩拨得心急火燎，等到周五晚上，就到山里来。以往在城市里四处行驶、空车来回的出租车，生意一下子也跟着火了起来，城里公交公司来往于城乡之间的公交车，也改了道，开始接送起来往山里的人们。

古兰姆草原是天山脚下最为独特、风景优美、空气新鲜的地方之一。西面是茂密的森林，东面是铺满了五颜六色鲜花的田野，北面是从山顶高处融化的雪水，轰鸣着从山顶喷涌而下，让岩石都为之颤抖。山那边咆哮流动的阿克提坎河流，正是发源于这座雪山。绿色的草原、湿润的气候、凉爽的天气、纯净的空气，从每一朵鲜花中散发出的清香，让人们感受生命的绵长和新生活的幸福。草原的神奇和奥秘还不止于此，还有柳树间百灵鸟欢快的鸣叫声，石鸡在灌木丛中呱呱的叫声。野鸡在林间飞舞，在人类很少踏足的地方，还有黄羊和鹿一群群的吃草。在黑土丘陵地带，还有狐狸和各种鼠类不停游走，老鹰和猎隼站在山上岩石间和山峰上，用敏锐的眼睛看着远处。古兰姆草原就是老天用自己最神秘的力量创造出来的天地！在尤丽吐孜湖边尽情享受生活的游客们，现在开始从那里到古兰姆草原游玩。除了游客外，到这里来的人，有为了购买原材料而来的外地人，有一些生意人和开工厂的人，还有一些不明身份的人到来。就这样，人传人、耳传耳，到尤丽吐孜湖旅游休闲和做生意的人成倍地增加着。马奶一皮囊一皮囊、一罐一罐地运来。从没有到城里卖过一碗马奶的山里人，现在将牛羊奶、马奶卖给游客，赚取了一叠叠的钞票，这让他们也感到很高兴。这种盛况，不仅是市电视台、广播电台在不停宣传，连更高一级的报纸中也能看到这样的新闻。报纸还专门写了编者按，说这是牧民从自由经济向市场经济迈进的标志。

苏力坦·艾力正在古兰姆草原休息，喝着骆驼奶治疗咳嗽。他住在一间专门为他准备的帐篷里，帐篷里摆放着席梦思床、收音机、电视机等，设备齐全。他住的帐篷，包括周围几间帐篷需要的电，都由日本制造的低噪音、发电能力强而又小巧的发电机提供。苏力坦·艾力可以在帐篷里随意地打开收音机听着歌曲，惬意地看着电视。这天中午，他打开电视，将羽毛枕头靠在腋下，侧卧在床上看着电视，听着女播音员用少女柔情、亲切的声音播放节目。播音员正在说着这样的内容，“天山牧场中的新变化”，“沙塔尔·阿木提在改革中勇于开拓进取，利用山区的优越条件，开发旅游产业，让广大牧民走上了致富之路……”嗨！可惜现在沙塔尔·阿木提不在身边，他听到肯定会高兴的，他一定会再次为我给他贡献的智慧，表示衷心的感谢吧……

没过一会儿，沙塔尔·阿木提走了进来，他将泰国进口的白帽夹在腋下，挺直的脊背上顶着大脑袋，黑色脸庞像抹了油一般亮堂堂的。他的眼睛里充满了温柔的笑容：

“大哥，我抓来了，现在就去宰了吗？”

“是雪鸡，还是鸽子？”

“是爪子还没落过地的乳鸽。”

“那现在就宰了。”苏力坦·艾力脱掉衣服，身上就剩了一条短裤，赤裸着身体趴在床上。沙塔尔·阿木提从腰间的刀鞘中，拔出刀，放在身前的茶几上，开始将袋子口解开，乳鸽在袋子里扑腾着，仿佛在呻吟着，呼喊着自己的母亲。沙塔尔·阿木提拿出一只乳鸽，乳鸽的翅膀还没有长全，他用手将乳鸽两只翅膀抓在手中，乳鸽稀少、发黄的幼小身体在沙塔尔·阿木提手中颤抖着。在发暗的灯光下，它那珍珠般闪亮的眼睛，仿佛已经看到即将来临的死亡，像哀嚎着的弱者，有一种震撼人心的哀鸣，又透露出对生命的无限留恋。乳鸽心脏猛烈跳动的节奏，让沙塔尔·阿木提感觉像风在呼啸。他已经听到很多次这种声音，已经毫不陌生，习以为常。他毫不在乎手中乳鸽的挣扎，一只手拿起刀子，将乳鸽的头靠近苏力坦·艾力的背，用刀轻轻划过。一刹那间，黑红色的血液喷洒在苏力坦·艾力的背上。乳鸽无力地挣扎着，抖动着，它的每次挣扎都会从身体里挤出血液，滴落下来。血像炭一般热，当乳鸽的血滴在苏力坦·艾力逐渐衰老而失去温度的身体上时，像一股滚烫的金属溶液从身体里流下来一样，皮肤“嘭”的一声烧着了一般。苏力坦·艾力的身体所感受到的是格外的舒畅。此后，又有两只乳鸽的血滴在了苏力坦·艾力的肩上、大腿、脚上、脊背和耳朵后，苏力坦·艾力经常感到发冷、出汗的身体一下子感到发热和舒坦，冰冷的血管里的血，也开始沸腾起来。快到夜晚降临时，一碗热腾腾的鸽子汤被装在白瓷碗中，端上了茶几。

沙塔尔·阿木提谄媚地说道："现在您快点把鸽子肉吃了，汤喝了。不是我吹牛，保证您年轻 10 岁！"

苏力坦·艾力揪下冒着热气的鸽腿，连肉带骨大嚼了起来。

"沙塔尔，你是最会吹牛的，把 3 只乳鸽的效果夸成这样。"

"哎呀，您还是不信，都说灵芝、鹿茸好，但哪里比得上乳鸽。吃了肉、喝了汤，再蒙上被子睡一觉，您明天就知道好处了。"

说来也是……平常一到晚上，苏力坦·艾力就觉得背、腿和手酸痛，到处都疼，整夜难眠。在这个夜里，没有感到任何难受，舒服地睡了一夜。第二天起床，他也不觉得身体发沉，无力的感觉也消失了，感到自己像棉花一样轻松，精神十足。他高兴地拍着沙塔尔·阿木提的肩膀：

"真的……这乳鸽是真的灵啊，我现在是真信你了。"

在草原和山区之间升腾起浓烟，从烟气中传来烤肉、炒菜、白酒、大麻和其他什么东西的怪味。草原上人山人海，车辆来回穿梭。那些早就注意到、等待时机的人，都是听到广告就跑过来度假，日渐增多的人们在这里各自忙碌着。那些来这里采药的人，带着老婆孩子在草原挖出简易的窑洞，贪婪的眼睛盯着草原和山坡。还有一些是淘金客，明知道在草原淘金犹如大海捞针，但还是不顾艰难，在湖边紧张地准备着。

古兰姆草原上的牧民看到这一切，不知道该干什么，呆呆地站在一旁。他们为这些事心酸愤怒，在背后狠狠地骂着沙塔尔·阿木提，但也没有人站出来说几句。前几天，听说老婆要生了，沙迪尔·司马义当天夜里就去城里，到现在还没有回来。有人带回了他老婆难产的消息，孩子胎位不正，做了剖腹产手术，手术又造成大出血，他老婆至今还未脱离危险期……

苏力坦·艾力看到，还不到一个月，草原就发生了这么大的变化，他知道遇到了麻烦。在古兰姆草原待了一段时间，喝着牛奶、马奶，在城里燥热的时刻躲在草原避暑后，他改变了计划，急忙赶回城里。他不想再待下去，想到以后必定会发生的争论吵闹，他可不愿意掺和进去。最好，就当作自己什么都不知道，什么都没看到。他将沙塔尔·阿木提叫到休息室商量此后的事，不知道为什么，苏力坦·艾力今天看起来神情阴郁，陷入沉思不悦中。沙塔尔·阿木提发觉到他的异常后，马上清醒过来，他谄媚地问道：

“您今天感觉怎么样？”

“你别啰嗦，回答我的问题，你从哪里找来这些人？”

“您问的是哪些人？”

“你去草原、湖边、山里看一看，都是些什么人，是游客吗？”

“您是觉得他们不应该来吗？”

“当然不应该！”

“但我已经从他们那里收了手续费，您也知道这事，我们的收入有一半是来自于他们的。”

“你和牧场是怎么签的合同，是为了建设旅游区，是吗？现在为什么出现采药和淘金客？沙塔尔，我们没有仔细考虑这件事，这些混蛋，早就在等待机会，因为我们登的广告，一下子都跑来了……你看看，他们像狗毛一样漫山遍野，你等着看，我们一定会遇到麻烦的。”

“大哥，您不用为这件事担心，会有什么麻烦呢？他们又不会把草原和大山搬走，来的人越多，我们的生意就会越好，一盘子拌面卖 8 块钱，一瓶啤酒 5 块，一公斤肉 20 块。但就算卖得贵，饭馆还是忙不过来，来旅游的人太多了，从城里运来的白酒、啤酒都供不应求，我还派了一辆车到乌鲁木齐买酒去了，厨师一天……”

“你少啰嗦！”苏力坦·艾力的一声喊，立刻让沙塔尔·阿木提闭了嘴：“你怎么这么笨，如果牧场告旅游区的建设破坏了牧场的环境，破坏了湖堤，你能怎么办？”

“那我们要怎么办？您给出个主意啊。”

“有没有办法把那些人赶出草原？”

“现在这么做很困难，我们哪儿赶得了这么多人？”

“是啊，现在这种情况已经难以收拾了。”苏力坦·艾力低下头，用大拇指和食指支起下巴，沉思起来，没一会儿，他又精神振奋地抬起头说道：

“要不，你这样做，如果真遇到事，你就说这些人不是你找来的，都是老百姓。你就告诉他们，地是国家的，他们来这里也是讨生活，是要赶他们走，还是要留下来，都随你们的便。”

是的，苏力坦·艾力的话，是对即将遇到的问题，最好的解决办法，是个摆脱成为被告的好主意。苏力坦·艾力为自己能想到这个主意而兴奋，刚才心里像雾一般缠绕的烦恼和忧虑，很快就消失了。从山顶处逐渐蔓延的黑沉云层，山雨欲来，他不顾天气的变化，坐车向城里开去。

七

短尾狼仿佛觉得它的孩子依然活着，依然在无边无际的田野和森林中不知疲倦地穿梭。它鼓胀的乳房无法忍受的疼痛逐渐蔓延开来，让它的身体如同在煎熬。它现在就想抓住不管是绵羊、山羊、黄羊或者是鹿的幼崽，把它们紧紧抱在怀中，让它们吸吮它的乳汁，闻它们身上的味道，舔一舔它们的身体。这个愿望，甚至比饥渴、比饥饿更强烈。为了抓住一只小羊羔，它曾有几次冲向草原上的畜群，但这几次都被猎狗包围，它拼命挣扎，千辛万苦才得以逃脱。直到那时，短尾狼才真正意识到它的力不从心，才意识到自己身体里的力量，已经随着狼崽的离去而消失不见。短尾狼因为长时间没有进食，已经忘记时间过去了多久。自从在洞穴中找不到狼崽开始，它就仿佛忘记了饥饿，没有了进食的欲望。但饥饿还是无时无刻不在侵扰它，让它变得日渐虚弱，毛皮干燥，肚子干瘪，身上的肋骨都根根可见。它现在跑上几步就会气喘吁吁，四肢发抖，舌头伸长耷拉着，就想着喝几口水。如果不经常去湖边喝水，就会感到身体内像火烧一样难受，它已经感到无处安身了。

短尾狼从灌木丛中钻了出来，慢慢爬过被阳光照得滚烫的岩石，来到了湖边，贪婪地喝着冰凉的湖水。鱼儿游动着，将它难看的倒影破坏成碎块，无忧无虑欢快地游来游去。这时，短尾狼也想着叼上条鱼，暂时压制自己的饥饿。每当它来到湖边喝水，看到水里游动的鱼，就会想起过去那些难忘的岁月。有件事，还是发生在它正当盛年的时候，不是现在这样的夏天，那是在冬天，还是在这座湖边。

一天，短尾狼在灌木丛中寻找食物。突然，它在灌木丛里看到一只狐狸，狐狸面前摆着几条鱼，正在那儿啃食。它虎视眈眈地朝那只狐狸扑去。

它朝狐狸喊道："我现在肚子很饿，识相点，把你的食物分给我。"

狐狸狡猾地谄媚笑道："你应该为要求我分给你食物而感到羞耻。你可是狼啊，是这片天下真正的杀手，是英勇无畏的保护者，你做的事，要无愧于你的名声！"

"那你让我做什么？"短尾狼有些羞愧地说。

"在你们的狩猎生涯中，可没有吃尸体的习惯。如果你真的愿意吃鱼，也不应该吃这样的死鱼，你应该到湖里抓活着的美味。"

短尾狼骄傲地点了点头：

"你说得对，可敬的狐狸，我们确实没有吃尸体的习惯。我们要亲手抓住猎物，我们喜欢吃活的食物。我们喜欢猎物的热血在嘴里奔腾四溅的感觉，我们以此为乐。那请你告诉我，你是怎么从湖里抓到活鱼的？"

狐狸这才放下心来，轻轻地喘了口气，说道："其实办法很简单，你把尾巴放在湖面冰块之间的缝隙里，屏住气别乱动。鱼儿就会从四面八方来到，以为你的尾巴就是食物，争相吃你的尾巴。但你不能着急，还要耐心地等待，要不你会惊动到鱼儿，鱼儿就会跑掉。等你觉得自己的尾巴被什么东西咬住，变得沉甸甸的时候，那时，你就快速地把尾巴抽出来，那些鱼儿就会跟着你的尾巴掉到冰面上来，你看，就是这么简单。”

短尾狼又怎么可能知道，狐狸说的都是谎话。这些死鱼，都是它从渔夫那里偷来的，渔夫用网捕到鱼，它就从放置在一边的袋子里，灵巧地偷出鱼来。短尾狼着急地跑到湖边，湖面上结了厚厚一层冰，湖面上有牧民用斧头砍出的大洞，只有到洞前，才能看到淡黑色的湖水静静流动。狼忍着肚子饥饿的咕噜声，在湖面上站稳，蹲下身子将尾巴浸入水中。入夜了，冬天的寒风开始肆虐。天气变得越来越冷，随着雪花纷纷扬扬地飘落，暴风雪不断冲击着短尾狼的头和眼睛。饥饿的短尾狼对此置之不理，只是一心等待着鱼儿游来咬它的尾巴……真的，等了很久，狐狸说的事似乎应验了，它的尾巴越来越重，感觉像是被什么东西紧紧绑住一般。短尾狼急忙将自己的尾巴拉起来，因为过度用力，它的尾巴上开始嘎吱作响。但它没有拽出尾巴，它的尾巴早已经被冻成冰。短尾狼这才知道上了狐狸的当。为了活命，它整个晚上都在用爪子刨着冰面，用牙咬着缺口，但总是徒劳无功。从爪子和牙齿之间渗出的血，让冰窖周围沾满了鲜红的血液。等到天亮，太阳升起，发生了可怕的事件。一个女人提着水桶，从羊圈的方向朝这里走来。她靠近湖边，突然看见了洞口的狼，她被吓得噼里啪啦扔掉手中斧头和水桶，转身向羊圈跑去。水桶滚动着最终掉进了洞里，同样吓了短尾狼一跳，还没等短尾狼反应过来，一群牧民拿着枪、木棒和铁棍大喊着朝湖边跑来。从很远处，短尾狼就能清晰看到他们愤怒的神情，看到他们睁大的眼睛和鼓起的筋脉，仿佛在抓到它的一瞬间，就会将它剥皮抽筋，锉骨扬灰。这时，不知是老天爷给了它力量，还是别的神圣存在赐予了它勇气，它哀嚎着、挣扎着向洞边使劲扑了过去，在剧烈的力量下，它突然跌落到两丈远外。惊慌失措间，它完全忘记了自己的尾巴还留在了冰洞里。只是用尽全力逃跑。它钻进了河对岸厚厚的灌木丛中，就这样逃之夭夭，徘徊在未知的雪原、松树和山林间。失去了尾巴的短尾狼，跑起来变得很不平衡，跳跃间总是控制不住力量，过了很久它还不曾习惯。从那以后，它那“短尾狼”的名字就在狼群中传播开了。毛茸茸的尾巴曾给它带来多么美妙的感觉，灰鬃毛当初第一次就是走近嗅着它的尾巴，轻轻地咬着，向它表示爱意的啊！短尾狼也因此经常地想起那时的情景。短尾狼慢慢也习惯了没有尾巴的日子，只是在内心深处，默默地恨着那个让它丢失尾巴的狐狸。

短尾狼离开湖边，沿着灌木林一路向南方小跑而去。一栏牲畜在低矮的土坡上吃草，有一个姑娘在这里放牧，在她周围有好几只羊羔跳跃玩耍。短尾狼躲在灌木丛中，仔细地观察着羊羔的动作。短尾狼现在沉浸在失去孩子的孤独中，无助的痛苦正在折磨着它。如果它加入周围的狼群，也许就能摆脱这种孤独和痛苦……但现在已经不可能了。它清楚地知道，狼群再也不会将它这样一只失去美丽和高贵的狼，不会再将它这样狼狈不堪、倒霉的短尾狼放在心上。加入狼群又有什么好呢？如果灰鬃毛和狼崽们都活着，它怎么会在乎其他狼的态度。

每当它看到狼崽在四周无忧无虑地跑动，它都感觉自己是如此幸运和幸福，觉得自己的世界那么充实。这时，周围充斥着狼群在山间威武嚎叫的声音。当他看到牧羊人放心地将羊群撒在广阔的草原间，羊群安闲地吃草。而它却孤独的、毫无掩护地看着这些，不禁发出了无尽的哽咽。

在离灌木丛很近的地方，有一只黑羊羔朝着远处吃草的黑母羊咩咩叫着跑去，将头伸进黑母羊身下，跪下身子开始吃奶。黑母羊停止吃草，将两只后腿撑开了些，低头嗅了嗅，黑羊羔调皮撒欢，不停抖动着羊尾巴。老天赋予了母亲与孩子间这样无与伦比的慈爱，此刻只有从母亲身上才能汲取营养和力量，而母羊则会从小羊羔温暖的身体中散发出的气味，得到享受吧。短尾狼从灌木丛中清楚地看到这一切，看到黑羊羔嘴里散发出的混合草、奶的味道，嘴里流出的唾液，感受到亲密的味道，不由得安静下来。它的乳房也不知不觉中滴下乳汁，是啊，当母亲真是一件幸福的事！它曾经有过母黑羊一样的哺乳，用洁白的乳汁喂养孩子的时刻吗？有过的！每当它回到洞窟，狼崽们都会围过来，扑向它的乳房，短尾狼会找个舒适柔软的地方躺下来，看着狼崽饥渴地扑在它身上，不停地吸吮它鼓胀的乳房。那时候它的内心也同样被甜蜜的感觉、无边无际的幸福填满，深深沉醉其中。

短尾狼心中充斥痛苦和悲伤，它的眼睛一时什么都看不见了。眼泪像雪白的乳汁滴在沙土上，已经感觉不到现在身体的饥渴。等双眼慢慢恢复后，眼前的黑母羊和黑小羊羔也不见踪影，那个女孩赶着羊群已经走远了。短尾狼越发感到沮丧，低头转身也走开。它会去哪儿？是去那个唯一能给它安慰的洞穴吗？恐怕连它自己也不清楚。身前是让它感到孤独无助，毫无希望的草原。

八

父亲为了旅游区的生意忙碌起来，将羊圈里的牛羊都扔给她们母女照顾，这让她从心里感到不高兴。她让母亲留在家里做家务，自己则一大早赶着牛羊出去放牧。那个小时候说着“哎呀……你们把一个羊圈的羊都让我养，那可不行，我不去放牧……”向父母撒娇抱怨的女孩，现在怎么改变了呢？现在，父亲已经对这一羊圈的羊失去了兴趣，虽然说山里人看着她这么一个女孩，成天忙于牧羊，已经觉得习惯了。但城里来的人，农村来的亲戚们呢，他们会说什么闲话呢？所以，这一对母女总是抢着去牧羊，但最终总是尤丽吐孜获得胜利。这方面她总是有诸多理由：“算了吧妈妈，我又不会做饭，又不会打馕，年龄又小……”老实的母亲没有发现，她这些理由中隐藏起来，心疼母亲的举动。尤丽吐孜喜欢将羊群赶到河边满是灌木丛，牧草丰盛的高坡上吃草。在高坡上，可以看到河对面凯沙尔的房子，甚至可以清楚地看到凯沙尔进出屋的样子。爱情是一种特别的感受，使人们变得盲目。但人们还是一样为它着迷，跟着爱情的指引前进，被爱情的烈焰所控制。在凯沙尔点燃她内心爱火的时刻，尤丽吐孜就会为爱情而烦恼。在她的内心深处，情感散发出炽烈的光芒，这种情感是那么脆弱、迷人又充满力量，让她像断了根的猪毛菜一般，不由自主地向这边走来。凯沙尔只要看到山坡上的羊群，就会蹚过河水，穿过灌木丛，悄无声息地出现在她身边。他们俩互相依偎着坐在一起，互诉衷肠，在绿色的草地上放松地躺下来。他们就这样沉浸在无边无际的幸福当中，仿佛世间只有他们两个一般，除了这片草地，不需要任何东西来点缀。灌木丛见证他们纯洁的爱情，静静地听着他们之间永无休止的甜言蜜语，窃窃私语，也静静看着在灌木丛中嫩绿树叶下的甜蜜亲吻。此刻，这种甜美感觉仿佛还在周围荡漾。尤丽吐孜在绿色的山坡上坐着想心事，她听到近处传来的马蹄声，这是熟悉的马蹄声……是凯沙尔的马！女孩立刻站立起来摆弄着头巾，看到凯沙尔从山上下来，他骑马来到尤丽吐孜面前，矫健地跳下马，不知怎么的，他的脸上显出愤怒和沮丧的样子。

“你还好吗？”

“还不错，你呢？”

“我早晨上山，这会儿才回来。”

女孩用手解开辫子的末端，然后又重新编上，故意抱怨道：“我知道，你总是早出晚归，那里到底有什么做不完的事。”

小伙子努力辩解道：“我有什么办法？没办法啊。我在生病或枯萎的树木位置上，补种四五千棵松树，还要注意它们的长势如何，进行适当的护理。松树苗就像是体弱多病的幼儿一样，如果不像哄小孩一样哄着它们，那前面做出的努力就付诸东流了。”

女孩这才放下心来：“这样倒是好的，我就担心你是不是生病了……”

两个人在山坡上肩并肩坐了下来。

“你那个老板爸爸还在家里吗？”

“你在说谁，是说我爸爸沙塔尔吗？”

“当然是他。”

“到城里去了。”

“让你进城打工的事，看来他反悔了是吗？”

“我不知道。”

凯沙尔一下来了精神，提高音量说道：“尤丽吐孜，你应该继续学业，有可能的话，我想让你去上大学。爱情不能成为毁掉你前途的阻碍，我们是站在新时代黄金之门前的青年人，我们要以什么样的状态进入新时代呢？用愚昧和无知吗？是用低迷的精神还是高昂的态度呢？不，尤丽吐孜，你应该上学去。”

尤丽吐孜虽然不是很理解凯沙尔说的“新时代……黄金之门”的意思。但听到凯沙尔劝她学习，还是兴奋起来，在凯沙尔的怀抱中，抬起头来，梳理着纷乱的头发，说道：

“我是想学习的，但要爸爸同意才行。”

“为什么？”

“苏力坦伯伯说的话，爸爸可不会拒绝。”

凯沙尔别扭地低下头：“那倒是真的，你说得对……他们一个是主人，一个是奴隶。策划这些事的就是那个万恶的老家伙，而实现目的的就是你那个无知而又可怜的父亲。现在从尤鲁都斯湖到古兰姆草原，他造成了多少破坏，就仿佛这片土地没有主人一般。你自己想想，如果他们还有一点人性，他们会这样残忍地夺去那些狼崽的生命吗？我给你说说昨晚的事，我在屋子前弹吉他，一只狼出现在我面前，我还以为它要向我发动攻击呢。我仔细一看，发现那只狼的样子很是孤独可怜，后来我才知道，它是那些狼崽的母亲。它在我屋子周围走动，还悲惨地嚎叫起来。你相不相信，有一只狼就在我身边嚎叫，我就那样听它嚎叫了整夜。悲伤和痛苦、离别和怀念是人和动物共同的感受啊。当灾难降临时，人也会像动物一样嚎叫，动物也会像人一样哭泣。我也曾为了狼崽悲惨的命运整夜哭泣，像狼一样嚎叫。”

凯沙尔越说越是激动，心里也是越发难过，眼泪涌上眼眶。他咽下泪水，同时咽下了要继续说的话。他要说的话……他没法继续说下去，他无法将自己所见的事情告诉她。因为，到现在为止，他都不敢相信，发生的事情是真或是一场梦……

……那时，凯沙尔正在像狼一样哭泣。突然，狼出现在他面前。凯沙尔一时不知该做什么，像石头一般站在了原地，手脚都变得僵硬，似乎只有眼睛还能感受四周的变化。在月光映照下，狼看到他的眼睛里流出了水银般的眼泪，仿佛一下找到了自己亲近的朋友，一起分担痛苦的伙伴。它走近他，嗅着他的手和肩膀，它仿佛在低声诉说着什么，那是怎样一种哀鸣，悲凉。狼的呻吟，仿佛一个无家可归的弱者，在向它的兄弟发出求助。这是一种痛苦的声音，让凯沙尔心中的惧怕和恐惧的感觉立刻消失。他怀着对这个生命的怜惜，不由自主地伸出手，深情地抚摸着狼的头和耳朵。狼也似乎在期待着他的抚摸一般，同样伸出舌头，亲吻着凯沙尔的脸、耳朵和残留着泪痕的眼睛。狼的舌头像火炭般热，像丝绸般柔软，让凯沙尔觉得全身都在战栗，有一种人生中从未有过的喜爱、怀念和崇敬的感情。他在这种喜爱和崇敬中，忘记了人和动物之间的区别，他们成了最亲近的生物。他们可以为对方的痛苦而哭泣，两种生物间有了共同的情绪，仿佛他们可以谈心，可以互诉衷肠，这正是狼在做的事情。凯沙尔被狼乖巧的舌头舔过，被撒娇般的触碰、不停的呻吟所感动，让他瞬间被感动。他紧紧抱住狼，将脸贴在狼眼睛上，他感到自己抱着的不是狼，这个人类视为敌人、恨不得斩草除根的猛兽，而是抱着一个有感情的、生活充满苦难、孤独生存于人群中的流浪者……他忘记这个温暖的拥抱到底持续了多久，也不知道狼是什么时候离开的。等他反应过来，他已经是躺在干枯松树枝的旁边，平常弹吉他的地方。

尤丽吐孜哽咽地看着凯沙尔的眼睛，难过地说道："别再让我难过了，如果那些狼崽没有闷死在麻袋里，难道我们就有办法救它们吗。"

凯沙尔肯定地说道："我一定会救它们的！趁着他们那夜的狂欢时刻，我一定能偷偷救出它们的。我会将它们放归故里，抚慰那个悲伤狼母的痛苦。什么？你说狼是凶猛的野兽，不应该同情它们？难道人类就不凶猛，不是野兽吗？这个世界上，还有什么东西人类没有吃过？人类为了自己的生存，吃遍了从天上的鸟到地下的昆虫，现在连狼这种可怜的生物都不想放过，这才是真正的残忍，才是真正的野蛮。但世界上又有谁真正在乎它们？尤丽吐孜，我告诉你，地球不仅属于人类，更属于地球上所有生命，甚至包括苍蝇蚊子都有生存的权利。地球就像一个运动着的大机器，从人类到野兽，包括昆虫都是这个机器不可或缺的螺丝零件。如果一个机器缺少零件会怎么样？它会停止转动，成为废品。"

尤丽吐孜这个幼稚老实的女孩，最终也没有完全理解凯沙尔这番激昂慷慨的话语。说实在的，看到往常让她所崇拜的、独一无二勇敢的凯沙尔，忽然在她眼前，像小孩子一样说话，与一只狼一起哭泣，听着他的这些话语，都感到很是奇怪。

又过了很多天，尤丽吐孜在附近放着羊，自己来到山坡上坐下。自从上次见面后，直到现在，凯沙尔都没有再来过，这让尤丽吐孜感到既难过又生气。即使如此，她还是每天都来到山坡上，坐在那里，希望能够遇见凯沙尔。她不停地看着河对面那座孤立的房子。

不知为什么，今天，她没有看到凯沙尔屋子的烟囱冒烟，没有听到经常响起的吉他声，那让女孩沉迷其中的吉他声也变得沉寂。这时，女孩的心绪不知飘向何方，他是不是又在松树林折腾？女孩还不知道，此刻凯沙尔确实不在松树林，而是去城里找沙迪尔・司马义。

凯沙尔很早就出门，在石路上拦住一辆经过的车坐上去，临近中午时来到了城里。他走进一间饭馆，点了碗拌面填饱肚子，到商店里买了些糖果、冰糖和罐头，拎着这些来到了市医院。他到妇产科病房门口四处瞅着，一个年轻护士来到他身边，问道：

"你找谁？"

"我来看望沙迪尔场长的妻子，她这几天才生的孩子……"

"病房可都是生过孩子的病人，她的名字叫什么？"

"卡迪丽娅。"

"哦，是 19 号床，但是现在禁止探望，她还昏迷未醒。"

"是这样的，我跟她丈夫见个面也行的。"

"这样啊，她丈夫在陪着她，你跟我来吧。"说着，护士带凯沙尔来到 19 号病房，轻轻地推开了门，对着沙迪尔打了个招呼。沙迪尔・司马义来到了走廊，两人坐在走廊的椅子上。沙迪尔・司马义睁着布满血丝的眼睛，勉强对他笑了笑，两个人无声地握了握手。

"你怎么样？"

"现在只能说情况还不错。她到现在还没有醒来，已经输了 600 毫升血了。亲戚们都在农村，而且都有自己的事情，只有靠我在这里陪着，牧场的工作怎么样了？我已经好多天没有过问牧场的事情。"

"我正是因为有事才来找你，也没带什么礼物，把这些拿进去，你再出来吧。"凯沙尔将手中的塑料袋塞到沙迪尔・司马义手中。

"哎，你这是干什么？能来就好，怎么还带东西……"

沙迪尔・司马义提着慰问品，转身轻轻推开门进了病房，过了一会儿又走出来，问道："你有什么事吗？"

"有件麻烦事……来，别站着，坐这儿吧，我也挺累的。"两个人坐在椅子上，凯沙尔开始说起古兰姆草原上发生的事情。

听着听着，沙迪尔·司马义皱起了眉头，圆睁着眼睛说道："什么？发生了这样的事！艾尼场长当时在干什么呢？"

"他是副场长，你觉得他会管那些事吗？"

"你说说看，怎么还会发生这样的事？牧场都乱成这样，沙塔尔队长呢，他为什么不管一管？"

"你坐在这儿发牢骚有什么用？最好，还是你自己回去看一看，先别急着批评艾尼场长和沙塔尔队长，如果你看到牧场的混乱状况，就不会只顾着责备他们，估计你首先做的，就是自责。"

"这是什么意思？"

"我早就告诉过你，不能用金子打造马镫，现在这句话已经得到了验证。"

沙迪尔立刻明白了凯沙尔话中的意思，凯沙尔曾经多次埋怨他，劝他说在古兰姆牧场开发旅游区，会有严重的后果。对他在与沙塔尔·阿木提的合同上签字，感到非常愤怒。但沙迪尔依然觉得凯沙尔是在大惊小怪，他知道今天凯沙尔来，是为了证明以往的警告是正确的。难道就在这一个月间，古兰姆牧场真的发生了那么多事？如果凯沙尔反映的确有其事，那可以说，古兰姆草原真的发生了灾难性的事件。他可是要为这件事承担责任，难道他要这样向其他人解释说"我没有听到，这段时间，我一直在陪着在生与死间徘徊的妻子"。他连夜开车回到村里，将弟媳接到医院，临时照顾自己的妻子，带着凯沙尔匆忙返回牧场。

沙迪尔·司马义沉默驾驶着车，驶出一段路程后，开口说道："如果真是这样，回去后，我一定会好好收拾沙塔尔这个家伙，都是这家伙的错！等着瞧，我一定会让那张合同变成废纸。"

"您先别生气，您这一生气，可能会犯下另一个错误。您先到我跟你提到的那些地方去看看，到那时，您就会知道该怎么做了。"

沙迪尔·司马义深深喘了口气，继续沉默。他仿佛要将自己所有的愤怒，发泄在方向盘一般，用充满力量的手握着方向盘，胳膊上的青筋都透了出来。他们在接近中午时来到了牧场，从马厩里牵出两匹马，骑上马，连午饭都顾不上吃，与凯沙尔一同朝着古兰姆草原奔去。两匹马踏着轻快的步伐走在石路上，步伐节奏分明。马蹄拍打在厚厚的石头上，发出噼啪的响声。马儿似乎感受到自己的主人要去做一件重要的事情，竖起芦苇叶般的耳朵，昂首阔步，不停地摇动着缰绳奔驰着。在马儿走到岔路口时，凯沙尔问沙迪尔·司马义道：

“我们要不要先到尤丽吐孜湖边那个新巴扎去看看？那里可热闹了！”

“行了，快走，别发牢骚了，我们直接去草原。”

他们扭转缰绳，向草原方向奔去。

凯沙尔本不想再刺激沙迪尔·司马义，但又忍不住说道：“我到现在都感到奇怪，你怎么会同意在牧场搞旅游区呢？如果你能想到会造成现在这样的后果……”

“你以为都是因为搞旅游区，才成为现在这样？”

“那当然。”

听到凯沙尔这番话，让好不容易控制着自己情绪的沙迪尔·司马义，突然发作起来：

“你现在可是千方百计找我的茬儿？”他生气地说：

“就像是我把牧场推向深渊，你可知道，牧场今年的经济收入是多少，这里面，沙塔尔又贡献了多少比重？”

听到这里，凯沙尔拉了拉缰绳，将马的速度降了下来：“要是按照你所说的。那是不是我们以后在农村，也别种小麦玉米了，就种棉花不是更好。”

“你没有理解我的意思！”沙迪尔·司马义突然激动得提高音量说了起来。

凯沙尔用更大的声音说道：“你明知道自己犯了错误，但就是不肯承认！合同上是你的签名。你是在害怕承担责任，是不是？

“你也没有想到，旅游区的建设，在给牧场带来经济效益的同时，更多的是带来无法估量的损失。你为什么不敢冷静地思考和面对？至今为止，我们只是在与非法采药和非法淘金的人打交道，却没有想到来景区旅游的人们，会对牧场的环境污染，给牧场带来无法估量的破坏，这样下去，四五年后，你就会失去你的牧场。再也不会看到今天这样，鲜花盛开、牛羊遍野的美好景象。”

听到这里，沙迪尔·司马义沉默着。这时，从山那面有一辆红色桑塔纳轿车疾驰向他们而来，在远处就开始打起喇叭。他们俩牵动马缰绳停在石路边。汽车激起阵阵烟尘从他们身边驶过，汽车是个女孩在开着，车上还坐着两个男人，看起来是在古兰姆草原上吃饱喝足了，准备回城里。他们给沙迪尔·司马义的感觉，很是满足和享受，让沙迪尔·司马义看着又是一阵满腹牢骚。汽车排出的尾气和石路上的土灰混合在一起，让他艰于呼吸，他忍不住皱着眉头，朝着汽车驶去的方向，狠狠吐了口唾沫。用力踢了踢马肚子，像姑娘一样娇气、活泼的母马无缘无故受到攻击，心情很是不好，惊慌地向前迈开步子……

凯沙尔的心里很是难过，内心翻涌着这样的想法：“你看，天堂一样的美景，这就是它的命运。”这一切，从中获利的可能只有那么一两个人，比如苏力坦·艾力、沙塔尔·阿木提……这就是违背自然规律的惩罚，当然这一切都会受到惩罚。但这个惩罚不会降临到践踏这片土地，从它的眼泪中捞取黄金的人身上，只有那些为草原遭遇的不幸而哀号的人，在承担着痛苦……

马儿很快就载着他们来到古兰姆草原。他们第一眼看到的是遍布四处挖好的洞窟，山腰松树下搭起的一个个歪歪扭扭五颜六色的帐篷。帐篷前用石块垒砌的灶台，有些灶台上还点着火。女人们忙着洗衣做饭，孩子们在附近跑闹戏耍，看起来，他们就像是很久以来就是这片草原的主人，显得自由、无忧无虑。

沙迪尔·司马义皱着眉道："你看看，这些无赖，真以为这里是他们的了。"

"到这边来，你还能看到更大的问题。"

沙迪尔·司马义郁闷地扬起马鞭抽了下马。两匹马沿着山腰，向草原方向奔去，在山脚下的大草原上，一时只见人来人往。他们一个挨着一个，拿着坎头曼、铁锹、锄头在草地上挖掘着药材，他们挖过的地方，就像被野猪拱过一般，坑坑洼洼。

沙迪尔·司马义从马背上跳下来，向站在他面前，一位戴着旧皮帽、衣服同样破旧的老人走去，说道：

"停下，快把你手上的坎头曼扔掉！"

大胡子老人轻蔑地看了看眼前的陌生人：

"你别冲我喊叫，我又不是罪犯。"

"犯没犯罪，等会儿我就让你见识见识，你是什么人？从哪里来的？"

"你又是谁，你又是从哪里来的？"

凯沙尔代替沙迪尔·司马义说道："他是牧场的领导，是这片牧场的主人！"

大胡子老人又从头到脚打量沙迪尔·司马义一番，狡猾地说道：

"哎呀，真是太失礼了，您好吗？"

"谁是你们的头，把他叫过来。"

"头？哎呀，是这样的场长，我们都是单独做事的，自己做主。"

"谁同意你在草原上采药的？"

"还不是为了生活……农村的生活困难，这才想着到这里做事，增加点收入。"

"我好话告诉你，马上停下你手里的活儿，回宿营地去，有什么话，我们到宿营地再说。"

"好的，好的，但沙塔尔经理可是让我交了管理费的……"

沙迪尔·司马义骑上马，大喊道："我不管那些！"随后，骑马到其他采药人那里去了。事情很容易就解决了，每个人对沙迪尔·司马义的命令都是一副“好的，好的”的态度，好像他们今天就会拎着包袱走人一样。

他们两人来到古兰姆草原的宿营地——河边矗立的一座座帐篷前，这里的市场显得异常热闹。一个矮个儿、肥胖、短发整齐梳理、看起来像是来这里采购的年轻商人，站在一边，似乎在欣赏手底下的人干活。人们利索地交易狐狸、水狸、熊、狼、牛、羊皮以及晒干的药材，甚至还有鹿茸。年轻商人丝毫不在乎沙迪尔·司马义，他远远地对着沙迪尔·司马义点点头，算是打了招呼。他手指上粗大的戒指，在阳光下反射着光，他把手指放在膝盖上，一个人来到他身边，在他的耳边嘀嘀咕咕了一阵。

“看来，又来了一个大生意。”

“说吧，什么生意？”

“猎隼。”

“有几只？”

“有两只。”

“你去跟他谈，记得价格要合适，但是别把生意谈崩了。”年轻商人看着向他走来的沙迪尔·司马义，一下变得文雅起来，快速地站起身来，伸出柔软、短粗的手说道：

“您好，沙迪尔场长，你终于来了，好久不见。”

“我们来了，这可是我们的地方。”

“您来得正好。”他再次握住沙迪尔·司马义松开的手，带着他往一边走，说道：“来吧，到那边喝碗茶……”

“去哪儿？”

“这里的饭馆很不错，请过来吧，您也辛苦了。”

“谢谢，我们还有事要做，再见……你的生意怎么样？”

“在您的领导下，都还行。”

“阿木提·阿吉，只是，你们现在正在做的事，我们可一点消息都没收到啊？”

“是吗？”阿木提·阿吉立刻想了想，镇定地继续说道，“是啊，因为这件事与您没有直接的关系，是可能没有告诉您吧。”

“你是说这事跟我没有关系？”

“是啊，我们做的事，是跟旅游区合作的，跟牧场可没有关系。”

“你知道旅游区是在牧场里吗？”

“沙迪尔场长，这对我来讲就不重要了。”阿木提·阿吉刚才那客气的表情瞬间消失，被一种妄自尊大的藐视所代替：“对这一点，您可以跟沙塔尔经理谈，您说得对，我们俩是认识的，关系都挺好，可以说是老朋友了。但在业务方面，我与您之间可没有任何关系，您说是吗？”

阿木提·阿吉微笑着说出这些粗暴话语，将沙迪尔·司马义气得浑身发抖。他从没有想到过，会面对眼前这种残酷的现实，就是对凯沙尔提前的警告也没有太在意，没有想到事情比凯沙尔说的还要严重。但他克制自己没有与阿木提·阿吉争论，他心想：“与他争论、闹矛盾没有意义，我还不如直接与沙塔尔·阿木提谈。沙塔尔·阿木提就是造成这一切、为这些破坏者开绿灯、造成这种恶劣事件的始作俑者。让古兰姆草原遭受破坏的，不正是沙塔尔·阿木提吗？罪魁祸首就是他！”

他对阿木提·阿吉平静地说道：“好的，阿木提。”但他还是无法掩饰愤怒的表情。为了找到沙塔尔·阿木提，他来到了叫浪口的地方，他想到那里先看看那些淘金人都干了些什么。他带着凯沙尔骑着马，向河流上游走去。大雨过后，山上弥漫着层层的云雾，没过一会儿，就遮盖住了满山的松树，周围逐渐变得阴暗，闪电就在他们头顶上劈闪，雷声一阵阵地轰鸣而过。随后，大雨席卷而来，斗大的雨滴噼里啪啦落在凯沙尔脸上。

“凯沙尔，雨下得越来越大了！我们尽快赶到艾山·卡克立克的羊圈去。”

沙迪尔·司马义话音刚落，大雨已经开始倾盆而下，转瞬间，周围已经被白色的雾气笼罩，山林间的雷声也越发响亮。雨水的声音已经完全掩盖了河水的湍流声，打在他们脸上、身上，他们已经完全成了落汤鸡。雨水顺着他们的身体，从马鞍的两边哗哗流下。天气变化得太快，两个人紧紧抓住松树枝或身旁的岩石，继续在大雨中艰难前行，来到了河边一处老旧的羊圈前。

沙迪尔·司马义跳下马来，大声喊道："艾山大哥！艾山大哥！"这时，羊圈的门被打开了，一个戴着旧帽子、身上穿着衬衣、矮个的人走了出来。紧张地一会儿看看沙迪尔·司马义，一会儿又对着凯沙尔说道：

"哎哟，这不是场长吗？老天……你怎么在这个大雨天……"

"艾山大哥，快把马牵到马厩里。"

"好的，好的……你们快到屋里来。"

屋里一片黑暗和杂乱，锅碗瓢盆随意地堆在灶台上，土炕上的被褥都没有收拾。但在忙于藏身的两个人，为能找到这样一个避雨的地方而感到高兴。艾山·卡克立克赶忙坐到炕上，将被褥推到一边，从角落里抽出一块新毡毯，放在炕中央。

"来吧，请到炕上来。"两个人脱鞋上炕，坐在毡毯上，脱掉滴着水的衣服，开始拧下衣服上的雨水。凯沙尔看到这所老房子的墙已经很是破旧，房顶上的椽子弯了，却没有一滴雨水透进来，觉得很是奇怪。艾山·卡克立克在屋里进进出出，不知道在忙些什么，沙迪尔·司马义应该是有些不耐烦，说道：

"艾山大哥，你这儿有吃的吗？我们都快要饿死了。"

艾山·卡克立克尴尬地挠了挠脖子，说道："馕倒是有，但都干了，我是怕拿出来丢人。"

"就把馕拿过来吧，家里有凉水吧？"

"有，水桶在这儿，还是早晨接回来的。"

像石头一样坚硬的馕，碗里冰冷的水，对饥饿的他们来讲，已经是无比的美味。他们有滋有味嘎嘣嘎嘣啃着干馕，大口大口喝着凉水。大雨还在下，没有丝毫要停止的意思。艾山·卡克立克不顾下雨，磨着刀子，要去宰一只羊羔。沙迪尔·司马义连忙劝阻他道：

“还是留着羊羔吧，等忙完了，到时候我们再好好吃一顿，你出羊肉，我出酒。”看到艾山·卡克立克就算生活困难，但丝毫不失山里人那份纯洁善良好客的样子，沙迪尔·司马义打趣道。

夜里，山里的一切都沉浸在黑暗中，已经是伸手不见五指。山林显得阴森森可怕而又神秘。雨似乎逐渐变小了。顶在墙上的两个木桩，支起的松木上，煤油灯冒着浓烟，将屋子照得昏昏暗暗。两个黝黑的枕头铺在毡子上，还放着破旧的被子和一个破旧的皮袄……沙迪尔·司马义和凯沙尔枕着枕头，侧卧在毡毯上。尽管到了晚上该休息了，艾山·卡克立克还是守在炕的一角，像是等着客人吩咐什么一样，默默地看着他们。沙迪尔·司马义打破安静，说道：“艾山大哥，你还在抓石鸡吗？”

“哎……哎……现在哪里还有石鸡抓？能抓的都抓了，剩下的也都跑远了。”

“为什么？”

“那些人厉害啊，都是用枪打石鸡，什么东西能逃脱他们的捕猎？不仅是石鸡，就是野鸡、山鸡这些野物，现在别说在山里看到它们，连声音都听不到了。”艾山·卡克立克看来也摆脱了尴尬，说话也随性起来：“原本那也就算了，还好他们只是杀些没有主人的动物。但是，他们现在又开始偷抓我们的羊，这就太不应该了。”

沙迪尔·司马义抬起身子，气呼呼地说了起来：“什么是无主的动物？别说是那些动物，就是这里的每一捧土、每一块石头都有主人，那主人是谁？就是你，就是我们……就是无论春夏秋冬、刮风下雨，为了这里的发展，而辛苦劳作生活着的山里人……”

艾山·卡克立克为了自己无心说出的话而感到惭愧，低着头静静地站在那里。沙迪尔·司马义的眼睛还在注视着他，说道：

“说吧，告诉我，是谁在偷抓你的羊？”

“羊这个东西，只要不是被狼吃了，不是爬过山区去了草原，还是会回到自己的羊圈。但不知道为什么，一个星期我就丢了两只羊，也不仅是我，克尤木·那满的羊都丢了三只，我们俩找了好几天，想着哪怕找到几块羊骨头，几块羊皮，我们也认了。后来，我们开始怀疑那些到山里淘金的人。因为……如果不是他们偷的，那几只羊还能飞到天上去？我们找啊找，找到山里。老天啊！他们都是哪里来的人啊。我们刚走进松树林，就有五六个人走出来，把我们围在中间。这些人的态度都很凶恶，眉眼间像结了冰。有个一脸麻子的大个子，对我们说，你们是谁，要去哪儿？我就告诉他，我们是牧场的牧民，我们的羊丢了，我们来这里找找，你们有看到羊吗？我才这么开口，那个麻脸大个子就笑话我们，说你们真是笨蛋，你们养的羊，不待在草场，怎么会跑到山里来？他们还说，你们真是钱给了卖馕的，却想从屠夫那里拿肉，都不知道你们在干些什么……真是岂有此理，不就是他们这些人偷了羊吗？我们知道，他们将骨头埋了起来。但没有亲眼看到，没有亲手抓到，只能自己咽下这个苦果。就这样，好处他们拿，我们受损失。天天为了这些牲畜烦恼，只能吃干馕、喝凉水了。每天起早贪黑都图了个啥？这不，现在无缘无故又欠了牧场两只羊……”

凯沙尔接着他的话说道：“如果以后你再不小心，还会欠更多的债啊。”凯沙尔近乎调侃的语调中，对这个可怜的牧羊人有了同病相怜的感受，对他所遭受的损失深感同情。

“我们山里人，又没有关门闭户的习惯，更不可能整天跟在羊群后面，又怎么知道有人想要偷羊呢？现在我才醒悟过来，如果让我抓住偷羊贼，非打断他的腿不可！还有一件事，今年古兰姆草原的处境艰难，还有一些人来草原采药，把草原祸害得可不轻啊，我们以前可是绝不容许这样的事发生，现在这又是什么情况？我们都去打听了，听说，他们是得到牧场同意的。我们几个牧民也去问，他们说是得到牧场批准的，都是你们批准的。我们还能说什么？但是，我们都很烦恼，现在再去哪里找过冬的牧草和饲料？没有足够的牧草，羊就没办法度过这个冬天啊。”

沙迪尔·司马义眼睛红得跟炭一样，喊道：“经过牧场批准是个谎言！我们怎么会干损害你们利益的事情。”

“我们听到的可不止这些，听说你们还和沙塔尔队长签订了合同？”

“这倒是真的。”

“你们与沙塔尔队长签订了十五年合同，这期间尤丽吐孜湖与古兰姆草原都在他们的掌握之中。”

沙迪尔·司马义一句话都说不出来了。

“这不，所以我们才反对，沙迪尔是我们的场长，是山里人的领导。所以对你们说几句心里话，可不是错误。沙塔尔队长以前是灭狼队的队长，现在呢？现在成了所有一切的主人！自从他有了权力以后，都把古兰姆草原糟蹋成什么样了？那些吊儿郎当的人像黑点一样遍布草原。你看现在草原成什么样了？您自己去检查检查。我们的父辈曾经说过，草原是我们的根本，这话说得对啊……草原是无法承受狡诈的阴谋，草原希望的是纯洁和圣洁。”

凯沙尔一直默默地坐在一边，听他们谈话。这时，他突然用眼神示意沙迪尔·司马义道：“这句话请你记在心间，这是对草原最真实的写照。”

“你说说看，牧民们还有什么意见或者建议？”

“那倒是有不少，您自己也来了，应该也看到了。”

沙迪尔·司马义的声音中有悲悯，有些许颤抖：“所以我来了，我会解决这一切，我一定会解决的。”

艾山·卡克立克的话语朴实，但其中充满了山里人忧虑和哀伤的气息。这声音不是以往那般的宽容大度、诚实和善忘。是他们的信仰、良心和气节等纯粹精神世界发出的声音。

凯沙尔来到牧场时，沙迪尔·司马义曾第一个对他介绍说“我们是同学”。在他遇到困难时，向他伸出手，劝说他重新充满希望。但后来，他开始不愿意听沙迪尔·司马义再说起沙塔尔·阿木提的事，他一直认为，沙迪尔·司马义关于批准在尤丽吐孜湖和古兰姆草原开设景区的决定，是错误的，是个深刻的教训。认为他不愿意心甘情愿承认自己的错误。但是，今天遇到的一切，亲眼看到的残酷现实，在艾山·卡克立克所说的证据面前，他低下了头。虽然他们认识的时间不长，但已经是知心的朋友了。在朋友面前，怎么能坚持不认识自己的错误呢？沙迪尔·司马义也有了同样的感受，像是从白日梦中醒来，显得越来越清醒。

由于被褥少，为了不让艾山·卡克立克难为情，他俩只好把枕头放在毡毯子上，紧紧挨在一起躺着。艾山·卡克立克一时不知道该做什么，该说什么，揉着胡须站在那里。看到他们没有再交流的意思，就用火柴盒压灭蜡烛，爬到炕上，躺在了炕的另一角。

黑暗……世间所有一切，山脉、森林都陷入到最深沉的黑暗中。这间矗立其间的旧房子，用石块和泥土堆砌的厚实墙面，在黑暗中显得孤独无助。沙迪尔·司马义长时间盯着天花板，默默沉思着。他也清晰地感受到了这黑暗。是的……此刻他觉得自己是悬浮在黑暗无边的天空。他觉得头上的天花板，身下的毡子，四周厚厚的墙壁，都像是在幻想中一般，都是虚假的存在。他的思维，就像是坏了的汽车一样，显得死气沉沉。灌木丛般杂乱的思绪在折磨着他。因为失眠，他感到头痛，思绪纷乱飘荡，一时间觉得自己是个罪孽深重的罪人。突然，他的耳朵听到远处传来哗哗的河流声，狼的嚎叫声，昏昏沉沉的知觉也随之消失。也不知道雨是否停了，身边的艾山·卡克立克穿着衣服躺在炕上，似乎睡着了，还打了一阵呼噜。没过一会儿，艾山·卡克立克慢慢爬起来，轻轻踮着脚，小心翼翼地打开门，一夜间，他就这样来回了好几次。很明显，他在担心羊圈里的羊，所以经常出去看看羊的情况。哎，山里人……他们的人生就是这样，像河流一样清澈、干净又充满了爱。沙迪尔·司马义越发清醒起来，想起自己与沙塔尔队长签的合同。想起昨天一路上看到的帐篷、地窝子，穿着光鲜的女人，那个戴着白帽子、留着大胡须的采药人。想起采药人最初那轻蔑的微笑，后来无耻的笑脸。还有那个交易市场中阿木提·阿吉的样子，想起艾山·卡克立克的控诉……这些都一一在他眼前闪现。他的内心中一直在愧疚："我错了，原来是我做错了，我为什么要签下那个合同呢？我怎么会掉入那个圈套呢？我以为那样做，会增加牧场的经济收入，会让牧民的日子好过起来。我只看到了钱，却没有预见到会带来的这些灾难。但是合同已经签了，我也在合同上签了字，这些都已经经过了公证。现在，很显然都已经具有了法律效力。已经没有办法反悔，怎么能撤销这个损害牧场利益的合同呢？"沙迪尔·司马义知道苏力坦·艾力是沙塔尔·阿木提的后台靠山，想到城里没有人敢反对苏力坦·艾力的意见，他就觉得气馁。但他依然认为，自己完全有能力，将那些采药人和淘金客赶出古兰姆草原。他听着身边凯沙尔轻微的呼吸声，看到凯沙尔也在炕上翻来覆去，轻轻地捅了他，说道：

"醒着吗？"

"哦。"

"睡不着吗？"

"没有，晚上躺着就睡着了，现在才醒的。"

今晚，只有他们俩心里清楚，他们虽然躺在炕上，但都没有合过眼。晚上似乎迷糊了一阵，随着睡意渐醒，又不知凯沙尔心里在想些什么？整夜，凯沙尔都沉浸在心海最深处，那永远无法忘记的痛苦和甜蜜，沉浸在离别的回忆中……大学时，他总是充满热情，过着无忧无虑的生活。为了满足自己的求知欲，5年里在宿舍、教室、图书馆和食堂这四个点来回，度过那些有意义的时光。他参加演讲、聚会，还有与同学们的争论，脖子上的血管都膨胀起来，双手挥舞、喉咙嘶哑、大喊大叫，永远无法说服对方的那些争论。当遇到难以辩驳的问题时，他们呆若木鸡的样子。想起在旧教室，墙上的粉都快掉光的墙面。想起中学时光，想起实习时光。想起他站在讲台上，第一次讲课时的激动心情。后来，他来到县教育局，面对问题和刁难。再后来，他第一次来到神秘的草原，开始时那种生活让他感到难过，一天都不想待下去。充满寂寞孤独的天山牧场，还有那次让狼追赶的经历，与尤丽吐孜那难以忘记的邂逅……

尤丽吐孜——是无法形容的美丽，是绚丽光泽围绕的天使。是她，在凯沙尔看不到希望、心情沮丧的时刻，在他心灵深处洒下生命的雨露，让他的生命被希望和爱所包围。在这个夜里，在这个大雨倾盆的夜里，尤丽吐孜是否能安然入睡呢？睡梦中，又会梦见什么呢？

黎明时分，凯沙尔双眼迷迷糊糊地闭在一起……

凯沙尔跟随老人走着。老人带他沿着河流越走越高。在他那沉重结实的脚步下，既看不到尘土飞扬，也听不到脚踩在石头上的沙沙声。他似乎悬浮于空中，脚和地面之间总有两个指头的距离。他来到河边，在一座巍然耸立的高山前停了下来，脚踩在一块蓝天般碧蓝的青石上，庄严地挺直胸膛，抬起头来，将右手放在胸膛上，大声喊道：“开门吧，我是你的创造者。”顿时，巍峨的高山在他的面前，展现出原本的样子。在他的面前，出现了一座宏伟、巨大而又美轮美奂的城堡。城堡被镀了一层金，城堡上筑造的塔楼直插云霄，每块砖上都镶嵌着宝石。大理石筑成的柱子一人无法合抱。墙上雕刻的彩绘图案，描绘着古兰姆草原夏季百花盛开时那绝妙的美丽。从黄金铸就的大门口到河岸边，铺着产自和田的名贵地毯。老人迈过用大理石砌成的四十个台阶，来到了大门前。老人指着大门上刻着的金碧辉煌的书法，让凯沙尔仔细端详。

“你读一读这句话。”

凯沙尔读着：“大地的爱即是人的命运。”这些字如刚写出来的一样清晰璀璨，在夏日的阳光照射下，如花匠专门为他们摆放的花束一样闪闪发光。这句话是很久以前，老人用黄金液书写而成的。老人向城堡内走去，两扇门像被无声的风吹过，悄无声息地打开。

“这……就是今天现代人已经忘却的无限美好而又神秘的世界。”凯沙尔此刻表现得对一切都很熟悉，老人身上发生的宛如神迹的举动，让他感到分外亲切。面对眼前发生的一切，他没有感到丝毫的害怕和吃惊。两个人走进了城堡，高大宽阔的天花板下，是悠长的走廊，阳光透进来，照得此间犹如白昼，看不到任何事物的影子。城堡里是不需要点燃蜡烛或火把的。从墙上的彩绘图案到地板、天花板，这一切都在闪闪发光。地板是光滑的，凯沙尔可以像对着镜子一样，清晰地看到自己的影像。老人带着凯沙尔继续走着，在一幅画前停下脚步，画是被装在一个用黄金制成的方形画框中。老人带着一种由内而外散发出来的亲切、爱慕和怀念的情感，仔细端详着这幅画。

“这幅画是我很久前画的。就因为这幅画，我还曾得到天神的褒奖和赏赐。”老人陷入到怀念的情绪当中。老人认为人死可以复生，死去的灵魂是可能重新复苏的。那幅画，画着这样的内容：大山山腰间的土坡上，绿莹莹的河岸边，有一块凸起的巨石，披散着灰鬃毛的雄狼昂首挺胸，狼嘴冲天，用尽力气大声嚎叫着。天空中，星星已经没入云层，灰蒙蒙的夜空中，有一轮明月在闪现……

“你看，狼正将月亮倒映出的光明和希望，召唤到生命的王国中。”老人画的这幅画，是那段千古难忘岁月的历史见证，是不朽的丰碑。在一次血战中，他们被敌人打败，困在一个山腰上。这时，他们突然看到一只狼在向山下走去。为了避免死亡的命运，他们冒险跟随狼的足迹前进。到达山下后，狼钻进了一个大窑洞里，他们继续跟着狼钻进了窑洞。在漆黑的窑洞里走了很长一段时间，到了山洞的尽头，眼前出现一望无际的开阔地。狼将他们从山那边的山洞里，带到了这片绿草飘动、河水清澈奔流、万千鸟儿歌唱的美丽草原。于是，他们得以幸免于难，避免了走向毁灭的命运。由此，老人称呼那只狼为永恒存在，人类忠实的监护，唤醒逝去灵魂的天使。老人向那幅画躬身敬礼七次，随后又走近亲吻了三次画，继续朝里走去。现在，在他们面前，如山般金碧辉煌的宝藏，如山般的珍珠玛瑙就在他们面前，一望无际。宝石仿佛太阳碎片般闪闪发光。

“这就是大地的财富！”老人激动地说道：“它在智慧和正义中诞生，以其神圣而永恒存在。”

“这个大厅里都是书啊！”凯沙尔跑进了宝藏旁边一间巨大的大厅。长长的书架上摆满了一本本厚重的书。书是那么的多，凯沙尔心想，别说让他去读，就是让他去数一数一共有多少本书，都可能要用去他整个生命。

老人出现在他身边，略微思索了下，说道：“这些书，是我们伟大的祖辈留给后人的遗产。你看看，在它的封面上，已经布满了数千年岁月的痕迹，漫长旅途中覆盖的尘埃。这无尽的纸张在岁月的洗礼中开始散发光彩。如果我们今天的人类，能够享用这智慧的结晶，该有多好。但他们没有认识到宇宙间万物存在的本质。只是粗浅地认识到表象，被僵化的意识束缚手脚，进行着无意识的盲目活动。如果他们没有被束缚，就会回到原来的有规律的轨道上。他们最终选择了什么模式？迷茫的人类啊，因此，他们产生了征服一切的野蛮思维，将一切扔到荒淫无道的垃圾污水中，着迷于雾般致命的毒药，让人们失去了理智，陷入可怜的境地。我们忘记了自己的归属，现在你看看他们的样子，真是惨不忍睹。他们苍白的脸，像冷藏在冰箱里的冻肉般毫无感情，像圈养的家畜一样温顺。人们有着像羊羔一样的性格，失去了自己的个性，这样下去会怎么样呢？从那一天起，人们就失去了生命的希望。”

凯沙尔听着老人的话语，为自己如今的状态感到羞愧，感到伤心，就像被一个未知的强大力量冲击心灵，感到自己的心一块块碎裂，掉在地上。

九

凯沙尔和沙迪尔·司马义在湍急的河流边行走，步入两边是高山的峡谷。在河的北岸，蜿蜒曲折、砾石铺就的老路延伸着。两个人就这样走着，这时，他们看到了为了淘金而在河边徘徊的一群人。人群中一个中等身材的人，最先辨认出他们，紧张地说："是场长，是牧场的场长！他来这里肯定是有目的的，我们遇到麻烦了。"

老板恶狠狠瞪了他一眼："怕什么？他们也就两个人，就算来十个，我们该做什么还做什么！"

一群人赤着脚，拿着十字镐和铁锨在河边沙石中不停挖掘。有人小心翼翼地端着扁平铁盒，将铁盆里的沙子浸在水中冲刷起来。他们在忙着筛洗那些闪闪发光的沙金。他们两人从路上转身，径直走向他们面前下了马。

沙迪尔·司马义朝他们喊道："你们快停下，你们是什么人？"

一个中等个儿谄媚笑着道："我们在干什么，您不是都看到了嘛。"

人们都转头看着方脸的老板，方脸老板不慌不忙地站起来，装作一副文雅的样子，从河岸边走来，向站在岩石上的两人伸出手，问候道：

"您好啊，场长？您来得正是时候，快请进帐篷。"

沙迪尔·司马义吃惊于那个人认识他，说道："你们到这里来，是经过谁的批准？"

方脸汉恶毒地笑着说道："你是问经过谁的允许？同意我们做事的人很多，从上级到下级。"

"是吗？那把批文拿来。"

"好的，马上，哎……"方脸汉走进帐篷，一会儿又走出来，脸上流露出嘲讽和得意的神色。他拿出几张硬塑料封面的证书，说道："就在这里，请看。"

沙迪尔·司马义看着手里的证书，一时间不知道该说什么，愣在原地。奇怪……手续齐全，所有手续都合法，从里面找不到任何漏洞。但不管怎样，他还是把这些证书都装进口袋。

方脸汉立刻翻脸道："您在干什么？快把证书还给我！"

"这些证书不能还给你。"

"为什么？"

"我要到相关单位去问问，为什么发给你们证书，我要调查你们是通过什么途径拿到这些证书的，你知道了吗。"

方脸汉因为愤怒而青筋暴起，喊叫道："场长，这就太过分了，你这样就是过了界，你有什么资格没收这些证书？"

"你问我有什么资格？这地方是谁的？是我们天山牧民的。你凭什么到这里来淘金？"

"场长，您这句话就不对了。告诉您，地是国家的，自然资源都是国家的，法律规定，自然资源不仅国家可以开采，集体和个人也可以参加开采，这个政策您一定听说过吧。"

看着老板强词夺理，凯沙尔忍不住说道："那你认为自己做的事是合法的吗？"

"是的，是合法的！"

凯沙尔抬起手向四周指了指，说道："那好，你看看，你们把这片森林里大树的根都刨了，破坏了河两岸的土壤，难道你觉得这样也是合法的吗？"

方脸汉嘀咕道："那是我做的？到这里淘金的可不止我一个人，有什么话，你们冲他们说去。"

沙迪尔·司马义挥舞手中的马鞭道："那我先告诉你，你现在就要停下手中的活儿，听到了吗？如果不停止，那牧场就会采取相应的措施！"说完，沙迪尔·司马义转身向马走去。

"证书呢？把证书还给我！"

沙迪尔·司马义没有做出回答，两个人骑上马向山坡走去。

方脸汉在他们身后破口大骂起来："那就把证书送给你妹妹！你就是拿走我也不在乎！明天我就能重新办一个，兄弟们，干活儿！"

为了淘金在河流上游筛洗沙金的人，比凯沙尔想象的要多，他们看起来是如此骄横，气势汹汹。沙迪尔·司马义说一，他们就作对说二。如果沙迪尔·司马义不控制好自己的情绪，他们是不惜乌鸦一样蜂拥而至，将他俩狠狠揍一顿的。啊，这是多么沉重的负担，是多么的屈辱。自从当上牧场场长这几年来，沙迪尔·司马义觉得自己手中这把权力的利刃，有种无往不利的感觉，渐渐有了不可侵犯的权威感。今天，他权力利刃的刃尖被折断，为忍受侮辱而感到愤怒。他觉得是在自食其果，脖子上的血管鼓得跟筷子一样粗，鼻孔扩大。他与淘金者们争吵、喊叫，像要互相掐脖子打架。凯沙尔拉住他的手臂，用一句话说服了沙迪尔·司马义：

"我们暂时回去，在他们面前，我的话，甚至你场长的话都没用。"沙迪尔·司马义这次没有反驳，听从了凯沙尔的建议。他悲痛地说道："好的，我们要好好想想办法解决这个问题。"说着，他转身向来路走去。

凯沙尔说道："好啊，我们回去，说说看，你想到什么办法？"

"我就是这么想的，我们要通过政策和法律的手段解决问题。"

凯沙尔继续说道：

"是什么让这些人有恃无恐？还不是他们手中的批文？他们就是想用批文来胡搅蛮缠，进行非法淘金。他们以为拿到淘金证书后，牧场就没有权力去阻止他们的行动。但是，这么多不具备任何资格的人淘金，却不经过牧场允许，是极端错误的事情。他们是通过什么手段拿到证书？市委和市政府有没有得到消息？我们要弄清楚这一切。我认为，我们应该把自己掌握的情况反映上去。"

但是，没想到的是，沙迪尔·司马义倔脾气发作："不，我要先和沙塔尔·阿木提把账算清楚。我自己能解决的事情，不想急着向上级反映。"

“你看着吧，沙塔尔队长可不好对付。”

“他不好对付？我就好对付了？我第一个要做到，让合同变成一张废纸。第二，我要告诉他，他自己拉的屎，要让他自己清理干净。”

沙迪尔·司马义为什么不同意凯沙尔将古兰姆草原发生的事情，反映给上级呢？因为他心里面很清楚，他在与沙塔尔·阿木提签订合同前，并没有向市政府或者林业局报告，没有经过他们的同意。现在闯祸了，他怎么向市政府及林业局交代？不，他可不能去找上级反映，真那样做，他的颜面何存啊！可恨啊！当时他为什么要心软呢？为什么用两杯酒换来了古兰姆草原如今的命运？现在他能改正当时犯的错误吗？

两人在岔路口分手。凯沙尔回到自己家，沙迪尔·司马义则向尤丽吐孜湖走去。他很久没有到这边来，一个个帐篷里传来醉汉嘈杂的歌声，男人纷乱的喝彩声和女人的尖叫声。湖面上是汽艇在运行，湖岸边有很多游客。在近处一棵老杨树下，一个喝酒后还有点意犹未尽的男人，对着面前衣着时髦的年轻女孩，时而挥动双手，时而手指指着自己胸口，正努力地向女孩解释着什么。最终，他搂住女孩的腰，将她拉进草丛里，坐在地上将女孩抱在怀里，贪婪地与女孩亲吻起来……沙迪尔·司马义厌恶地看着眼前的场景，将正往湖岸方向走去的马头扭转过去，向牧场走去。夕阳高挂在西边的山上，余晖落在牧场办公室前胡杨茂密的树叶上，发出黄晕色的光芒。听到马蹄踢踏声，养马人急忙从屋里跑出来，来到马前，笑着问道：

“场长，您回来了？”沙迪尔·司马义跳下马，将缰绳递给养马人，问道：

“城里有消息吗？”

“场长，没有消息。”

“你等等，有件事要你做。”沙迪尔·司马义叫住他说，“拴住马后，不管从哪里，都给我把沙塔尔找来，我要见他。”

他这样说道。心里却想着，现在该做什么呢？吃饭？对，先填饱肚子再说。

他走进专门为牧场职工建设的两间食堂之一，拖着疲惫的身体坐在椅子上。手肘支在桌子上思考了一阵，看到厨师端来一盘肉和一盘揪片子。虽然他从早晨起就没有吃一块馕，喝一口水，但似乎依然没什么胃口。他将肉倒在揪片子上，用筷子扒拉着，慢慢吃起来。心情看来很是能影响胃口，在他心情沮丧烦闷时，咽下一口饭都觉得难。想到在湖边看到的混乱场景，加上自己那至今还在医院里昏迷不醒的妻子带来的烦恼，仿佛有一大块岩石压在他胸口，让他艰于呼吸。他坐在那里，又开始回忆签合同那天，越想他越是焦虑，想起了被迫在合同上签上名字。对了，还有其他的原因，那就是喝了两杯酒后，自己那份自以为是。但这似乎也不是自己走错路的全部原因，他很清楚，当时，他就是想要取悦苏力坦·艾力，才那么做的。他为什么会那样做呢？为什么没有履行应有的神圣使命，只是一心想让上级欣赏，只是为了让他们高兴？这个可恶的毛病是从什么时候，开始在他的灵魂中生根发芽的呢？沙迪尔·司马义越是深入思考，心里就越像被铅块压住，挤压得他痛苦不已。

沙塔尔·阿木提在晚上快10点时才来到牧场。沙迪尔·司马义在牧场办公室里，表情冷淡地见了他。沙塔尔·阿木提明显比以前胖了不少，身材宽大了不少。脸上带着无法分辨是愉快或烦恼的笑容。

他一走进办公室，就向沙迪尔·司马义伸出双手：“您好，听说您去湖边了，怎么不到家里坐一坐就走了呢？我知道后心里还挺难过的。”

“有急事，所以走了，请坐。”

沙塔尔·阿木提坐在放在墙边的扶手椅上，欠了欠身说道：“对了，听说卡迪丽娅生了，祝贺您。在您还没有举行仪式前，我只能这么口头祝贺了。”

沙塔尔·阿木提看起来丝毫不知道，沙迪尔·司马义突然叫他来的用意。沙迪尔·司马义也不愿意绕弯子，直接问道：

“合同在你身上吗？”

“不在，我放在箱子里了，您需要吗？”

“是的。”

“您那里不是也有一份吗？”

“我是在问你手里的那份。”

“您是有什么需要吗？怎么问起合同了？”

“我是想对你提醒下合同的内容。”

“场长，我记得合同的内容。”

“是吗，那就好……你既然记得，那为什么违反合同？”

“违反合同？沙迪尔场长，没有那回事。”

“说实话，真没有吗？”

沙塔尔·阿木提受不了沙迪尔·司马义炽烈的眼神，那眼神像刺刀一样向自己射来，仿佛要迸发出火花，他急忙将眼睛移开。

“没有，没有发生这种情况，合同就是法律，谁都没权利违反合同。”

“你听着，我们签订的合同里，只有利用尤丽吐孜湖的自然环境进行开发，你为什么把这个范围扩大到古兰姆草原？”

“场长，尤丽吐孜湖本来就与古兰姆草原是一体的啊！”

“你直截了当回答我的问题！”

“我将经营范围扩大到古兰姆草原，确实没有违反合同啊。”

“为什么？”

“因为合同中，乙方的经营范围，规定的是尤丽吐孜湖及其周边……您如果不信，可以看看那份合同。其中的周边……是指什么？当然包括古兰姆草原！”

沙迪尔·司马义的脑子像被子弹射中，腾腾冒出烟一样，闪过了那句话。是啊……没错，合同中是有这句话。但是，老天，他签合同时，万万没想到，那句话中还可能包括古兰姆草原。

“看来，我得好好重新认识你！”沙迪尔·司马义像是第一次见到沙塔尔·阿木提一样，盯着他紧张不安、不停转动的眼睛。用沉痛而又愤怒的眼神看着他问道：“你到底是谁？你还是我心中那个老实忠厚，为了牧场的事业，全心全意地忙碌的那个沙塔尔，沙塔尔队长吗？你现在到底怎么了，如今竟敢来蒙骗我？你如果是个男人，就摸着良心说一句，我们签合同时，提到过古兰姆草原吗？”

“是没提过，但合同中……”

“我犯的最大的错，就是相信了你，还有对苏力坦县长的那份尊敬。合同是那么写的，我没有多想，就在合同上签了字。好吧……是你们给我设了圈套，不能怪别人。但最终的结果是什么样的？就因为你开设了旅游区，我们有多少肥沃的草原，被车轮践踏和摧残？有多少国家重点保护的珍稀野生动物死在不法分子的子弹下？你建立的旅游区，实际上已经变成了非法交易的黑市，现在谁来负这个责任？”

办公室一时陷入寂静中。两个人开始一根接一根地抽烟，办公室里烟雾弥漫。

沙塔尔·阿木提逐渐调整了状态，打破沉默说道：“哎呀，我是真没想到，好的，明天我就去收拾摊子。”

“还有一件事，为了采药、淘金，有很多人来到古兰姆草原，他们都是从哪儿来的？”

“这我怎么知道？”

“你知道，你怎么会不知道？事情变得糟糕起来，你就打算选择逃避吗？”

以往，沙塔尔·阿木提见到沙迪尔·司马义时，总是一副卑躬屈膝的样子，现在已经完全不同了。他表现得像扔在冰上的石头一般粗暴：“我听说有人在采药、淘金，但这些人又不是我请来的。”

“不是你叫来的，但你从他们那里收取管理费，是这样吗？”

沙塔尔·阿木提一下结巴起来，像要摆脱一件棘手事，向左右看了看说道："管理费……那是因为他们在我管理的区域活动。"

"你知道收费，那怎么不想想被摧残的草原，被毁坏的森林？"

沙塔尔·阿木提不说话，不甘不愿地扫了沙迪尔·司马义一眼，又低下了头。

"那你准备拿那些人怎么办？"

"场长，我恐怕对付不了他们。"

"那好，以后要做自己能应付的事，我好话告诉你，从明天起，停止在尤丽吐孜湖和古兰姆草原上的一切经营活动。"

沙塔尔·阿木提一下愣住了："这，这……场长，您这是什么意思啊，您不是想毁约吧？"

"是的，这样给牧场带来灾难的合同，要撕碎了扔掉！"

沙塔尔·阿木提听到这里，脸上一阵青一阵白。最终，他反而用不以为然的态度说道：

"你想要撕毁合同，那就撕了吧，但是……"随后，他眉毛一皱，眉间一缩，脸上露出威胁的表情，"为了建设旅游区，我投入了超过 10 万元资金，这些钱怎么办？"

"放心，会结算清楚的。你说自己投入了超过 10 万元，到底是多少钱？我会一个个地算清楚。"

沙塔尔·阿木提吼道："我有所有的票据！"

"别急，先别打断我的话，等我们去检查，你再拿出票据不迟。从开始经营到现在你赚了多少钱？也要算清楚，等等，还有，你以建旅游区为目的，给古兰姆草原带来了多少损害？你也要一个个给我个交代！"

听到这里，沙塔尔·阿木提得意忘形般的狂妄姿态消失不见，白黄色脸庞上，稀疏的胡须仿佛要根根翘起来，双颊上的肉抽搐着，他立刻态度大变，说道：

"看这话说的！别人闹的事，别人惹的祸，难道要我负责？我现在知道了，不就是没让你中饱私囊嘛！说吧，要多少钱，是 1 万，还是 2 万？您说个数吧！”

沙迪尔·司马义听到这句话，怎么都控制不住自己，从座位上跳了起来：

“你在说什么？把你要给我的钱，塞你屁股去！听到了吗！”

“你别骂人！也就是因为你是个场长，要不我非……”

“赶紧从我眼前消失！要不我现在就让你好看！”

如果不是办公室外面的人听到争吵声，冲进办公室，还不知道会发生什么事？养马人和出纳拽着沙塔尔·阿木提的手臂，将他拉了出去。沙塔尔·阿木提在两人的包夹中，跺着脚大声喊叫起来：

“同志们，你们评评理，还有这样的场长？想签合同就签合同，想毁约就毁约。我前后投入了 10 万块钱，现在又不让我做了。我要到上级告他去，我们到那里再算账！”

沙迪尔·司马义从办公室里走出来：“你去告去，现在就去！但我告诉你，从明天开始，在牧场范围内所有经营活动必须停止！”

沙塔尔·阿木提道：“可以，但你也要把 10 万元一百一百地数好放在我面前！”他骑上摩托车，打着火发动车，摩托车冒出滚滚黑烟，很快消失在夜色中。沙迪尔·司马义走到石路上，看到摩托车不是往沙塔尔·阿木提家的方向，而是向着市里开去。

沙迪尔·司马义在办公室里待了很久，回想着沙塔尔·阿木提冲他瞪眼睛，粗暴甩开他的手，无礼地大声喊叫，肆无忌惮的态度。再与以往见到他就屈膝握着他手，嘴里说着“好，可以，行”那个有着温和、顺从性格的沙塔尔·阿木提做着比较。他现在就像是天下尽归掌控，傲慢如同恶霸地主，让他有如此转变的原因是什么？是依靠古兰姆草原的资源，赚取的一叠叠钞票啊！沙迪尔·司马义接着想到：“不，不仅是钞票，还有自己对他的纵容，自己的过失，还有他那有力的靠山——苏力坦·艾力。”

第二天黄昏，派去到草原进行检查的副场长艾尼·库尔班和秘书，为沙迪尔·司马义带来了一个不好的消息：尤丽吐孜湖和古兰姆草原还是老样子，采药人还在放心地采药，淘金者还在河边挖掘着，做生意的人也都在……

沙迪尔·司马义无奈低头。以往在牧场，他说出的话就像锋利的刀果断利落，牧民们也会很快落实。现在他感觉所说的话已经毫无用处，他的心在燃烧，慢慢抬起沉重的眼皮说道：

“是我犯了错误。这些也在我意料之中。现在拯救被破坏的草原才是第一位的。这件事越早做越好，你们有什么意见吗？”

秘书狠狠抽了口烟，将烟扔在地上说道：“我是这样想的，动员所有的牧民，他不听你的好言相劝，那我们就来点硬的。”

“你觉得这样会有效果吗？”

秘书为了证明自己的意见是正确的：“只能这么做了，牧场属于谁？属于我们！眼睁睁看着别人在牧场搞破坏，我们可不能在一旁看着，快到秋天了，我们要立即行动起来，拯救牧场，要不那十余万头家畜还怎么过冬？”

“你说得对，但我们要鼓动牧民……万一双方发生冲突怎么办？”

一直沉默不语的艾尼·库尔班终于张嘴说道：“为了解决矛盾，我们可以让牧民去闹，但最好，我们还是请示一下上级，不要为了纠正一个错误，犯下另一个错误。”

但秘书依然坚持自己的意见：“我们晚一天，牧场就会受一天的损失，上级领导不亲自来调查，也不会轻易下结论的。他们会说，我们去调查调查，这样又会过去很多天，等有结论了，又有很多天白白过去。这样下去，只有我们不断承受损失。”

他们争论了很久，最终还是决定写个报告，将合同与如何处理采药人、淘金者的非法活动等事宜写入报告请示上级意见，由沙迪尔·司马义将报告送到县政府。经过一夜准备，报告写好了。沙迪尔·司马义一早坐车到市里。但县长不在办公室，县长秘书说，县长要去城南，那里几个乡和农场发生了冰雹灾害，县长这几天一直在那里指挥救灾，还不清楚什么时候回来。沙迪尔·司马义想到去副县长办公室，将报告交给他。副县长在办公室里亲切地接待了沙迪尔·司马义，他不紧不慢地仔细看了报告，过了一会儿，他将报告放在桌子上，揉了揉眉毛，说道：

“哎，还有这样的事？这事情很麻烦啊……但是，怎么跟你说呢？我分管文化和体育，如果你们要举办赛马比赛或者叼羊活动，我会去参加的。但你反映的情况不归我管，我看，你还得等县长回来。”

“报告您也看了，现在已经不能再等了。”

“是的，是的……但我不是跟你说了嘛。”

沙迪尔·司马义像是要对他倾诉自己所有委屈一般，急迫地说了起来：“副县长也是县领导！这么重要的事，你怎么能袖手旁观呢？您说要我等，县长，你应该知道，我能等，但牧民等不起啊，越往后拖，古兰姆草原受到的损失就会越重！”

但副县长仿佛没有听到他的抱怨一般，在电话里与不知道什么人，讨论着关于开拓文化市场的问题。沙迪尔·司马义知道不能从他那里得到让自己满意的答案，从办公桌上拿回了报告，转身走出了办公室。

人像虫子一样乱窜。路上大大小小的汽车，像春天里，看不到尽头的河上，漂来漂去的冰块。拥挤的城市……街上各式各样的面孔，充满各种情感的眼神，让沙迪尔·司马义感到那么的烦闷又无聊。他坐在车里，这才感觉到自己到现在依然紧紧握着那个报告。他用牙齿将那份报告撕开，用手撕成碎片，随后又将碎片捏成一团，塞进身边的烟灰缸里。他委屈地自言自语道：“秘书说得对……现在应该回去鼓动那些牧民，是我带给古兰姆草原这个灾难，现在我要带头消灭它……”他在走向医院时，心脏开始焦虑不安地扑通扑通跳动起来，妻子昏迷了这么多天，不知道现在情况怎么样？他下车，跑似的进了病房，看到眼前的情景，一时不敢相信自己的眼睛：卡迪丽娅靠着枕头，姑妈正一勺一勺地喂她吃着饭。

十

沙迪尔·司马义陪了情况逐渐好转的妻子一整夜，第二天就坐车回到了牧场。妻子死里逃生，还为他生了一个胖乎乎的儿子，让他喜出望外。但是，当他来到牧场，还没有来得及下车，秘书就黯然神伤地来到他的车旁，说林场的人早上到这会儿，已经找过他好几次，让他一回来就赶紧过去。

“去哪儿？”

“去凯沙尔家。”

“发生什么事了？”

“我也不清楚，看他们的样子，好像发生了什么不好的事情。”

沙迪尔·司马义让司机继续开车，调转车头转向小路。汽车不一会儿就来到了凯沙尔家门口。已经有很多人聚在门口，马儿都被拴在马桩上，一边还停着一辆马车。听到车辆行驶的声音，莫明·琼和艾山·卡克立克从屋里走了出来，每个人都是一副愁眉不展的样子，又显得生气愤怒。沙迪尔·司马义确认，肯定是发生了什么意外，跟牧民们见过面后，问艾山·卡克立克道：

“发生了什么事？”

“凯沙尔的伤势很严重，我们正不知道该怎么办，您来得正是时候。”

“到底怎么了？”

“牧民们在森林里遇到他，当时人已经半死不活了。”

沙迪尔·司马义几乎是冲进了屋子。坐在床边的尕依孜·帕里万看到他进来，稍微欠了欠身，没有说话。他雪白胡须间露出皱纹的脸庞，挺直眉毛下蓝色的眼睛，充满了愤怒和哀伤。沙迪尔·司马义来到床边看时，吓了一跳，心脏仿佛在一瞬间停止跳动，眼前一阵发黑。凯沙尔满头满脸的血迹，昏迷在床上。往常蓬松的鬈发上沾满了鲜血，脸肿起来发着青色，干裂的嘴唇时不时抽搐一下，左眉上裂开的一处深深的伤口，仍然鲜血淋漓……

“凯沙尔兄弟，我的兄弟！”看到这一切，沙迪尔·司马义腿脚发软跪倒在床前，握住凯沙尔失血过多而显得发黄的手，紧紧贴在自己脸上。凯沙尔的手像冰一样凉，手指像木头一样僵硬。沙迪尔·司马义从心底里哽咽着，哀号着道：“他被什么恶人祸害成这样？”凯沙尔早已失去了知觉，只有轻微的喘息和微弱的脉搏跳动能够证明他还活着。沙迪尔·司马义在确认凯沙尔还活着后，集中精神，凝视默默坐在床上的尕依孜·帕里万，说道：

“为什么让他躺在这里？为什么不送他去医院？”

“我们已经派人骑马去牧场诊所，诊所医生的情况你也清楚，水平就那样，所以我们想还是送他去城里，但用什么送？”

“用车送他去城里医院！”

牧民们纷纷围在凯沙尔周围，沙迪尔·司马义抬起凯沙尔的头：“大家注意！艾山大哥，快点，你快拿着枕头，放到车里去。”

暮色笼罩着山间，只有在山顶的黑色岩石上，在西下的夕阳映照下，余晖还在散发光芒。屋子周围的灌木丛里，凯沙尔的试验田里，一片片苍松翠柏在寂静中挺立。只有不断奔流的山水，才像在这个世界上，顽强地注入心脏的血液一样，奔腾着，流动着。

小轿车载着凯沙尔向城里疾驰而去，银白色的车灯像一把刀划过黄昏后的黑暗。

“老天啊，你开慢点！你今天是怎么了？”在司机身后的座位上，沙迪尔·司马义将凯沙尔的头放在自己大腿上，提心吊胆地提醒着司机。

“我想尽快到目的地。”

“去哪儿?”

“当然是去城里。”

“笨蛋，我们要去部队医院。”

“我这个笨脑袋!”司机拍了拍脑袋:“我怎么没想到!”

尕依孜·帕里万目不转睛地坐在副驾驶位上，胆战心惊地看着汽车在危险的公路上蜿蜒而行，等到车稍许放慢速度，终于松了口气……

某部队医院位于环境幽静的山坡，在一片野苹果园中。这里不仅是起到为伤病员们疗养的作用，还担负着为周边牧民义务治疗的任务。小轿车在山间走了二十公里左右，然后转向东边过了河桥，不一会儿就开进了医院里。

……在无边无际的沙漠，凯沙尔踩在淹没脚踝的沙土中，跌跌撞撞，就像是断了根的飞蓬，忽左忽右，随着心意走着。对他来讲，沙漠戈壁是如此熟悉，就像他曾多次走过一样。沙漠表面像是被平滑柔顺地抚过一样，显得平滑如镜。随处可见顺滑、庄严而又高大的沙丘……他没有意识到任何恐惧，像在无人而又熟悉的路上走，又像要回家一样……他记不得自己是什么时候来过这里，但他清楚记得自己来过。不，他要好好想想……啊，是的，对了，是小时候，是上小学时，是放暑假的时候。有一天，继母让他把黑牛套在车上，让他加入到戈壁滩砍柴的七八个车夫的队伍。他为此格外高兴，因为这样可以在一两天内，躲避暴躁父亲的打骂和继母的不停责备，在没有侮辱和牵绊的广阔天地，纵情玩乐，是多么地有趣。为了在天亮前到木柴充足的地方，车夫们连夜在戈壁滩上赶路。凯沙尔的牛车跟在车队最后，老实而又勤快的黑牛，生怕脱离车队，紧紧跟着前面的牛车。凯沙尔靠在牛车的护栏，双腿撑在栏杆上。今天是他第一次驾车外出，显得格外高兴。突然间，前面车夫悠长的歌声停了。自昨晚开始，凯沙尔一直在听着他们说话。此时，周围的突然安静让他打了个甜美的哈欠。迎面有干燥清凉的、荒漠上的风柔柔吹拂，座下牛车不停地摇晃，让凯沙尔有舒适的感觉。让他很快坠入梦乡，头低垂着，他没有察觉到，自己就像一件旧外套一样滑了下来，无声无息地掉在地上。当时，车队正行驶在柔软的沙地上，凯沙尔觉得自己不是掉在了地上，而是掉在了柔软的棉被上，依然无知无觉地睡着。第二天，他才被沙漠边缘升起的太阳，照射出的一丝红光唤醒。他先是揉了揉眼睛，然后一下子跳了起来，第一眼看到的还是这个戈壁滩。他立刻想到，自己要跟往常一样，去寻找自己的牛车。他开始感到疲乏，接着感受到的是无法忍受的饥渴折磨，他的双腿轻盈而又无力，每迈出一步，就好像有一股潜在的力量在将他向后拖着一般，双腿根本不听从他的指令。他费尽力气来到一个斜斜的沙丘前，开始努力往上爬。他的腿陷入沙里，只好手脚并用往上爬着，他觉得自己只要翻过这个沙丘，就可以找到自己的牛车。

一只柔和慈祥的手，将他的头抬了起来。一位戴着大盖帽、长须飘飘的高大老人，正站在他面前，微笑看着他。老人将他背在肩上，迈着大步走起来。啊！多么有爱的心灵！老人的肩膀是如此柔软、温暖和舒适，就像他的母亲去世前，也曾这样把他扛在肩上，感到了如小时候同样的舒适。凯沙尔六七岁的时候，有天他刚放学准备回家，母亲突然出现在学校门口，就这样背着他回家。看到生病的母亲抱着儿子，邻居们都很惊讶地说：

“哎哟，你这樱桃一样的女人，儿子都这么大了，你怎么还抱着他？”

母亲试图掩饰自己对他的疼爱：“他生病了，很不舒服……”而凯沙尔也心疼母亲，踢动着脚说道：

“妈妈，把我放下来吧，我自己走。”母亲怎么回答他的呢，母亲微笑着说：

“让我抱一会儿，亲爱的孩子，如果不这样的话，我就压不住爱你的火焰啊！”过去了这么多年，现在不是母亲抱着她，而是老人在抱着他走。凯沙尔伤心欲绝，泪流满面。他央求着老人，想从他的肩上下来。但这时的他，根本无法说话或摆动手脚。老人往深处走，森林里越发黑暗，后来什么都看不见了。凯沙尔开始焦虑起来，这下糟糕了，老人认不清楚路了。这时，突然有一对巨大的蓝色光束，照亮了老人面前的道路。这光是如此地明亮，让黑土地上的每一小颗土粒都在发光，显得亮晶晶如珠宝。凯沙尔这才看到，这道光，是从老人身边奔走的一只灰鬃毛的狼眼睛里射出来的。他吓得呆住了。

“孩子，你怎么了？”

“爷爷，是狼啊！”

“别怕，它是我们的灵魂。”

“那，那道光呢？”

“是我们的生命。”

“那样，如果我们失去了生命，这道从身体里升起的光也会熄灭啊！”

“不，亲爱的孩子！这道光永不熄灭。这是真理，是从真理母亲那里降生的光，所以她神圣而永恒。”

“请您原谅我，我怀疑您说的话。”

“哦，说说你在怀疑什么？”

“我们将太阳比作真理，而它也是早晨出现，夜晚消失的，是不可能永恒存在的。”

“你的话有一部分是对的。太阳清晨从东边升起，夜晚落于西边。它不是消失，而是为了第二天的升起做准备。它每天都在新生，都在自我更新，所以它的光亮永远是新的，永远不会消失。”

……凯沙尔在荒无人烟的沙漠中孤独行走。沙漠表面平滑如镜……向前伸展的沙丘无边无际，裸露的胡杨高大挺拔。凯沙尔正在这片沙漠戈壁中，寻找着尤丽吐孜。难以忍受的饥渴，让他想起死亡的恐惧。从很远的地方，传来尤丽吐孜无力的、让他的心感到痛苦的呻吟。凯沙尔拼命召唤远处的尤丽吐孜，但干渴的舌头却像稻谷一样粘在他的食管上。他满怀焦急地拼命向前冲，那是在森林里……就是在森林里……是的，我是被木棒打得倒在地上。那时候场长……他逐渐恢复着记忆，失去的感知逐渐涌上心头，一切都是梦幻般沙漠中的湖……绿色的森林……老人……狼……尤丽吐孜……这些形象逐一在脑海中浮现。

沙迪尔·司马义伸手试着摸了摸他的脉搏，他的脉搏跳得微弱、无力，呼吸有节奏。护士进来了，她用新的药瓶换下打完的药瓶，又调整了点滴的速度，说道：

“病人才睡着，你们别打扰他。”

沙迪尔·司马义将警察带到走廊，说道：“凯沙尔的情况你也看到了，他受的伤到底有多严重，我们还需要听听医生的诊断。”

警察说：“这种时候，我们最需要的是凯沙尔的口供。我们通过两天的调查，案件发生的原因，还有案件相关嫌疑人的情况，也掌握了初步的证据。案件发生在森林里，这个情况是很清楚的。一定是不法分子在森林里捕杀野生动物，或者是盗伐森林。而凯沙尔正好看到他们的犯罪行为。同样很清楚的是，嫌疑犯不是一个人，而是几个人。他们为了隐瞒罪证，向凯沙尔伸出了罪恶之手——直到他们误以为凯沙尔死了，才逃离了现场。”

沙迪尔·司马义问：“那你觉得谁会是凶手？”

警察说：“可能是外来人，到森林里进行非法活动。”

沙迪尔·司马义说道：“我也是这么认为的！”随后，警察在沙迪尔司马义耳边轻轻说道：“我让手下的警察假扮成买货的商人，现在正在打入他们中间。”

警察走了，他要等到凯沙尔彻底清醒后，再来医院。沙迪尔·司马义来到凯沙尔的病床旁，用手支着下巴，仔细想了起来。看到凯沙尔都快被人打死了，现在半死不活地躺在床上，他心里很是难过。想到在古兰姆草原发生这样的劫掠事件，上级领导却没有一个人为之挺身而出，这让他的心里更是犹如滴血。

有时他想到，为什么这样折腾自己？还不如像艾尼·库尔班那样凑合着过日子。他可从来没有让上级批评过。每次上级来检查，他都是表现得让上级很满意，说的话也很中听。而沙迪尔呢？日日夜夜在森林、草原、羊圈间奔忙，还要不时地接受上级检查，经常听到上级批评的人，还是他！而艾尼·库尔班则是恰恰相反。那天，那天他与沙塔尔·阿木提争吵之后，沙塔尔·阿木提就去了城里，再也没有回来过，这其中的原因是很明显的。他是去城里，与苏力坦·艾力商量，怎么才能继续使合同生效。他们此刻一定正在上下联络。但不管他们怎么调动上级施加压力，沙迪尔·司马义都不会放弃抵抗的。他要和沙塔尔·阿木提把账算清楚，撤销他的生意。然后再联合牧民，将那些采药人和淘金客都赶出草原。但这件事最终会带来什么样的后果，沙迪尔·司马义又会面临什么样的命运？沙迪尔心里痛苦地默默想着："没关系，我已经做好面对这一切的准备。"

这时，凯沙尔的脑海正陷入另一种感受中……那是种从死亡回到生命的感受，是昏厥、梦幻而又漫长无序的痛苦……

……在森林里……是的，是在草原边际，是几天都无法穿越的森林。株株粗大的松树挺立直抵苍穹的森林……凯沙尔骑着他的白眉马，走在熟悉的山路上，森林里凉爽湿润，山里传来啄木鸟的啄击树木和山雀的叽叽喳喳的声音……此际，又传来车辆的隆隆声，凯沙尔对这声音毫不在意，山里来来往往到旅游区的车还少吗？他边走边想着，这就是其中一辆车的声音吧。但没走多远，就在河边的一个山坡干枯的河谷间，他看到新的车轮印，因为潮湿、沙质的土壤，车轮印深深陷了进去，可以看到车辆载着沉重的货物。真是奇怪……这里除了运输木柴的车以外，很少有其他的车经过，如果是什么单位来这里砍柴，手里必须有森林管理局和森林管理站的批准，他们应该拿着批准的文件来找凯沙尔才对。

车辆的轰隆声停了一会儿，又响了起来，这个轰隆声也很不寻常，仿佛车在挣扎着，奋力开动一般，不时发出弱哑和无节律的轰鸣。凯沙尔骑着马，沿着车轮印来到那辆车前。因为车上装的木柴太多了，车轮都陷入地下，运输车艰难地试图爬上前面的土坡。这里的人还不少，有七八个人围着车打转，有些在搬石头准备垫在车后轮下，有些在用肩膀顶着车后厢试着推动车辆前行。他们为了不让护林员看到他们运送的木柴，特意选了这条路，只要车能够翻过这个土坡，就会很容易地走到山路上。凯沙尔来到车前，从马上跳下来，他们中没有一个人注意到凯沙尔，甚至连车里的驾驶员也没有看凯沙尔一眼，都只顾着尽力让车爬过这座山坡。

一个人拿着岩石垫在车轮后，对着身边一位戴着白色帽子、身材肥胖、红脸的人嘀咕着道："被人看到了，这下有麻烦了。"

"别管他。"

运输车用尽力气嘶鸣，发动机再次用力，车终于一点点地向上爬去。随后，那些人就急忙拿起岩石迅速垫在后车轮上。凯沙尔来到司机身边，说道："师傅，把车停下来，你们是从哪里来的？"

司机认真地回道："我是被雇来的，我只是个出租车司机。"

那个戴白帽子的人从车后面走了出来，边走边嘴里骂着："你怎么懒洋洋的？还不赶快发动你这个破毛驴车！"

凯沙尔转身对他说："你别对司机发火，是我让他把车停下来的。你要把这车木柴拉到哪里去？"

戴白帽子的人用轻蔑的眼光，从头到脚打量着凯沙尔，说道："我们是建筑公司的。"随后又对司机喊道："别待在那儿，还不快发动车！"

"等等，现在不能开车。"

"为什么？"

"你们有伐木许可证吗？如果有证，请拿给我看看。"

戴白帽子的人立刻警觉地问："你是谁？"

“我是森林技术员，也是森林的管理员。”

那个人虚伪地一笑，说道：“听说过，你就是凯沙尔吧？那就好，你认识沙塔尔经理吧？”

“你怎么提到他？”

“因为，我们为了这车木柴，已经给他交过钱了，就是这么回事。我们交了钱，就是得到了批准。如果你有什么问题，就去找他。”

“这森林可不是沙塔尔的，是属于森林管理局的，由他们负责，你应该是知道这些的。”

戴白帽子的人脸上的黄胡须似乎都要竖起来，冲过来向凯沙尔喊道：“那你准备怎么办？”

“如果你想按规矩办事，那就把这些伐的木头运回砍树的地方，卸下来。剩下的事按照森林管理局的指示办理。”

那个人立刻翻脸，喊道：“哈，小子，听听这个小子的话。为了砍树，我可是给了沙塔尔经理不少钱，你还想让我把这些木柴卸下来！现在，你最好从这里走开，要不然……”

凯沙尔清楚知道自己一个人，是无法阻止他们的。现在最重要的是那个司机，只要能够说服司机，凯沙尔就有时间带人过来。到那时，他们也就只能留在这里。所以，他转身对呆在那里、不知所措的司机说道：

“兄弟，我要对你强调一点，你现在把车开走，就等于自己跳进火坑。”正说着，那个戴白帽子的人冲到凯沙尔身前，用手掐住凯沙尔的脖子，将他顶在车厢上，疯狂地喊道：“你这个混蛋，你是想死吗？就像这样死掉吗？”

凯沙尔为了挣脱像钳子一样掐住脖子的双手，使劲挣扎着，但他始终无法敌过那双有力的双手。他只能用力说出几句话：“你……你这个抢劫犯……快把我放了……快把我放了……”似乎就等着凯沙尔这句话，一时间，拳脚像雨点一般落在凯沙尔身上……

司机仿佛大梦初醒，猛地跳下卡车，跑过来抓住戴白帽子的人的手："别打，别打，你们为什么打这个人，他又没错！你留着这些木柴吧，就当我没有做这个生意，你现在就把木柴卸下来。"

"你呢？"

"我要走，我可不愿意做你们的帮凶，我可是有老婆孩子的人。"

戴白帽子的人唰的一声抽出刀，支在司机脖子上，说道：

"想走？你不开车，你也会死在这里，看你怎么走！"

像被和过的面一样，凯沙尔浑身是血瘫倒在车旁。他已经没了呼吸，生命的痕迹已经从他身上消失。戴白帽子的人走过来，用厚实的靴子踢了踢凯沙尔，说道："他死了，快点，我们要加快速度！"在凯沙尔即将死亡的灵魂中，没有了痛苦、没有了疼痛、没有了世界、没有了森林，也没有尤丽吐孜。世界一片寂静。所有的一切都要死去了。死亡已经开始主宰这寂静，这神圣的寂静。

穿着用光织就的白褂，老人就像是从云中出现，出现在凯沙尔身边。他俯下身子，将凯沙尔抱在怀中，发出一声哀叹：

"啊，大树！这个世界上，为了生存而拼搏的人，难道都要经历这样的苦难。宇宙的历史是由爱、恩典、笑声和歌唱这些神圣的力量来延续的。难道现在已经被恶的力量、敌意以及为此流下的血，为此失去的生命所代替了吗？卑鄙的人类应该知道，做好事的人终将得到奖赏，做坏事的人终将受到惩罚。"

啊，多么美妙的声音？这个声音，让凯沙尔想起了一生所经历的事情。

凯沙尔"哇哇"一声哭泣，来到这光明的人间。刚生下他的母亲，用双手抱着他，高兴地向世间喊道："看啊，这是多美的生命……"

凯沙尔睁开黑加仑一般的眼睛，安静地躺在母亲怀抱中。看着母亲对着他说道："就叫他凯沙尔吧，希望他将来能成为勇敢的人。"

凯沙尔听到最美妙的声音，是他躺在摇篮里，母亲轻轻晃动着摇篮，唱着：

我摇动着摇篮，
像是在摇动着金山。

凯沙尔就这样静静地听着这首摇篮曲。

今天，凯沙尔耳朵听到的，也是那种像是有自己生命一样美妙的歌声，让他选择了生命的痛苦，放弃了死亡的甜美。这时，一种难以忍受的疼痛开始在他的身体蔓延。只要他加重呼吸，身体内就像是被无数支针扎一般。

凯沙尔蜷缩着身体，呻吟着说道："水……我要喝水……"

"来了……来了……"沙迪尔·司马义从沉思中反应过来，立刻站起身来，将暖瓶里的水倒入杯子中，用嘴轻轻地吹着。喂凯沙尔喝水时，他遇到困难，凯沙尔被打得嘴唇干裂，嘴唇上的伤口还没有愈合。他只能用铁勺一滴滴地将水滴进凯沙尔嘴里。

不知过去多少天了？凯沙尔心中感到了一种无尽的舒适。他闻到亲切而又熟悉的味道，这个味道是那么美妙，充满了生命的气息。也只有在古兰姆草原那天堂般的光彩下，从那些各种各样的鲜花中，才能闻到如此美好的味道。这时，凯沙尔睁开眼睛，看到床头柜上，正端正摆放着一束鲜花。他心里格外欢畅，啊，这是山花……凯沙尔最喜欢的花……

就在这时，护士静静地走进来。

"你感觉怎么样？"她说着话，将那束花放入盛了水的大瓶口的瓶子里。

凯沙尔想展现乐观的笑容，但因为疼痛随之皱起了眉头："挺好，谢谢你，送来这么好看的花，为了采这些花，你一定受了不少苦吧。"

她皱了皱眉，会意地微笑道："你忘了这些花长在什么地方吗？"

"当然知道了，只有我们的古兰姆草原才有这么美的花。"

"你以为我每天都会去那么远的地方采花吗？"

"那这些花……是谁送来的？"

“是一个姑娘……她每天都会带一束花，在你身边坐一会儿，然后像这束花一样，静静地离开。可怜的姑娘……每次来，都会难过得默默哭很久……”

“你没跟那个姑娘说话？你也是安安静静的……”

“所有的话，都由这束花说了，还有必要再问吗？”病房里一时间安静下来，护士继续说道：“我现在问你，那个姑娘是你喜欢的人吗？”

“我很喜欢她。”

护士轻轻笑起来：“那么，你的意思，喜欢这句话，在你对那个姑娘的感情面前，显得太轻了是吧？哎呀，还有这样的感情啊！”

“这是山里牧民间特有的爱。”

“那你对现在的爱情有什么看法？”

“现代的爱情有时会破坏人的道德观念。你相信这个说法吗？这，听起来似乎非常可怕，然而，现实中可能更坏。灵魂已经像破车一样坏，爱情已经不像以往那样崇高无比，不像那样光彩亮丽。”突然，凯沙尔像是想起了什么，没有继续说下去。问道：“你怎么突然问起这些来？”

护士挑了挑细长的眉毛，白净的脸看起来显得更加清秀。她说道：“你在担心什么吗？你说的都是对的，这些天，不知道为什么……感觉我们之间好像少了点什么一样，不知道为什么，我们好像开始变得陌生了，有时又觉得我们变得更亲密了，好像我们都走在同一条路上一般。我现在知道了是为什么，我们已经忘记了爱情，就因为我们忘记了爱情，我们也快忘记自己那份坚守，忘记人之所以为人的那种品德。我们也变得有些陌生了，我们不再互相关怀。但是，面对现实，我又感到害羞、拘束……”

“你太激动了。”

“不，这不是激动，是认识自我，思考自我。对不起，你爱的人叫什么名字？”

“尤丽吐孜。”

“尤丽吐孜……真好听的名字！”护士激动起来，“我能看出来，她是真的关心你，每天都会来看你。但是，她为什么不对你说一句话，就这么静静地走开呢？”她随即又像找到答案一般，说道：“是啊，真正的爱情是没有必要表现出来的，是吗？”

“请原谅，我能问你一个问题吗……如果你不觉得失礼？”

“请吧，请问吧。”

“你有对象吗？”

“哎呀，你在说什么呢？”护士轻轻笑出声来，取笑他般说道，“我都有孩子了，今年三岁。”

凯沙尔别扭得连耳朵都红了起来：“是吗？真不好意思，我是真的不知道。那这么说，你的爱人是这世界上最幸福的人了。”

“为什么这么说呢？”

“是因为他有你这样的妻子。”

护士宽容地轻轻叹了口气，没有说话。

“是当兵的吗？”

“是的，但是他……再也不会回到我们身边了。”

凯沙尔心中咯噔一声。他紧张地说道：

“是这样吗？对不起……请你原谅我。”

凯沙尔这时才觉得完全恢复了神志，当天晚上，他身上的伤又疼了起来，让他难受了整夜。他的脑海中有时想起护士，想起那个让孩子变成孤儿的、永远离开护士的当兵的小伙儿。有时想起尤丽吐孜无忧无虑、纯洁的笑容。是啊，她知道了，可怜的姑娘……听到消息后，从那么远的地方来到这里看望他……静静地来到，又静静地离开……就像身旁的那束山花一样，那样地美丽，那样地纯净、温婉，就像天使一般的美丽。

尤丽吐孜挑选各色各样的山花，是古兰姆草原中最美的山花。山花在花瓶中绽放别致的光芒，芬芳的气息弥漫在病房里。凯沙尔想象着自己在草原，扑面而来的麝香和龙涎香的独特香气，将他带入一个新的生机勃勃的环境里。突然间，凯沙尔又想起了护士和她的孩子，还有那个对他来讲完全陌生的当兵小伙子。随后从内心开始同情起他们。但他又激动地自言自语道："他们不是可怜人，那些将灾难与恩德联系在一起的人，是会永远幸福的。"

第二天从早晨直到中午，凯沙尔都在望着窗外躺在病床上，盼望尤丽吐孜的到来。只要尤丽吐孜到来，他一定会想尽办法走过去，从她手中接过山花。但不知为什么，直到夜幕降临，尤丽吐孜都没有来。久而久之，凯沙尔开始变得忧心忡忡，他不时凝望着窗外一排排灯火通明的房屋，望着远处的野果林，望着雾中的青山，望着太阳下山后，山间蔓延的暮色。他终于失望，又将自己扔在床上。有多长时间是在等待中度过的，我的天使，不知什么时候才能相见啊，什么时候？他闭上眼睛哀伤地呻吟。一连几天，凯沙尔都在期待尤丽吐孜的到来，但不知为什么，尤丽吐孜始终没有来。直到有一天，沙迪尔·司马义醉醺醺地走进了病房。他对凯沙尔说道：

"你好，凯沙尔，我的朋友！还不快站起来，不管你怎么样……就算是你的脚踝都被打碎……也要给我站起来！快来祝贺我……快来祝贺我，我的朋友！"他左摇右摆好不容易站稳，脸色苍白，浑身散发出浓浓的酒气。

凯沙尔心中有种不祥的预感，忧心忡忡地说道："坐下，快坐下，发生了什么事？"

"我升官了……我升官了……"沙迪尔·司马义石头般沉重而又僵硬的身体坐在椅子上，椅子仿佛要塌了一般咯吱作响。他接着说："我升官了……多好啊……你知道吗，我要到哪里上班？是去做市信访局局长。"

"什么，你在说什么？你是在开玩笑吗？"

"信不信随你，通知是昨天发的。今天是我去单位报到的日子……啊……啊……从现在起，我就是信访局的局长，你怎么不祝贺我！”

凯沙尔呆呆地说道：“是啊，他们真是会解决问题啊，是啊，他们……”

“是啊，专门等在山坡上推人，啊……啊……他们提拔重用了我。”沙迪尔·司马义苦笑着，悲痛的眼泪流了下来。不知道这眼泪是因为笑，还是因为内心的难过，谁也说不清楚。

“牧场的事怎么解决的？”

“你是知道的，我沙迪尔从来都是说到做到。为了把采药人和淘金客都赶出去，我制定了措施，然后与艾尼·库尔班商量，给他认真地解释，但他没有同意。但是牧民们已经忍无可忍，我们在一天之内，就将那些人从草原上赶了出去，现在只剩下沙塔尔·阿木提的问题。

“我知道，他现在还没有露出马脚，如果他倒霉了，城里还有一棵大树可以让他乘凉。哎，真可惜……真不知古兰姆草原以后会变成什么样？”

沙迪尔·司马义苦不堪言地叹了口气：“是啊，我一想到这里，心里也是很难过。”他的脸上、眼角已经有了轻微的皱纹，眼睛里流露出痛苦的神情。他接着说：“我来给你讲讲，当初我从木拉提场长手里接过工作后的情况，我说的话，今天你也可能不相信。当时的牧场是有名无实。欠了银行几十万的账。牧民的生活艰难，睡觉都在地窖里……我决心彻底改变牧场的这个面貌。为了这个目的我受了多少苦？这我都说不清楚。现在的情况你也看得很清楚，现在牧民的生活好了起来，以前连一只羊羔都没有的牧民，现在也有了七八百只羊。我心中还有许多愿望和想法。我们的畜肉、羊绒和羊毛都是优质的，竞争力强。我们完全可以进入国际市场！那时候，牧民才会真正富起来，古兰姆草原才会真正符合古兰姆草原这个称呼。现在呢？现在都留下了，朋友……让我与这些分开了……就像把我的心挖出来了一样，好吧，我不会因为分开就死掉的，但我会伤心得哭啊。”

凯沙尔躺在床上送别了沙迪尔·司马义。他想为了这离别说一两句宽慰他的话语，但他又能说什么呢？

沙迪尔·司马义长时间握着凯沙尔的手，眼神中充满留恋，他说：“你应该高兴起来，你是幸运的，你拥有生活在这片伟大土地上的自由。自由是这个世界上最伟大的感觉。建设这片土地，而不是摧毁这片土地上的生命，是你崇高的目标，它的意义同样是十分重大的。”

沙迪尔·司马义走了，凯沙尔站在病房的窗边，看着他坐上车，直到汽车拐过对面的街道，消失不见。自言自语道：

“再见，为了牧民的事而烦恼伤心的朋友，再见……”

凯沙尔的身体一天天地在好转，但他的情绪始终好不起来，虽然医生护士在尽心尽力地治疗，无微不至地照顾，但随着沙迪尔·司马义的离去，尤丽吐孜至今都没有再来过，这让他觉得越来越困扰。他多次向主治医生提出要求，在沙迪尔·司马义离开一周后，才终于得到出院的批准。军医院运送伤员的车，将他送回家。第二天，尕依孜·帕里万来看望他，言语间，他听到了一个坏消息，尕依孜·帕里万告诉他，苏力坦·艾力一个星期前来到这里，将尤丽吐孜接回城里。

“尤丽吐孜……厄运难道还要将尤丽吐孜从我身边抢走吗？”他听到这个消息后，伤心欲绝。

十一

在失去儿子的几个月中，短尾狼没有睡过好觉，没有吃过什么东西。山间也不再能听到它往日威武的长长嘶吼声。为了寻找狼崽，它在草原四处奔波，身体也同样虚弱起来，长时间的哀嚎，也让它的声音变得沙哑。它从洞里探出头来，趴在地上，眼巴巴地望着前方，眼泪已经流尽了，好像干枯的清泉。

光之父的脚步像轻轻的山风一样，悄无声息地来到了山洞前。短尾狼像是看到先祖一般，立刻站了起来。来到老人面前，围着他转了几圈后，停下来，用头摩擦着老人的腿。此刻它哀伤地呻吟，就像是母亲看到亲人时，破碎的心在哭泣一般。老人跪坐在山洞前。短尾狼仿佛在寻求安慰一般伸出脖子，狼头贴在老人身前的地上，静静地趴着。老人将它的头抱入怀中。老人慈悲地抚摸它的头和眼睛。说道：

“老天赐予马以土地，赐予你岩石，所以你的身躯，就像是雄伟山峰上的岩石。所以不需要再为你添上美丽的花朵，也不需要赋予你任何鲜艳的颜色。你身上那坚不可摧的勇气，风雨无阻的英姿，就是老天赐予你的美丽而又真实的形象。你生存的家园也不是春天的伊甸园，而是在冰雪覆盖的群山怀抱中，是在生与死的残酷搏斗中，充满热血勇敢的戈壁滩。没有人会像对待笼中饲养的鸟，会像圈中育肥的羊那样，将食物放在你面前。你在任何时候，任何时代，都是通过自己的努力和勇气寻找食物。老天赐予你的，是没有任何生物可以比拟的。其中一个是团结，另一个是勇敢。为了让人类也知道团结这个词的意思，老天也曾将团结赐予人类。但人类从身体内抛弃了它。他们认为团结和睦，不如战争、敌对和互相残杀。是啊！此刻，你听到的是什么呢？是胜利者的欢歌，是弱者的哭泣。你的鼻子嗅到的是血的味道。亲爱的狼，正是因为你生活在这种年代，这种时代，所以你把团结看得比什么都珍贵。所以所有的狼，命运是共同的，幸福也是共同的。为了生存而奋斗的勇气，也是你们共同所具有的。

“坚强是世界上最伟大的品质。最早，老天将这一品质赐予了人类，并将坚强作为人类的精神食粮，陪伴着人类成长。所以人类的子孙们曾经用英勇和坚强创造出无数奇迹。但是今天的人类，已经忘记和背叛了当初造物主赐予他们的这一品质。现在，他们又如何能体会勇敢和坚强为何物？啊，是那么懦弱，退缩的坚强……现在我想到，狼啊，它真正的意义就只在你的身上体现。就因为你身上还有这样的品质，所以，你想得到的，最终都能得到。因为，你知道，所有的幸福都来自于勇敢和坚强。狼，告诉我吧。你是装扮成动物的空气之母。是啊，你是永生的空气之母。传说中，空气之母失去自己的子女后，也像你一样痛哭，那个时候，七层天和七层地也被她的哭泣所感动，与她一同痛苦了七天七夜。我看到你，还在为失去孩子们而哭泣。哭得眼泪都干了，嗓子都哑了。看到你这个样子，我也难过得在哭泣。母爱，这个母亲特有的爱，在这个世界上，似乎只有你还拥有。那么，那些母亲还在世时，那些孩子会受到伤害吗？会把孩子遗弃到寺庙前，会把孩子扔在厕所里吗？相反的，你呢？你是个像母亲一样，伟大的母亲。作为母亲的你，是那样无私地付出。在世界无比的，是你在离别前的漂泊。告诉我吧，母狼。你的母爱是不是已经超过太阳的温度。夏娃的母性，能比得上你慈爱的身影吗？在生命的世界里，坚守着坚强的品格和坚贞的爱情，你是这样的高尚，为什么人类会视你为敌呢？那是因为在你身上依然保留着那些独一无二的品格，无与伦比的精神，而对人类来讲，现在这些都是陌生的，甚至是危险的。他们糊涂到如此程度，认为这个世界只属于强者，而忘记了只有把智慧、团结和坚强作为自己生命的主宰，才能在这个世界上生存下去。忘记了，弱者总是会让位给强者。我现在以生命永恒的法则，指引你找到生命的意义。站起来，母狼！”

短尾狼这时立刻站起身来，然后低下头猛烈地晃动起来，蓬松的毛发又恢复了光泽。在老人面前展现出的，不再是那只为了孩子奔波、疲于奔命、饥肠辘辘的狼。而是一匹身材伟岸、内心燃烧着无比强大力量的、不断激发生命能量的，自此以后，将勇敢生存的母狼，它甩动那完整的尾巴，跳上山洞前凸起的岩石，昂首挺胸，仰头朝天，长长地嚎叫起来。

“嗷呜……嗷呜……嗷呜……”

一时间，山间回荡着这嚎叫声。不知道是周围的狼，在用嚎叫来呼应母狼，还是母狼的嚎叫是在山间的回响，回声。

十二

一个星期以来，沙塔尔·阿木提在尤丽吐孜湖和古兰姆草原的生意一落千丈，但随着沙迪尔·司马义走了几天后，又渐渐有所恢复。那些采药和淘金的人不约而同又从四面八方赶来。现在，围绕着古兰姆草原的障碍已经没有了。就像硕果累累的树木，被破坏成光秃秃的树木，就像一片荒凉的果园。现在，谁都想在那里获得一种不劳而获的享受。人们使出浑身解数，像扑向肥肉的渡鸦一般，向古兰姆草原扑过来。沙迪尔·司马义离开后，草原的牧民们就像失去父亲的孤儿一般无助。面对像暴风雪般席卷而来的这场灾难，他们又能做些什么，说些什么？他们都在为自己着想，不得不在羊圈周围奔波寻找，思考如何让牲畜安全越冬的办法。

苏力坦·艾力在尤丽吐孜湖边，躺在铺在草地上的地毯上，将鸭绒枕头靠在腋下。沙塔尔坐在他对面，正对着这位值得尊重的哥哥，听着哥哥谈笑风生地说着话。地毯上摆放着用牛奶和面、放在口中即化的油馕，一大盘烤肉和刚从山上送来的新鲜马奶……以往每次来草原，苏力坦·艾力都会住在沙塔尔·阿木提家里，这次他改变了行程，昨晚来了以后，就住在了尤丽吐孜湖旁的帐篷里……夜晚湖边凉快很多的空气，让他感到很是舒适。烤肉也很可口，牛奶和马奶都很爽口……总之，所有一切都让他感到享受，舒心，让他感到胃口大开。

晚上，他们之间曾有这样的对话。

“县长，您尝尝，这是我亲手烤的，是真正的羊羔肉，我就撒了一点辣子面。”

“哎呀，你看，你这一直劝我吃烤肉，这下胃要不舒服了。”

“现在这附近可没有眼馋的人，您就放心吃吧。”

“没有眼馋的人。”这句话可不是沙塔尔·阿木提随便说出口的。从这句话，沙塔尔·阿木提是在显示在这湖边，所有一切都在他的掌控之内。让敌人就此消失在眼前后，他们吃到的所有食物，他们都能消化。

“沙迪尔这个笨蛋，你眼馋沙塔尔有什么用？就好像你能永远拥有古兰姆草原似的……”这就是苏力坦·艾力关于沙塔尔·阿木提所作所为的思考。如果我们没有得到这里的利益，总会有人来做的。在这件事上，你得罪了我，让我非常失望。所以，我不顾你以前为我所做的那么多好事，决定把你从古兰姆草原上连根拔起。你知道市委书记吧？他是我原先从市中学调来做秘书的。你没有想到吧，你的命运，因为我给书记说的几句话而改变。凭着你对沙塔尔·阿木提的刁难，还有给我们造成的经济损失，我还是给了你足够的面子。我听说，把你从牧场调走，你可是说了不少抱怨、生气、骂人的话。沙迪尔啊，你要当心自己，别再落入我的手中！

“沙塔尔，还有一件事，你仔细想过没有？”苏力坦·艾力用胳膊肘支在地毯上，喝了两口马奶，说道。他用手背擦了擦嘴，又靠在枕头上：“如果你再开一个煤矿厂，城里没有工作到处乱晃的小伙子多得是，如果你雇上二三十个小伙子……”

“是啊，就等您这句话呢。我也正想着这件事。”

“对了，他们可能干不了这活儿。我觉得内地来的打工人最合适，吃苦耐劳，工资要求也不高。”

“但问题就是不懂他们的语言。”沙塔尔·阿木提停了停，接着说道：“这样行不行，将那些淘金客招收过来怎么样，听说，他们的收获可不怎么样。他们最近经常与老板闹着要工钱，准备回去。”

“可以，你去打听打听。”

沙塔尔·阿木提挠了挠脖子，说道：“但是，哥哥，这么多事，我们顾得过来吗？”

“听听你这说的什么话，又不是让你去做。采矿需要技术，我们找个合适的人，让他承包了，不就完事了？我们现在最需要的是优质的矿脉，附近有这样的煤矿矿脉吗？”

沙塔尔·阿木提拍着胸口，夸耀道：“啊，肯定能找到，我就知道几处。”

苏力坦·艾力两人开始行动起来，他们商定，回到城里后，由他寻求相关的技术，沙塔尔·阿木提则寻找优质的煤矿矿脉。

尽管秋天的天气越来越凉快，游客也比以前少了，湖边的草坪开始枯黄，但呈现出前所未有的金色的色彩，五颜六色的花朵在竞相绽放。花朵就像要永远活在这片土地上，永不凋零般，还是如此高傲、安逸、无忧无虑地盛开。平静、碧绿的湖面，在秋日阳光下，时而明净纯洁，时而晶莹夺目，苏力坦·艾力来到湖岸边，用望远镜观察着湖对岸，那片还少有人类脚步，美丽而又僻静的风景，随后他又把目光转了回来，用手指捅了下身边的沙塔尔·阿木提，激动得喊道：

“你看，你看，那是什么？像美人鱼般雪白。”

“在湖里吗？”

“是啊，在湖里！”

“看到了，是一对……哎呀，这是什么时候出现在这里的？”

“它们每年春天都会飞到这里来，在这里度过夏天和秋天，现在它们只是这片湖的过客。”

“以前我怎么从没有见过这些客人？快把你的枪拿出来！”

沙塔尔·阿木提立刻转身回到帐篷，从帐篷里拿出一支双筒霰弹猎枪。

“快去找艘汽艇！”

沙塔尔·阿木提挥舞着手叫着汽艇上的管理员。他载着游客，开着汽艇在湖中心游玩。“哎……到这里来……这里……”

那辆美国制造的高功率汽艇，是苏力坦·艾力在春天从广州的商贸公司订购，运到旅游区的。管理员操纵汽艇加快了速度，从平静的湖边划过，在汽艇两边激起白色的浪花，像子弹一般向湖岸边开来……管理员操纵的汽艇，仿佛要立刻飞起来一样，艇尖已经高高翘起。苏力坦·艾力将装上子弹的猎枪紧紧握在手中，显得很紧张，阴森森的眼睛盯着一个点，似乎要奔赴最激烈的战场……

沙塔尔·阿木提慌张地问苏力坦·艾力道：“县长哥哥，你是要打那只天鹅吗？”

“你现在才知道？这个是珍贵的鸟，平常可不容易遇到。今天我们能遇到，真是运气好。你婶婶需要一个鹅绒枕头，一只天鹅的翅膀还可以做一把扇子，它的油可以驱寒，天鹅肉还对心脏病有好处……啊……啊……啊……今天真是幸运！”

“县长哥哥，这样……这样是不行的。”

“为什么？”

“它是老天赐予的神鸟。”

“是啊……是啊……所以我们才要抓住它！”

“这两只天鹅，可跟别的天鹅不一样。它们每只都跟羊一样大，脖子就长一米，羽毛像雪一样白，据老人们说，这是老天爷派到这里来的天使。如果有人伤害它们，最终会淹死在这个湖里。所以……我们的生意越来越好，我们的事业在发展……”

“都是废话！”苏力坦·艾力大声讥讽沙塔尔·阿木提道：“你这个笨蛋，这样的话，你也信？平常我还觉得你懂不少事情。现在怎么说话像小孩一样。”

汽艇已经靠天鹅非常近了，不用望远镜也能看得清楚。苏力坦·艾力命令管理员停下汽艇。听到汽艇嘈杂的声音，游来游去的天鹅感到不安，又害怕汽艇上的人，开始急急忙忙向远处游去。等到汽艇停了下来，它们才放心地留在湖面上。它们美得让人心动。雪白的翅膀，柔韧的脖子，发亮的眼睛，让它们像是刚从天上飞下来的一对天使，又像是从湖里跳跃而出的美人鱼。它们就像一对镶嵌在大自然灿烂脸颊上的白玫瑰。它们没有察觉到逐渐降临的死亡威胁，是那么地安宁，那么地舒适……它们在碧绿清澈的水面上，宛如阳光柔弱的倒影，轻轻地摇晃。柔和的脖子经常伸进水里。它们时而彼此交谈，时而沉寂，仿佛在倾听大地的呼吸。苏力坦·艾力眯起左眼，对准瞄准器。他能够感觉到身边的沙塔尔·阿木提，因为无法抑制的恐惧，不停地颤抖。自从他来到草原以来，他们猎杀了从石鸡、野鸡、野鸽子到狼、狐狸、鹿、熊等等飞禽走兽。但他的心中从没有这种恐惧感，这种恐惧，难道因为洁白的天鹅那格外美丽和优雅，让他也感到眷恋？还是害怕老天的惩罚？连沙塔尔·阿木提自己也说不清楚。他只是瞪着惊慌失措的眼睛，一边看着苏力坦·艾力，又看一眼他手中的猎枪，再看看湖面上的天鹅。“嘭”的一声枪响，天鹅的羽毛四散飞舞，两只天鹅痛苦地嘎嘎叫着，不安地扑腾着翅膀，想要飞上天空。苏力坦·艾力急忙又补了一枪。一只天鹅无力地拍动翅膀，浮在了湖面上。另一只天鹅在十米远的地方，奋力拍动翅膀飞上了天。汽艇迅速开到受伤的天鹅旁，湖面上渐渐散开丝丝血迹，天鹅拖动着受伤的翅膀，拼命挣扎起来，痛苦地呻吟着，四处游动，苏力坦·艾力最终抓住了天鹅的脖子，沙塔尔·阿木提赶忙从湖里将天鹅捞了出来。

“哎，真可惜……”苏力坦·艾力目不转睛地看着在湖面上空盘旋的天鹅。说道：“我感觉它也受伤了，你看，是不是它的胸口也有血？该死，它也掉下来就好了……”

飞到天上的天鹅看不出是否受伤，天鹅在蓝色的天空中越飞越高。它围绕湖飞了好几圈，最终消失在山峰后，再也看不见了。苏力坦·艾力将受伤的天鹅带到湖边宰杀了。不一会儿就放在车里，开到沙塔尔·阿木提家中。

上次来沙塔尔·阿木提家，已是夏天的时候。一直到现在，沙塔尔·阿木提的家、羊圈都没有丝毫变化。唯一的变化就是尤丽吐孜。几个月的时间，尤丽吐孜的个子长高了，身材变苗条了，也更加漂亮了。她现在变得害羞、胆怯，不像以往那样幼稚地直视自己。在往餐桌上铺桌布的时候，手也会发抖，脸会发红。她进进出出的时候，像古兰姆草原上的野玫瑰，娇艳的身影，不由得让苏力坦·艾力想起曾在家里当了几年保姆的再娜甫汗。那时的再娜甫汗曾像一匹烈马，那默默的暗恋，给苏力坦·艾力带来了痛苦的滋味，压抑了几年的渴望，在一天夜里……最终得到了满足。那以后，苏力坦·艾力也曾与几个女人好过，也曾得到满足。但始终再没有那种让他舒适地回味。他记起有人这样说过，“女人虽然平常看起来像染了各种颜色的鸡蛋，但剥掉鸡蛋壳后，都是一样的”。不是那样的。虽然再娜甫汗像小鹿一样踢他，像小猫一样抓他，但只需要几分钟的回味，就会在他怀里整夜撒娇，像小鱼一样扑腾。为什么做不到卖弄风骚？所以他经常想，说女人像鸡蛋是个愚蠢的话语。她们中的任何一个，对男人来讲，都是一个神秘的世界。她们，一个是森林、一个是戈壁、一个是沙漠、一个是花园……每当苏力坦·艾力来到这里，就会想起昔日狂野、如饥似渴的感觉，总会偷偷地观察再娜甫汗。他想从再娜甫汗身上找到往日的美好……但是，苏力坦·艾力看到的只有花儿凋谢的样子。他看到再娜甫汗的样子，就像是失去最宝贵的东西一样，感到沮丧。他总是在心里想着“那让他向往的美丽，那脂粉气，都去了哪里？”今天他找到了问题的答案。那无法形容的美丽，并没有离开，只是转移到这个女孩身上！

晚餐时，苏力坦·艾力问沙塔尔·阿木提：“哦，对了，你女儿去城里工作的事，我已经办好了，你准备怎么办，让她进城吗？”

“可以，您定的事，我能怎么办。”这句话让苏力坦·艾力听着很不舒服，他的眉毛翘了起来，说道：

“你的声音怎么越来越小了，好像是我在逼你……如果你不想让她进城，就别去。我也是因为她是你的女儿才操这份心的。”

沙塔尔·阿木提放下手中的碗，紧张得不知所措：“哎，县长哥哥，你说的是哪里话，那是个好事，我想说的是，所有的一切都是在您的帮助下完成，再说了，哪有姑娘家放牧的？在您的操劳下，她能去城里工作，那是天大的福气啊！”

当天夜里，关于是否送尤丽吐孜去城里这个问题，沙塔尔·阿木提与再娜甫汗之间有了很不愉快的交谈。

再娜甫汗坚决地说：“不行，沙塔尔，你不能让尤丽吐孜去城里。”这位从来不会反驳他、总是默默接受的女人，今天一反常态的话语，让沙塔尔·阿木提生起气来，怒气冲冲地吼道：

“为什么？”

“你没看到吗？她长大了。”

“难道你想现在就把她嫁出去？那么多人都没办法将孩子安排在城里工厂里工作，难道会是坏事？”

“事情倒不是坏事，但我就是不相信，根本不相信……”

再娜甫汗正准备将心里的担心和怀疑告诉沙塔尔·阿木提，沙塔尔·阿木提就像要立刻掐住她的脖子一样，低声喘气着威胁她道：“你这个白痴……你不相信县长哥哥的话，那信谁的？他对我们的恩赐还少吗？羊圈的牛羊，现在生意的收益，不都是他给我们的？你是将这些全忘记了？你如果还有理智，就别在这里流眼泪，你应该为了女儿的幸福而高兴才对。”

再娜甫汗听到这里，开始号啕大哭起来：“别跟我提女儿的幸福……不，不，我求求你，别做这样的蠢事！”

“闭嘴，别让县长哥哥听到了。赶紧闭嘴！”

再娜甫汗蜷缩着身体，一声不吭。但眼泪还是像开闸的洪水流下来，身躯像风吹的树叶一样颤抖着。她那泪汪汪的眼睛，眼角的皱纹间，充满了痛苦和忧伤……将尤丽吐孜交给苏力坦·艾力照顾，对她来讲，不是就业，而是到了绝境一般，让她焦虑不安，心痛难忍。她很了解苏力坦·艾力。是个无所不能、野心十足的人，也是个贪恋女色的人。啊……这些又让她如何向沙塔尔·阿木提开口。再娜甫汗是厌烦沙塔尔·阿木提粗鲁的态度，但更是对沙塔尔·阿木提为了金钱和利益不顾一切的本性而愤怒，这让她整夜都没有合眼……

天啊，他还说苏力坦·艾力是个慈悲的人。他怎么没有想过，一切都是交换，沙塔尔·阿木提在古兰姆草原上为苏力坦·艾力带来了多少好处，经过他的手，做了多少事情。

原本苏力坦·艾力对沙塔尔·阿木提说，这次准备多待几天，但第二天，他又改变了主意，说要回城去。沙塔尔·阿木提连忙为苏力坦·艾力准备起带回去的东西。

沙塔尔·阿木提在外屋，磨着已经很是锋利的刀，说道："你们也快点准备尤丽吐孜的行李，别忘了必需的用品。"他走出去没过多久，外面传来一阵咩咩的羊叫声。沙塔尔·阿木提从羊圈里拖着小羊的后腿，将一只尾巴肥硕的小羊拉出羊圈，苏力坦·艾力站在牛圈旁在篱笆边，用手肘支撑在篱笆上，看着眼前粗壮的年轻公牛，又似乎不屑一顾地看了眼沙塔尔·阿木提拖出来的羊。说道：

"哎，你等等，这只羊是不是太肥了？"

"不是的，虽然是只公羊，但没有一点肥肉，吃起来味道也是很好的。"

苏力坦·艾力立刻高兴起来，轻轻拍着沙塔尔·阿木提的肩膀说道："哦，哦，沙塔尔，还是你厉害。相比于医生那些可怕的忠告，还是你说的话顺耳。"

"医生的话也不能全信。"提起苏力坦·艾力的话，沙塔尔·阿木提一下骄傲起来。说道："人还是做自己喜欢做的事，吃自己喜欢吃的东西才自在。您看，您就是那样，这不，现在不是气色越来越好了？"

苏力坦·艾力下意识地摸了摸越来越多白胡须的下巴，随着下巴上白胡须越来越多，他每大都要用电动剃须刀刮胡子。说道："是吗？你先别吹牛了，这只公羊……我让你宰了，你怎么还迟迟不动手，你看住点，别让它跑了。”

“好的，好的。我现在就宰了它，我这就宰了它……”

被绑住四肢的公羊，正在那里奋力挣扎着。似乎知道了自己的生命即将到终点，不安地叫着。锋利的刀划过它的脖子，结束了它的生命。随着它的挣扎，鲜红的血喷了出来。它的叫声也戛然而止，健壮的身体开始虚弱地抖动起来……沙塔尔·阿木提宰起羊来，不比牧场的老屠夫差。刚才还是鲜活的公羊，不到半个小时，就变成了一堆没有皮的肉。他用餐布裹起还冒着热气的羊肉，放入麻袋里。又抬起来，放进车的后备厢中。随后将羊肺、羊肝拿在手中，扔到外屋的桌子上。这时，再娜甫汗从里屋走出来，用苦恼的眼神看着丈夫说道：“你先等等。”

“怎么了？”

“有些话，还是你对尤丽吐孜说吧。”

“什么？你还没有跟尤丽吐孜说吗？你这个蔫货！”

“我告诉她了，但她不愿意……她让我告诉你，她不想去城里工作。”

沙塔尔·阿木提的脸立刻黑得像铁，说道：“她还敢那么说！都是你捣的鬼！以前她听到这个消息，可是高兴得不得了。该死的，是不是你夜里说了什么坏话？”

再娜甫汗带着哭音说道：“老天……我什么都没说。你如果不信，自己去问问她。”

沙塔尔·阿木提挥舞着犹自带着血迹的手，大声喊了起来。

“你去告诉她，别让我生气，要不我就打断她的腿！她把一个羊圈的羊扔在湖边，天天跑去军队医院，为什么去那儿？她是去找凯沙尔那个流氓了吧。她以为我不知道他们以前偷偷见面？别让我找她算账。快去叫她，她要是不出来，揪着她耳朵也给我拽出来。”他就是想要让在里屋里蜷缩在一角的尤丽吐孜听到他的喊叫声。

苏力坦·艾力不耐烦地在车旁走来走去，说道：“我们要走了！”

“哎！你们快点！”沙塔尔·阿木提继续喊道。

尤丽吐孜头上戴着鸢尾花头巾，手里提着一个小包，走了出来。以泪洗面后，显得更加苍白的脸上，心中涌动着一股强烈的忧伤和悲哀。沙塔尔·阿木提就像什么都没发生一般，笑着来到她身前，用慈爱的神情、父亲般的口吻，劝导着说道：

“我的女儿，到工厂后，好好工作，下班后，就好好为县长叔叔做些家务，好好听帕夏汗婶婶的话，要少说话，多做事，那就再见了！”

再娜甫汗一句话都说不出来。她怕一说话，眼泪就会止不住流下来。她强忍着心碎般的悲哀，走过来紧紧抱住尤丽吐孜，亲吻着她的额头……

汽车在山路上时快时慢，颠簸起伏，上了柏油路后，车开始摇摇晃晃地开动。从开着的车窗，尤丽吐孜能看到窗外的湖，以往清澈见底的湖水，不知怎么的，在尤丽吐孜眼中显得有些浑浊，湖水一些是黄色的，一些又显得黑黝黝。尤丽吐孜总是喜欢坐在上面的那块湖边的巨石看起来像一块泥堆。花儿凋谢了，草坪变黄了。为什么会这样呢？或许是因为尤丽吐孜在这种时刻，与它们道别，眼中就显出这样的景色？仿佛这一次走后，再也不会见到一般，尤丽吐孜不舍地坐在飞驰的车上，目不转睛地望着以往整天来往间，熟悉的草原、松树林、青黑色的高山。公路像蛇一样盘旋在山腰间。公路一旁是陡峭的山，一旁是深达数百米的深渊。在视野尽头，湍急的白色河流上泛着白色的浪花。不知不觉中，车经过了军队医院，那里有一片金黄色的野苹果果园，一排排洁白的房屋……还没等尤丽吐孜仔细地看清楚眼前的一切，车很快地远离了医院。她不知道凯沙尔现在怎么样，也不知道他现在是否已经醒来。她为自己见过凯沙尔几次，却没有能跟他好好聊聊天，而感到心急如焚，想到这里，她无声哽咽起来：“对不起亲爱的，在你这样困难的时候，我丢下你走了，去城里工作不是我的意愿。哎，我能怎么办？对苏力坦伯伯和爸爸的决定，我这个没有保护的小女孩，怎么会有力量打破他们的决定。你醒来后，想看看我在不在身边的时候，可是看到了那些花？那些花，现在可能已经枯萎、发黄了，但它们还是我的心意。想我的时候，你就看看那些花吧。但是，我呢，哎……我们见面的日子又不知道是什么时候？”尤丽吐孜流下泪来。但她害怕苏力坦·艾力看到她流泪，装着整理头巾，悄悄地擦干了眼泪。苏力坦·艾力坐在副驾驶座上，没有看到尤丽吐孜掉眼泪，正闭着眼睛休息，他的头随着车辆的行进，一会儿倒向前，一会儿又歪到一侧。松树林、高山、灌木丛已经留在了车后，车辆穿过光秃秃的丘陵，不停地轰鸣，像是在向尤丽吐孜诉说她的命运，在用尤丽吐孜不能理解的语言告诉她些什么。

在古兰姆草原上，在河岸边的大地上，飘荡着一首过去从未听到过的奇异的乐章。它那悦耳动听的曲调，从远处传来，飘飘荡荡，一直传到凯沙尔耳中。这个乐章，不知道是从人类内心产生的，还是大自然的馈赠？他是在梦中，还是清醒中听到的呢？凯沙尔也无法说清楚。这不……在这首乐章中，尤丽吐孜出现在凯沙尔家门口。她像是服丧的少女，穿着白衬衫，戴着白头巾，脸也白得像一朵开了花的白玫瑰……凯沙尔看到尤丽吐孜，放下正在写的信，跑了出去。张开了双臂，想把她抱在怀里。但当他看到尤丽吐孜苦恼的神情，悲伤的表情，愣在原地。有一瞬间挂在空中的手，慢慢放了下来。嘴唇像树叶般颤抖起来。说道：

“这是怎么了，我的天使。这朵黎明盛开的红色花朵，今天怎么显得如此苍白？”

“亲爱的，那是因为这朵离别的花，被命运的巨斧劈中，已经快要凋谢。”

“不，不，那个亲手创造着美好一切的命运，会看着这一切发生吗？”

“不知道，可能这就是我的命。”

“尤丽吐孜，我们抛开一切走吧，我们远离这些痛苦，去寻找自由和幸福。”

“不，亲爱的，县长伯伯不会放我们走的。”

“他不是你伯伯，他是个丧失人性的歹徒。难道你相信了他那虚假的承诺？”

“亲爱的，希望你能原谅我。”

“原谅你吗？”

“是的，请你原谅我。他们安排我在工厂上班，会给我许许多多的幸福，还要赏赐我诸多的舒适生活。”

“我知道了，你现在就是要去领取那些赏赐，是吗？”

“不是我，是为了我的母亲。”

“那你呢？”

“我的心永远和你在一起。”

尤丽吐孜的身影，随着这声音逐渐变得模糊，仿佛变成了一片苍白的云雾。

“尤丽吐孜……”凯沙尔被惊醒了，他满头大汗地从床上坐起来，双腿垂在床沿边，开始思索起来。

“这是怎么回事，我是做噩梦了吗？是我的美梦破碎了吗？还是梦中的我已经预见到了不幸的命运？”

不知过了多久，外面响起了马蹄声，随后传来尕依孜·帕里万熟悉的咳嗽声。他带着油馕、奶油和手抓肉来看望凯沙尔。

尕依孜·帕里万用小刀切着肉块，放在凯沙尔面前桌子的餐布上，说道：“事情麻烦了。那些盗贼又开始砍松树了。我仔细数了数，一共有 20 棵树，有一个大树，可能因为太粗大了，被留在了原地。看来不给我们加派人手是不行的。我已经年老体弱，你又在生病……”

“草原、湖泊、大山都是一个整体。如果上级不采取相应措施加以保护。为了保护草原，别说是我们一两个人，就是来二十个人也没有用。我为了这件事，正准备给草原局和市政府写报告，我会把这件事也写进报告里。”

“写报告会有什么用，他们会看吗?”

“会看的，今天不看，早晚都会看到的，一定会看的。”

“孩子，那你写好报告后，就交给我。”尕依孜·帕里万心里有了些希望，从座位上站了起来。老旧的床发出吱呀的声音：“我就是拼了这条老命，也一定给你送到，讨个说法。哎呀，这个世道到底怎么了?以前，我们听到哪儿有小偷强盗，都会吃惊得张大了口。看来现在那些小偷强盗已经到草原来了。”尕依孜·帕里万心疼被那些小偷强盗砍伐的树，气愤得不住嘴地咒骂起他们。当他走时，凯沙尔不顾他的反对，拄着拐杖将他送到拴马桩前。前前后后发生了这么多事，凯沙尔心中的愤怒早就超过了尕依孜·帕里万。但他现在这个样子，又能做些什么呢?在这片土地上发生的破坏性的非法活动，已经不仅限于森林。在这种破坏下，草原、湖泊、河流、山脉甚至一切生物，都面临着死亡的威胁。面对这个残酷的事实，那些以“我们是这片土地的主人”而自豪的人，又有几个清楚地知道。不！一定要让他们全都知道。凯沙尔坐在窗下的旧书桌前，在身体允许的情况下，开始一点一点地继续写着他的论文。每天，笔尖在白纸上，一个小时、一个小时地不停地写着。每当他感到腰酸腿疼，才会放下笔，拄着拐杖，走到床前，将自己扔到床上。但是，在这片逐渐变得思维缓慢的伟大土地上，在被沙漠掩埋的果园里，成批的动物依然在自己的窝周围游荡。他为自己在大学时，贪心地收集到的图书资料，通宵写下的随笔，现在有了用武之地而感到高兴。房间角落的箱子里，一直压着的一捆捆厚重的书和杂志，现在，在凯沙尔面前展现出现实和真理的智慧。他的论文越写越厚。但是，不管他把这么多手稿寄到哪里，又有多少人能耐心地阅读呢?即便如此，即使暂时将他的手稿当作一捆废纸，他也要让人们知道这样一个真理，人类只有一个地球，爱护这个地球，本质上就是爱护人类自身。如果他们不懂得大自然呻吟流出的眼泪，他们一定会受到大自然严酷的惩罚。只有那时，他们才能学会对待大自然，不应该破坏，而是要建设，不是要劫掠，而是要保护，不是要残酷地对待，而是要用爱来守护。

一夜之间，从北边滚滚而来的暴风雪，笼罩在古兰姆草原上空，先是淅淅沥沥的雨水，随后变成了雪花。山里的气候，也因为严冬的来临，而变得寒冷起来。夏天盛开的，五彩缤纷的花朵，现在怎么样了？都已经发黄枯萎。山间像烟一样沉重、弥漫，常年积雪的山峰也被淡淡的云雾缭绕着。这是古兰姆草原最艰难的时刻。羊羔在羊圈里缩成一团，牧羊人也在为了准备过冬的草料而四处奔走。

凯沙尔撰写的关于森林里发生的混乱景象，关于面临的困难和危险的报告。由尕依孜·帕里万带到城里去了，回来后，他高兴地告诉凯沙尔："我已经将报告送到专门负责处理这类事务的部门，你说让我送给谁，我就送给谁了。现在我们的要求应该会得到解决。"但已经过去了很久，凯沙尔和尕依孜·帕里万期待的结果，却一直没有任何回音。几天前，从市林业局来看望他的人那里，得到了他意想不到的消息。一个市上的领导是这样批示的："这是什么报告？我觉得这是恶意煽动，危害社会稳定的错误论调。任何事情都要从全局的角度分析，这写的是非常个别的情况，没必要大惊小怪的。大局还是很好的。"听到这个消息，凯沙尔伤心地苦笑起来。他们习惯了用政治眼光看待任何事物，并赋予这些事物政治色彩。他们就像是工厂批量生产的机器一样，所以总是不能独立思考问题。

凯沙尔的伤慢慢好了起来，有了一点力气，可以放下拐杖后，他一天也不愿意一个人待在家里。让他心烦意乱的思想太多，沙迪尔·司马义的被调走，尤丽吐孜的突然进城工作，森林里的盗伐事件，来年要种的松树种子还没有收集，古兰姆草原先后遭遇的种种灾难……

一天，他穿上厚重的衣服，牵来他的白眉马，骑着马沿河而行。

这段时间以来，被困住马厩里的孤独所折磨的、不停踢打着地面的白眉马，此时高兴得几乎脚不沾地，轻快地跑着。它那昂首阔步，摇着缰绳朝前跑的样子，就像是从笼子里飞出来的鸟，在空旷的天空中自由飞翔。几个月来，生病住院，然后又回家养病，这段时间的孤独无聊，没有事情可做，让此刻的凯沙尔感到心情格外舒畅，天气已经很寒冷。草原和山丘，都被初降的薄雪覆盖，一切都是白茫茫的。只有白铁干河的河水依然流淌，浪花飞溅，奔流在河岸边。从它那浩浩荡荡的呐喊声中，可以感受到宇宙永恒的气息，感受到河流心脏的跳动，它们全部编织成一首只为大地所作的歌，是那样的悠扬动听。不一会儿，白眉马就带着凯沙尔走进了茂密的松树林。这就是许多日子以来，让凯沙尔无比怀念的温暖的空气……松树就像是这片土地永远的主人一样，挺拔、骄傲和安宁……这就是凯沙尔喜欢森林的缘故吧，不知道为什么，森林的绿色总是让凯沙尔感受到生命真正的力量和乐趣。是的……无论是谁，只要对大地保有崇拜、拥抱、爱等等感情，大地就会赐予他生命的力量、美丽和自由的力量。凯沙尔放慢了速度，信马由缰。松树下，还没有被雪所覆盖的草，又软又好吃。马儿走走停停，不一会儿就停下来，享受地吃几口草。现在，凯沙尔觉得有必要去上次尕依孜·帕里万提到的地方去看看。不知道从那时起，又有多少树木被砍伐？那里并不远，对别人来讲，森林是神秘的，到处似乎都一样，但对凯沙尔，却对这一带了如指掌。他能够感觉到……还是在那条河岸边。当他来到一片光秃秃的开阔地，看到松树被全部砍伐的场景，看到这里的破败场景，他不敢相信自己的眼睛。在过去那几个人才能合抱的高大松树的位置上，现在躺着的是一个个的木墩。而一棵棵已经生根的小松树，则在车轮下被践踏毁坏。在一棵松树下，被点燃的树枝和树皮，一起燃烧的炭灰，就像是桅杆一样。

“看看，这就是我们引以为傲的森林。”凯沙尔骑在马上，环顾四周，痛苦地想着：“我为什么要待在家里，出院后就直接到这里来啊。死也死在这里。就算是爬也爬到松树林，在那些小偷砍伐它们的时候，紧紧地从背后抱住他们……”

凯沙尔昏沉沉的，垂着头，不自觉地沿河而上。在前方很远的地方，一个人忙着往车上不知道在装什么东西。凯沙尔调转马头，不一会儿就来到他身边。艾山·卡克立克不知什么时候来到这里，用铁叉叉着雪下木墩旁的干草，正往马车上装。

“你好，艾山哥！”

艾山·卡克立克将铁叉放在地上，两只眼睛紧紧盯着马背上的凯沙尔，高兴得撒开腿脚跑向他。

“哎呀，是凯沙尔啊，见到你真是太好了，看来你的伤好了，老天保佑，我听说你出院了，还想着什么时候去你那儿，用刚宰的羊羔皮好好包住你，我好几次都准备好，但家里只有我一个干活儿的，一直走不开啊。”

“你现在才开始收集牧草吗？你怎么晚了呢？”

“我又能怎么办啊，兄弟，草原遇到灾祸，那些采药人刚走，草原又发生了鼠患，牧草都已经没了，像以往那样，秋天就能收集起的牧草，现在可是再没那种情况了，哎，兄弟……我们的情况可不好，连怎么让牛羊过冬，都成为我们每个人的烦恼……”

“估计今年冬天，雪还会下得越来越厚的。”

“老天保佑，如果真那样，我们就完蛋了。沙迪尔场长还在时，这个时候早就把过冬的草料堆满每个羊圈，今年，已经这个时候了，还没有看到草料的影子。”

“哦，对了，我听说今年草料的价钱也上涨了不少。”凯沙尔想起了尕依孜·帕里万曾说过的话。

“就算是涨价也行啊，但草料呢？今年不管草料涨到什么价格，都没关系，如果没有草料，牛羊是度过不了这个冬天的，老天保佑，幸好今天能遇到你，你快给我们想想办法啊。”

凯沙尔看着艾山·卡克立克疲惫的脸上，乱糟糟的胡须，布满皱纹的额头，紧紧贴在一起的睫毛，还有因为寒冷凝结的泪珠，一时不知道说些什么才好。可怜的人啊，自己都那么困难了，还一心为了牛羊过冬发愁，对自己如此地吝啬。常年辛苦劳作，啃着干馕，喝着河里的凉水，冬天的时候，也不舍得宰只羊，挂在吊架上。但为了牲畜能够活着，却显得那么慷慨，为了饲料花多少钱都愿意。看到他不顾冬天的寒冷，为了草料而奔波。面对他充满渴望的眼睛，他又怎么能说“对不起，我只是个护林员，只是个普通的群众，我又能从哪里为你找来急需的饲料啊”。他实在开不了口。

“好的，我再想想办法。”凯沙尔没有多想，回答道。

艾山·卡克立克激动地说道：“哎呀，太谢谢了，终于有人管这件事了，兄弟，不瞒你说，我原本都感觉到头顶的山要塌下来了，我一定会感谢你的。”

凯沙尔开玩笑道：“谢我吗？用什么谢我？”

“我干脆点，我用一只公羊感谢你！我的羊圈里，你随便挑！”

凯沙尔调转马头，要把属于他管的森林全部走一遍，需要几天的时间。他才骑了半天马，就感到腰酸背痛，手脚发麻。难以忍受的疼痛，像贪婪的老鼠啃着他的骨头。一路上，他都在想，怎么才能为艾山·卡克立克解决饲料的问题。他遍寻记忆中，在城里工作的同学，高中学校里的同事，以及亲戚朋友。但他们中没有任何一个人，能有沙迪尔·司马义那样值得信任。沙迪尔·司马义是他最好的朋友，心连心的知己。他调到市里工作后，也曾给凯沙尔写过几封信。但凯沙尔也不知道为什么，没有给他回信。任何事的发生都是有原因的，如果没有饲料的问题，要凯沙尔回信又不知道要等多久，今天能见到艾山·卡克立克也是一件好事，他可以在信中回复沙迪尔·司马义的问题，解决饲料的问题，看来也只能找沙迪尔·司马义想想办法。

在日落前，凯沙尔回到了家。山上那个戴着大盖帽、络腮胡子、巨大的老人……他身穿着白色大褂，高傲的身躯在晚霞的红光中，巍然屹立。凯沙尔将白眉马牵到马厩里，安顿好后，走进屋子。准备往炉灶里生火。早晨燃烧的炉灶早已冰凉，随着煤炭噼里啪啦点着后，寒冷的屋子也慢慢开始热了起来。炉子上的铝壶发出一阵呼啸声。淡淡的光照在昏暗的屋子里，凯沙尔伸展疲惫的腿脚，躺在床上，等待水烧开。水烧开了，开水溅在炉子上噼啪作响，他赶紧站起来，用小茶壶泡上茶，从外屋切了一块馕和肉，坐在炽热的炉子前，慢慢填饱肚子，随后擦了擦汗，来到桌子边。这封信怎么开头好呢？哎……要说的话太多，一言难尽，不知从何说起。他拉开抽屉，拿出沙迪尔·司马义写的最后一封信，铺开在面前，这封信是昨天到的，看着这封信，这是他最敬爱的朋友那熟悉的笔迹，像是可以听到他热情悦耳的声音。

“你好，凯沙尔，我的朋友，为什么没有回信？为什么没有回答我信中提到的问题？你还在生我的气吗，为我不顾你的劝阻，与沙塔尔签订了合同，积极支持屠杀狼？我知道，你一直为了这些事对我有意见。说真的，我为自己做的事感到很后悔。我的感受也不是一封信能说清楚的，等到跟你见面，我想把我心中积蓄的话，向你倾诉几天。我等待着那天的到来！我听说你出院的消息。虽然你不愿意用几句话写个信回复我你的近况，山里来的人还是告诉了我你的消息。他知道你有很长时间都拄着拐棍，在屋子里和院子里走动。他们告诉我，后来你又骑上白眉马，差不多每天都在森林里、河流边、草原上巡逻，你是多么的幸福！是的，是幸福！因为，无论你拄着拐杖走路，还是骑着白眉马像风一样奔驰，走的还是你爱的、我所热爱的土地。冬天的寒风，也像夏天的山花一样，散发着五颜六色的清香。白茫茫的草原丘陵，裸露的灌木丛，会用原本生机盎然的绿色，映入你的眼帘。那里的一切都像母亲的怀抱一样温暖，像你的爱人一样纯洁，所表达、所看到的都是生命真正的形态，感受到的是真正的自由。听说，幸福会让人忘记一切，你是不是也忘记了我？在我无聊时，想你时，给你写的几封信，你都没有给我回信。说实话，我每时每刻都在想那些，比我生命更加珍贵的东西，那些草原、那些山，还有那些可爱的牧民。哎呀，我是多么地想念那些，我恨不得在臭烘烘的羊圈里打滚，用艾山·卡克立克那件破外套的衣襟擦眼睛。总之，我是信访局的局长，更是世界上最可怜的人。每当听到当当的敲门声，我都会像被警察冲进门的小偷一样提心吊胆。每当看到那些人眼巴巴地看着我，祈求地看着我，充满希望地看着我，我的头就像犯了重罪被抓住的罪犯一样，垂下来。在他们痛苦的诉求面前，我像哑巴一样无言以对。我看到他们痛哭流涕，我的内心也同样在滴眼泪。但我实在无能为力。为什么呢？来我这儿的都是诉苦的人，上访的人。但是，我什么都做不了，我在信里跟你说件事，我们这个每年粮食和棉花丰收的城市，今年被玉米和棉花的价格打倒了。这是因为我们市里主管农业的一个领导（在这里我不能提到他的名字），从内地的某个地方运来了玉米和棉花的种子，不顾这些种子是否能适应我们市里的土壤和气候条件，在全市强制栽种。玉米长得跟屋顶一样高，到10月底都没有结穗成熟，棉花也是到了10月底都没有结花穗。棉花还能想着今天不开总有一天会开的，但玉米怎么等得起？要腾出地方种冬小麦啊。你猜结果怎么样？根据上级的指示，可怜的农民被迫把刚刚结谷粒的玉米都割了，把地留出来给冬小麦种子。也因为此，城里和农村到处都堆积着生的玉米和绿色的玉米叶。你想想看，可怜的农民，为了种地，每亩地花在地膜、化肥、水费、农药费，还有其他的那些费用，整天在农田里的忙碌，像牛马一样不着家地干着活儿，最终，却搞了个颗粒无收，多么地可怜。以往到了春天，农民们卖掉玉米和棉花，换来一摞摞的钱，但现在别说赚钱，他们每个人都还欠了几千元的债。可怜的农民将生玉米放在马车上，抱怨着到我的办公室来投诉，申请赔偿，还要求追究造成这种局面的那位负责领导的责任。我是立刻将这些诉求告诉上级，我想他们一定会为了这些才开始致富、转眼间就陷入贫穷境地的农民讨个说法，会严肃调查处理那个责任领导，但他们给的答复出乎了所有人的意料。玉米没有按时成熟，棉花没有按期开花，是因为夏天气候的异常导致的，是因为气温过低导致。我也按照他们的说法答复了农民，将人为造成过错和责任推卸到自然环境身上。是的，我就是这么做的，虽然我在发抖，虽然我的舌头说话的时候打结，我的眼神像被抓住的小偷一样四处躲闪，但我还是将所有的罪过转嫁给了像我父亲一样慷慨、像母亲一样慈爱的大自然。因为我已经失去了人性、良心和信仰。农民们知道我是谁，知道我当牧场场长的时候做了些什么，山里人又是有多喜欢我，所以，他们听了我的话，都不敢相信自己的耳朵。他们看着我，已经不像是看着那个牧民最尊重的场长，而是像看陌生人一样瞪着我。是啊，我已经失去了那片山地中所孕育的灵魂、良心和人性。变成了那个别人怎么拧我的耳朵，我就会跟着唱调子的录音机。农民们愤怒地将生玉米和玉米叶扔向我，有人嘲笑我，哈哈大笑着，有人用最恶毒的语言骂着我，将我当作出气筒。他们骂骂咧咧地走出了我的办公室。我静静地忍受着他们愤怒的质问、愤怒的控诉，还有他们的冷嘲热讽。沉默对我来讲，是最大的胜利和安慰。我的办公室顿时像戈壁滩上的墓地一样安静下来。因为我让他们失望了，已经失去了农民的信任。单位的副局长、办公室主任这些人早已经是玩国际象棋和扑克的牌友了，我一来就阻止了他们的这些把戏，我朝他们喊道：‘你们都是什么人？上班时间玩这些东西，是准备让政府白养你们这些人吗？工作归工作，玩归玩，以后不准你们在上班八小时时间里做其他事情。’现在，我也无奈地加入这些闲人中，唯一的区别，就是不会跑出去跟他们下棋打牌而已。早晨一上班，我会读两个小时报纸，然后就回家带孩子去。你要知道，我心中也曾有许多梦想，也准备着为了工作去奋斗，但我没有那个福分，现在我只是表面光鲜、内里破败的一个卑微的领导。

“现在我应该写写古兰姆草原的情况，哎！我一直劝自己不去想古兰姆草原，但总是忍不住。我不想写关于它的内容，还是会不由自主地写到，因为，我是如此想念那片土地，思念让我无时无刻不感到痛苦，让我不得安宁。在我想暂时忘记苦闷，在聚会上喝酒时，在把老婆抱在怀里，亲吻孩子享受孩子带来的乐趣时，都会想到古兰姆草原。甚至在梦中，都会梦见那些光秃秃的石头，冬天那令人恐惧的积雪。我有时也会问自己，怎么会那么爱那片土地，相对于老婆布置的铺地毯的新房，我为什么会更喜欢牧民阴暗而潮湿的窑洞呢？兄弟，我想来想去都想不通！原来我的根、我的灵魂、我的信仰都已经留在那片神圣的土地上。自从我离开那个地方，从那时起，我所有属于人性，甚至包括我的存在，都消失了。此时此刻，我感到如此地悲伤，我后悔自己为什么离开了草原。为什么我会愿意离开呢？是为了名气和权力，是为了害怕上级的批评？为什么我不背上被褥，随便找个羊圈住进去，为什么我不敢放弃这无用的权力，到草原上当个普通的牧羊人？这个世界上，只有两样东西能够安慰我的心。一个是老婆孩子，另一个就是静静地回想古兰姆草原上发生的一切。我走了以后，草原变成什么样了？沙塔尔是不是还在吸吮着草原的骨髓，还在养肥自己的身体？采药人是不是还像猪一样到处拱地，把草原破坏到什么地步了？牧民的生活怎么样，冬草准备得怎么样？尽管这些都是让我心烦意乱的事，但我还是希望你别隐瞒，把所有的都写下来。还有一件事，前几天，我在医院前遇到了你的尤丽吐孜。她还是跟以前一样……像小鹿一样可爱、害羞，像山花一样漂亮。看到她，我想起了你偶尔津津有味谈论她的时候。说实话，你选择她当作自己永远的伴侣，没有做错什么。但她是怎么到城里来的？据说是她的县长伯伯（沙迪尔·司马义在这个名字下画了道横线）带她到城里，说要给她找工作。但到现在为止，她一直在医院陪护着苏力坦·艾力的老婆。我给你说句心里话，尤丽吐孜的一切——她羞涩而甜美的笑容，花朵一般的容貌，俏丽的身材，这些她独一无二的气质，只适合古兰姆草原。在这里，在苏力坦·艾力面前，她那特殊的魅力，她那无与伦比的魅力，将会慢慢失去。任何时候，我的直觉都不会骗我，我要告诉你的是，你能把尤丽吐孜从这个可恶的城市带走吗？”

就像昨天读到这封信时一样，凯沙尔读着信，感到眼前发黑，沉思了很久。比如，为了让尤丽吐孜摆脱那万恶之地，他又能想出什么办法呢？现在他需要做的是，怎么给沙迪尔·司马义写信，不仅仅是为了艾山·卡克立克，也是为了整个牧场牧民，为了如何解决他们冬草缺乏的问题。凯沙尔收拢心思，像着急见面的情侣一样，笔在白纸上飞快地舞动起来。

十三

苏力坦·艾力每天早晨起床后，做的第一件事，是往鸟笼里的食盒里倒饲料，往水盒里倒水，喂养他的那只夜莺。现在，在家里，这是唯一让他愉快、需要他付出责任心的事。他不再像退休之初那样，接听电话，接待来客，用指示的口吻或质询的语气跟别人打交道。也不再戴上高度眼镜长时间地读书看报。以往从上级、下级那里打来的电话总是响个不停，现在都已归入寂静。那些以往总是问他需要什么、需要办什么事情的人，现在好像被禁止到他家里一般，没有人再来看他，苏力坦·艾力心中其实很清楚是为什么。他退休失去权力后，人们很快就把他从心里抹去了。以往老远看到他，就行礼跑到他身边的人，现在已经跟着新任的县长……他们不会感到内疚，因为人们每时每刻都是这样，谁的头上有头衔，他们就跟着谁。不管是谁有这种头衔和权力，那些人都会纷纷过来献殷勤，嘘寒问暖，来拜访他的人会踏破家里的门槛，为他带来各式各样的礼物。那些人把权力看得比人更重要，会匍匐在这权力面前，会崇拜他。他们习惯为了权力，丢掉自己的尊严、荣誉和良心。这本身就是一种规律，为什么要责怪他们呢，为什么要骂他们呢？所以，苏力坦·艾力在失去了十几年来掌控的权力后，像没事人一样，还是像这个城市里的重要人物一样，昂首阔步穿梭在人群之中，做着自己想做的事。这其中的原因就是，他还有什么呢？他的三个女儿、两个儿子都已经被安排在合适的位置上，赚了一辈子都花不完的钱，他在市中心买的两亩地以及盖的那座奢华的别墅，还有后院里的果树。如果他需要，比如说去医院，市里还是会随时派出车辆接送，只要他打一个电话，不到五分钟，车就会等在院子前面。苏力坦·艾力现在最在意的是，通过沙塔尔·阿木提在牧场做的那些生意，还有正准备开工的煤矿。他的钱正在成倍地增长着，他现在所能感受到的那种特殊的权势，是没有什么力量能够摧毁的精神力量，这与他当县长或者市人大主任时的感受又很不一样。但是，在他享受人生、享受幸福生活的时候，他却已经年过花甲……可惜啊，在这好日子来临的时候，如果能够年轻二十岁该有多好！现在的苏力坦·艾力只为这件事感到难过。他哀伤又镇定地想着："时光一去不复返。又有什么办法？剩下的日子要更加珍惜，要小心翼翼地度过，怎么开心怎么过，要想方设法放慢生命消逝的脚步。"

苏力坦·艾力洗完脸后，坐在客厅柔软的沙发上。夜莺不顾着吃他刚倒的食物和水，只是在挂在窗台上的笼子里，不停地窜动着，发出阵阵悦耳的歌声。真是亲切的歌声！听着夜莺的鸣叫，苏力坦·艾力就像以前每天早晨起床后，抽的第一支烟那样，感到浑身舒适，胃口大开。尤丽吐孜穿着拖鞋轻巧地推开门，将手中裹着馕的餐布摊开在桌子上，随后像一阵轻风一样走了出去，又端着镀银的花托盘走进来，托盘上放着一大碗奶茶，还有盛放在小盘里的杏仁、巴旦木、核桃仁，玻璃小碗里盛着蜂蜜和木瓜酱。苏力坦·艾力看着尤丽吐孜利落地摆放着餐具的动作，看着尤丽吐孜像面挤子一样柔嫩的手指，干净的指甲，低头的时候，从额头上垂下的乌黑头发，漂亮的大眼睛，白皙的脸颊，还有苹果般微微隆起的胸部，让他感受到一种异常的饥渴，迷失自我般的陶醉……哎！怎么会有这么漂亮的人啊？尤丽吐孜身上那种对苏力坦·艾力来讲致命的魅力，总是让他感到无比的美丽……她现在像含苞待放的花蕾，蕴含着色彩，被山里的阳光照耀的麦色皮肤，这些日子以来白得像雪莲一样。面颊像通红的朝霞，炯炯有神的眼睛里透出的是往常那般的光芒，让人无法直视。藏在花色绿毛衣里的胸，像两只鸽子，似乎有什么风吹草动，就会飞走一般……

尤丽吐孜感受到苏力坦·艾力偷窥的眼神，羞愧地从桌子前走开，走到门口，用害羞地声音问道：

“今天早晨给婶婶送什么饭好呢？”

“你到这里来。”

尤丽吐孜惊慌失措地来到餐桌一角。

“坐下。”

“我还是站着吧，县长伯伯。”

“你说说看，你喜欢笼子里的那只鸟吗？”

“当然喜欢了，那不是山里的夜莺嘛。”

“那你喜欢它的鸣叫声吗？”

“在所有的鸟中，就属夜莺的叫声最好听了。”

“不，我是说笼子里的鸟叫声。”

“我没有听到过它的叫声。”

苏力坦·艾力觉得她的回答很有趣，哈哈大笑起来：“你在说什么，这不就是它的叫声吗？”

“不，它是在哭呢，那是它呻吟的声音。”

“啊……你继续说，姑娘……”苏力坦·艾力稍稍探起身子，靠近尤丽吐孜：“你是怎么知道夜莺是在哭泣，是在呻吟呢？”

“县长伯伯，我在山里跟夜莺生活在一起，当然知道它发出什么样的声音是在哭泣，什么样的声音是在鸣唱啊。”

“我怎么没有听说过，夜莺还会哭呢？”

“铁笼子很可怕的，就算是在笼子里放块石头，石头也会腐烂的。”

苏力坦·艾力吃惊于尤丽吐孜说的话语。不仅仅是听了尤丽吐孜的话感到不舒服，他感到就像喝茶的时候咬到一块石头，一种不愉快的感觉充斥他的头脑。

他勉强笑了笑，说道：“是这样吗？好吧，你快去到婶婶那里去吧。”

“您还没说做什么饭呢？”

“我没有说吗？好吧，你自己看着办吧。”

如果让尤丽吐孜选择，她当然会将肉和蔬菜切碎，熬上一碗热粥。那个已经住院三个月，但病情却毫无起色的可怜的婶婶，肯定会喜欢的。尤丽吐孜来到厨房，系上围裙，开始准备早餐。她也不知道刚才为什么会对县长伯伯说那些话。心情也开始变得像笼子里的鸟一样压抑起来。苦命可怜的鸟……命运怎么会让它困在这个笼子里呢？是谁将它从天堂般的山里抓住，失去自由落到如今这般境地。在满是芬芳的草原，在五彩缤纷的花丛，在茂密的森林里，在广阔的天空中飞翔，夸耀自己的幸福，在山间河边鸣叫的时候，它嘴里的歌声可是像一朵朵飘落的花，现在的它是那么地悲伤，流着伤心的眼泪，嘴里都在滴着血。从坐县长伯伯的车来到这里的那一天起，她都在听夜莺悲伤地哭泣，痛苦地呻吟。啊，不幸的夜莺……它为自己的悲惨命运发出的哀鸣，世界上，除了尤丽吐孜，又有谁能听懂？夜莺从早到晚撞击着铁笼，将自己的头和翅膀撞出血来时，尤丽吐孜也会因为同情它而哭泣。她怎么能忍住呢？因为她也是失去自己家园、失去自己所爱的美丽的小鸟。唯一不同的，是夜莺被困在鸟笼里，尤丽吐孜被困在家里。县长伯伯曾给父亲的承诺，“让你的女儿到城里去，我要在城里给她找个工作”，什么时候才能兑现？他一到城里，就像忘记这件事一般，还没有进家门，就对尤丽吐孜说：“你会做饭吗？那你快点，快点做个馄饨。你婶婶还在医院，你不去一趟可说不过去。”从那以后，他就再也没有提过去工厂的话。昨天是第 63 天，今天是第 64 天……尤丽吐孜自打离开牧场，来到这里后，就每天数着天数过日子……也不知道凯沙尔的病现在怎么样了，如果病好了，现在估计还在河边的那个屋子里，也不知道他想我了没有？肯定想我了，分开了这么久，他怎么会不想呢？但他为什么一直没有来城里看我呢？那个我像小羊羔一样蹦蹦跳跳的草原，还有无所顾忌地大声唱歌的山坡，还有欢快跳舞的河岸边，都还是以前的样子吗？啊！自由对人类来说是多么重要！我在想凯沙尔的时候，就想扑到他怀里，大声地哭泣，在我眼前出现草原的景色时，就想大步地跑起来，在想到那个山坡和河岸时，就想大声地喊叫，大声地歌唱。啊，我在湖面看到自己的容貌时，才第一次相信自己真的很美！河啊，为什么我们的名字都是一样的，我们都同样地美丽，我们的命运也会一样吗？

在做好饭，将饭倒入保温饭盒的过程中，尤丽吐孜都在不停地掉眼泪。在客厅里，苏力坦·艾力伯伯不知在和谁聊天。尤丽吐孜穿上衣服，系上头巾，提着饭盒走出了院子。

11 月的最后一天，山里早就被厚厚的白雪覆盖，但城里还不是特别寒冷。南疆干燥的风，吹起柏油路上的泥土，在光秃秃的树枝上，还残留着几片叶子在瑟瑟发抖。路两边有许多小商店，就像整个城里的人都在做生意一样。路上人们坐着汽车、骑着自行车来来往往，也有人在商店里进进出出。看到有人进商店，店主都会殷勤地打招呼，等客人左顾右看出去后，他们就会照原样重重坐回座位，昏昏沉沉地眯起眼睛。

尤丽吐孜已经厌恶，每天看着街上那几栋高楼，楼上挂着的广告牌，还有川流不息的车流，所以她走在人行道上，低着头，默默地走着。但她的心里充斥着像城市上空飞扬的尘土般，痛苦、悲伤的念头。今天是第 64 天了……这苦难日子的尽头在哪里？什么时候才是头？妈妈早就知道我会遇到这个情况，妈妈说得对，她说过，不能相信县长伯伯的话……现在别说他要找什么工作！我要回家去，我一定要回家去……但是，爸爸……他会拿妈妈出气的。我能回去吗？我要是回去，妈妈会不会承担痛苦呢？我可怜的妈妈……

尤丽吐孜走在路上，眼泪止不住地往下流。经过她身边的人们，有些看着她觉得惊讶，有些感到好奇，在她身后嘀嘀咕咕。尤丽吐孜羞恼得紧紧用牙咬住头巾一角，但内心的难过怎么都无法控制，眼泪像决堤的河水般流着，根本停不下来。

“你好！”

尤丽吐孜吓了一跳，抬起头看去，一个戴着大盖帽、留着络腮胡子、长着一双蓝眼睛的魁梧老人正看着她。她被老人眼中闪着的强烈蓝光刺了一下，急忙低下头看着地。

“眼泪是毁灭生命的洪流，姑娘，你要坚强起来，勇敢起来！”勇敢！尤丽吐孜浑身像被强大的电流击中一样紧张起来，慌张得说不出话来。她只是看到老人像一个鸟的影子般，悄无声息地从她身边经过，他就这样来到她身边。“我为什么没有向老人施舍呢？我应该施舍点什么的。”心里想着，她摸着口袋回头看去，但那个被尤丽吐孜认为是乞丐的老人早已不知所终。她怀疑老人是不是在人群中，又转身向远处，用目光搜寻起来。老人像是钻进地里，又像是飞到了空中，大街上根本看不到他的身影。街上只有那些穿着各色衣服，生病的、脸色苍白、颤抖着行进的人。

尤丽吐孜来到病房时，帕夏汗还是像以往那样，靠在高高堆起的枕头上，虚弱无力地躺着。她的脸色苍白，脸上的皱纹凸显，那双尤丽吐孜小时候十分羡慕的美丽眼睛，现在已经日渐黯淡下来，眼眶也变得大了。尤丽吐孜每天都要仔细梳理的头发，因为生病而变得越发稀少，散乱地披在枕头上。嘴唇苍白干裂……

尤丽吐孜将手中的饭盒放在柜子上，开始梳理帕夏汗的头发，又将掉在一边的头巾重新系好：“婶婶，今天感觉怎么样？”

帕夏汗的脸色像春晖般淡淡的，她勉强笑着说道：“还好，就这样……你县长伯伯呢，今天怎么样？”

“好着呢。”

夏木西丁拿着毛巾和肥皂盒走了出去，洗完脸后又回到病房，看着尤丽吐孜欢喜地笑着，用手摸了摸尤丽吐孜的头，说道：“丫头，你来了啊？”

“是的，大哥，你好吗？”

尤丽吐孜来后，原本照顾帕夏汗的分工也有所改变，帕夏汗的三个儿子和两个女儿，每天夜里轮流照顾母亲，白天则由尤丽吐孜照顾。所以帕夏汗的儿子，在市公安局当了一名中层领导的夏木西丁，昨天晚上来医院看护了一夜他的母亲。

尤丽吐孜先往盆子里倒上温水，用湿毛巾将帕夏汗的手擦拭干净。然后将米粥倒入碗中，一勺一勺地喂着帕夏汗。

夏木西丁用一种匆忙而又抱怨的声音问道：“我爸呢，我爸在家吗？”

“在，和一个人在家里聊天呢。”

“他不到医院来吗？”

“哥哥，我不清楚。”

夏木西丁一下发作起来，说道：“这是怎么回事，再忙隔两天也要来一次啊……他是怎么做爸爸的？”

帕夏汗看了夏木西丁一眼，解围般地说道：“没关系的，孩子。前天他来过……可能有事吧，再说他最近身体也不舒服……”

夏木西丁马上说道：“妈，他都退休了，哪儿来的事？现在除了狗以外，就属爸爸最闲……不舒服的话，这不就是医院吗，来这里看病不就好了？”说完这句话，他又觉得自己似乎在母亲面前说了不该说的话，一时间拘谨地沉默起来。

“可怜的母亲……明知道是爸爸心如铁石，还是在为他说好话，整天揣着明白装糊涂，有什么事都藏在心里。为什么会心脏衰弱，为什么会摔伤手腕，为了带大五个孩子，是为了她独自承受家庭的重担而付出的心血吗？不！我是家里的老大，所以我最清楚其中的原因。作为一个母亲，这些劳累算什么？但最难的是承受那种悲伤痛苦……这才是最难的！严厉的父亲，他仍然觉得自己是深深扎根在这片土地，树枝伸展，能够覆盖一切的一棵圆冠榆树。但是，这个高大身材的人却不知道，他在我们心里的位置又是什么样的呢？"

这时，慈母那无力而又颤抖的声音传来："儿子，快来吃早餐。尤丽吐孜，快去给你哥哥倒碗茶。"

夏木西丁看了看手表，说道："不了，妈妈，我去单位要迟到了。晚上阿孜古丽会来照顾你，注意身体。"他匆忙穿上警服，戴上帽子。

"记得告诉她，晚上把孩子也带过来……"

医生们进来查房，尤丽吐孜虽然叫不出他们的名字，但已经比较熟悉他们的面孔了。他们总是带着慈祥的表情，神情温和，说话和气。他们真的是救死扶伤的白衣天使。天使！多么圣洁的称谓。母亲小时候曾告诉过她，天使是上天派到人间的使节。所以他们才会如此慈祥和仁爱。尤丽吐孜最喜欢的，还是那个干瘦、身体总是微微前倾、戴眼镜的医生。据帕夏汗说，他在这些医生当中的医术是最高的，是这个部门的主任。他每天都会来检查帕夏汗的心跳，然后仔细问她的情况，他眼镜下的那双眼睛，显得敏锐异常，似乎不仅能看到帕夏汗，还能透过外表看到身体内一样。

"县长今天会来吗？"

"不知道……也许过会儿会来。"

"如果可能，是不是让他来一下，有事要与他商量。"

"要不让我女儿去叫他……现在就去叫他。"

帕夏汗这么说着，随后医生们都走出了病房。药液沿着无色的输液管一滴一滴，注入帕夏汗的血管里。在尤丽吐孜眼中，那每一滴药，都是那么地空灵和神秘，好像每一滴药，都是射向帕夏汗心脏中那万恶之疾的弓箭。

尤丽吐孜拿着小便盆，准备让帕夏汗方便一下。

一个虚弱颤抖的声音从帕夏汗紧闭的嘴唇中传了出来：“你呀……我不知道怎么感谢你才好，我的姑娘。你为我付出的爱，就像我亲生女儿一样。”

“没关系的，帕夏汗婶婶，我们是亲戚呀。”

“你告诉我……你……为我操了这么多心，我要怎么报答你才好？你把我的耳环摘下来……现在……对我来讲，它已经没用了。”

“不，婶婶，您可不能这么说。”尤丽吐孜惊恐地站起来：“你再这么说，我就要难过了。我一定会好好照顾你的，就算是到厂里上班，我也会经常来照顾你的。”

帕夏汗用舌头舔了舔干裂的嘴唇，问道：“什么？你是说工厂吗？”

“是呀，县长伯伯是这么说的。”

“是吗？是他亲口说的吗？”

“是的，在山上的时候说的。”

“去哪个工厂？”

“记得是说，去化肥厂。”

“哎哟，老天……那为什么……不早点安排呢？都两个月了……两个月就这么白白过去了。”

“不，不，婶婶，没关系的。”尤丽吐孜看到帕夏汗心烦的样子，自己一时间也不安起来：“他可能想着等婶婶你身体好起来，又不着急。婶婶，我现在的心思都在你的身上。”正说着，两个人听到病房外走廊上传来苏力坦·艾力那像马车开过的轱辘声般嘶哑的声音。两人都同时停了下来。

“他来了……可能是医生叫他来的。”帕夏汗低声嘀咕着说道。苏力坦·艾力不知道在和谁打着招呼，又不知和谁说了句笑话，他的声音显得很高兴，随后，从门上的窗户，可以看到他高大肥胖的身体。主任将他带进了办公室。

主任客气地请他坐在沙发上：“您请坐。”苏力坦·艾力没有坐沙发，而是来到医生对面，坐在了靠背椅上。旁边有个医生亲近地问候了一声，就走出了办公室。护士长提起暖瓶倒了碗水，放在他面前，带着些歉意地说道：

“不好意思，只能请您喝开水了。”

苏力坦·艾力也客气地笑了笑，说道：“没关系，这是医院。”看起来，他虽然退休有一段时间，但他昔日那令人敬畏的形象，还留在人们的脑海里。

买买提·吐尔逊用手推了推眼镜框，然后拿出帕夏汗的病历本，继续说道：“是这样的，我们最终的诊断结论是，必须要给病人做心脏手术。但是这种心脏手术很复杂，手术难度很高。说实话，我们医院做这种手术的医疗条件还不好，这种手术只有到具有更先进医疗设备和手术条件的医院才行。但是，现在又不能让患者移动，唯一的办法就是请上级医院的专家，在我们医院为患者做手术。我们现在就是向您通知，并征求您的意见。”

苏力坦·艾力龇着牙，心里恨恨地想道，还什么征求意见……换做以往，他还敢这么说？如果不说“请您指示”，我非将火炭塞到他嘴里！

“手术……”苏力坦·艾力说着，用食指敲打着桌面，想了一会儿，说道，“手术……现在做手术，值得吗？不，不，我的意思是，不做手术，靠吃药治疗真的不行吗？”

“县长，以现在病人的情况，没有这种可能了。”

苏力坦·艾力睁大眼睛，紧张地看了看医生，问道：“那么，需要多少手术费？你估计大概要两三千吗？”

“专家往返的路费，还有手术费这些都需要您自己另外支付。”

“往返路费就算了，拿着政府发的工资，还要和我们要手术费吗？”

“他不是为了自己所在的医院，而是为我们做手术的，所以……”

“这个医院，那个医院，不都一样？现在作风真坏了。好吧……

那就算他一千元手术费吧。所有的加起来，四千元够了吧？”

主任难堪地笑了起来，说道：“哎呀，您要我怎么说好呢，我只会为病人治病，具体需要多少钱，我可不知道。”

“不，不，我就是这么说说。我想你心里总有个大概的数吧，四千元可不是小数目。”

“估计不够。”

“五千元呢？五千块啊！”

医生摇了摇头。

苏力坦·艾力仿佛在讨价还价一般继续说道：“好吧，六千元！但有个条件，你能保证，手术后，病人的病会彻底好起来吗？”

“我不是神。”主任镇定地回答道，“我对这个医疗方案有信心，但我不能保证什么。”

“你能够做出保证才行！如果你不能保证，那性命都保不住，做这个手术有什么意义？”

“告诉您情况，是我们肩负的医学责任。”

苏力坦·艾力脸上带着固执的表情，傲慢地重复道：“话是这么说，但谁知道你们有没有打小算盘。你们说发现了新的疾病，难道以前会不知道这种病用药物治疗会有什么效果吗？你们一定知道，明明自己知道，但还要折腾病人三个月，其中的原因是什么？到现在你们说要手术，这都是对治病不负责任的表现，一味地追求赚钱。我听说医院里有自己的潜规则，每个医生开一千元的药，就会有三十元的回扣。你跟我说实话，这么长时间，给我老婆开药花了那么多钱，你到底拿了多少钱回扣？”

买买提·吐尔逊医生就像污秽粘在身上一样，气得浑身哆嗦。他压低声音，凶狠地叫了起来：

“我诅咒你！”瘦弱的身躯因愤怒而颤抖，他的眉毛高高地挑了起来，眼睛像着火了一般亮，“如果我不是不想让自己这身白大褂的尊严，受到任何玷污。为了你这句话，我会把屎塞进你嘴里。”说完，他站起身来，愤怒地打开门走了出去。苏力坦·艾力一个人在医生办公室待了很久。看到没有一个人进来，就喘着粗气，走进了帕夏汗的病房。

他坐在凳子上痛苦地喘气，说道："这些人根本不是医生，都是些在戈壁滩养驴的家伙。吃了三个月的药，现在钱赚够了，又说要让上级医院的医生来做手术。以前为什么不说？早知道，我们就去能做手术的医院了，实在不行，就去乌鲁木齐，去上海，去北京……"

帕夏汗和尤丽吐孜被苏力坦·艾力脸上凶狠的表情、愤怒的声音吓着了，屏住了呼吸，满是顾虑地坐在病房里想着："这次糟了，他会冲我们喊吗？会把气撒在我们身上吗？"

苏力坦·艾力回到家，不管是笼子里的夜莺，还是电视里播放的节目都无法引起他的兴趣，他坐在沙发上，闭起眼睛思考起来。耳边依然回响着早晨买买提·吐尔逊医生的辱骂声……"该死的家伙！换做以前，别说骂我，你连我的眼睛都不敢直视。如果你敢像今天这样，看我怎么狠狠收拾你。我一定会把你从这家医院连根拔起，将你扔到远乡或者山上去。哎，权力啊……我没有了权力，今天真是尝到了失去它的滋味。"

晚上，夏木西丁回到家里。

苏力坦·艾力慈祥地微笑着，指了指身边的位置："来，来，夏木西丁，来，坐到我身边。儿媳和孩子都好吗？为什么不带孩子来，我知道，你妈可是很喜欢阿孜古丽的。"

"您呢，现在怎么样？"

"还行，你都看到了，都是些老毛病……"

尤丽吐孜泡了碗茶，端进来。

苏力坦·艾力掰着馕，放在夏木西丁面前："来，喝茶。"然后转头对尤丽吐孜说道："快去，给你哥哥做饭。"

"不用了，我刚吃过饭，尤丽吐孜你也才回来，别急着做饭。"

苏力坦·艾力立即知道，为什么儿子这么忙，还特意到他这儿来。他一定有事，才来找我的。一定是为了他母亲的事，这个混蛋，只有有事时、需要我时才会来找我。自打他母亲住院以后，他一次都没有到我这儿来问候我一句，你怎么样啊？有什么需要吗？

“你们警察啊，总是这么忙。还是在忙着严打的事吗？”

“是的。”

苏力坦·艾力没有再多说些什么。装作看电视上正在播出的国际拳击比赛，等待着儿子开口。

“爸爸，今天来是有事跟您商量。”

“是吗……说吧，什么事？”

“是关于妈妈的病情。”

“我早晨去过你妈那儿。”

“我听说您去了，知道您已经跟医生见了面。但您对医生所说做手术的建议，好像有别的看法。”

苏力坦·艾力转身，直视着夏木西丁，脸上是紧张的表情：“这是件大事，生死攸关的大事吗，当然需要认真地考虑。”

“是的，您说得对，但不知道您是想的哪些方面？”

苏力坦·艾力拿起遥控器，关掉了电视，说道：“说实话，我很怀疑那些人对你妈的诊断，也很怀疑那些人的医疗水平。起初他们已经诊断出，你妈的病是心脏衰竭，但为什么三个月来他们用的药，却没有一点效果？这说明什么？说明子弹没有对准靶子，子弹还是失效的劣质子弹……就这样，到现在为止，我们已经花了八千元，我估计，再没有个一两千元，你妈是出不了院的。这就是一万多元了，该死，这些钱都白花了。”

听了父亲的话，夏木西丁赶忙对着父亲解释起来：“不，不，您和我都不是医生，为什么要对他无端指责呢？”

“无端指责？我说的话是无端指责？”

“等等，您先听我说，您说妈妈这三个月来，在医院的治疗没有效果？难道，他们不就是通过这样辛苦的治疗，将妈妈的生命延长到了今天吗？再说做手术的事，也不能说他们提出做手术，就没有一点医学依据。我们要尊重医学，爸爸，我们应该承认现实。”

“你是说，想要你妈做这个手术吗？”

“我觉得医生的诊断是正确的，我认为只有这个方法，才可能救妈妈的命。”

“老天，你们是不是都疯了？你说可能，医生说不能保证，没有信心的事情，我们为什么要冒险？”

“不能说是冒险。如果医生没有信心，也不会做出这样的判断。”

苏力坦·艾力最终说出了自己的心里话：“但是，夏木西丁，手术要花很多钱的。”

“无论为此花多少钱，我们都不能总谈钱的事。”

“但你想过没有，要做手术，我们最少还要花一万元，这么多钱，我去哪里找？”

“您是这个家的顶梁柱，是妈妈四十年的丈夫。”夏木西丁试图努力在父亲面前表现出冷静和礼貌，但仍然控制不住脸上厌恶的表情：“爸爸，您现在说这些话，是不合适的。”

父子俩从很久前就性格不合，在一起没说几句话，就会争吵起来，看着这个叛逆的儿子，再听到他嘴里说出的恶毒话语，苏力坦·艾力该怎么回答他呢？像以前那样冲着他大喊大叫吗？似乎现在那样做的威力已经越来越小了。

他斜着眼看着儿子，态度比以往好了不少，说道：“你别讽刺我，哎……你到底让我怎么做？”

“我想让您表现出一家之主、妈妈的丈夫、孩子的父亲的样子，尽到自己的义务。”

苏力坦·艾力压抑不住自己的愤怒，站起来喊道：“我没有尽义务吗？难道我没有尽到这些义务吗？这五六年来，我一直在想办法为你妈治病，我赚的钱、攒的钱都用在治病上了。好，你说到父亲的责任，我没有尽父亲的责任？难道我让你们露宿街头了吗？都给你们安排了工作，你们都已经结婚生子。但你们呢？自从你妈妈住院后，你们哪一个来看望过我？”

“我们不是没来，我们来过，但我们没勇气来见您，我们为什么没有勇气？对不起，爸爸，我实在说不出口……”

苏力坦·艾力清楚了发生的所有事情，一时说不出话来，也没注意到电视是开还是关。在他脑海中闪过自己做的所有事。自从妻子住院后，在他家里组织的宴请活动，那些歌唱、音乐、舞蹈。哎，看来要换个角度给夏木西丁解释解释，但要怎么开口好呢？

“爸爸，我们长话短说，我们到底要怎么治疗妈妈的病？”

“你再听听弟弟们的意见，他们同不同意做手术？”

“我就是跟他们商量好了才来您这儿的。”

“好吧，你们觉得做手术是对的，那我还能说什么？”说着，苏力坦·艾力挑了挑眉，露出了额头上深深的皱纹：“但是钱的事情怎么解决？我正在想这个问题，真让人头疼。”

“我觉得您不应该为钱困扰。”

“哎，你们为什么都来折磨我？你要知道，我也是跟你一样，靠政府发工资生活。”

夏木西丁突然表现得很是气愤，那还没有来得及刮的胡子，像要根根竖起：“您怎么这么说？那您的意思是，妈妈做手术的钱，您是不会出的，对吗？”

“夏木西丁，你别再问我这个问题！”

夏木西丁用符合警察气质的利落站起身来，说道：“谢谢，爸爸，谢谢您的好心肠。到现在，您说自己只靠工资，谁会相信。我就不说您以前赚的钱，就说您通过古兰姆草原那个叫沙塔尔的亲戚，起码赚了几十万。好的，爸爸，希望您能将这些钱用在好地方。您是需要钱，不需要妈妈。但我们需要妈妈……我们五个子女需要妈妈！”说完这些话，夏木西丁转身走了出去。苏力坦·艾力按着疼痛的太阳穴，静静地坐着。“这个混小子，竟然说五个孩子需要妈妈！正因为我需要她，我才忍受着，这四十年来没有嫌弃她是家庭妇女，一直跟着她过日子。但是，甜瓜熟了，瓜蒂软了，怎么能要求瓜蒂不脱落呢？哎，她是个事事都听我话的人，是个老实的女人。四十年来，她没有一天让我饿过肚子，又有哪一天让我穿过脏领子的衬衣？就因为这点，我虽然不喜欢她，但也同她一起度过了四十个年头。现在又说要做手术……这不是明知要死了，还要费那个劲吗？我心里有感觉，这次她活不久了。要为她即将死去叹息、感慨、祈祷吗？还是做手术？不，做手术是让活着的人受罪。面对死亡，谁会有办法？虽然你们五个人要死要活，但到了那个时候，她还是会离开人世的。”

“尤丽吐孜，尤丽吐孜！”

尤丽吐孜听到父子俩的对话，早已吓得蜷缩在厨房一角。听到叫声，立刻收拢心思，跑也似的来到客厅。

“您叫我吗，县长伯伯？”

“是的，以后我叫你一声，你要立刻回个话知道吗。”

“好的。”

“给我拿一碗井水来，我要吃药。”

“好的。”尤丽吐孜低头看着地面，不敢抬头看。她轻轻地揭开客厅门口的丝绒门帘走了出去，没一会儿又走进来。苏力坦·艾力面前出现像花般的柔弱手指，端着金蓝色交织的碗。他不安的心中还想着那个躺在医院的女人，心想：“是的，没办法，因为这个病，这么长时间她也受了不少罪，与其让她继续受罪，还不如让她死了算了……”

夜莺还在不停地撞击着鸟笼，想从铁丝间隙中逃出去。因为不停地挣扎，它的头脸都被撞伤了，有滴滴鲜血流了下来，身上柔软的羽毛四处飘落。夜莺不停呻吟着，眼中流出泪来，舌头滴着血。尤丽吐孜无声地看着夜莺的模样，难过得仿佛心也在滴血。夜莺看到了尤丽吐孜，向着她的方向，拼命地撞起鸟笼。

夜莺开口哀鸣：“你快给我滚开，我不想见到你！”

尤丽吐孜吃惊地问道：“为什么，夜莺，你为什么要把我从你身边赶走呢？”

“因为你在欣赏我的痛苦，从我的呻吟中得到享受。”

“不，你说的不是真的，我在为了你的不幸而哭泣，我是同你一起悲伤啊。”

“我相信你，但你不可能真的了解我的痛苦和忧伤，你只是在同情我。你为什么不向我展示人类的智慧和力量呢？”

“你是想让我将你从笼子里救出来吗？”

夜莺的眼泪仿佛秋天的雨般掉落：“人类，请你发发慈悲吧。你是我命运唯一的主宰，你能理解我声音中的悲伤和痛苦。感知和理解不只是人，是所有生物独一无二的品质。我们俩不是同属于一个辽阔领地吗？那么，尤丽吐孜，我们一起回去吧，追求属于我们的幸福！”

尤丽吐孜仿佛突然浑身寒冷，声音颤抖道：“对不起夜莺，请你原谅我。我虽然看起来手脚自由，但我也同样被禁锢在牢笼里。”尤丽吐孜呜咽着，娇美的身躯在颤抖，床、房间乃至整个宇宙仿佛也随之颤抖。

帕夏汗的病情一天不如一天。子女们为了筹集手术费用，东凑西借用了一个多星期才准备好了钱。当夏木西丁带着钱到医院时，买买提·吐尔逊医生正在指导医护人员对帕夏汗进行紧急抢救。帕夏汗过了好一会儿才恢复了呼吸，但她依然在昏迷中。买买提·吐尔逊医生走出病房，夏木西丁跟在他身后，悄悄地说起话：

“医生，我带来了手术费。”

“现在已经晚了，已经错过了时机……你们准备后事吧。”

病房里，苏力坦·艾力和他的孩子们都哭了起来。苏力坦·艾力不顾曾经与夏木西丁、买买提·吐尔逊有过激烈争执，凑过来与他们谈论着怎么办理后事。病房的灯亮了一夜，在黎明前，病房里突然传出撕心裂肺的哭声。

从来都充满享乐奢靡的气息，又给人以威严感的这个院落，如今，像一个服丧的老妇人。男人们抬起铺着绒布的棺材去了墓地。妇女们披着白纱在屋里痛哭。尤丽吐孜走进客厅，将沉重的鸟笼从吊钩上取下来，走到屋外。屋外大雪飘飘，天空显得无比广阔。尤丽吐孜灵活地打开笼子的门，高高抬起鸟笼：

“夜莺，你现在自由了，快飞吧！回到你的家园，飞到那个没有悲伤痛苦的地方，飞到你的天堂。”起初，夜莺一时不敢相信尤丽吐孜会让它自由，都不知该做什么才好。但一瞬间后，夜莺就像出膛子弹一样飞出鸟笼，飞上了辽阔的天空。

十四

冬天的清晨，暴风雪呼啸了一夜，慢慢开始减弱。天鹅绒般的白雪不停下，飘飘扬扬的雪花，似梦似幻，静悄悄地盘旋而落。白雪弥漫在山坡上，弥漫在高山，弥漫在云雾缭绕的树林中，弥漫在溪流和旷野上。雪下得越来越小。周围的一切平静下来，就像一个躺在厚厚皮袄里沉睡的老人。随着他热气腾腾的呼吸，天气仿佛也在变暖。太阳在云雾中显出黄晕色的光圈，虽然耀眼，但照在大地，还是让人感觉不到太高的温度。老人似乎在期待着什么，忧郁地沉思着。是的，像中午蹲在矮墙下晒太阳的孩子，显露出苍白的脸。唯有大地安稳如初，山峰依然巍峨雄伟。黝黑的森林，披上了一层雪白的披肩，显得一片寂静。仿佛在充满激情地诉说着自己的经历，那喧嚣的生命，满是血和泪的战争和感人的故事。啊，那些大树的根，在地下拥抱着大地，深深的根拥抱着岩石，仿佛唇印，印在大地火红的嘴唇，那些根还在吟唱古老的故事。

草原是洁净而秀美的。上天赐予的恩典似乎只属于巍峨的高山，因为山是那样厚重、威严和高贵。正是山的这些精神，成为一切生命的源泉。你看，你看，就是那座山！就像是大海的惊涛骇浪，具有无与伦比的力量和粗犷……山的足迹会延伸到什么地方呢？连太阳、空气和吹过的风都无法形容。山峰就像是刀或箭一样直冲天际，是黑暗下连绵起伏的山脉。山上的岩石，就像行走中骆驼的驼峰，有时像甩动缰绳奔驰的骏马，有时像竖起耳朵等待猎物的狼群。是的，岩石就像狼群。在狼群嘶吼声传出后，它们就不再像岩石，而是趴在岩石上，目不转睛望着草原的狼群。它们潜伏在山林间，从光秃秃的盐碱地、黑沉沉的山坡上，根本无法清楚地辨别出它们来。只有当它发出长长的嚎叫，才能从突兀的岩石中看出它的存在。它的肩膀和脖子上，是蓝色的鬃毛，臀部和胸前是白黄色的毛发。在夕阳的余晖中，岩石在雪映照下，呈现出淡红和墨黑的颜色。

短尾狼伸展前腿躺在地上，尖锐的眼睛仿佛在盯着什么看。它又仿佛很烦闷的样子，挺胸蹲了起来。它将尖利的嘴冲着天空，像是在告诉身边的狼什么事一样，嚎叫起来。嚎叫声刚传出去，嘴里喷出来的热气到头顶还没有散尽，山林间就传来雄壮的回声。狼群因为这声嚎叫，一下变得活跃起来，在原地不停地打转，用红润的舌头舔着嘴唇，舔着白而又蓬松的胸毛。狼嘴两侧凸出来的箭齿，看起来非常的锋利，舌头垂下时露出的狼牙，像屋檐下的柱子一样，支撑着它的嘴。

暴风雪越发猛烈，狼群用自己特有的敏锐嗅觉，迎着寒风，嗅着山下羊圈湿漉漉的羊粪味。它们从绵羊厚厚的羊毛中透出的汗液，从羊群温暖的呼吸中，很快嗅到了熟悉的味道。它们的牙齿间，立刻流出了浓浓的、透明的唾液。它们开始心潮澎湃，充满渴望，血脉沸腾。

不知道从何时何处，山林间突然出现了很多穿着各异、形态不同，让狼群感到陌生的人。从外表上看，看不出他们是牧羊人还是猎人。他们看起来是那么机智而又凶残，不管是警觉的鹧鸪，狡猾的狐狸，敏捷的兔子，或者速度极快的鹿，都没有逃过他们的捕杀。因此，现在的山林间，就像洪水泛滥时，动物中出现饥荒的时候一样，充满了恐怖的寂静。这种饥荒，让狼群变得异常凶猛，蠢蠢欲动。为了摆脱饥饿，保住它们自己的生命，它们的目光转向山下的羊群，开始攻击那些牧民像自己孩子一样珍惜喂养的牛群、羊群，准备从他们手里夺走这些猎物。这种渴望就像沸腾的血液一样，在狼的血管里涌动，成为一种压抑不住的力量，睁大的眼睛里闪耀蓝色的冷光。但它们懂得忍耐的重要性，众多的战利品，丰盛的食物，都来自于它们的忍耐。它们一动不动耐心等待天黑，等待人类看不到事物的时刻。黑暗的阴影，先是吞噬了山坡，吞噬了山谷，最终吞噬了大片的雪原。黑暗中，狼群能够清晰地看到山下的羊圈。它们能够敏锐地感觉到，羊圈中哪只羊在躺着，哪只羊在睡觉，哪只羊懒洋洋地摩擦着墙，甚至都能听到羊的呼吸声。顿时，血液带着沉重的节奏开始燃烧，它们的血脉像春天的潮水汹涌澎湃。眼睛里的光芒，像是要将面前的岩石熔化刺穿。狼在原地不停地踱步，发出不耐烦的低声嘶吼。它们的视线都集中在短尾狼身上。短尾狼看向初升的月亮，又低头看山下的羊圈。它脖子上的毛根根竖立，鼻孔中冒出沉重的喘息，眼里透着平静和勇敢，耳朵像匕首一样竖起来。很明显，这是它准备捕猎的前兆，它冷静地看着山下，一瞬间像石头矗立原地，随后又灵巧地从岩石上跳了下来，一时间，狼群就像弓射出的根根箭矢一样，猛地跟着它跑动起来。

狼群知道义务和权利来自于团结和勇敢，他们坚信这个信念的威力是无穷的。狼群像大型雪崩一样猛地往下冲去，随着它们的动作，发出雷声轰鸣的声音，震动着山石、森林和灌木丛，让一切都抖动起来。山洪暴发似的吼叫此起彼伏，久久回荡在这被黑暗笼罩的土地上。狼群在厚厚的雪地上，像鸟儿飞过般一声不响地跑来。它们从悬垂着树根和石头的陡峭悬崖上跳了下来，来到河岸边。河面上覆盖着一层厚厚的冰，它们小心翼翼地从河面上滑过，很快消失在空旷的草原，积雪的河面和原野上，只留下了它们的点点足印。

像闪电霹雳划过大地，悲剧瞬间发生。牛、羊、骆驼都没来得及回过神，狼群就像突如其来的飓风一样刮过羊圈，飞快地从栅栏和围墙弹跳而过。还没等羊群反应过来，狼强而有力、锋利的牙齿已经咬破了羊的喉咙，挑出羊血红的食管，有只狼几口就将肥羊的尾巴咬断。羊圈里顿时飘荡着羊群不安的咩咩声，里面充满了热血蒸腾让人反胃的气味。在羊圈外，伏在地上半闭着眼睛、懒洋洋反刍的青花牛，样子就更加凄惨了。当两只狼飞快地从栅栏上跳过，冲进羊圈时，青花牛惊恐地睁开眼睛，慌张地咽下了嘴里正在反刍的食物，拳头大小的硬块，在它的食道里隆起，像滚动的球一样滚进它的胃里。它连忙站起来，用牛角保护着自己，用无情的目光看着为了保护小牛、与两只狼做着搏斗的母牛。在月光的映照下，青花牛那明亮的大眼睛里，除了恐惧、可怜和无助外，没有丝毫对母牛和小牛的怜悯，也没有对狼的愤怒。三年前，这头老母牛生下了它。现在，它已经是一个兼具强壮和力量的公牛。身躯像墙一样高大，眼睛里经常闪烁着自信、力量和傲慢。当它吼叫的时候，房子和石头砌成的墙都会震动，大地也会随之震动。就在这个夏天没有月亮的夜晚，还发生过一件奇妙的事情。它和一群牛在河边吃草时，突然遇到隐藏在灌木丛中的狼群。狼群从四面八方围攻紧逼，将它们逼到与悬崖相连的狭窄山腰。牛群陷入惊慌中，青花牛骄傲地翘起牛尾巴，吼叫着向狼群扑了过去，让狼群望而生畏。青花牛带领着牛群向着旷野、向着羊圈方向跑去，旷野的狼群扑向小牛和步履蹒跚的老牛，扑向它们的喉咙，一只蓝色鬃毛的公狼冲了上来，向母牛的屁股咬去。但公狼意料不到的是，一对牛角从侧面顶住它，将它挑飞起来，狠狠地摔倒在河边的灌木上。还没等它从打击中回过神来，这个有着巨大双角的怪物，怒吼着向它冲过来。公狼意识到自己无论如何都斗不过这只青花牛，沮丧地将尾巴夹在了胯下，耷拉着耳朵不顾死活地逃跑。

还是那只狼……还是那只青花牛……但是，今晚，这只青花牛是怎么了？为什么青花牛像失去灵魂一般毫无感情，毫无力量，像受到惊吓的兔子一样可怜呢？像屠刀下的羊一样安静？它为什么不为了保护小牛而与狼拼死一搏呢？为什么不去救眼中透露恐惧的可怜老母牛，将它们从狼锋利的牙齿间解救出来？它是忘却了生命中本应存在的温情？还是因为，它被人们称为“种牛”的荣耀，反而失去了本能，变成了一只温顺老实的公牛？是的，是这样的。公牛忘不了那段可怕的经历，就在这个秋天——草原的苍蝇、蚊虫逐渐变少的一天……那天，一群人来到牛栏前，其中当然有那个叫沙塔尔的人。他们来到牛栏前，互相间不知说了些什么，一起抽着烟，哄堂大笑。他们围着正在吃草的公牛，然后用粗大的绳子将牛的四肢紧紧绑了起来，朝一个方向使劲拉了一下。公牛的头和腿一下失去了平衡，吃惊而又生气地挣扎，它拼命挣扎着，扑通一声摔倒在地上，引起的震动，仿佛羊圈的高墙都要随着倒塌一般。公牛的怒吼和挣扎都显得毫无作用，它不甘心就这样屈服，用它那粗大的角猛击着地面，挑起了身下的牛粪，从它鼻孔中喷涌的愤怒的呼吸，激得地上尘土飞扬。不知是谁，将它的角狠狠地按在地上，有人捆住它的腿。沙塔尔卷起袖子，然后从口袋里掏出一把闪闪发光的剃刀。他将剃刀夹在大腿间，绕到公牛身后。公牛瞪大眼睛，满是渴望地望向主人，仿佛在说“主人，救救我！”但它却看不到一向对自己很好的主人。突然，它感觉自己的胯间很痒，仿佛有什么东西在瘙痒它，还没等公牛喘口气的工夫，那个瘙痒的地方，一下变得灼热起来……不，它是被刺了一刀，剧烈的疼痛让它顿时流下眼泪。它猛烈地抽动起来、嚎叫着、咆哮着。但是，不知怎么，它的咆哮失去了往日那种威严和凶狠。在感觉到疼痛的同时，它的身体失去了以往那无与伦比的力量。最终，它放弃了挣扎和拼搏，就像有什么东西，将它的心抽出来一样。沙塔尔·阿木提不知何时出现在公牛面前，他那卷起袖子的双手已经满是鲜血，手掌中晃动着两个拳头般大小、银白色的东西，那东西上还滴着血，还在冒着热气。戴着蓝帽子的一个牧民叫道：

“哦依……哦依……”他叫来在附近徘徊的狗，狗立即来到他面前，狗盯着他手中的东西，贪心地看着。

沙塔尔看着狗，生气地喊道：“滚开，滚开！贪婪的野狗。”狗跑出两米外，又转身看向他。

“这是它该得的，扔给它吃吧。”

沙塔尔·阿木提恶狠狠瞪了他一眼：“你在说什么？这可不是给狗吃的东西，这个东西我还有用！”说着，他小心地捧着手里的东西，转身回到屋里。

一个年老的牧民嘿嘿笑着说道：“听到了吗，你这个笨蛋。那真不是给狗吃的东西。”

“那留着那东西干什么？”

“那不是肉，但却是很好的补品。沙塔尔就是为了这个东西，才阉了这么好一头公牛！”

……血腥的屠杀还在继续。灰鬃毛的狼在母牛眼前将牛犊按倒在地上，它那锋利的牙齿早已经深深嵌入牛犊的脖子，牛犊经过短暂的挣扎安静了下来。母牛在恐惧和悲痛中跳动起来，青花牛也因为恐惧躲在牛栏一角，看着眼前悲惨的呻吟和挣扎，它无动于衷，只是无辜瞪着眼睛看着一切。

可怜老骆驼的际遇更加悲惨，它不知道怎么逃脱眼前这幕惨剧，站在干草旁，担心地看着向自己冲过来的狼，不停地深深呼吸。骆驼的头四处晃动，穿过鼻子的木销上，将它拴起来的短绳也随之抖动起来。两只狼在它干硬的腿上来回撕咬，但没有捞到什么好处。当狼和骆驼激烈搏斗时，那个拴在骆驼鼻子上的细绳，却帮助了狼。迎面扑来的一只幼狼，像是找到了好游戏，在骆驼低下头的瞬间，咬住绳子的末端。骆驼当即发出哀伤的呼喊，毫无反抗倒在狼的面前。

牛棚里，冬日严寒的空气中，顿时弥漫着血腥的气息。是的……这里正在进行野兽对家畜的血腥屠杀。

躺在热炕上沉沉睡去、做着美梦的牧民，被夜里狗不停的狂吠声、毛驴的吼声惊醒。他们这才知道狼的入侵，睡意蒙眬地爬了起来。他们穿上衣服，点亮灯光，拿起猎枪和木棒赶出来。此刻，杀戮还在继续着。猎枪“砰”的一声射出子弹，听到人们的呐喊，狗儿看到牧羊人，鼓起了勇气，更加猛烈地向羊圈方向狂吠起来，毛驴的叫声也越发响亮。等到牧羊人拿着手电筒，一个接一个进入羊圈时，狼群早已逃之夭夭。虽然，牧羊人时刻都在防备狼群发起的攻击，平常也有所准备，但狼群比他们的反应要快得多。狼群对羊圈的攻击，像闪电一样迅速开始，在满足了食欲后，又像闪电一样迅速消失。羊圈里有十几只羊躺在地上，它们中有些已经没有了呼吸，还有些在艰难地喘着气。在狼群攻击中幸存下来的羊，一下又显得有了生气，它们被牧羊人的声音惊吓，开始四处乱蹦，像鹿一样跳跃着。一天到晚躺着反刍的羊群，昏昏欲睡的羊群，现在似乎才从睡梦中醒来。

牧民们忙着尽快将被咬到脖子的羊宰掉，女人和孩子们看到死去的羊羔和骆驼，心疼得要死，大声哭了起来。牧民们发泄般地放了几枪后，只能无奈原地驻足。但身边牧羊犬不安的吠叫声，毛驴的嘶吼声，都混在一起成为一种嘈杂的声音。牛羊乱窜乱跳了整夜，等这一切稍微平息，夜晚就这样过去了。

在牧民手中响亮的枪声中，在手电筒和吊灯的闪烁中，受惊的狼群不顾一切向山上狂奔。手电筒和吊灯，对它们来讲就是燃烧着的火。虽然，它们在发起攻击时，不惧怕任何力量。但不知道为什么，只要看到灯光和挥舞的马鞭，就会吓掉它们半条命，这可能是狼天生的弱点，人类还没有发现其中的奥秘。

十五

沙迪尔·司马义看到突然来到办公室的凯沙尔，高兴得从座位上跳了起来。

“哎哟，哎哟，是凯沙尔啊！老天啊，我们还有见面的一天啊，你什么时候来的？”他用宽厚的手掌紧紧握住凯沙尔的手，捏得凯沙尔的手关节咔咔作响。

“来，快来这里坐。”

凯沙尔来到沙迪尔·司马义办公桌前的沙发上坐下，办公室很温暖，空气中混杂着让他熟悉的报纸杂志的油墨味。

凯沙尔稍微用手抬了抬头上的棉帽，开玩笑道：“沙迪尔大哥，看来你的日子过得很舒服啊。温暖的办公室，想看报纸杂志，就有一堆接一堆的杂志报纸。桌上摆着电话……你都变胖了，看来城市生活很适合你。”

沙迪尔·司马义别有所指地笑了笑道：“都是政府的恩赐，为了不让我受罪，让我到这样舒适的地方工作，我是千恩万谢。我也是经常这样对别人说的，以前我97公斤，现在都胖得超过100公斤了，每天上班，都要卡迪丽娅为我系鞋带，晚上回家，还得她给我脱鞋。你想问为什么？我现在连弯腰脱鞋都困难，手都够不着脚。好吃好喝，工作悠闲，还时常热闹地聚会，换成谁不会胖呢？工作干不干都那么回事，但如果不同别人搞好关系，不跟找你来的人吃吃喝喝，玩玩闹闹，就会被别人拉进黑名单。所以，要学会他们干什么，我就跟着干什么，他们喝醉了，我也跟着往醉里喝。该睁眼的时候睁眼，该闭眼的时候闭眼。哎，哎，哎……凯沙尔，我是不是个合格的局长？好了，不说这些了……我们现在去我家，我可有一肚子的话要对你说，那可是好几天都说不完的话。走，我们回家好好叙叙旧。”

“还没到下班的时间呢！”

“你来了，就说明下班的时间到了！”

他们走出单位，外面天气晴朗，冬天干燥寒冷的风有所减弱。风轻轻吹过，白雪在阳光的映照下，晶莹夺目。

“你等等，我叫司机来，我们坐车回去。”

“不用了，我们走回去。”

沙迪尔·司马义与凯沙尔肩并肩走在人行道上。沙迪尔·司马义说道：“你听说了吗？苏力坦·艾力的老婆去世了。”

“不，没有听说，是什么时候的事？”

“一个星期了，他家里每天都在举办哀悼仪式。去世那天，我和单位的同事都去吊唁了。我也是那天见到了尤丽吐孜，可怜的姑娘，那天哭得就像是亲生母亲去世了一样，我看着难过，也差点哭出来。说真的，看到像自己妹妹一样的姑娘，哭得那么伤心，真是挺难过。也许是因为她和你的那层关系，她在我眼中也很熟悉，你来得正是时候，一定要和她见面，见面谈谈。”

“但我怎么和她见面，现在要见她好像更难了。”

“你别想太多，我来安排。”

两个人走在路上，踩着还没来得及清扫的雪，发出嘎吱嘎吱的声音。他们沿着街道继续走着，有白色的鸟儿在雪下的地里寻找食物，等到他们靠近，纷纷飞了起来，又落在不远处。街道上车来车往，与主街道两旁商店的录音机发出震耳欲聋的声音、让人头痛不已的景象不同，这条街显得安静而又舒适。

沙迪尔·司马义俩人来到门上涂着红漆的院子前，推开门，领着凯沙尔走了进去。院里墙角传来狗的吠叫声，屋檐的木梁上，鸽子噗嗤一声飞起来。从院子里搭着露天棚架，土里埋的葡萄藤，可以想象，等到夏日到来，这个院子满园绿色、葡萄垂落的优美景色。

“沙迪尔大哥，这个院子真美！”

“等到了夏天，你才会看到真正最美的样子。那个角落，葡萄像马的乳房一样挂在你的头顶，那边还有无花果树和石榴树，卡迪丽娅会摆上一盆盆鲜花，那才叫美，就像天堂一样。但说心里话，我不太喜欢这个院子。墙像城墙一样高，城市的生活就是这样。哪有山里那么清新的空气，宽阔舒心的环境，这里每个人都像活在监狱里。”

房门打开，一个漂亮苗条的女人走到他们面前。

“沙迪尔，快请客人进屋，别让客人冻着。”

沙迪尔·司马义高兴地说道：“你知道这个小伙子是谁吗？是凯沙尔！所以我当着他的面，将我们院子里的墙、走廊，还有这些鸡、鸽子、狗都狠狠夸耀了一番。”

卡迪丽娅微微颔首敬礼道：“是你来了啊，快请进屋。”客厅华丽而又宽敞，显得温暖舒适。卡迪丽娅跟在他们身后进屋。笑着说道：

“沙迪尔可是经常把你的名字挂在嘴边，凯沙尔，凯沙尔，他老提这个名字，我总以为是个高大的中年人呢，原来你还是小青年啊。”

“那当然，他还是个没结婚的小伙子。”

卡迪丽娅端着托盘，将托盘上的茶放在桌子上。准备将一块核桃大小的冰糖放入碗中。凯沙尔用手盖住碗口，说道：

“谢谢，我喝不了甜的，我不太习惯喝甜茶。”

“好了，饭要是熟了吧，快端上来，你做了什么饭？”

“哎哟，我不知道你要带客人来，就随便做了顿家常饭。”

“端上来吧，俗话说得好，你吃什么，就给朋友吃什么，凯沙尔是自己人。”

客厅漂亮到了让人惊讶的程度。墙顶洁白的石膏上，雕刻着各色鲜艳的花朵，在凯沙尔眼前展示出维吾尔民族高超的雕刻艺术。

在旁边的屋子里，传来卡迪丽娅的声音：

“沙迪尔，快去倒水，让凯沙尔洗洗手。”

沙迪尔·司马义站起来，说道：“哎哟，看来你做的是抓饭吧？”

凯沙尔的目光还在盯着客厅的装饰和雕刻。他激动地说：“艺术，这就是艺术……你这个屋子可不比皇宫差多少。”

沙迪尔·司马义笑了笑，说道：“兄弟，这就是权力的好处。”

“别听他胡说。”卡迪丽娅端着一个大瓷盘，瓷盘上放着面肺和米肠。她一边将瓷盘放在桌子上，一边说道：“老天，凯沙尔，这个沙迪尔是懂得享受权力的人吗？他对别人倒是很大方的，但从不会要别人哪怕一根牙签粗的木头。这个屋子为什么这么漂亮？这都是托了我父亲的福……来，快尝尝，千万别客气，也不知道味道怎么样，合不合你的胃口。”

凯沙尔看着瓷盘里热腾腾的面肺和米肠，还有抹了辣椒的面筋，很是来了食欲，说道：“看着就好吃啊。”

“那就快吃吧，我可做了不少。山上做不做这种饭？”

凯沙尔夹起一块热腾腾的面肺，吹了吹后，放在嘴里大嚼起来：“面肺啊，米肠这些，不知道为什么，山里的那些妇人不会做这种饭的。”

“她们可做不出来。面肺米肠还是我老婆做的最好吃。现在工厂里开始裁员，我想着万一老婆被裁员了，就在市中心为她开一个面肺店呢，哈哈哈……”

卡迪丽娅面露喜色，假意阻止沙迪尔·司马义继续说下去：“别胡说。”随后走出了客厅。说真的，她做的面肺米肠确实很好吃，蒜和香菜，还有各种调料的配比都恰到好处，辣面筋很快被两人瓜分。

沙迪尔·司马义用纸巾擦了擦手，站起来说道：“太好了……今天我们俩好好喝两杯。”

凯沙尔劝道：“不，等等，以后再……在牧民们难过哭泣时，我们喝酒玩乐可不合适啊。”

“这世道就是这样，有人在服丧，有人在结婚，有人哭，有人笑……但你说得对，你是为了尤丽吐孜才这样说吧。哈哈哈。”

“不，也包括苏力坦·艾力。”

“好了，好了，那个黑心的家伙……哎，也不知道我对他做过什么，他那么恨我。后来我才知道，害我到如今这个地步的，就是那个败类。”

凯沙尔也擦着手，咳嗽了下，说道：“是，他是个黑心肠，可恨的人，但那是另一回事。当我们把他当人对待的时候，还是要对他现在丧葬的状态，抱有一些同情心。”沙迪尔·司马义干咳了声，从他的神情就可以看出，凯沙尔的一番话很不合他的意。说话间，卡迪丽娅又端来一盘面肺米肠，听到两个人不约而同地说吃饱了，卡迪丽娅说道：“你们怎么搞的，怎么还剩饭。我又拿来了些，沙迪尔，你是主人，怎么能先停下来了。”

凯沙尔笑着说道：“谢谢，我都吃撑了。”

“看来是我做得不好吃吧，要不两个像杨树一样的高大男人，怎么会连一盘饭都吃不完。”

沙迪尔·司马义维护凯沙尔，告诉卡迪丽娅说凯沙尔真吃饱了。随后端来热水，让凯沙尔洗了手。俩人吃饱喝足，舒服地坐在沙发上，额头渗出了汗来。两人面前摆着卡迪丽娅刚倒的茶，冒出阵阵清香。

沙迪尔·司马义喝了口热茶，问道：“牧场的情况怎么样？电视新闻里说，山上天天都在下雪。”

“雪下了一个星期，还没有要停的意思。虽然雪不是很大，但总是停不下来。”

沙迪尔·司马义打断凯沙尔的话说道：“这可不好，是要下大雪的预兆。”

“你想办法搞到的草料饲料，已经运到了牧场。但艾尼·库尔班那些蠢货怎么说的？他们说饲料的价格高、质量不好……每来一车饲料他们都会刁难，要过上好几天才分发出去。还是牧民厉害，看到说好话没用，就都骂了起来。说他整天待在臭烘烘的洞里不出来，现在尽说些废话，怪他没本事，就知道说人坏话。他们说，就算饲料是贵了点，那也是沙迪尔场长操心我们的事，专门派来的，他才是个真男人！就这样，沙迪尔大哥，牧民虽然穿着破皮袄瑟瑟发抖，但到关键时刻，他们真是能挺身而出。”

“那这么说，那些饲料还是到了牧民手中。”沙迪尔·司马义靠在沙发上沉思着。心思早已飞到了那片山和草原。

“是的，运到了。听说拿到饲料的牧民，有的用马车、有的用牛车将饲料运回羊圈里，直到现在还在运呢。但艾尼·库尔班到底是什么样的人？听说那两天，每天都站在牧场办公室外空旷的广场上，咬着硬邦邦的馍馍，喝着冰冷的河水，浑身发抖地看着牧民从运送饲料的军车上，将草料饲料搬下来。作为牧场的场长，也没见他给牧民送过一次饭，也没有让他们进宿舍里取暖……牧民们从心里感谢部队的战士，运来一车又一车的木柴，在空地上架起了火堆，每个羊圈都送来一只羊，请战士们吃水煮肉和烤肉。令人生气的是，那个艾尼·库尔班场长还厚着脸皮同战士们一起做起客来。真是，在政府眼里，古兰姆草原就这么不受重视？难道找不到人顶替艾尼·库尔班来掌握牧场的命运？”

沙迪尔·司马义挺着身子，眼中满是委屈发牢骚道：“哎，兄弟，领导就是需要他这样的人。他就是那个性格，他已经习惯了对下怒目而视，对上含笑温顺，见到领导就恭维，唯唯诺诺的。就算受到别人的压制，他还是会尊敬领导卑躬屈膝。这种时候，他会像吞下一块干馕一样忍受羞辱，但这种人又能做什么事呢？收到你的信没多久，我就在市政府大门前遇到了他。我们互相问好后，我想起了你信里提到关于饲料的问题，我就问他，是不是来解决饲料的事情？他回答我说是为了别的事。我是已经离开牧场的人，一再追问他又觉得不合适。他会想，都是离开牧场的人了，还想插手牧场的事。即使如此，我还是像以往对他安排工作一样，对他说，听说今年牧场牧草饲料准备不足，你这次来，一定要把这个问题解决掉。你猜他听了我的话是怎么说的？他说又能怎么办？我对他说，那这样，我给你当翻译，我们一起想办法。他表示很感激，紧紧抓住我的手说这样太好了，等我办完事就去找你。这样过了三天，他哪有来找过我？我打听了下，结果说那天我们见过面后，当天晚上他就回牧场去了。最后，我还是决定自己去办，我找到县长，跟他讲了牧场的事，县长很生气，说他没有听到关于牧场的任何事情，为什么牧场的人没来找他？他们应该及时报告这些情况。县长手里又没有通天镜，他不可能了解所有的情况。最终，还是爱哭的孩子有奶吃，他在艾尼·库尔班上报的请示上作了批示，让计划委员会解决。到了计委，计委的人问我，牧场的人怎么没来，现在都几月了，怎么到现在才提出这个问题。他们说的话一个比一个尖刻，一个比一个刁难。牧草饲料的价格为什么会比平常贵？你现在明白了吧。我到棉麻公司、榨油厂、农业局四处询问，但市场价格已经涨起来……就算那样，我还是为能解决问题感到高兴，我给他们打了欠条，只要饲料解决了就好。但随后我就遇到了难题，那就是怎么把饲料运到牧场。私人运输车倒是有，但他们怎么可能无偿为我办事。这时候，我想起了驻扎在山里的部队，跟他们联系后，他们表示愿意帮助我。因为我们以往的关系就很好，新年、春节我都会代表牧场去慰问他们，我们遇到困难时，他们也从不会坐视不理，这次也是一样，我给他们写了信，他们立刻免费拿出五辆车来为我们搬运饲料。”

沙迪尔·司马义详细地向凯沙尔询问今年草原的情况，问起牧民今年的收入是增长还是减少，草原的破坏达到了什么程度等问题。凯沙尔就自己了解到的情况，听到的、亲眼看到的一一说给他听。又告诉他，因为淘金失败，那些淘金客的老板一夜间准备撤出去，但那些淘金客抓住他，让他履行合同，付给他们工钱，还引发双方的争斗，死了两个人，这个严重事故，也由于市警察局的果断干预而得到平息。

“我听说沙塔尔要开矿？”

“听说已经开工了，在那个叫卡拉季的地方……哦，对了，我刚才没说完。那些一无所获的淘金客，一部分现在就在矿厂打工呢。”

沙迪尔·司马义沉默不语，手撑着下巴，胳膊肘抵着膝盖，坐在那里思考起来。过了好一阵，直到卡迪丽娅带着满脸困意走进来，看到他们说道：

“沙迪尔，你让凯沙尔好好休息，有什么话明天再说，”

“好的，马上。”沙迪尔从思考中清醒过来，抬起头说道。然后转头对凯沙尔说：“等等，我还有话要对你说，关于尤丽吐孜，你到底是怎么想的。”

凯沙尔紧张地盯着沙迪尔·司马义，斟酌着说道：“我想了很多，一定要想办法将她从苏力坦·艾力手中救出来，但到底怎么办才好，我也没有什么主意。”

“我们把她偷出来。”

“那以后呢？”

“你带着她远走高飞。”

凯沙尔好奇地说道：“就像童话故事里的恋人一样？这可能吗？”

沙迪尔·司马义将自己扔到沙发里，很是陶醉于自己的想法，说道：“我是在开玩笑，但对恋人来讲，那个时代也挺好的。哎，将女孩从皇宫里偷出来，放在马上，然后骑着马跑到很远的地方去，这不就解决了问题……但现在不可能了。”沙迪尔·司马义像是想通了某件事一样，坐在沙发上抬起头来说：“你这次来，一定要和尤丽吐孜见一面，好好劝劝她，一定要让她回到山里。”

凯沙尔一下来了精神，说道：“劝我是一定会劝的，但我要怎么才能见到她呢？

“我是这样想的，明天是帕夏汗的七日忌，这就是个好机会，我告诉卡迪丽娅，让卡迪丽娅一起想想办法。”

关灯后没多久，沙迪尔·司马义沉沉睡去，他平稳的呼吸，转眼间变为震耳欲聋的呼噜声。早已经习惯山里的平静，凯沙尔这下又怎么睡得着？他用被子盖住脑袋，又试着堵住耳朵，但呼噜还是不可阻挡地钻进他的耳朵，对他的影响没有丝毫减弱，他感觉从头到脚每个器官都变成了耳朵一样，敏感脆弱……

凯沙尔心里恶趣味地笑起来："可怜的卡迪丽娅……这种痛苦，这几年来，不知道她是怎么忍受过来的？"

他在心里默默地念着一首诗。

朋友啊，威力最大是你的鼾声，
震耳欲聋啊，让我折服。
你打着呼噜，享受安眠的快乐，
却将痛苦的夜留给我。

呼噜声就像永不停摆的时钟，仿佛永不会停歇……凯沙尔在鼾声中挣扎痛苦，淹没在呼噜声的汹涌浪潮中。他又回忆起尤丽吐孜娇美的身影，思虑他们之间仿佛永远不会有答案的未来，一切像交织在一起的网，让他陷入胡思乱想。

早晨，他们起床洗脸后，开始吃早饭。沙迪尔·司马义看到凯沙尔因为缺少睡眠而发红的眼睛，别有深意地问道：

"兄弟，睡得可好？"

凯沙尔不动声色地回答道："我睡得很好，还做了很美好的梦。我梦到自己，参加表彰那些做出伟大贡献妇女的世界大会，我第一个就将奖章颁给卡迪丽娅。"

沙迪尔·司马义惊喜得睁大眼睛："啊，是吗？如果我能参加那个大会，我一定亲手将奖章挂在卡迪丽娅胸前。"

正说着，卡迪丽娅端着瓷盘走进来，盘子上放着白瓷碗，碗里盛着奶茶，她将奶茶放在两人面前。

"沙迪尔，这一大早的，你在说什么奖章？"

"是在说你获得世界奖章的事情。"

“世界奖章，哪来的世界奖章，还是颁给我的？”

凯沙尔不动声色，紧张地说起来：“当然是给你的，这个奖章最适合你，因为你是世界上这么多女人中最辛苦、最能忍受、最有耐心、最……”

卡迪丽娅立刻反应过来，说道：“哎呀，谢谢你，那个奖章也不用颁给我了。我们最应该做的就是，怎么想办法不让沙迪尔打呼噜！我现在耳朵已经聋了，但只要家里来客人，我就心惊肉跳！害羞得恨不得找个地缝钻进去，他的鼾声简直像吹风机一样。因为冬天冷，实在没办法，我才让你们俩睡在一起。这要是在夏天，我就将你的被褥搬到院子里去。”

沙迪尔开始拆台：“她说的都是假话，她平常可是经常说，哎呀我的沙迪尔，我现在已经习惯你的鼾声了，只要听到我就想睡觉！”

卡迪丽娅害羞地向客厅门口走去：“一边去，你这个老顽童……”

沙迪尔·司马义赶忙说道：“等等，我有话给你说，我现在要去苏力坦·艾力家的葬礼，等一会儿你也去吗？”

“请柬上说女人 12 点去。”

“去了以后，你找机会跟我告诉过你的那个尤丽吐孜见个面，谈一谈。”

“好的，见面后跟她说什么？”

“你就告诉她，凯沙尔来城里了，你就让她到我们家来。你跟她约好时间，注意点，别让其他人注意到。”

就这样，沙迪尔·司马义去了葬礼，凯沙尔到林业局，卡迪丽娅收拾了屋子，给儿子喂饱了奶，然后将孩子托付给婆婆，赶着去上班。

帕夏汗的葬礼在市文化中心礼堂举行，苏力坦·艾力穿着呢子冬装大衣，个子高大，头上戴着灰色羊羔皮帽，帽子下浓眉挺立的胖脸显得格外引人注目。他的表情显得很疲惫，有一种木讷呆板。他还像以前那样威严傲慢，唯一不同的是，今天显得沉默寡言。他不停地与前来参加葬礼的亲朋好友握手，面对人们安慰的话语，总是默默点头。他身边站着自己的三个儿子，市政府的领导，还有几位近亲……礼堂内，苏力坦·艾力的两个女儿和一些女眷穿着素衣坐着接待女宾。

早晨去请的几个教民，坐着派去的车来到礼堂。他们来之后，一辆辆轿车跟着过来，礼堂前停着的轿车越来越多，人们或步行或骑自行车，一群群地到来。沙塔尔·阿木提从远处看到沙迪尔·司马义，投来怨恨的目光。

冬日浑浊的空气与抓饭的香味混杂在一起……

比起死亡的葬礼，人们像在参加婚礼一样，不停地有人在进进出出，显得很是热闹。不久后，女人们开始一个个走进礼堂。卡迪丽娅自走进礼堂，就开始寻找尤丽吐孜。她看到尤丽吐孜在礼堂入口处给到来的宾客倒水洗手，觉得如果跟着女人们一起进去，再找尤丽吐孜说话，会很不方便。如果不小心，可能会让苏力坦·艾力看到。所以，她一直在等着单独与尤丽吐孜见面的机会。卡迪丽娅装作等什么人的样子，在文化局办公楼旁站了一会儿，看到四五个女人走进礼堂，随后又有两人……又等了片刻，卡迪丽娅一个人来到礼堂门口，向站在门口的苏力坦·艾力微微躬身行礼，转身向尤丽吐孜走去，在尤丽吐孜为她倒水洗手时，她轻声说道：

“凯沙尔来了。”

尤丽吐孜吃惊地问道：“来了吗？”

“他现在我家里等着你，你今天能来吗？”

“我不知道你家在哪里？”

“我们会在医院前等你。”

“那，那就明天中午可以吗。”

“下午见吧。”

“好的，那我们等你。”

卡迪丽娅走了进去，尤丽吐孜仿佛被汹涌的波涛淹没般，变得六神无主。“凯沙尔，啊，是凯沙尔，他来找我了！”此刻，姑娘心情激荡，连给女宾倒水时，是倒了三次水还是两次，有没有将毛巾递过去都不记得了。从心底爆发出一股强烈的渴望，震撼着她的身体，让她浑身颤抖。水壶都已经端不稳了，像是要随时掉到地上一样。她在心中不断重复着“凯沙尔……他来了……老天啊，真到了要与他见面的时刻！”

葬礼结束后，剩下的馕、糕点，还有食堂里剩下的肉、油、米、胡萝卜等都被收拾后放进车里。市里一位领导让苏力坦·艾力坐他的车送他回家。沙塔尔·阿木提、尤丽吐孜和其他人也一起坐上大轿车回到苏力坦·艾力家。

苏力坦·艾力的家里，像是什么都没发生一样，显得安静而又凝重。过了一会儿，沙塔尔·阿木提来到厨房，走到正在洗碗的尤丽吐孜身边，今天，沙塔尔·阿木提的声音显得格外慈祥有礼。

“我明天早晨就回家去，没办法，不能不赶回去。哦，你在县长伯伯家里应该习惯了吧？”

尤丽吐孜眼中立刻充满泪花：“他跟你说要安排我到工厂上班，怎么到现在还没有安排？”

“会安排的，你县长伯伯什么时候骗过我们？你一到这里就不得不照顾婶婶，后来又是葬礼……你看看，县长大哥伤心得一塌糊涂。现在我们要是不照顾他，那怎么说得过去？他腰上的白带还没有解开，等你婶婶四十天忌日过去后，那时一定会有个交代的。”

尤丽吐孜不受控制地哭了起来：“不，爸爸，我受不了了，我真的一天都待不下去了。你带我回去吧，不在工厂上班也没关系。”

“这话说的……好吧，我带你回去，但现在我们让他像鸟一样孤独地待在家里，那怎么行？他的孩子们都不孝顺，没有人照顾他，现在正是我们尽亲情的时候，再不行，也要等到四十天忌日以后。等到那时，要不在工厂上班，要不回家，我们就这么说定了。”

尤丽吐孜从来就将父亲的话当作命令，也总是默默屈服。她将要对父亲说的话，默默咽到肚子里。但眼泪还是像决堤的河水般涌出，落在正在洗的碗上。沙塔尔·阿木提从口袋里拿出钱，从中抽出两张一百元的钞票递给尤丽吐孜，说道："拿着钱，看你的冬衣有点单薄，去巴扎上买件衣服。"

"我不买，爸爸，现在的衣服就可以了。"

"总要花钱吧？"

"我又不去巴扎。"

沙塔尔·阿木提用命令的语气伸出手，说道："拿着，就算那样也拿着！"尤丽吐孜不甘不愿地将钱拿在手中。

沙塔尔·阿木提的声音又恢复正常，说道："今后我会经常来看你。记住我说的话，好好照顾县长伯伯。哦，对了，你弟弟说，带几张姐姐的照片回来，你有照片吗？"

"没有。"

"等我下次来之前照几张照片，让姐姐们带你去照相馆，都这么长时间了，你还这么见外？在城里可不能表现得太拘谨和散漫。没有人会因为你是从山上来的就赶你走的。"

尤丽吐孜用恳求希冀的语气说道："要是你能带妈妈和弟弟来一次就好了……"她那饱含不尽哀伤的双眼，仍然含着泪水。

"你母亲来不了，她怎么可能来呢？这样吧，现在也快到放寒假的时候，到寒假再说，到时候我让你妈和弟弟来看你。"

沙塔尔·阿木提走出屋子，与苏力坦·艾力说了很久的话。尤丽吐孜也不知道他们什么时候躺在床上，什么时候睡的觉。她在厨房旁的小屋里，用被子盖住脚，背靠着墙陷入了沉思。回想起中午那个漂亮、年轻的陌生女人，还有她那急促而又紧张中说出的话。

整夜，尤丽吐孜都在想着心事："啊，凯沙尔，跟你见面的幸福日子终于要来了！那个女人没有说谎吧？不，不会的，那个女人的眼神已经说明一切，不像是在说谎，她是那样的诚恳柔情。老天啊……跟凯沙尔见面后，我要对他说什么呢，会哭出来吧？不，我一定不能哭，我为什么要用眼泪破坏他渴望快乐的心情呢。我为什么不用幸福的笑容，让他那痛苦悲伤的心得到安宁？啊，老天，我能做到吗。我心里那被悲伤和痛苦填满的，像河水般流淌的眼泪，能做到不流出来吗？见面后我要说什么好呢？心里那些话能说出口吗？如果我心里的话语不用嘴说出来，而是用心语让他感受的话，那该有多好！啊，我亲爱的凯沙尔，你要将我从铁笼里救出来，带我去很远的地方，去你想去的地方，到人类还没有踏足河流的源头，到山的最深处吗？”

第二天早晨，沙塔尔·阿木提起床后随便吃了几块馕当作早餐，告诉尤丽吐孜说，要出去办几件没处理完的事，然后会直接回牧场。说完这些话，他就走出苏力坦·艾力家。以往这座因为权力和荣誉显得永远充满冷冰冰的威严、有时又在人们川流不息的欢声笑语中充满享乐意味的院子，变得安静下来。苏力坦·艾力接了好几个电话，不知跟什么人说事情，挂掉电话后，躺在铺着厚厚褥子的床上，将枕头支在肘窝下，思考着事情。帕夏汗去世后几天里，苏力坦·艾力不再像以往那样让人敬畏，而是像一头老牛在拉犁的过程中变得疲惫不堪，经常沉默思索，显得心事重重。孤独的日子让他开始寂寞，而寂寞像饿极了的老鼠撕咬他的心脏。窗前，空空的鸟笼挂在那里，哎，是夜莺让鸟笼变得动人。以往让他觉得迷人的鸟笼，现在像没有生命的戈壁滩上，那个凄凉的破窝棚一样难看，甚至变成破坏客厅奢侈氛围的物品。哎，夜莺，那可是个很美的夜莺！它没有一天不在鸣叫，它让人回味起山上美丽景色的声音，还有不停跳跃的美好身姿。显然，是尤丽吐孜放了它。但苏力坦·艾力至今还没有当面问过尤丽吐孜。不知道为什么，他不愿意为任何事埋怨尤丽吐孜，哪怕是加重语气对她说话都觉得舍不得。尤丽吐孜是满足他内心渴望的百灵鸟，他不愿意粗暴地对待她。

尤丽吐孜端着一碗开水走进来，像是充满花香的清风和阳光吹进屋子。

“伯伯，您还没吃药呢。”

“啊，多么动听的声音，让夜莺的声音都为之逊色。”

苏力坦·艾力用力抬起头来，说道：“哦，我都忘记了，我还没有吃药吗？”在拿药和端碗的过程中，他的手指轻轻触到了尤丽吐孜的指尖，内心立刻充满了一种甜美的感觉。他陶醉地低语道：“啊，老天啊，原来这才是我需要的药啊……”

苏力坦·艾力将空碗递过去，今天第一次表达了谢意：“谢谢，谢谢你姑娘。现在你给我揉揉腰……老天……这一整夜腰都在疼。”

“是不是着凉了。”

“有可能，在这个数九寒天里，在坟头待上几个小时容易吗？肯定是在墓地时受凉了。”

在山里时，尤丽吐孜就经常给父母亲揉揉腰腿，她跪在脱了鞋子躺在床上的苏力坦·艾力身边，并拢两只手轻轻地按揉着，苏力坦·艾力的身体就像没有骨头一般摇晃起来。

“使点劲……老天，真是舒服，哎，哎，再使点劲！”苏力坦·艾力在激动和回味中不停地说道。尤丽吐孜纤细的手指，按摩着他的腰，一种甜蜜的感觉传遍了他的全身，让他像春天的水一样变得轻松起来。世界上，还有比年轻姑娘娇嫩的手更好的药吗？这种神奇的药物，他还是在很久前，在帕夏汗那里第一次感受到——那时，她的年纪比尤丽吐孜都要小，美妙的感觉就是通过帕夏汗纤细的手指一滴一滴渗进他的身体。现在他老了，在他手脚无力的时候，又一次品尝到这种乐趣，开始回味这个姑娘的手指的神奇。

恢复男人本能的这种罕见药物，让他充满神奇感觉的神仙水，让苏力坦·艾力很快沉醉其中。没过多久，他发出了细长的喘息声，随后他的嘴唇呼扇，又响起沉重的呼噜声。尤丽吐孜小心地挪开了手，一时又觉得不能走开，就静静地坐在那里。仿佛苏力坦·艾力好像还能感受到她的存在一般，会突然坐起来问她：“啊，你要到凯沙尔那里去？”一想到这儿，她就感到焦虑恐惧和不安。

"现在不知道几点了，还有多久到约定的时间？我应该到厨房看看时间，老天啊，但愿一切顺利，希望能如愿同凯沙尔见一面……"尤丽吐孜现在只为这件事感到高兴。苏力坦·艾力平常白天很少睡觉，但只要睡着，往往会睡上几个小时。为了不让床发出声响，尤丽吐孜轻手轻脚地下了床。将脚伸进拖鞋，慢慢走出了客厅，厨房墙上挂着的时钟，才对准十点。她想着在走之前，要先把该干的活干完，活儿可不少，要打扫厨房，整理葬礼后剩下的食物，打扫院子……

尤丽吐孜时不时看看表，在忧虑和焦虑中惴惴不安。今天是怎么了？今天的钟表无力地摆动，像老人一样走得慢吞吞……过了好久，传来苏力坦·艾力呛住了般的咳嗽声。尤丽吐孜的心怦怦跳动起来，捂住胸口靠在墙上，待了一会儿，心里默念："啊，他可千万别醒来啊……"

时针正在一点一点地向预定的时间靠近，尤丽吐孜急急忙忙穿上衣服，整理纷乱的头发，系上头巾，悄无声息地打开大门。

"停下，喂，你要去哪儿？"

苏力坦·艾力站在客厅敞开的两扇门间，尤丽吐孜吓得仿佛心脏要停止跳动，一声不吭地站在院门前。

苏力坦·艾力再次问道："喂，你准备去哪里？"他用怀疑和讥笑的口吻说。

"我准备上街……上街去。"

"上街去干什么？"

"我爸爸给了我钱，我想去街上给自己买件衣服。"

"衣服？衣服我会上街给你买。"

"我还想买面霜。"

苏力坦·艾力走到她身边，脸上带着笑容："这样吗？面霜啊……哎，还想买什么？"

"还想……"姑娘已经不知道该说什么了，慌张起来。

"你看着我，你是在对我说谎吧？"

“不，县长伯伯，我没有说谎。”

“那你跟我说实话，昨天那个女人都跟你说了些什么？”

“您说的是谁？”

“沙迪尔·司马义，那个牧场场长的老婆。”

“我又不认识她，县长伯伯，没有人跟我说过什么。”

“你不想说吗？”苏力坦·艾力恶毒地笑了笑，接着说：“那好吧，你不想说，我也不想听。我知道那个女人说了什么。我来告诉你一个好消息，凯沙尔来城里了。嗨，那个穷小子……我就说他为什么这么不嫌麻烦，哈哈哈，那个可怜的穷小子！”

尤丽吐孜都无法感知是怎么被这种侮辱弄得不知所措，她昏昏沉沉地回到屋里，躺在床上，像是要把所有屈辱发泄到枕头上一样，用手狠狠拼尽全力捏起枕头来，又在床上不停翻滚着。牙齿痛苦和悲伤地紧紧咬着，在这种情绪中泪水喷涌而出。

女孩浑身像被风吹过的叶子般颤抖，在心中无声地倾诉着：“凯沙尔，亲爱的凯沙尔！看来我们是不能见面了吗？这个老混蛋是我们头上的祸害，是生长在我俩间的荆棘。不知道你做了什么，让他如此恨你？为什么他从头到尾都反对我们俩见面呢？我虽然像他女儿一样，但也不会允许他侮辱你。我想到要反对他刚才的话语，同他争论。但我想起了爸爸，我知道，爸爸的命运掌握在他手中。是这个老狐狸，让我爸爸变了样，让爸爸的口袋里装满了钱。我怕我说出尖刻的话，他会报复爸爸。谁能理解我这样一个女孩的心意？”

沙迪尔·司马义和卡迪丽娅坐在出租车上，等在医院门口，不知过了多久。出租车司机看着时间白白度过，不耐烦地频频看着手表：“大哥，你跟我说真话，你要等的人到底什么时候来？”

“不知怎么，她还没到，你再等一会儿。”

“你这么说都几个小时了，哎哟，算了吧，我是要赚钱的。”

“你算算，几个小时了？”

“超过两个小时了。”

“行了，我租你的车，租3个小时。”

司机安静下来，夫妻俩透过车窗，看着医院前来来往往的人流，用期望的眼神看着人群，随着时间流逝，他们的心情由高兴变为生气，由希望转为失望。

沙迪尔·司马义皱着眉头问道：“你昨天到底是怎么跟那个女孩说的？”

“就说了你教给我的话啊……还能说什么。”

“她说要来吗？”

“是啊，她说下午可以出来。”

“哎呀……现在都3点了。”

卡迪丽娅坚决地下了结论：“一定是有人不让她出来。要不，她不会失约的。”

“是啊，我们再等等。”

两人怀着希望耐心地等了几个小时，到黄昏时分，看着医院前逐渐稀少的人们，俩人终于失望地走下了出租车，对司机说道：“兄弟，你算算，要给你多少钱？”

“行了，按每小时一百元给我吧，我如果开出租，每小时至少赚两百元。”

卡迪丽娅说道：“哎哟，你在说什么呀？你好好说价。”

沙迪尔·司马义手伸进车窗递去三百元，说道：“你别管，我们就是这么说定的。”两人向家走去，因为心疼白白付出的三百元钱，卡迪丽娅一路上唠叨着。

沙迪尔·司马义朝她喊道：“哎，你有完没完了，就不怕别人笑话？”

“我就是要说，那个司机可真是个黑心肠，什么事都没干，白白停在那里，就收了我们三百元钱，那个坏蛋！”

沙迪尔·司马义快步走着：“好了，别再说了，我们怎么回家，回家后对凯沙尔说什么？”

卡迪丽娅没有说话，她同样感到无能为力，深深叹了口气。

此刻，家里的温度像外面冬天的天气一样冷。俩人毫无胃口地吃着卡迪丽娅精心做的可口拌面。饭后，沙迪尔·司马义打开了一瓶酒的瓶盖，往两人面前的杯子中各倒了一杯酒。俩人艰难地喝下酒后，第二杯就变得难以下咽。沙迪尔·司马义为了开解凯沙尔东一句西一句地说着话，凯沙尔却没有丝毫反应。

凯沙尔说道：“今天早晨，我去林业局时打听到一件事，林业局与警察局配合，抓住了那几个在森林里伐木的小偷。”

沙迪尔·司马义立刻抬头问道：“啊……是吗？”

“后来那些偷伐木柴的人，与以前的人都是一伙儿的。林业局追回了大部分被盗伐的木柴，警察局将那个团伙儿的骨干分子都抓进了监狱。”

沙迪尔·司马义激动地说道：“好啊，真是好消息！他们不仅非法盗伐还打了你，他们一定会受到法律的惩罚！”

凯沙尔的目光透出哀伤：“但我要说，事情的发展刚好与之相反，你相信吗？”

“发生什么事了？”

“我真的说不出口，无言以对。”

“是将他们放了吗？”

“是的，放了他们，只让他们交了罚款。”

沙迪尔·司马义瞪大眼睛问道：“什么？这怎么可能？不，不，兄弟，你是道听途说吧。”

“我亲眼在大街上看到了他们。”

凯沙尔在去沙迪尔·司马义家的路上，看到了夏天的那个戴着白色帽子的老板，他们几个人正从宴会厅醉醺醺地出来，在街上大吵大嚷。他一眼就认出了凯沙尔，摇摇晃晃地走到凯沙尔面前，挡住了他的路。

“哎……等等，你是想通过告状，把我们几个关起来判个几年吗？”

“我怎么敢那么做。”

“你看着，我们完整地走进警察局，又完整地走出了警察局！”

“那恭喜你！”

“哈哈哈……看不出你还是个大方人，你想请客吗？”

“到山上去吧，我请你们。”

“我会去的。”

“等你去了，我一定会好好接待你。”

凯沙尔将他们之间的对话原原本本地告诉沙迪尔·司马义。沙迪尔·司马义用拳捶打着桌子说道：“这是怎么回事？那是不是说，打死了人的罪犯，只要交了罚款，连血债都能豁免吗？法律如果不能保障人身安全，罪犯不能受到应有的惩罚，还有谁会为了正义挺身而出？哎……我当初就不应该劝你留在山上工作，现在我真是后悔伤心。”

凯沙尔以一种冷静的态度说：“我不想再提这段让人伤心的往事，我们最好还是说现在的事情，你所后悔自责的事，对我来讲是难忘的经历。因为，我在古兰姆草原获得的、掌握的、感觉到的，比我在大学学习到的更多。从小时候起，我就错觉自己身上具备勇气和毅力，很长时间里，我自己都没有意识到这一点。我总以为，那是自己幼稚的童言，是青春的狂热，是诗人的浪漫情怀。我将这一神秘的情怀，放在牧场的最恶劣的环境中进行了测试。至今我还在那里过着罗宾逊·克鲁佐一样孤独的生活。我将除了林业局交付的任务之外所有责任，同样扛在肩上，认为都是我的责任。比如，没有人让我去培育松树苗，没有人逼我去做，但我还是越干越起劲。看着书本上的学问变成了现实的实验，我想要揭开学术的奥秘。所以，面对重重困难，繁重的劳动，甚至让那些流氓殴打，都没有让我心中的热情有丝毫减退。从那以后，我就知道，那种精神，不是童趣的热情，青春的狂热，诗人的浪漫，我感觉得到，原来那是我情感的本源，是我的信念。沙迪尔大哥，你想想，具有这种精神，是多么的伟大，多么的幸运啊！我说句实话，具有这种精神的我，能够最紧密地贴近自然。不是成为大自然无情的统治者，我知道，自己会成为大自然最好的朋友。”

沙迪尔·司马义想换个话题，开起了凯沙尔的玩笑：“你之所以与古兰姆草原有这么深沉的爱，尤丽吐孜也是其中一个重要的原因，不是吗？古兰姆草原将自己怀中盛开的最鲜艳的花朵赐给了你。”

提到尤丽吐孜的名字，凯沙尔热烈而又激动的话语，就像滚烫的锅里被倒入凉水，一下子停了下来。沙迪尔·司马义看到凯沙尔突然低头沉默，自己也觉得尴尬起来。但这是个不能逃避的问题，所以他又打破沉默，说道：

“明天我们再同尤丽吐孜联系看看。”

“明天我不能不回牧场去。”

“为什么？”

“要做的事情还很多，我总是担心森林会不会发生火灾，那些人会不会再来盗伐树木。所以我需要不停地巡逻，不仅如此，我还要喂马，还要培育我的松树苗。”

“就算有那些事，让尕依孜·帕里万做一两天又如何？”

“哎，他老了，已经无法完成这些任务，不能强迫他的。”

“但你是特意为了这件事而来，不跟尤丽吐孜见一面怎么行？我们来给你创造机会，今天不行，那就明天，兄弟，一两天不耽误事的。”

“沙迪尔大哥，谢谢你的好意，但我能感觉到，这次不会有机会的。”

沙迪尔·司马义一时不知再说什么好，凯沙尔满怀希望而来，又要让他失望而归吗？可惜……俩人错过了。就没有什么办法解除他们俩的痛苦吗？沙迪尔·司马义的双眼仿佛被厚厚的迷雾笼罩，就像遇到无法逾越的高山，又像是被巨石堵住去路。

身边又响起震耳欲聋让人无法入眠的呼噜声。今晚要怎么样度过，什么时候才能天明？凯沙尔用两只手掌捂住耳朵，想着心事。思绪中充满了离别的思念，流出的眼泪满是渴望和苦涩的。

绿色的原野，充满了欢乐的夏天……凯沙尔在山花间着急地寻找着尤丽吐孜，姑娘的美貌胜似花朵，姑娘的娇声与夜莺的歌谣有什么区别？凯沙尔在那美丽的国度被魔力所吸引，寻找着自己的幸福和无与伦比的光辉。慷慨的大自然，在它灿烂的怀抱中，终于把美丽的天使展现给了凯沙尔。凯沙尔望着姑娘，无比幸福地轻声抱怨着："尤丽吐孜……尤丽吐孜……为什么躲避我，我的天使？"

"还不是因为，我不相信你！"

"啊，老天啊，失去你的信任，对我来讲就等于死亡。我要用什么才能证明我对你的爱和忠诚呢？你没有看到我心中那为你而燃烧的火焰？如果你没有感受到我的激情……"

"哎呀，你怎么跟小孩子一样，我可是跟你开玩笑……"

"是啊，尤丽吐孜，你说是在开玩笑。啊，你是说真的吗？"

"亲爱的，我相信你……但在我们的路上有很多荨麻草挡着爱情的道路。"

"从来没有真正的爱情之路，没有荨麻草的阻拦。"

"我不知道……自己为什么一直在害怕。凯沙尔，你告诉我，你能将我从嫉妒者的诅咒、别有用心者的阴谋中解救出来吗？"

"尤丽吐孜，我会为你献出生命，这种奉献，是我的全部忠诚和信仰……"

凯沙尔将双手枕在脑袋下，暗暗嘀咕："怎么样才是我付之以生命的爱情，如今尤丽吐孜连走出家门的机会都没有，那她在家里的情况会有多么的糟糕？在她遇到困难时，我说过要解救她，我愿意为她付出生命，但现在我又能为她做什么？还说什么为之奉献生命，现在我像缩在狗窝里的狗一样躺在床上，看来我已经失去作为人的勇气和智慧。”

鼾声现在已经不像是在身边响起，而像是在逐渐离他远去……

十六

草原上，一声枪响，破开了寒冷的气温中仿佛凝固的沉重雾气，雾气笼罩的一切随着枪声抖动起来。覆盖在沙棘、黄杨上的大雪，哗啦啦落在地上，牧民们骑在马上，纷纷呼喊着鞭打马儿，在大雪覆盖的灰蒙蒙草原上，纷纷呼喊着向攻击牲畜的狼群冲去。

沙塔尔·阿木提命令牧民逼迫狼群远离河边，尽量赶它们向草原的方向跑。狼群在雪地呼啸而去，像是发出锐利响声的箭，短尾狼跑在队伍最前方。对它们来讲，不管是牧民的呐喊声，还是子弹从头顶飞过的尖啸声，都不是最可怕的。可怕的是，牧民们骑马在河边的灌木丛中奔跑，以阻止它们跑进灌木丛中。狼群刚猎杀雪地里觅食的毛驴血肉，现在正感觉肚子鼓胀。它们从毛驴身后撕咬它后腿上的肉，从毛驴肛门里撕扯出肠子时，毛驴受到剧烈的刺激，挣扎了一阵后，半闭着眼睛继续跑了几步，就躺在地上一动不动。吃饱后的狼群充满了力量，足以支撑它们从危险中逃出去。但现在它们在向开阔的田野逃去，积雪淹没它们的肚子，让它们步履维艰，疲惫不堪。它们绝望地看着一望无际的草原。狼群为了躲避逐渐追近的牧民，集中身体的力量紧贴着积雪前进，随着身后的枪声响起，两只狼在噗噗声中狠狠地坠在雪地上。狼群开始四散奔逃，短尾狼也惊慌失措拼命跑着。不知道自己的同伴们都在向哪个方向逃走。它看到有个人（当然是沙塔尔·阿木提）在它的前方准备包抄，正在侧方骑马疾驰而来，只能尽力向河面跑去。骑马的人落在它的身后，它能够听到奔驰的马急促的喘气声，耳边传来阵阵子弹呼啸而过的声音，一声枪响后，短尾狼感到后腿像被火炭狠狠灼烧一般，不知怎么，它感到四肢开始不协调起来，奔跑的速度也开始减慢。附近灌木很少，当然不能让它隐藏住身形，短尾狼拼尽全力，在一瞬间来到了河岸边。岸边像刀削般陡峭，白铁克河浪花飞溅，河水奔流。骑马人带着死亡的气息在身后追来，此刻的短尾狼，既不能后退，也不能向侧方逃跑……它需要生命和自由，面前却是无边无际的死亡，它仿佛犹豫了一会儿，才将自己投入到湍流的河中……

沙塔尔·阿木提也早已赶到河岸边，他从马背上跳下来，眼睁睁地看着短尾狼跳到河边半腰石滩上，随后又撞在岩石上，然后淹没在白花花的浪花中。在这次捕杀中，狼群只有一小部分逃脱，今天捕狼队的运气也是出奇地好，他们用长长的绳子拖着被捕杀的狼，在白茫茫的雪地上留下道道血迹，准备到沙塔尔·阿木提的羊圈，将这些狼的皮剥下来……

凯沙尔牵着马，肩膀挑着扁担，提着水桶往屋外的河边走着。冬天也有让人感到舒适的一面，为了挑水，凯沙尔经常走到河边的道路，已经越发有了路的雏形。小路两边白雪皑皑，银装素裹。河卵石的表面已经被河水磨得平滑无比，像大理石一样晶莹。灌木上结了霜，河岸上结了冰，如果没有波澜壮阔的山水声，周围依然安然恍如沉睡。昨天临近中午，凯沙尔从城里回来，先去尕依孜·帕里万家，将自己的马牵了回来。马儿已经是饥肠辘辘的可怜样子。早上吃了一整颗玉米，看起来也没有丝毫饱意。这家伙，先让你吃这么多应该够了，他给马套上马鞍，牵骑着马想巡视森林。尕依孜·帕里万受腿疼折磨一直在家里养病，这次也没有陪他出去。不知道森林怎么样了，有没有再受到那些伐木盗贼冷酷双手的摧残。

突然，马儿仿佛受到惊吓，站立起来嘶吼了一声，打断了凯沙尔的思绪。随着马儿猛力地甩动缰绳，凯沙尔肩上的水桶脱落下去，两个空桶哐啷哐啷地掉在地上。凯沙尔用力地拉紧缰绳，但也没有起到什么作用，它像被什么东西惊吓，拖着凯沙尔想往下边躲避。凯沙尔怕水桶被河水冲走，就放开了马，赶到河边。等他将水桶从水里捞出来，却被眼前的可怕景象吓得心里“咯噔”一声，心惊胆战地坐到地上。在离他四五步远泡在水里的岩石上，一只浑身湿漉漉的狼趴在石头上，腰以下都浸泡在水中，浮在水面上的青色狼毛，随着水波漂动，头上结了冰的毛显得格外蓬松。凯沙尔看到狼的样子，也不知它是死是活，一时间有些心疼。哎，可怜的生命……你是勇敢、威严，但也是不幸的。不幸的命运终于落到了你的身上，无论你走到哪里，都会面临死亡的危险，你是被赶到山洞的无家可归者。告诉我，你是从哪里游来的？你是怎么避免人们将你剥皮抽筋、拿出你的脚踝骨的呢？

凯沙尔小心翼翼地向狼靠近，试着摸了摸它的头和肩，它的身体像冰一样冷。他又摸了摸狼紧紧扒在石头上的两只前腿，只有它的腿上还残留着生命的迹象，还有微弱的温度。凯沙尔忘记了恐惧。他将狼从水里捞出来，扛在肩上，将它带回家里。

狼静静地躺在门边的旧麻袋上，凯沙尔俯身用耳朵贴近它的身体，随后又高兴得跳了起来。狼还活着。它的心脏微弱地跳动着，好像从远方跑来的马蹄声，传出隐隐约约的声音。凯沙尔从它肚子上细白的毛发间一排排通红的乳房，知道它是一只成年的母狼。又从它短短的、红红的血肉外翻的左大腿上，知道了它正面临着死亡的严重威胁。他坐在旁边，看着狼的模样，突然想起了那个在夏天失去狼崽，在沙塔尔·阿木提家后面嚎叫了一整夜的短尾母狼。真是像啊，这不就是那只短尾母狼吗？是的……不是别的，就是那只狼！看来这只可怜的狼大腿中弹了，要赶紧包扎它的伤口，去兽医那儿取药吗？该怎么说才好？说要用在马的伤口上？但我要骑马才能去兽医那儿啊，他们都知道我这里没有猫狗。不，不，最好还是像尕依孜·帕里万夏天做的那样。当时，我看到他将棉花烧成灰，然后抹在受伤的黑牛伤口上。他赶紧拆开被子，从里面抽出一团棉花，将棉花放在铁锹上烧着，立刻做好了准备。他将棉炭压在狼的伤口上，用布紧紧裹上。炉子里火熊熊燃烧着，屋子里暖烘烘的，毫无疑问，热气会让狼的身体慢慢恢复。接下来的问题是，一旦狼醒来，就要喂它吃点东西。也不知道现在它这样的状况，能够吃什么？屋里现在只有硬邦邦的馕，厨房里挂着冻起来的肉……他走出屋子，听到马在马厩里不停嘶叫。不管什么生物都珍惜生命啊，受到惊吓后，马就不管不顾地跑回马厩，这都好几个小时了，马还在不安地叫着。它现在连凯沙尔都害怕，见到他后不停地后退跺步。他牵出马，锁上门。白眉马顿时感到安心，鼻孔猛然喷出的气扬起雪花，沿着河边飞奔而去。山峰被大雪覆盖，山以傲然姿态依然屹立，群山也陷入了沉眠中。

凯沙尔没有过半个小时，就到了尕依孜·帕里万家，在厚厚的积雪中，他屋子周围高大的树木，看起来也比往常矮了许多。以往只要听到异常的声音，最先嘶吼起来的髯毛老狗，现在也安静无声。它躺在马厩枝条杈旁的矮檐下，半睁着眼睛，静静地蜷曲着。它已经非常熟悉经常来到的凯沙尔，不再将他当外人。或许是在刺骨的寒风中，它也懒得吠叫。凯沙尔来到院子中，在马上大声喊道：

“尕依孜大叔！喂，尕依孜大叔，你在屋里吗？开门啊，有人偷你的羊！”

不一会儿，门嘎吱一声被推开。尕依孜带着一团热气从屋里走出来。他脚上穿着毡筒，头戴狐皮帽子，身穿皮袄，拄着拐杖，看到凯沙尔笑着说：

“从前，那些巴依老爷就像你这样，进了院子也不下马这样喊叫，你现在真像他们，你怎么不下马？”

凯沙尔从马上跳下来：“大叔，我有急事。”

“哦，有什么事？”

“我需要一只小羊羔。”

“是吗，你是要准备结婚吗？”

“怎么会？结婚那样的事，我肯定会跟您商量的，是从城里来了个朋友。”

尕依孜·帕里万听到后，带着凯沙尔往羊圈走着，一边说道：“哦……这个大冬天，还有带朋友来做客的啊？要是夏天来，哎呀，那就是到了天堂，新鲜的空气，肉和马奶酒、叼羊、赛马……那才叫一个热闹。现在除了肉以外，还有什么能接待客人的？你看看，自己挑一只满意的。”

“这还用挑？你自己抓一只就好了，但一定要您亲自宰的才行！”

“好的好的。”尕依孜·帕里万打开门闩走进羊圈，叫了几声，将低头吃草的羊赶到一处。羊圈里潮湿而又温暖，四周充满了羊粪发酵和羊厚重毛皮中透出的浓浓汗味、尿液味还有其他不知是什么的味道，这些味道混杂在一起，形成了浓烈的异味。尕依孜·帕里万不时吆喝着在羊群中穿梭，挑选了一只黄冰糖色的羊羔，他紧紧抓住羊羔，凯沙尔也立刻走来帮助他，羊羔因为肥壮显得沉甸甸的。为了从两人手中逃脱，它不停地挣扎起来，从这两个人带来毁灭的手中，仿佛预感到什么般，紧张地咩咩叫着，叫的时候有白色的雾气从口出透出。

“你先别急着走，我正在做南瓜包子，正好我们可以一起享用。”

“谢谢，朋友们正等着我呢。”

“那好吧，既然有客人，那我就不留你了。”

尕依孜将羊羔放倒在地，用绳子交叉困住羊羔的四肢，从腰间刀鞘中抽出刀，心里默念了几句，刀子随即向羊羔脖颈处割去。

凯沙尔闭上眼睛，血从羊羔脖颈处喷涌而出，羊羔因为即将逝去的生命而发出沙哑的喘气声。

尕依孜·帕里万提着羊羔的后腿，来到羊圈前一根木桩，将羊羔挂在木桩上，没过一会儿，就熟练地从羊肚子里掏出心肺肠等……

尕依孜·帕里万一边将羊肉装进麻袋，递给凯沙尔，一边对凯沙尔说道：“你也把朋友们带到我家来吧，你什么时候带他们来？”

“他们这次来时间很紧，明天就要回去。”

“那就请你代我问他们好，等到夏天到了，让他们来草原住上一个月，让我们好好款待他们。”

凯沙尔骑着白眉马，快速地奔驰而去。麻袋里的羊肉还热乎乎的，在马儿快速跑时，挂在一边的羊肉像充分发酵的面一样不停地晃动着。

凯沙尔推开门，将麻袋放在厨房，然后走进里屋，看到狼蜷缩着四肢躺在麻袋上。它看到突然走近的凯沙尔，受惊般用尽全力挣扎着想站起来逃跑。为了摆脱死亡的命运，它使劲蹬着腿抬起头来，眼中流露出仇恨和恐惧，只是想摆脱死亡的阴影，眼中充满了生的意志。

凯沙尔激动地小声说道：“生命是世界上最伟大、最宝贵的东西。”为了不再惊吓到狼，他小心坐在床上，对着狼喃喃地说：“它只是为了生命而勇敢搏斗的动物，想要战胜死亡。恭喜你，狼！你会活下来的，你将为获得第二次生命而欢呼雀跃，世界将在你面前重新展开。那将是如此美丽，如此充满光明。来，让我们俩为了这种幸福而努力，为了生命的辉煌而奋斗！”

凯沙尔将吉他抱在怀中，调整着琴弦，安静温暖的屋子里，立刻充满了优美的乐曲声。狼也仿佛在这曲调中得到安慰一般，安静地躺在原地。但它的眼睛还是像钉子一样紧紧盯着凯沙尔，这眼睛，警惕地注视着凯沙尔的每一个细微的动作。狼的感觉依然敏锐，它已经感到自己的虚弱和半死不活的状态，它感觉到自己已经到了无法让身体做出任何一个动作的程度。但就算如此，如果有人在这时靠近它，它依然在准备着拼死搏斗，是的，它已经准备好了。

“母狼，你不认识我了吗，是的……看来，你没有认出我。不然，你为什么会像看到生死大敌一样狠狠盯着我。我们在夏天见过面的，你曾经为了失去五个孩子而哀嚎。那天夜里，我们两个互相抱着哭泣。”母狼对凯沙尔的话语没有任何反应。凯沙尔将自己扔倒在床上，伸展双腿躺着，继续自言自语道：“天啊，你还是那只用自己的凶狠震慑世界的勇者？还是那个用自己的勇敢对待弱者的狼吗？还是那个身躯像狗一样的生物吗？今天，人们在发誓要将你们连根拔除。那是为什么呢？是不是为了显示人们对这些在世界上、在烈火中燃烧的弱者的复仇？还是因为人类同样也是弱者？都有着弱点，都充满了生命的神秘和奇迹？这又是什么样的神奇的智慧和品质呢？我要赞赏你！人类与它们之间的仇恨像剑一样尖锐，现在，人类与狼两种敌对的物种身处于一间屋子内。世界上还是能够有这种形式和可能的！这种形式和可能以往也曾存在过吗？不，在伟大的造物主面前，我们有着同样生存的权利，我们都是一体的。然而，作为生命本质内核的爱与被爱，爱心永远存在于我们今天的现代意识中，但又同样变成了虚幻，让所有物种都不再相信这种可能和形式。”

早晨点着的炉子，现在已经快要熄灭，随着夜晚的来临，屋子里显得越发地寒冷，需要现在点火烧水。凯沙尔现在才感觉到，从早到晚他粒米未进，感到饥饿来袭。现在他急需将三顿饭变为一顿饭，进食填饱肚子。他来到桌子前，点着炉子的火。不管他走到屋子里哪一处，狼敏锐的眼睛都在紧紧跟着他移动，他为了铲炉灰靠近了狼，狼立刻发出了低吼声，尖锐的牙齿，在昏黄灯光下发出刀剑般的光芒。

“母狼，你放心吧。”凯沙尔盯着狼警惕的眼神，笑着说道：“我们之间是朋友的关系，你知道吗？我们都是自然母亲的孩子，我们之间的区别只在于一种：你是狼，而我是人，如果抛去外形，我们是同样的造物啊……”

凯沙尔从屋外拿来木柴和煤炭，给炉子生了火。煤炭在炉子中滚滚燃烧，从炉子小小的排烟口中闪现出红红的火光。凯沙尔切了肉块放在锅里，然后往盆子里倒上水，放在狼的面前，将一块肉扔在它面前。这是凯沙尔来到这个家后，第一次有了伙伴的陪伴……

“天啊，这是怎么回事？”凯沙尔看到眼前的景象，又惊又奇。在火炉旁边的旧麻袋上，尤丽吐孜半伸着腿，正在酣睡。凯沙尔的心一颤，异常不安地站在尤丽吐孜面前。

“这又是什么恶报……这怎么可能，尤丽吐孜已经留在了城里，这里应该躺着的，是我带回家的，是我从河里捞出来的、快要死了的狼啊。那现在狼去了哪里，尤丽吐孜又是什么时候从城里回来的？她为什么不躺在床上，而是蜷缩在地上，躺在这块破旧的地毯上呢？我现在就去叫醒她，尤丽吐孜？尤丽吐孜！”

这时，传来光之父歌声般美妙的声音：“她正在通过睡眠积蓄力量，不要破坏她的休眠。”凯沙尔立刻像在对着自己的主父诉苦似的说着：

“造物主啊，在这里，我原本是将狼救回来，让它躺在这里的啊，为什么现在会是尤丽吐孜躺在这里，这是怎么回事？”

“不是，孩子，这里躺着的还是那只狼。”

“那么，是我的感觉已经迷失了，还是我的眼睛看不到真实？”

“命运赐予你永不间断的神圣纽带，不是尤丽吐孜，而是这只狼！”

凯沙尔攥紧拳头，狠狠甩动着，对着光之父抱怨起来：“不，不，这是不公平的，我与尤丽吐孜早已有了承诺，我们建立了坚守一生的约定。”

“根据你所选择的生命规律和命令，尤丽吐孜将不再属于你。”

“我诅咒这种命运。”凯沙尔想大声呼喊，但发不出声音。凯沙尔在哀伤和痛苦中挣扎着，狠狠捶打着疼痛难忍的胸口，扑倒在地。

凯沙尔紧紧抱住枕头，卧在床上，浑身被大汗淋湿。还没有从意识中消失的痛苦，仿佛还在紧紧掐住他的脖子般气喘吁吁。凯沙尔心里想着：“这是最糟的睡眠，我是做了个噩梦吗？”随后快速地坐了起来。屋子里静悄悄的。炉子里的火，昨天晚上还像火车声一样有节奏地轰鸣，但现在已经熄灭。屋子里被晨雾中微弱光线照得昏昏暗暗。这真是件奇怪的事啊，躺在破旧的地毯上的狼消失不见，盆里的水没了，还少了一块肉……狼不会跑了吧？它那个状态怎么可能跑掉，钻墙吗？凯沙尔从床上下来，在屋子四处角落，在床下找寻了一番。又到了厨房，看到狼正窝在角落里，在装着一捆捆书籍和杂志的箱子上，蜷缩地躺着。狼看到凯沙尔，示威般地吼叫了几声，站了起来。凯沙尔稍微靠近几步，它仿佛要凶狠地扑上来一般。今天，凯沙尔第一次看到，勇敢的狼在面对危险、感到愤怒时候的表现。狼这时候的样子非常的恐怖和凶猛。从头到脚，它那蓬松难看的青色毛发，像无数根钢针扎起来，那双灼灼眉毛下的眼睛闪着令人敬畏的蓝光，收缩起来的身体就像是即将发射的钢丝，张大的嘴里一排锋利的牙齿，像是马上要撕咬起来一样，凯沙尔为它包扎受伤的腿所用的布条，早已被它撕扯掉了，周围的毛粘在血肉模糊的伤口上。

凯沙尔站起来，看着它的一举一动，自言自语道：你就是这样连老天都会嫉妒的野兽。如果你现在这个样子，再加入人类的智慧，不知道你会成为怎么样的野兽？肯定的，到那时，统治世界的将不会是人类，而是你。告诉我，你也会为了自相残杀而造出刀剑、枪和原子弹吗？不，你们不会那样做的，我想，你们会创造一个没有互相杀戮的社会。

短尾狼仿佛能够听懂凯沙尔说的每句话般，仿佛能够感觉到凯沙尔的友谊，不再释放自己的敌意。刚才那种警惕和怀疑有所减弱，重新在箱子上收缩四肢躺了下去。凯沙尔在这所房子里生活了多年，孑然一身，总是生活在孤独中，平常总是喜欢自言自语，今天却出乎意料地找到了一个可以聊天的对象，他向着狼倾诉起来：

“你为什么将勇敢和坚韧当作自己生活的保障？那是因为，那是因为这一切，都是你在世界上生存下去的根源所在。这个伟大的真理，在这个世界上，又有什么生物能比你了解得更透彻？不，他们不了解！因为这一真理的力量，是他们的智慧所无法达到的。团结和睦是真正伟大的词语。人类却早已将这一词语抛诸脑后，狼被人类视为凶残的吸血鬼，则将这些视为自己永恒的信仰。你认为什么是生命的本质？狼啊，难道不是爱和付出吗？难道不是伟大的造物主对大地的赐福。在无穷无尽的掠夺中，你的五个幼小的孩子，被人从窝里抢走，困死在麻袋里，你的悲痛使得我也同样纵声大哭……作为一个男人，作为一个男人，我从来认为流泪是懦弱者的表现，那我为什么流泪呢？狼啊，这其中有很多原因。这不仅是为了你的孩子的悲剧，也不仅是为了你的哀嚎。而是因为我们人类，我们这些人将爱和人性埋在了无情的土壤里。狼啊，跟我说句实话，你会用什么言语诅咒人类，是黑心肠、混蛋或者杀戮者吗？不，不是，这些话语，不能真实地解释你对我们的仇恨。我知道，你会自眼睛里喷出愤怒和仇恨的光，对我们大声喊话：啊，人类啊！因为在你的心中，没有比人类这个词语更可恨可恶的了。我看到了一切，看到你的身体已经变得虚弱。因为不停地哭泣，你的眼泪已经像枯井一般，谁又能知道，因为悲伤，你的声音已变得嘶哑，已没有以往那样让山石抖动的力量。你为什么会变成这个样子，是为了爱吗？狼啊，你告诉我！在这个世界上，被践踏被侮辱的爱情，也唯有你才能感受到吧！而我们呢？又能说什么呢？我跟你说句真心话，我羞于启齿……我们身处 21 世纪的门槛上，我们所追求的辉煌，我们所处的城市。城市里的建筑是如此雄伟，华丽的高楼是多么高大，因为这是命运之城。”

凯沙尔伸展疲惫的双腿，准备继续说时，听到了马在马厩里嘶叫。

“这是怎么回事，难道我到现在也没有给马喂饲料吗？我都忘记了，连我都还没有吃饭啊。”凯沙尔集中精神，站了起来。是啊，我还没有往火炉里添柴。我什么都还没做，什么都没做……他走到门边，从麻袋里取出了玉米。走出去筛了下，将玉米倒进马槽里。急忙开始劈起柴来。

热茶将馕泡得软软的，黄黄的奶油和熏马肠……坐在热乎乎的炉子前大汗淋漓地吃顿饱饭，是多么地惬意！以往，满是烟熏味、让人腻味的油腻熏马肠，现在吃起来是那么有滋有味……狼大腿上的伤口不知怎么样了？狼的腿蜷缩在身前，伸出红红的舌头不停舔着大腿上的伤口。凯沙尔立刻明白了它的想法，这是狼在自我疗伤。凯沙尔像上次那样往盆子里倒上水。割下挂在柱子上羊羔肉的大腿肉，扔在盆子旁边。狼还是躲在一角，躺在箱子上。原本丰满有力的身躯，如今变得瘦小起来。只有它的眼睛，还是跟以前一样充满了野性的凶猛和无尽的力量，闪耀着炽热的光芒。

凯沙尔骑着白眉马，踏着厚厚的积雪，沿着开阔地带向山上走去。雪下，是他所熟悉的砾石路，白眉马用它超凡的敏锐感觉探知蹄下的路。每一步都小心翼翼，但又毫无差错。凯沙尔没走多远，就听到自己屋子里传来狼的嚎叫声，白眉马警觉地竖起了耳朵。

凯沙尔边走边想到，狼在想念同伴，是的……不管是人类，野兽或者飞禽，所有的东西都有自己的故乡。对生命来讲，自由是多么的可贵。

凯沙尔在森林里巡查了一整天。森林和山间是如此地宁静和舒适，仿佛所有一切在厚重的雪中沉眠。森林里充满湿润而又潮热的温度，粗大尾巴的松鼠，时不时晃动树枝，将雪花洒落在凯沙尔头和脸上。松树林是红嘴鸦、喜鹊和啄木鸟……所有鸟类的隐居之地。它们无忧无虑地在松树林间飞来飞去。啄木鸟敲击着松树，发出叮叮当当的声音，仿佛谁在用棍子敲打树木。凯沙尔因为很多天来都没有在森林里巡查，一直在担心着，晚上也睡不好觉。还好，一切都很正常，厚厚的积雪和极度的寒冷，让那些坏人无法踏足此间。凯沙尔在夜晚来临前回到家，进屋后，看到短尾狼正在屋子一角来回走动。走动时，它尽量避免左后腿着地，在房间角落，有好几处留下了很深的狼爪印。

“哎呦，这屋子怎么被你挖得到处坑坑洼洼？”凯沙尔关紧屋门，惊奇地看着狼说道：“你是已经厌烦这间屋子吗？我知道，相比于温暖的房子，你更喜欢自己寒冷的洞窟，相比于狭窄的空间，你更喜欢广阔的草原，相比于冷冷的肉块，你更喜欢自己捕杀猎物。但母狼啊，你别着急，你要等自己完全康复才行。”母狼髋部的伤口依然清晰可见，但也在逐渐治愈，毛发覆盖住伤口，但是走路还是一瘸一拐的。他继续说道："要到你觉得能够再次捕猎，身体也有了力量才行。你要确保再遇到捕狼人的时候，能够从他们的追捕中逃脱才行。"

凯沙尔进到里屋。看到里屋也被狼刨了墙角，桌子上有狼爪的刮痕，桌子上的墨水也被打翻在地。看到这情况，凯沙尔却感到很高兴，以往，他曾因为家里连一只猫或一只狗都没有，每天都是静悄悄的而感到悲伤，现在家里有了一种不可思议的转变。与他相伴的，是一只让人心惊肉跳的狼。如果他告诉别人，自己跟一只狼生活在一起，别人会怎么说呢？人们会认为他在胡说八道，会嘲讽他的言语。是啊，人世间的许多真理，至今对他们来讲，仍然是荒谬不堪。

自从凯沙尔将短尾狼抱回家后，每日读书写字到深夜的习惯也开始改变。在他的意识世界中，现在四周游荡的是宁静有趣的事。

英国姑娘金·古道尔曾到非洲与黑猩猩一起生活了十多年，并对它们进行了研究，在这一过程中，她对黑猩猩族群复杂的结构进行调查，她成为发现黑猩猩族群关系和等级关系的第一人，在揭示自然界隐秘方面，取得了惊人的研究成果。她在长达十多年的黑猩猩研究中，到底要证明些什么呢？毫无疑问，她是想研究人类与动物之间的亲密关系，证明从人类发展到如今经历的漫长时间，不能忘记艰难的成长道路，要正确地评价自身在动物界的地位。金·古道尔要说明人类在探索大自然的奥秘方面，还有肤浅的认识，知识的积累充满了片面和僵化，这一切都被无数的现象所掩盖。自然还无法反映自己的本来面目。是啊，我们能从大自然，从狼那里得到什么样的真理呢？我们对狼的勇敢、野性、集体意识还有爱，这些动物潜意识中的自然本质又有多少了解呢？不，我们对此知之甚少，理解得也很肤浅。我们应该在看到你们对人类有害一面的同时，也要看到有益的一面。到了那时，狼啊，你就不会落到如今这种地步，悲剧的命运就不会降临到你身上。狼啊……我们人类已经陷入了深刻的错误中，在大自然面前，我们想担负永恒保护人的角色，以统治者和征服者的面目出现。因此，狼啊，我不好意思面对你，现在我要低头向你认错，因为即使你在灭亡，你依然是胜利者。反过来，即使我们穿上用你的皮做成的皮袄，把你的脚踝骨挂在我们的脖子上，我们依然是失败者……

短尾狼日益恢复精力，以往蓬松难看的毛发，也逐渐变得光滑起来。它开始不停地嚎叫，不停地低头嗅着什么，用头撞着门和窗户。它在屋子里不停地来回奔跑，显然，它是在怀念山腰上的洞穴，茂密的森林，辽阔的原野。

这时，凯沙尔来到屋门口，说道："你在想念家园吗？你嗅到了家园的气息吗？我还在担心你成为那些捕狼人射出子弹的贡品。我还在担心你遇到不幸。但将你困在这个人为创造的小小空间，我又怎么能够忍心？我又有什么权利再困住你呢？好吧，我现在就打开门，现在你可以回到自己热爱的、让你感到自由和幸福的家园去了，祝你平安，再见，我的狼！"

凯沙尔将大门敞开，自己退到了里屋站着。短尾狼一时似乎不相信自己能从这间狭窄的房间里走出去，用微眯的眼睛看了凯沙尔几秒钟。随后，像子弹一样奔了出去，一眨眼的工夫，他就消失在脚下冰凌飞扬的雪地里……

十七
凯沙尔的冬季日记

一

尤丽吐孜，我仰望星空，是为了寻找你在夜空中的容颜。我弹奏吉他，奏出那优美的歌谣，我将鸽子送去你的河谷，渴望鸽子带回爱情的消息。我的渴望啊，飞走的鸽子变成了皑皑白雪，回到我身边。

我的梦想破灭了，我的内心已经感觉到，梦想中鸽子的翅膀，像雪花一样飘落在我面前。亲爱的，不用安慰我，我知道这不是雪，是飞散的羽毛，是哀伤的泪光！这眼泪找不到归宿，洒满蓝色的天空。我的四周都是沉闷的白雾，这世界被白雾笼罩，难道是我花了的眼睛？

二

展现在我前面的，是哺育你成长的草原。在你像柳条一样翩翩起舞的地方，现在只有干枯的艾曼草瑟瑟发抖。你唱着山歌的原野，面临着冬天暴风雪带来的对生命的挑战。而你依然杳无音讯，尤丽吐孜，请你相信，只有我们俩都被河水汹涌的波涛带走，浪花如银，流光溢彩，才能让我们分离……啊，记得有一次，你说很害怕，投入到我的怀里，紧紧抱住我。现在这些湍流还在问我：

"你那个小白兔般的胆小鬼还好吗？"

我压住内心的苦闷，装作若无其事地回答："好还是挺好的，但她还是像小白兔般胆小。"波涛依然壮阔，它温柔地问我道：

"你将她抱在怀里，你难道不知道，只有在男生的怀抱里，她们才会觉得自己是世界上最安心最幸福的。"

三

亲爱的，我想将那个故事再说给你听……

我的姨妈有个女儿叫帕提古丽，有一天，她哭着从丈夫家里走进院子。她的头发乱糟糟的，脸被丈夫打肿。我们立刻知道她的家里发生了不好的状况。就算如此，姨妈还是问她：

"你这是怎么了？"

"那个叫赛买提的流氓打了我。"

姨妈心疼她的遭遇，开始用最恶毒的语言骂着女婿："哎哟，那个酒鬼、流氓！那个该死的矮人还学会打女人了吗！我千万次劝你，你都不听，偏要嫁给他，现在可好了吗！"

“我受够了，我后悔嫁给了他，我要和他离婚。”

“那孩子怎么办？”

“我不要那个孩子。”

“如果你决定了，那你就待在这里。我们等那个酒鬼到这里来，我看他还敢不敢打你，等他来后，我要好好收拾他！”

“那我的公公……”

“哎哟，你还叫他公公？”

“不，不，我是说那个沙依木矮个儿……别等沙依木矮个儿来了，说几句好听话，说哎哟亲家，我是为孩子赔礼道歉来的，你就心软又让我回去。”

“我难道是容易融化的山羊奶？我不会再让你回去的。”

不出所料，当天晚上，姨妈的亲家就来赔礼道歉。为了表示歉意，他们俩还给我姨妈、给帕提古丽带来了一套衣服的高级布料。但这次姨妈说到做到，她用恶毒的语言骂着帕提古丽的公公婆婆，将礼物退回给他们俩。此后很多天，帕提古丽过着饭来张口、衣来伸手的日子……但不知道为什么，帕提古丽开始觉得这样的日子很无聊，整天躺在柔软的褥子上唉声叹气，无法入睡，茶不思饭不想。为此，可怜的姨妈感到特别地烦恼和难过……她将这一切都归罪于亲家和女婿，嘴里咒骂着道：

“他们一定是念了什么咒术迷惑了我的女儿。害得我的女儿现在跟皮包骨头一般。为了你对我无辜的女儿所做的事，你那个酒鬼儿子一定会被车撞吐血而亡。”

“酒鬼流氓”确实没有被车撞，也没有吐血而死。没过几天，他就开始在院子后面吹口哨，向屋子扔石块，有时还能在路上听到他醉醺醺地唱着歌。这些都让帕提古丽无法好好休息，心情变得犹豫起来。啊，这时，帕提古丽肯定希望自己能跑到丈夫面前，抱住他的脖子，将脸贴在他满是胡楂的脸上……

帕提古丽心中后悔道：“我真做错了，我不应该回娘家，对于他的打骂来讲，我这在离别的孤独终老带来的痛苦，可要痛苦一千倍啊。哎，我亲爱的酒鬼流氓，虽然你生气的时候，会偶尔打我几下，但是，过不了多久，你就会把我抱在怀里，用嘴亲我的脸，直到你粗硬的胡楂扎得我感到脸都疼了。啊，要我怎么说才好？我需要的不是妈妈，我需要的是你这个酒鬼流氓！”

第二天，帕提古丽洗了澡，美美地梳洗打扮后，到了晚上，抱起自己的包裹准备出去。

“你去哪儿？”

“我梦见孩子了，我要去看看他。”

“不是孩子，一定是梦见了你那个酒鬼流氓了吧？”

“你都骂了他好几天了，怎么还骂他？”

“我就骂，怎么，我骂他，你还有意见了？你这个该死的丫头！”

“再怎么说他也是我孩子的爸爸，打在牛角，疼在牛蹄啊。”

“老天啊，你回来还不到一个星期，这次你是真要回去吗？”

“妈妈，我还是回去吧，家里都不知道怎么样了？”

姨妈哭得惊天动地：“老天啊，现在回去，那我多难堪啊，既然舍不得，你为啥不待在家里，非要让我跟亲家翻脸。”

“妈妈，他们不是那种将你的话放在心里的人。”

“等等，你这个没脑子的！你现在就回去，这说来就来，说走就走……实在不行，让亲家过来，让他们再把礼物带过来，就算回去，你也得要点脸啊！”

“哎呦，妈妈，算了吧。你就别折腾那两位可怜的老人了。”

就在这时候，一个土块“嘭”的一声从屋顶滚落到院子里。

姨妈大声喊叫起来：“哎哟，老天啊……该死的，这是要把我的屋子打穿啊。行啊，你要走就走吧，让我的屋顶也好过点，你那个酒鬼丈夫那可怕的歌声也能消停点。”

看到几天前还号啕大哭回来的帕提古丽，这会儿又笑着准备回家，姨妈无可奈何地跟在她身后骂道：

“哎哟，你这个山羊油！”

记得那时，你听我讲这个故事后，这么说过：“是的，女人就是山羊油，我听了你的话，也会心软的。这不，我还骗我妈，偷偷跑出来见你。”你是这样说的啊，尤丽吐孜！

四

我在恐惧中回忆起我做的梦，仿佛在预示着我，我的那颗福星会从天上掉下来。

可敬的光之父，那真是你的声音，那真是我的梦吗？真希望自己没有做那个梦。

仿佛海螺隐藏在鲍鱼的肚子中，我就藏在你光辉的最深处，我将你的声音放在心灵深处的那首歌曲中。只有这样，我才能感觉到与你更加贴近在一起。因为你是我永恒的信仰，只有你能将我从那个噩梦中解救出来。

不，不！那是个噩梦。就如同我去山林间，喝清澈的河水，看到的是红彤彤的洪水……但洪水过后，总是能看到清澈的河水啊。为了这个噩梦而感到恐惧不安，是没有必要的。因为噩梦已经过去，星星终将永恒，就像山间总有河水潺潺流过……

我会枕在你的膝盖上入睡！

五

我的心被沉重的恐惧所困扰，大雪依旧纷纷扬扬。因为已经两天没能走出屋子，我感到十分地无聊。我将耳朵贴在口袋里的收音机上，听着收音机发出山风呼啸一般的声音。有时是男声，有时是女声在不停说着什么。我最关注的当然是气象台的天气预报。根据报道，几天来肆虐的风雪还将持续。希望广大牧民能加强防范措施。听着这个消息，我陷入沉思。古兰姆草原的牧民怎么办呢？沙迪尔·司马义想尽办法解决的饲料，能不能解决他们成千上万的牛羊，面临的饲料短缺的困难呢？牲畜的生存还是需要草料。我知道，从秋天起，牧民们就开始担心和抱怨草料短缺的问题。沙迪尔大哥是否知道了现在大雪封山的情况呢？如果知道，他又在想什么？为了解决牧场的困难，他是否又在四处奔波呢？让我感到奇怪的是……为什么他在有些人的眼中，是靠不住、没有价值的，像艾尼·库尔班这样庸俗的蠢货，反而更加吃香？他会为了那些事报复古兰姆草原吗？不，不，那样是不公平的！但厄运如果真的降临，那又有什么办法呢？为了这些迷误者的罪过，老天同样会施以报复的。哎，伟大的造物主，你会创造诺亚方舟，来古兰姆草原救我们吗？

六

哎，尤丽吐孜，我的心肝，马上给我带来一瓶苦酒，让我喝醉，失去自己的理智，让我能够暂时忘记现在承受的痛苦和哀伤。

哎，你是我心中的晨星，请你让我骑上你那银色鬃毛的马，带我到远方去。我只希望让我心碎的悲惨景象，能够离我远去。

我无法将这悲伤的心情，写在日记的每一页上，因为我的手在发抖。我要用日记来抒发我内心的脆弱！

雪虽然停了，但以往畅通无阻的路依然是大雪封山。但我还是不能停止巡查森林。我没有再走沿河的路，以免踩在被雪填平的凹坑，连人带马掉进坑里，而是笔直走在草原上。但是，出乎意料的是，在前方很远的地方，我看到一个黑黝黝的东西在来回晃动。我就朝着前面的那个东西走去。我越走越近，看到在山上雪堆中有只牧民丢失的牛犊。我来到羊圈前下马，简直不敢相信自己的眼睛。羊圈前到处都是绵羊、山羊、羊羔冻僵的尸体。艾山·卡克立克从羊圈里抱出两只毛茸茸的小羊羔，一看到是我，就放声大哭起来。

“老天啊，这是遇到什么样的事啊？我的牲畜在一个接一个地死去。你等等，我要先把小羊羔带回家。”他走进屋不久又走了出来。艾山·卡克立克满脸的胡须上都结了霜，脸被冻得发黑。凹陷的眼眶中眼珠在无神地打转。鸭舌帽歪到了一边，破旧上衣的破洞里，有一些棉絮都露了出来。

“哎呀，我的兄弟，不好意思，我想请你进屋，但屋里实在没有空地方。你看，有几只母羊年初就开始生产了。我只有将生产的羊带进中间的屋子。你怎么来到这里了呢！”

我对他说道：“我原本是要去森林的。”

艾山·卡克立克抱住脑袋哭着道：“你能不能给场部带个消息，这些家伙，也没有一个来看看我的情况！说是要我预交饲料款，收了钱已经很长时间了，我又不能扔下羊圈去找他们，要不我真要去场部揪住他们的领子问个清楚。再这样下去，我的羊都要死光了。老天啊，我已经三天食不下咽啊！”

我看着他那憔悴的样子，心疼地说：“艾山大哥，这样不行啊。我来帮你做事，你好好坐着休息一会儿，吃点东西。”

“哎，兄弟啊，屋里还有什么吃的呢？面袋子都空了，餐桌上啥也没有，吃的都喂给羊了。看到它们眼巴巴地盯着我，我怎么忍心当着它们的面吃东西，我可真吃不下，就算它们说不出话，但也是老天的孩子啊！”

哎……可惜。我平常去森林里，都会在袋子里装上两个馕的，这次是怎么搞的呢？我急忙走到拴马桩前，解开了马的缰绳。

“哎，兄弟，你着急要去哪儿？我还没说完呢。”

“艾山大哥，我马上回来。”我骑上马，白眉马像是知道我的心事一般，不一会儿就驮着我回到家里。尤丽吐孜，你会喜欢我的这个决定吗？我相信，如果你在我身边，为了同别人分享食物，你会比我还要着急吧。我就是这么做的，我从城里回来时，卡迪丽娅为了给我送行，送了我一袋子馕，我将这些馕分成两份，除了馕以外，我还在袋子里装了面、米还有不少油。我将麻袋挂在马背后，又往艾山·卡克立克家走去。驾！我的白眉马，我的伙伴，你是男人的翅膀，这话说得真没错！你真是我强有力的翅膀。我正是依靠你这个坚忍不拔的翅膀，骑着你这匹白眉马穿透凛冽的寒风，在茫茫雪原上，像鹰一样飞翔。在靠近艾山·卡克立克家时，我看到屋子前有两匹马。可能是牧场来人了？我这么想着，心里一下高兴起来，一定是来看望艾山·卡克立克的人，他刚才还在抱怨着，他们来得可正是时候。要是他们带来了饲料……羊圈里的牲畜就得救了。但等我真到了羊圈，看到的和听到的，与我的想象大相径庭。艾尼·库尔班场长和会计站在艾山·卡克立克身前，艾尼·库尔班那苍白的脸，因为愤怒而发黑。艾山·卡克立克同样在愤怒着，像一头受伤的狮子，愤怒地冲着艾尼·库尔班喊道：

“你敢朝我吼叫，还向我挥手，你自己犯的错，还敢来质问我？别以为你是场长就跟我来这套，等着瞧，你也会有倒霉的时候！别跟我扯这些没用的。”

艾尼·库尔班就像被拴上铁链的狗般像前冲着，同样地大声喊道：“等着瞧你这个混蛋，我一定会让你好好见识下我的本事。”

“我是混蛋？那你是什么？你这个茅坑里的臭虫！你还了不得了。我等着看你怎么收拾我！我怕你我就是小狗！”

会计赶紧过来抓住艾山·卡克立克的手，将他往羊圈边拽，说道：“哎呀，哎呀，艾山大哥，你今天是怎么了？快消消气，有什么话不能好好说。”

艾山·卡克立克喊道：“你也看到了，刚见到我就挥着手，像赶狗一样，他是什么意思？还说是我自己将羊弄死了，这是什么意思，哪个牧民会舍得让自己的羊就这么死掉？还不是夏天来了一群没爹没妈的人，为了采药把草原挖得乱七八糟，还把草压在车上带走了。而作为场长的人，却夹着尾巴装没看见，像嘴上套了马嚼子一样，一句话不说，现在饲料不够了，这能怪我们吗？”

艾尼·库尔班吼道：“那都是沙迪尔·司马义搞的坏事！现在你们都要拿我出气！”

“你也别拿沙迪尔场长当挡箭牌！当他想把那些祸害赶走的时

候，你就像瞎了眼的老鼠一样躲了起来，这话不假吧？后来可怜的他独立难为遇到倒霉事。后来，我们没了饲料，为了解决这烦心事，他四处奔劳，你倒好，说自己能解决，钱都拿到手了，饲料呢，饲料在哪儿？”

我一直在旁边静静看着，这会儿，我来到他们身边。

艾尼·库尔班脸色难看地向我伸手，说道：“哎哟，哎哟，凯沙尔，原来你也在这儿啊。”

我怀着怨气，用一种冷漠的态度说：“艾山大哥这三天来都饿着肚子，让他先吃点东西，有什么话，等他吃完了再说好吗？”艾尼·库尔班正对着艾山·卡克立克撒气，听到我的话后，一时沉默起来。

我说道：“走，先填饱肚子，艾山大哥，快带我去个遮蔽的地方。”

“不，谢谢兄弟，这时候我是什么都吃不下。”

会计别别扭扭地来到艾山·卡克立克身前，说道：“哎，是我没搞清楚。来吧，吃点东西，人还是第一位的，羊死了，你也不可能跟着去死吧。”

我死拉硬拽地将艾山·卡克立克带进屋子，他早晨说的是真的，屋里都没有立足之处，屋子里热乎乎的，到处是新生的羊羔柔弱尖细的声音，从炕上到地下，都处都是小羊羔。羊羔身上裹着艾山·卡克立克破旧的被子和毡毯，总之所有能用来避寒的东西，都被他用来裹着羊羔。这个屋子都不能被称之为家了，从炕到地都是一摊摊的屎尿，散发着刺鼻的臭味。他将小羊羔往里挤了挤，空出一小块地方。我将手里的麻袋放在空地上，解开了麻袋口。艾山·卡克立克靠墙坐着。

我问他：“家里连点凉水都没有吗？”

艾山·卡克立克回答：“桶里本来有的，都冻成冰了。没关系的兄弟，吃点干馕就行。”他不顾自己三天来粒米未进，无精打采地吃着手中的馕，两眼中充满了无尽的哀伤，沉重的忧愁像山一样压得他低下了头……

艾山·卡克立克还是自顾自地说着自己的烦恼："最糟糕的是寒冷，羊圈的棚子上还盖着一些牧草，还能拿出来暂时喂一喂羊的。但是，我怕将那些草取下来，羊会被冻着，那时候就更麻烦了。那样怀孕的母羊就会流产，就算生出来也活不了。真是倒霉啊，这时候，只要有三四车牧草、一两袋子玉米都能再坚持个十几二十天，嗨……我说这个无赖，眼看我就要破产的时候，他却连一句好话都没有，还趾高气昂地呵斥我，不就是看我老实，他对别人这么试试，那是一定会收拾他的。"

会计不知是发自内心，还是应付地道："艾尼场长刚才的态度确实不对，我听着都生气。在一个人太饿或者太累的时候，可听不进话，他还在往你伤口上撒盐，你们俩刚进屋后，我狠狠说了他，他也很后悔，你就别往心里去，我替他向你道歉。"

"我们这些牧民，可是比绵羊还老实。打我骂我，我都会低头看地，这都是无所谓的事。但这些牲畜是无辜的啊，钱我是交了的，饲料牧草你们到底什么时候送来？"

"现在市上已经来人调查了。大概这个星期内就会送来足够的饲料。你放心，艾山大哥，我们都在想法救灾。

"还有一件重要的事，艾山大哥，能不能把死掉的羊藏在什么地方？"

"那能藏到哪里去？现在又不能埋起来。等我稍微闲下来点，兄弟，你别催我。"

"是这样的……市里来的人还带着一名自治区来的记者。他是遇到什么就拍什么，他的目的很清楚，就是要在人们面前展示我们的过失。那样，我们的工作成绩要怎么表现？所以，艾山大哥，我说啊，家丑不可外扬，手断了也要藏在袖子里。"

虽然我跟天山牧场发生的事，没有什么直接关系。但对于会计的话语，我无法保持沉默，我对他说道：

"沙吾提会计，你的理解是错的。我认为记者不是为了让你们出丑，也不是来否定你们的成绩，他可能只是想要真实反映这次牧场遭受雪灾的损失，他只是想报道真相。我们为什么要掩盖矛盾呢？只要党和政府了解到这些情况，为了解决受灾牧民的困难，他们会尽快采取措施，全社会都会伸出援助之手的。”

会计的眉头皱了起来，他觉得我说的话不对，立刻打断了我的话：“兄弟，这些都是领导的安排……你不要掺和进来好吗？”

“好的，沙吾提大哥。”我转身走出屋子。艾尼·库尔班正在外面忙着把羊的尸体搬到羊圈旁的雪坑里。白眉马狠狠嘶叫了声，仿佛在说，我们快点离开这里。我将缰绳解开，正准备骑上它回家，突然听到艾山·卡克立克尖锐的喊叫声：“那儿还有羊，你在干什么？你就想这样隐瞒自己的罪恶吗？你要明白，走邪路的事，就算四十年过去都隐瞒不了。就让记者来把这些都拍下来。要不我就把死掉的羊全都扔到你办公室前。”

我早已经离开了羊圈，没有听到艾尼·库尔班又对艾山·卡克立克说了些什么。心里的那份担心让我一整天都心神不宁。尤丽吐孜，我又能怎么办，你不在我身边的日子里，这样的痛苦和悲伤日夜陪伴着我。但关于这些，能通过信件与你进行无言的谈心，对我来讲还是轻松的，还是舒心的。

七

天寒地冻，夜深人静。不知道你是否已经进入梦乡，也不知道你都梦见了什么？啊，也许你能梦见我，在这个深夜同样无法入睡，枯坐在桌子前胡思乱想！我面前是沙迪尔·司马义写的一封信，这是我在晚上从森林里回来时，那个骑马送信的邮局工作人员交给我的。回家后，我都不知道读了这封信几遍。最近，在牧场里，发生了既让人感慨，又让人哭笑不得的奇事。我将这封信念给你听，但你不妨接着睡，我不想破坏你的美梦，我会对着你的耳朵，静静私语……

我的兄弟，凯沙尔，你最近怎么样？是胖了还是瘦了？古兰姆草原那些半文盲的牧民，每个月还会给我写一两封信问候我。但你的性格真是奇怪，你有时间看着厚厚的一本本书，写着十几、几十页的论文，但你连几行的信都懒得写给我，让我感到无可奈何。看来，与其等你写信，还不如我写给你的好。不写还好，写着写着就想到牧场里的事。天啊，我这是怎么了？就像被山鬼附体一样，坐着站着都在想着牧场的事。因为不管遇到谁，都在说牧场的事，那些人给我起了外号，叫忠诚的沙迪尔。好吧，能够让人们认识到我的忠诚，也算是件好事。现在，我也要向你表达忠诚了：从牧民那里不断听到牧场遭遇暴风雪，牧草饲料严重短缺的坏消息，我跑到畜牧局局长的办公室，在那里坐了一个小时，又拦住县长，跟他谈了十五分钟。因为牧场那边没有一句真实情况反馈，为了了解情况，市里紧急组成调查组，派到牧场进行调查。那天正好有个自治区广播电视台的记者在市里采访，听到这个消息后，也表示要跟着一起去。他们在古兰姆草原进行了几天调查后，亲眼看到了雪灾的情况，可能觉得真的很严重，他们迅速返回，向市里有关领导作了汇报。现在我将市领导与记者之间可笑的对话，写给你看：

记者在市有关领导参加的会议上，第一个发言反映了最真实的情况："因为雪灾和饲料短缺，天山牧场在这个星期里，一共死了大小羊共300多只。我将这些情况都拍了照片。在了解其他情况之前，我先将拍到的录像放给大家看看。"

会议室里早就准备好播放设备，记者准备好后，想从包里拿出了录像带。但他在包里翻了又翻，都没有找到录像带。看到这个样子，坐在会议室中的一位副县长急忙说道：

"那好，快点放吧。"

记者的脸上突然变色，疑惑地道："这是怎么回事？我昨天晚上还给林业局和畜牧局的领导看过，那以后我就将录像带放到包里的。"

县长们看到这种情况，一时不知如何才好，一时间面面相觑。

记者生气地说道：“这个包被人翻过，一定是有人怀恨在心，将里面的录像带偷走了！我在牧场拍摄雪灾发生的情况，又不是为了拍摄牧场领导的黑料，损毁牧场的声誉。但那里的人，一直在阻碍我的正常工作，现在可好，他们还想要隐藏证据。”

一位副县长说：“你仔细跟我们说说是怎么回事。”记者生气地说出下列的话语。

牧场里的人总是阻拦他们，说这个羊圈的肉已经煮熟了，要不就是到那个羊圈里休息休息。看到调查组的人不愿意，就随时跟在调查组后面一同巡访。记者将死羊的情况都录了像，等他们到那个叫艾山·卡克立克的牧民家里，却看到了非常奇怪的一幕。在调查组和记者去之前，牧场的负责人将死掉的17头羊，都扔进雪坑里埋了起来，等他们到后，负责人一直强调着告诉他们，说这个牧民家里没有遭受任何损失。当艾山·卡克立克将情况报告调查组和记者后，记者专门到雪坑里拍下了那些死羊的照片。当他们要返回城里时，牧场留给他们乘坐的汽车却出现了故障。他们没有办法，只好留在牧场。他们又怎么知道，这一切都是牧场的人故意布置好的。他们疲惫地从羊圈赶回来，晚上就被安排住在会计家里，吃了个酒足饭饱。糟糕的是，记者也同样喝多了，第二天醒来后，收拾了包就回城了。

“谁能想到发生这样的事？”记者最后生气地说道，“如果我知道有人要从我的包里偷走录像带，我打死也不会喝酒的。”

副县长说道：“这真是让人遗憾的事情，这件事我们会负责，但如果我们要调查，那要从哪里入手呢？你最好再到山里跑一趟，我们为你准备好一切。”

记者听到后说：“现在，我的行程已经不允许了。我要尽快回广播电视台，实在没办法，要发个书面的新闻稿。你们呢，为了天山牧场救灾的事，你们要采取什么措施？”

“我们会紧急救援。”副县长这么说道，“我们会紧急拨出牧草饲料给受灾的牧民，我们还要送药、食物和过冬的衣服被子给他们。”

记者丝毫不顾在座各位的脸面，说道：“作为一名记者，我有义务告诉你们一个情况，你说的这些措施，就我来看，不是解决此次灾情的唯一手段。雪灾可能每年都会发生，不能仅仅靠政府的救助来解决所有问题。最好的办法还是要依靠牧民自我救助。据我了解，草原去年遭受了很严重的破坏。正因如此，才造成了储备牧草的严重不足，没有办法储备足够的饲料，今年才发生超过几百头羊损失的情况，这就是我了解到的情况。”

市领导们静静地听着记者的言语，还是副县长开了口：“你现在说的是古兰姆草原自然资源领域的问题，请你在新闻稿中说明，我们最近正准备印发一份关于改善草原生态环境的文件，我们会抓好文件的落实。”听到县长做出的承诺后，记者充满愤怒的情绪，得到了很大的平复，变得高兴起来。县长的承诺真是又好又及时啊！那个最近还被县长当作政绩的独一无二的古兰姆草原，要重新恢复以往天堂般的景色！对不起，我的兄弟，信里的这一行是我有意识这样写的。人逢喜事，喝酒都觉得带劲，这时候我是多么地高兴。

尤丽吐孜，这份滴着沙迪尔大哥心酸泪水、滴着他手握美酒的信，我都念给你听了。不知道你做何感想？来吧，亲爱的，让我们在雪地里像风一样奔跑。希望你为沙迪尔大哥那雪一样纯洁、美好的梦想还有十足的信心而祈祷。

八

当黎明的天使，还未将郁郁葱葱的纱巾蒙在这片覆盖着白雪的大地上。我就听到了你长长的嚎叫声。你的嚎叫是那般的威武，就像暴雨中时刻响起的雷声，冲击着山间岩石和河流，传来回响。听到你的嚎叫，仿佛让大地都感到不安。

如果说，公鸡是用婉转的鸣叫，将乡村里沉睡的人们唤醒。而你恐怖的吼声，则是让山林和草原为之战栗。

嚎叫……是你灵魂中永恒的大海波涛。你走了之后，我感到孤独，原来，你是我的恩人，而不是我对你有恩。

十八

苏力坦·艾力对尤丽吐孜许下的承诺，在过了半年以后才得以实现，他才开始为尤丽吐孜安排工作。但不是到他曾经说过的化工厂，而是安排到市里才建成的塔里木宾馆当服务员。只有苏力坦·艾力心里才清楚，做出这个决定是多么艰难。啊……孤独是多么地痛苦啊。有时，只要尤丽吐孜因为什么事情出门，他就会觉得自己是那么地孤单和可怜，觉得自己就像早已停止心跳的僵尸。按照他的想法，他是希望能够随时随地见到尤丽吐孜，更不希望自己每天早晨看着尤丽吐孜梳洗打扮好，鞋子踏在地上，发出轻微踏踏声走出房间。不，他会像守住自己存放贵重物品的铁箱的钥匙般，将尤丽吐孜紧紧地放在身边。自从帕夏汗的葬礼后，孩子们已经越来越少看望他，他们之间的感情，仿佛也像逝者一样，被埋藏在黑土地里。即使他们来到家里坐着的时候，对待他的态度也很冷漠，父子之间的交流也少得可怜。每当这时，苏力坦·艾力就会为了亲情的淡漠而感到无助，产生焦虑的想法：这些不孝之子，从很小时候起，他总是尽心尽力地将他们抚养大。现在，他老了，独自一个人在家里，他们却不愿意来陪他说说话，聊聊天，陪陪他。现在，除了尤丽吐孜，已经没有人陪他了。是啊，他现在像什么呢？就像一只在牢房里鬼鬼祟祟活动着的鼬鼠。但除了自己，没有人知道，从地区到市里，他还是以前那个苏力坦·艾力。无论是市里领导，还是地区的书记、专员，他都能从容地闯进他们的办公室，都能讲出自己的诉求，并得到满意的答复。在父老乡亲面前，也还是以前的样子……无论在哪儿，他们从老到小，都会尊敬地向他行礼。在宴会上，他还是座上嘉宾。为了讨他欢心而忙碌的还是大有人在。如果他想要花钱，还有几十上百万元钱存在银行里。想吃什么，草原里还有那么多牲畜。还有通过沙塔尔·阿木提之手运作的草原旅游区，阿克卡西尔的煤矿……说实在的，这些都是苏力坦·艾力同他人保持关系的关键以及生活的必要保障。但最近一段时间里，他觉得这些都不能解决他生活中最重要的需求，是最没用的东西而已。他参加各式各样高档的宴会，看着精心准备的各色美食，觉得都不如尤丽吐孜亲手端来的一碗热茶。那些舞会上风情万种的美丽姑娘，都不如尤丽吐孜低头含羞的可爱表情。歌手们那激动人心的歌曲，也不如尤丽吐孜礼貌的说话时那银铃般清脆的声音。苏力坦·艾力最终认识到，人精神上的渴望，就像永远不会停止流动的河水一般。这种渴望越强烈，他的内心就越发感到荒凉。以往，他多次在乡村的土坡上，山间的岩石间，看到蜥蜴趴在地上，仰头望着太阳，面对太阳强烈火热的炙烤，面对金黄色的阳光。也曾听别人说过，蜥蜴这种生物总是要仰赖太阳生活。如今，他经常这样想着，他就是那个蜥蜴，他现在就是以太阳为食，也渴望着自己能从太阳中汲取力量。对他来讲，那个太阳不是天上挂着的太阳，正是他身边的尤丽吐孜……他为自己一直以来欺骗尤丽吐孜而感到惭愧，他以工作为由，将尤丽吐孜留在他身边。让她别再痴心妄想了，他是一刻也不想让尤丽吐孜离开。因为，他不想让任何人看到尤丽吐孜阳光灿烂般的美丽，不想与别人分享尤丽吐孜的美丽。看着尤丽吐孜身上的美，让他干枯的心里如此的满足。他又怎么能够忍受尤丽吐孜与凯沙尔分享这一切。唉……他的苦闷又有谁能了解！他的生命行将走到尽头，要不是担心别人的闲言碎语，担心自己会名誉扫地，他一定会想尽办法同尤丽吐孜结婚！就算如此，在他心中，尤丽吐孜是早已经属于他的，是只有他自己心知肚明的属于他的妻子。他们之间年龄的差距在他的渴望、追求幸福的梦想面前，什么又叫作不相匹配呢？在他的心灵面前，都是毫无意义和脆弱不堪的东西。他知道，尤丽吐孜跟他的孙子一般大，也知道，尤丽吐孜早已对凯沙尔情有独钟。但凯沙尔那单纯的心智，又怎么能抵得上他岁月的沉淀，当他变成威武的雄狮时，具有的那种力量，又有哪个对手能比得上呢。尤丽吐孜只是一只在野外徘徊孤独的小白兔。只要有只猎鹰先发现她，对她发动攻击并捕获她，她就会属于谁。所以，他总是心想：我要做的就是让尤丽吐孜忘记工作的事，因为那只是出现在她深夜的梦呓，等她醒来，在现实世界中，又有什么在等着她呢？是在她面前的我，我在向她敞开怀抱，是一个孤独男人饥渴的灵魂，我的太阳啊，我向你祈求，把你内心那温暖慷慨的光，照在我脆弱灵魂的祈求者身上，用你的热情，浇灌在我布满盐碱的原野上，用你那柔情的水，浇灌我这个荒野……

但是，不久之后，在苏力坦·艾力与沙塔尔·阿木提之间，有了这样的谈话。一天，借着看望女儿经常来城里的沙塔尔·阿木提，在苏力坦·艾力家吃饭时对他说道：

“我想对您说句话，能不能让尤丽吐孜回趟家，待上一个星期，一个星期后，我就将她送回来。”

“你家里有事吗？”苏力坦·艾力立刻警惕地看着面前的亲戚，布满皱纹的脸上是闪闪发亮的眼睛。

“不，事倒是没什么事，主要是她妈和弟弟吵闹着要见她，整天吵得我头疼不已。”

“想见她，为什么不让他们自己过来，想待几天都可以，屋子宽敞着呢，城里这段时间都那么冷，山里又该有多冷？干吗要回去，来来回回多麻烦。”

“他们来不了啊，县长大哥，她妈妈要看管羊圈，弟弟要去上学，一天不去，就要交罚款的……”看来，沙塔尔·阿木提是真的想好了，准备着要接尤丽吐孜回去。苏力坦·艾力听着他的话，一边考虑着，一边继续用一直以来对沙塔尔·阿木提的粗暴态度说着话，很好地掩饰了自己的焦虑不安。

“那好，你带她走，她就在里屋里，今天就带她走。”

“县长大哥，您是不是生气了？”

“我当然……我怎么会不生气。我对你女儿可不差，我让她摆脱山里的劳累，过上了舒适的生活。作为亲戚，我可是尽力对她好了。我所做的一切，看来你都没放在眼里？你说是老婆孩子想她了，看来最舍不得的还是你吧？你是拍拍屁股就编了个谎言糊弄我的吧？”

“哎呀……我怎么会骗您呢？还有一句话，我还没跟您说过，我每次来，尤丽吐孜都会哭，说想回家看看，您不信，可以自己问问她！”

“尤丽吐孜为什么这么说？她这是话里有话啊！还不是因为山里有个让她昏头昏脑的人，你知道吗？”

“我多多少少知道点。”

“你如何看待这件事呢？”

“尤丽吐孜也到了出嫁的年龄，女孩子就是做熟的饭，早晚要交到别人手里。”

苏力坦·艾力生气得站起来又坐下去，又担心隔壁房间的尤丽吐孜听到，将头靠近沙塔尔·阿木提的脑袋，用小而急切的声音问道：“听你这么说，看来你们私下里已经准备好了吧，沙塔尔！你是真准备将尤丽吐孜嫁给凯沙尔吗？”

沙塔尔·阿木提笑着说：“哎哟，县长大哥，不是那样的，如果真是那样，我怎么会不跟你商量，听听你的意见？这只是些风言风语罢了，还没有人到我家里提亲呢。”

苏力坦·艾力失去了冷静，他立刻又打断沙塔尔·阿木提的话，将话题继续引到凯沙尔身上。他将手指关节捏得咔咔作响，说道：

“等等，你先别急，你知道凯沙尔是谁吗？”

“当然知道，是林业局的技术员。”

“是技术员没错，但他政治上有问题，在公安局有案底!”

沙塔尔·阿木提倒是显得不那么在意，躲躲藏藏地说道：“我们倒是没有听到您说的那些，也没有发现有什么问题。”

苏力坦·艾力还是努力让自己的话显得更有威胁，他吼道：“笨蛋，这种事会让你知道吗?”

但沙塔尔·阿木提对凯沙尔抱有一种固执的看法：“但林业局还是很器重他的，再说，尤丽吐孜也该嫁人了。”他又一次提醒苏力坦·艾力道：“她早晚要嫁给山里的牧民，相对于牧民，还是凯沙尔的条件好，他是大学毕业的文化人，不像牧民到年底才有点收入，他可是可以按月领工资的。”

这时，一个想法像闪电一般从苏力坦·艾力脑海闪过，不，要彻底摧毁沙塔尔·阿木提的计划。因为，尤丽吐孜是属于我的，对我来讲，她同空气和阳光一样重要，离开她，对我来讲，就是失去生命的意义。但是，要怎么样才能让沙塔尔·阿木提放弃自己的计划，又有什么阻止他的办法?苏力坦·艾力是聪明的，他向来能够迅速解决麻烦而又复杂的事情。这时，像往常一样，他又急中生智，摆出淡定安详的样子，说道：

“好吧，女儿是你自己的，所以，他的事，你想怎么做，就去做，不管怎样，我都希望她幸福。那么，你想今天就带她回家吗?”

“是的，县长大哥，我今天就带她回去，过一个星期，我再……”

苏力坦·艾力打断他的话道：“这话你就别说了，以后，你女儿就不一定要住在我这儿了，关系倒不大，但你在这个关键时刻要带她回去……”

“您的意思是?”

“两天前，市劳动局打电话来说，批准了尤丽吐孜的工人指标，要给她办理招工手续……今天是星期几?”

“星期六。”

“尤丽吐孜应该在星期一到新的工作岗位报到，不去的话，会被认为是自己主动放弃，现在该怎么办？”

沙塔尔·阿木提高兴得不敢相信自己的耳朵，说道：“哎哟……县长大哥，尤丽吐孜工作的事要办成了吗？”

“每件事都需要时机成熟。”

“啊，这件事可真难办啊。”沙塔尔·阿木提就像肩上卸下千斤重担般，心里满溢的喜悦显现在脸庞：“因为几个月都没有消息，我还真以为没有希望了。”

“当初安排你到牧场上班，用了多长时间？”

“您忘记了吗？你是当天就带我去牧场，一句话就安排下去了。”

“为什么会这样？因为那时候我手中有权。而现在呢？我没有了权力，一点小事，我都要找很多人，说好多情才能解决。糟糕的是，最近工厂企业都在裁员，他们还在为辞退谁感到头疼的时候，怎么会再轻易招工呢？”

“县长大哥，谢谢您的恩情。”沙塔尔·阿木提接着说：“那是不是要安排到您说的那个化肥厂？”

“他们是这样安排的。但我告诉他们，尽量安排到更好的单位。你问为什么？根据我的观察，工厂企业很长时间内都不可能恢复到以前的情况。效益不好的企业又怎么给工人发工资呢？你也不希望尤丽吐孜每天费力地搬那些化肥袋，但又拿不上钱吧？”

沙塔尔·阿木提肯定地说道：“是啊……是啊……”

“你现在就给我个确定的答复，你要女儿回山里，也随便你。但给她的指标就作废了。不，如果你想让我给她安排工作，就别让你女儿回山里。星期一，我会同她一起去劳动局，给她再调整个轻松的、工资高的工作。”

“好的，县长大哥。要是这样，尤丽吐孜也不用回去了。”沙塔尔·阿木提改变了主意。

苏力坦·艾力为自己的妙计得逞、为自己的智慧而感到庆幸，为自己在短时间内就解决问题而感到高兴。但同时，他觉得自己不能再拖下去了，自己肩负的这个任务，已经到了刻不容缓的时刻。他第一次开始认真考虑尤丽吐孜工作的问题。是的，说起来，安排工作，是继续让尤丽吐孜待在他身边最好的办法。工作，就是拴在尤丽吐孜脖子上的绳子。他要将绳子牢牢掌握在手中，他可以随时拉动绳子，将尤丽吐孜拉到自己身边。那么，到底能将尤丽吐孜安排到哪儿呢？现在安排某人就业，可不像以往那样需要编制指标，也没有其他的要求，都是根据各自对工作的需求，招聘工人到工厂工作。他还在为去年告诉沙塔尔·阿木提可以将尤丽吐孜安排到化肥厂工作，为能想出这个主意而感到沾沾自喜。他自己都不知道怎么想出这样一个好主意。反正让尤丽吐孜到化肥厂工作也是不可能的事。因为，第一，化肥厂需要的是真正受过培训的技术工人，尤丽吐孜怎么可能胜任这个工作？第二，工厂在城外，就算尤丽吐孜愿意去那儿工作，也得住在集体宿舍。这跟让尤丽吐孜回山里有什么区别？不，不，不……苏力坦·艾力绝不愿意那样。现在，这个问题就需要他好好考虑了，要找个在城里，还要离他家近的工作。安排个人也要比较容易，还要是个具有企业性质的单位，那什么单位好呢？新华书店？前段时间，他听说新华书店要扩大销售网络，在招聘人员。不幸的是，凭尤丽吐孜现在的文凭可去不了那里。油厂？粮厂？不，工作太累，又太脏……这些都不行。

等等，塔里木宾馆怎么样？苏力坦·艾力的思绪就像在这几个字后面加注了重点符号一样，停了下来。妙极了，还是要在这方面多想想办法。塔里木宾馆离家近，步行不到5分钟就能到。重要的是，那可是个专门用来接待外宾而建设的宾馆，装修时尚、管理规范、工资高、员工的素质也高，不像别的宾馆那样管理混乱，住宿的人良莠不齐，宾馆里藏污纳垢……但出乎意料，宾馆经理在接到苏力坦·艾力的电话后，用委婉的语气婉言拒绝了他的要求。但苏力坦·艾力心里也不怎么在意，他知道第一步肯定会是这样。他只是想让宾馆经理知道有这么一件事而已。是的，在苏力坦·艾力心中，这只能算是一件不足挂齿的小事。没过两天，宾馆经理接到市委书记秘书的电话，他微笑着，谦虚地听着电话那头秘书文雅威严而又充满威胁的声音。

尤丽吐孜来到城市以来，曾经有好几次在塔里木宾馆外，津津有味地看过宾馆的建筑。但从没有想到有一天，自己会踏入其中。当她被苏力坦·艾力领进宾馆后，立刻被晃得眼睛晕乎乎的，连路都走不稳了。接待大厅的走廊宽阔而整洁，来这里的人会感到非常轻松和舒适，墙面像白瓷碗般闪闪发光，像镜子一样的地面，看得到自己的影子。身旁飘来一阵阵沁人心脾的花香，女服务员的制服是如此得体大方，让她们显得格外简洁而又美丽。尤丽吐孜见到了很多在古兰姆草原见过的各种各样的面孔，操着各种语言的外国人来旅游。今天，同样看到那些外国人在宾馆里进进出出。有几个人在大厅中的沙发上坐着，不知在聊些什么。这时，像是在专门等苏力坦·艾力，一位穿着灰色西装、戴着领带、梳着漂亮发型的高个子男人来到苏力坦·艾力面前，笑着说道：

“您好。您怎么亲自来了！”

苏力坦·艾力挺着肥胖的身躯，仿佛不情愿地伸出手，带着睡意的低沉声音中，显得傲慢而自我，说道：“是艾斯卡尔经理啊，我不来不行啊，我本来不想麻烦你，你看，这事还得……”

“您这是什么话，我还想着自己去您那儿呢，您就辛苦先来这儿了。您的到来，是我们莫大的荣幸啊……请，我们去餐厅谈。”

“不用了，我这会儿就要回去。”

“不，不，您好不容易来次宾馆，不到餐厅喝杯茶，我们可不答应！”

艾斯卡尔经理像拽着他一样，拉着苏力坦·艾力朝餐厅走去。应该是早就准备好的，马上有一个女孩，漂亮的双眼中带着一种亲切的神情，在接待台前站着对尤丽吐孜说道：

“你终于来了，你就像你的名字一样漂亮，我们从早上就开始等你了。”

尤丽吐孜期盼了半年的梦，终于有了梦想成真的一天。她开始在塔里木宾馆工作。开始时，她被分配到宾馆第一层，跟着其他服务员当学徒。这一层的服务员叫古丽皮亚，就是那个第一天接待她的女孩。她是这一层的负责人，是个眉毛浓密、眼睛里总是带着一种纯真的笑容的姑娘。宾馆服务员的工作程序和制度都很严格。古丽皮亚对她的要求也很严格。要穿着得体，干净漂亮，不能随意离开岗位，说话要低声细语，对待任何客人都要有礼貌，要和颜悦色。尤丽吐孜对待这些规范、细致的工作，还是慢慢适应起来，适应了这个新鲜而又陌生的环境……她在第一天换下工装下班回家后。苏力坦·艾力看着她快要无法辨认的美貌，感到神魂颠倒，他立刻站起来，扔掉手中的报纸，突然抱住尤丽吐孜，在她脸颊上亲了一下，说道：“哎哟，我的姑娘，都快认不出你了！祝贺你，看你这样子，别让人嫉妒才好啊！”

那一刻，女孩不知所措地带着一种厌恶的感觉，轻轻推开了苏力坦·艾力，脱离了他的怀抱，快速地回到了自己的房间。在很长时间里，她就像是被野兽吓到一样，脸颊不停地抽搐，感觉像着了火。她在心中不停安慰着自己，不，不，这是他控制不住激动的举动，是父亲般的爱啊。

此后，尤丽吐孜每天夜里都沉浸在梦想与思念交织的甜蜜幻想中：“这几个月来，我为什么要经常对县长伯伯怀着抱怨呢，为什么老是闹着要回山里呢？他不是最终尽到自己父亲般的责任吗？我现在知道了，原来县长伯伯是个好人！塔里木宾馆，可是连大学毕业的女孩都不一定被招聘的地方。不是来了那么几个女孩找工作吗，最后都是哭着回去的。我呢？没流一滴泪，没求任何人，靠着县长伯伯的努力，成为了一名找到幸福的幸运女孩子。我现在是塔里木宾馆的服务员！啊，我要亲口告诉凯沙尔这个好消息。他如果听到了，不知该有多么高兴！他不是经常说，有机会让我继续学习吗？

让我学习的目的，不就是让我摆脱牧羊人的命运，成为一个重要的、对社会有用的人吗？当我看到古丽皮亚用另一种语言与外国人交流，我吃惊得合不拢嘴。后来，她告诉我，那是英语，我也必须一句句地学会说英语。啊，多美啊，这青春！可以不用天天跟在羊群后面，而是用另一种不同的幸福的方式度过人生。”尤丽吐孜不由得想起，为帕夏汗婶婶举办七日葬礼的那天，那个与她交谈的陌生女人。她的心情立刻变得像霜打的花一样，不知道那个贤惠的女人叫什么？要是知道她住在哪里，一定会去找她。那个时候，县长伯伯真是过分，不知为什么，他总是拼命阻止我和凯沙尔见面。如今，不知道县长伯伯还会那样做吗？天啊……就算他不能像爸爸一样尊重我，为我能遇到喜欢的人而感到高兴，也不能那样做啊！但我现在不在乎了，如果能够有再次同凯沙尔见面的幸福日子，我会让这个劳苦的大山的儿子，在塔里木宾馆豪华舒适的房间里好好休息。想到这里，她像害羞的姑娘从面纱缝隙里偷偷看周围一样，又像是在大自然的怀抱中，被春姑娘温暖的吻唤醒，心里满是娇羞。

冬天，层层叠叠的冰雪逐渐融化，春天初融的河水混杂着泥沙流淌不休。绿油油的柳枝，在春天温暖的风中飘动。到处是春天的气息。空气中散发着碧绿嫩苗淡淡的酸味，使人联想到广阔的田野。在城市中，偶尔会有浮云游动，天空中有成群的鸽子飞来飞去。

昨天晚上，艾斯卡尔经理召集各组的组长开会，并让他们通知各自的成员。今天，留下正常工作人员在宾馆工作外，其他人都要在宾馆院子里，整理花坛、松土美化花园，在每块地上种上不同的花朵。因此，今天早晨，姑娘们拿着坎头曼、铁锨等工具走了出来，一些人收拾着垃圾，一些人清理灌木。

“注意了，姑娘们！”艾斯卡尔将手中卷着的一张厚纸摊开在地头。大声吩咐着：“你们来好好看看，这里每块地都要按照这个样式摆放，每个格子里，都要种同一种花，你们可不能弄混了，不然我们的花园就会像你们的雀斑脸一样难看。”

听到他的话，姑娘们都吵了起来："你看看，看看我们谁的脸上有雀斑？"

"他是不是觉得我们的脸像外国老人的脸啊？"

"喂，小声点，别让客人听到了。"

"听到就听到，反正他们听不懂维吾尔语。"

"那可不一定，你们不是经常遇到维吾尔语说得很好的外国客人？"

阿达来提眨着美丽的眼睛说道："你这样说我们，他们就是听到了，也不会怪我们的。"她又对艾斯卡尔抱怨道："经理，以前你从那么多女孩中选中我们，到现在，我们怎么都成雀斑脸了？好吧，你要是不喜欢，我们去找喜欢的地方。"

"就这样，姑娘们，我们走！"姑娘们扔下手中的工具，向外走去。

艾斯卡尔经理伸展双手拦在姑娘们面前："不，不，停下来，等等，姑娘们！我可是在开玩笑，老天保证！再从哪里找像你们这样的姑娘？虽然我没有告诉过你们，来过宾馆的外国人还专门针对你们进行了研究，还想根据你们的面容，画出楼兰美女的样子。"

阿达来提插嘴问道："我们像楼兰美女吗？"

"很像，但也有不一样的地方，总之就是无法想象的美貌，就像你们一样。"艾斯卡尔经理回答道，然后拍了下手掌："开始干活了姑娘们。"

宾馆前的院子里有一片空地，四周砌起了矮矮的田埂，里面有一朵玫瑰花盛开。几个姑娘从手中的纸袋中拿出花种，开始种在地里。艾斯卡尔经理走到尤丽吐孜身边，羡慕地说道：

"还是古兰姆草原的花儿美啊。"

尤丽吐孜用手平整着地面，问道："你去过古兰姆草原？"

"当然去过，去年夏天宾馆里的工作人员分了几批带着宾馆的客人，到你父亲开的旅游区，我也去过两次。"

尤丽吐孜夸耀道：“我的家就在你们去的那座湖边。”

“这样啊，我说你的名字为什么这么特别。你家人是用湖的名称为你取名的吗，是这样的，我有个想法，能不能将古兰姆草原的花移种到这里……”

尤丽吐孜很高兴，说道：“真那样做，这里也会变得跟古兰姆草原一样美。”

“看着一眼我望不到边的美丽花世界，那是多么美的草原！我第一次去看到后，老天啊，原来世界上还有这么美的地方，去过的人真是惊叹不已。如果可能，人真应该生活在那里，哪怕住上一千年都不会厌烦。但奇怪的是，那样一片仿佛能让人起死回生的美丽世界，怎么会被人破坏成那样？如果那样的事再延续个一两年，花儿会从根部枯萎。所以我认为，应该将那些花的种子移种在宾馆里。我派两三个人跟着你，去古兰姆草原收集种子……”

就在这时，传来宾馆值班室的保安的喊声：

“尤丽吐孜，到这儿来！”尤丽吐孜和忙碌起来的姑娘们都转头看着保安的方向，艾斯卡尔经理点头示意道：

“去吧，可能是有人来找你。”

尤丽吐孜来到大门前，保安走进值班室，大门前看不到任何人。

“尤丽吐孜！”

尤丽吐孜看到，在离大门十米远，马路边的一棵大树的树荫下，凯沙尔站在那里。一时感到有些失神。心脏嘭的一下收缩，不知道怎么走到了凯沙尔身前，紧张得嘴唇都有些颤抖起来。

“你好吗，尤丽吐孜？”

啊，还是那温柔的声音……始终没有改变！

“我很好，你呢？”

凯沙尔没有回答，他感到自己无法用言语向尤丽吐孜倾诉自己的思念，他用忧郁的微笑看着她。尤丽吐孜心中积攒的，想要对凯沙尔诉说的那些话，也不知道去了哪里，仿佛舌头被施加了魔法。

不，不是这样。那是因为对凯沙尔的思念和渴望，变得疲惫不堪的心，在这无声无息的情景面前，语言失去了自己的力量，失去了意义。在异乎寻常的喜悦和幸福的感觉中，在强烈的自我感觉中，她的心怦怦直跳。从前，她就一直羞于直视凯沙尔太阳般的眼睛，现在，她更是害羞地低头，眼睛不敢离开地面，手指无意识地摆弄着单薄衣服上的扣子，手指激动得微微颤抖。两人都像今天是第一次见面一样，心底里的千言万语无法诉说，陷入了长久的沉默中。

盛情的春天……春天温柔的夜晚，对情人来说，公园是个清净之地，可以让他们隐藏在春天那宽大的翅膀下，让他们远离他人的目光。城市里树木众多最为幽静的公园里，幼嫩的小树叶像老鼠耳朵一般大，凯沙尔和尤丽吐孜肩并肩坐在公园的椅子上。天空中繁星闪烁，周围传来在春意渐浓时从冬眠中醒来的蝉虫轻轻的鸣叫声。在他们身后细细的小溪里的潺潺流水，似乎在为他们唱着最美的情歌。头顶飘动着的柳树叶，在夜风中翩翩起舞。这片可爱的土地，为他们纯洁的爱情，为这对辛苦的情人间的爱情，唱出自己无与伦比的情歌，为这对恋人跳着优美的舞蹈……

女孩带着一种娇羞，问道：“你怎么知道我在这里？”

“我当然知道，是风儿带来你的消息。”

“快说实话。”

“哦，说实话，还是沙迪尔大哥告诉我的……一天，他和你们宾馆的经理在一次聚会时坐在一起，开始时，有人说起了苏力坦·艾力的事，随后他说起，苏力坦·艾力让市委的人帮忙，让尤丽吐孜在宾馆工作。据你们经理说，你的后台还真是很硬。沙迪尔大哥听到这件事，第二天就写信告诉了我。”

“你高兴吗？”

“为了什么？”

“为了我在这里工作。”

“你自己呢，你自己高兴吗？”

“当然高兴了……我真的特别高兴。”

凯沙尔抬头凝视着星空。尤丽吐孜扑到凯沙尔怀里，温暖的呼吸触到凯沙尔胸口，凯沙尔说道：“我也是。还记得我对你说过的话吗？你的青春，不应该在羊圈中跟在一群羊后，在从事最原始的劳动中浪费掉。我觉得，你应该去学习，去上大学。那样你会成为与古兰姆草原上的人完全不同的女孩。然后，在那里做以往做不了的大事。现在也没关系，你可以在这里一边工作，一边学习，也是一样的。”

“我现在在学习英语。”

“是吗？好啊！”凯沙尔高兴地亲吻着尤丽吐孜的脸颊和额头。说道：“那我们一起说 I……love……you……”

女孩用双手捂住脸庞，说道：“不，不，我还不会正确的发音，我害羞。”她单薄的衣服，可以让人感到她有些冷，凯沙尔脱掉衣服，披在她的肩上。

“你怎么穿着这么厚的衣服？”

“虽然城里已经不太冷，但古兰姆草原还是被大雪覆盖着。”

女孩轻轻叹了口气：“哎哟，我现在真是太想念古兰姆草原了……，”

凯沙尔带着某种思绪继续说道：“古兰姆草原也想你了。你走了以后，所有的地方仿佛都变得冷若冰霜。哦，对了……我把我俩的事告诉了尕依孜·帕里万大叔，他在催我赶紧去你家里提亲。”

尤丽吐孜立刻将头埋在凯沙尔怀里：

“你不是想让我去学习吗？”

“我是希望送你去学习，但现在可能吗？你刚找到工作，我想告诉你的家人要你去学习，但我们还没结婚，怎么说出口？”

“那我们怎么办？”

“尤丽吐孜，请你嫁给我，我们今年结婚吧。”

“好吧。”

“亲爱的老婆！你是老天赐给我的天使。”凯沙尔搂住尤丽吐孜，原地转起圈来。

“哎哟，不要脸……”女孩在凯沙尔怀里挣扎，用手捶打着凯沙尔的胸口：“哎哟，别让人看到了！”

那天，尤丽吐孜很晚才回家，她敲起了门，大门的铁环碰击声响起，屋子的门从里朝外嘎吱一声打开，随后传来苏力坦·艾力的咳嗽声和拖鞋的刷刷声。

“谁？”

“是我。”

苏力坦·艾力带着抱怨的口气，拉下大门的闩子，说道：“都这么晚了，你干什么去了？现在都几点了？”

“我们为外国客人准备晚会，工作没有做完……”

“谁送你回来的？”

“警察和宾馆的姑娘们。”

苏力坦·艾力没吱声，深深地喘着气，趿拉着拖鞋走进屋子。尤丽吐孜关上大门，上了锁后，跟在苏力坦·艾力身后进屋。看到苏力坦·艾力穿着睡衣坐在床角。

“县长伯伯，晚上吃饭了没有？”

“你不在，谁来给我做饭？”

“那我现在去做，您想吃什么？”

“这大晚上的，就不吃了，你也别麻烦了。”

“那我回房睡了。”

“等等，在我身边坐一会儿。哎……今天的晚会办得怎么样？”

自打尤丽吐孜在塔里木宾馆工作以来，市歌舞团为外宾举办过几场晚会，这期间要求服务员们不能离开。尤丽吐孜说谎后，感到脸颊微红，哆哆嗦嗦地将前次晚会的情况告诉了苏力坦·艾力。苏力坦·艾力眼中闪动着怀疑之色，他知道尤丽吐孜在说谎，但他又该说些什么呢？不，今天不能戳破她的谎话，苏力坦·艾力将要说的话都咽了下去。但脑海中涌动着一个强烈的念头。那么，有什么办法能将这个至今还无人品尝的苹果，永远掌握在手中呢？现在该好好想想了。苏力坦·艾力让尤丽吐孜出去，重重地躺在床上。在脑海中长久以来萌发的狂想，现在像万恶的黑影，笼罩在他心头，心里立刻得到了一种满足和喜悦。心烦意乱的人，在世界上可以做任何畜生般的事情，并从中得到乐趣。苏力坦·艾力就像在准备进行谋杀的恶人般，浑身战栗着，浑身冒出冷汗。但对这种乐趣的狂热追求，又让他垂涎欲滴。

尤丽吐孜关掉灯，躺在床上准备睡觉，但过了很久都无法入睡。像晴朗无云的星空幻境中似的，凯沙尔可爱的笑脸总是出现在眼前。由此，尤丽吐孜认识到自己生命中的一个必然。如果没有凯沙尔，世界对她来说，幸福、平安、快乐就会永远与她无缘。以前，当凯沙尔说要让人来提亲时，她感到那么的恐惧，现在她开始为自己当初的幼稚而觉得好笑。现在跟她一起工作的姑娘们，有的结婚生子，有的已经有了男朋友……当她们在一起说着自己丈夫、家庭、孩子和男朋友的事，显得有些夸耀。又有谁知道，尤丽吐孜是多么羡慕她们。她到了能成家的时候，凯沙尔要上门提亲，那时候她和凯沙尔不会再躲躲藏藏，可以自由自在地在街上漫步，她也能摆脱这间屋子铁笼般沉闷的枷锁。

两天后，又是一个吉祥的春夜。凯沙尔带着尤丽吐孜到沙迪尔·司马义家里做客。送她回到苏力坦·艾力家时，他们没有走狭窄的街道，而是沿着市中心的河边走着。今天，这条路仿佛就为他们两人建设一般，两人身前身后都没有任何一个人经过。河岸边挺拔的杨树和柳树，白天时都会显得阴凉，现在就更是显得阴暗。两人在路上小心地走着，身边河水静静流淌，河岸两边的楼房上，有昏暗的灯光闪动。

凯沙尔轻轻搂住尤丽吐孜的腰，说道：“看到了吧，没有什么值得害羞的，他们俩都是万金不换的好人。”

“但我看到沙迪尔场长，还是感到羞得要命。他会怎么想呢？他在牧场时就认识我的。”

“他会说什么？他们以前也和我们一样恋爱，然后结婚，现在你看，他们也有了月亮和太阳般的孩子和美丽的家。”

女孩可爱地撒娇抱住凯沙尔的手臂，说道：“那……我们以后在哪里安家呢？”

“你在市里工作，那我们当然要住在市里。沙迪尔大哥不是说，只要我们结婚，房子都是现成的？”

“但是……”女孩心神不宁地说道：“我总觉得有什么不好的事情要发生。”

凯沙尔警觉起来，问道：“为什么这么说？”

“我做了一个梦。”

“哦？你说说看。”

“我害怕说出口……反正是个可怕的噩梦。”

尤丽吐孜像是很害怕似的，紧紧抱住凯沙尔，凯沙尔站住，紧紧拥抱她。

“梦是可以解释的，你告诉我，我来给你个很好的解释。”

尤丽吐孜哽咽了半天说不出话来，将脸贴在凯沙尔胸口无声地哭泣。她深深藏在凯沙尔怀中的小脸，像树叶般颤抖着。

“那你给我解释解释。”

“好的好的，亲爱的。”

“我做了一个梦……”女孩伤心地勉强说起来：“我们骑着马走在山林间……”

“尤丽吐孜，这可是个美好的梦啊！”凯沙尔激动得喊道：“马代表着故乡和理想。”

“那狼呢？”

凯沙尔的心咯噔一下，磕磕绊绊地问道：“是狼吗，你接着说。”

“我们正走着，有一只短尾狼出现在我们面前。马被吓得将我们都摔在地上。”

“我真是笨啊。”凯沙尔埋怨起自己：“我为什么着急地解释说马代表故乡和理想呢？”

“我吓得紧紧贴着你，但你慢慢松开我的手，跟着那只狼远去。我想大声喊你的名字，但就是发不出声音，我只有拼命追着你跑，但突然间，我掉进了河里。”

“啊，这是多么相似的梦啊？”凯沙尔感到喉咙发紧，喘不过气来：“这又能怎么跟她解释呢？”

尤丽吐孜脆弱颤抖的声音，比以往更显得可怜和无助：“你怎么不说话，怎么安静下来？”

不知为何，凯沙尔有点虚弱的感觉：“尤丽吐孜，那就是个噩梦，真的，只是个噩梦。噩梦，再去解梦是不对的。你不用担心，一个噩梦而已，没什么值得害怕的。我们又没有做过坏事，又没有什么罪孽，怎么会遇到那种不幸的命运，不，尤丽吐孜，我才不会相信那种梦。”

因为那个梦，两个人都显得兴致缺缺。凯沙尔心想到，怎么又是那个短尾狼呢？难道，这是我们即将面对的逆境、厄运的预兆吗，那么这个厄运会是什么呢？不，不！如果这厄运会给我们带来人生的不幸和离别的痛苦，那么，我们命运必然的交织，将是生命中最大的不公。

凯沙尔漫不经心的声调打破了此刻的寂静：“你怎么又不说话了，我们过一会儿就要分开了。”

“不……别离开我，我怕。”

“那我们就要手拉着手大步走到你县长伯伯面前。我会以主人的身份，坐在客厅的沙发上，翘着腿，看到我们的样子，县长伯伯一定会气急败坏的。他会说，你是哪里来的败类，谁给你这么大的胆子！我会不动声色神气活现地坐在那里，告诉他，我从古兰姆草原来，我是尤丽吐孜的丈夫。”

尤丽吐孜捂住脸说道：“哎哟，你这不要脸的家伙，你的话怎么说得那么难听。”

凯沙尔看着她娇羞的样子，高兴地说道：

“那我该怎么说？”

“你应该说爱人啊。”

凯沙尔迈着大步，脚步踏踏作响，说道：“那我们就说定了，现在朝苏力坦·艾力家前进！”

尤丽吐孜拦住凯沙尔说道：“不，不，你不要进去！”他们已经到了苏力坦·艾力家门口。院门口木杆上的路灯照亮了尤丽吐孜的脸庞，她美丽动人的脸上带着忧郁的笑容，月亮般的眼睛里含着泪光，嘴唇轻微地颤抖着。

“啊，就这样将这个天真无邪的女孩丢在这里，是件多么困难的事啊。”凯沙尔无声的哀伤在心头燃烧，显得异常痛苦。

凯沙尔再一次搂住尤丽吐孜，亲吻着她的眼睛，说道：“时间差不多了，我们说再见吧。”

“你明天来吗？”

“我们暂时不能见面了，明天我要回古兰姆草原。”

“不，你别丢下我，我心里害怕。”

“哎……你还是小孩子啊，现在的分别，是为了以后永远在一起，我还会来的。”

“这么忙吗？”尤丽吐孜确认留不住凯沙尔。

“不能不回去。山里有很多事等着我。我要巡视森林，还要将试验田里的松树苗种在被砍伐的树木位置上。”

尤丽吐孜将脸贴在凯沙尔的胸口，静静地站了一会儿，然后抬起头，凄凉地笑着说：

“那再见，凯沙尔。”

“再见吧，尤丽吐孜。”

昏暗的路灯下，凯沙尔像远行的路人，满身疲惫艰难地走在路上。在脑海中，甜蜜的回忆交织在一起，哀伤的思绪像旋风似的挥之不去。他开始想，是不是到沙迪尔·司马义家去，想到他们夫妻正眼巴巴地望着门口等待着他的到来。但现在凯沙尔没有跟他们谈心的心情。现在，他最需要的是安静，他的心中如江河波涛般骚动不安。为了减轻苦恼和离别的痛苦，他需要没有任何干扰的安静，他直接转身去了林业局招待所。招待所门口，那位嘴里时刻叼着烟的汉族老大爷，也没能理解凯沙尔的心情，用四川口音的笑话欢迎着他。林业局为了方便凯沙尔住宿，常年为他在招待所二楼留了间宿舍。那里也像尤丽吐孜工作的宾馆一样，时刻有服务员为他开门。

凯沙尔脱掉衣服钻进了被窝，试图用睡眠驱赶心中铁一般冰凉的哀伤。这里没有破坏他睡眠的沙迪尔·司马义轰隆的鼾声。心里的忧伤，让他像是喝了辛辣的酒一样，感到身心俱疲。早晨，不知道从哪里传来时强时弱的轰鸣声以及敲击声将他吵醒。他睁开眼睛看了看窗外，就知道外面在刮风。半夜里，从山上刮起越来越大的风，吹到城市，将城市的天空吹得尘土飞扬。街道上的一切东倒西歪，仿佛要用这飞速的狂风，吞噬大地上的一切。在风猛烈的冲击下，路边时有树木在咔嚓声中从中断裂，还有树木被连根拔起。倒下的电线杆横卧在路上，断裂的电线发出嗡嗡的声音。路边一排排商店的招牌，街道上的广告牌还有挂着的横幅、纸屑、塑料袋在路上飞来飞去。路上看不到人，也看不到车。仿佛统治城市的不再是人，而是狂风。

下午，风暴稍弱后，凯沙尔就走出招待所。可怜的城市……昨天还是五彩缤纷、夺人耳目、优雅整洁，一夜间，就仿佛得了瘟疫的病鸡一样，令人毛骨悚然地低下了头。凯沙尔走上街，寻找到一间开张的饭馆，不紧不慢地填饱肚子，然后走到国道向山的方向拐过的路口，招停了一辆军车，向古兰姆草原驶去。

今年，不知为什么，先后出现的暴风雪，用自己令人恐惧的威力，迎接初夏的到来。初春时还汹涌奔流的河水，到此刻已经越来越少，这是今年家乡可能发生严重干旱的预兆。不仅如此，接连发生的暴风雪刮断了庄稼，播的种子也没有发芽，让一直生活在这里的人们，再难以过上幸福生活。市委市政府为了预防今年因为低温和干旱可能发生的各种灾难，领导们都经常到基层调查研究。市广播电台和电视台每天都要播放市委市政府在这方面的决策和号召。权威报纸上，引用专家学者的分析文章，解释上述不正常的自然现象，将其解释为，是造成全球普遍灾情的厄尔尼诺现象的恶劣后果。

就在这寒风凛冽、让人沮丧的初夏傍晚，尤丽吐孜下班后回到了家。嗡嗡作响的院子里，鸡群还没有进窝，还在四处找食吃。尤丽吐孜一进院子，鸡群就弓着身子冲到她的面前。苏力坦·艾力每天都会精心喂鸡，从不会让它们缺少食物，今天不知道去了哪里？尤丽吐孜走进仓库，从麻袋里拿出一铲子玉米，撒在鸡群前。苏力坦·艾力每天吃完饭后，还要让她捶腿揉肩。今天，他不在家里，让她感到高兴。她走到自己屋子里坐下看了一会儿书。整天的忙碌让她突然感到了一阵疲惫涌出，她又伸展身体躺在床上。入夜后，一下变得强烈的风，发出阵阵恐怖的声音。杨柳嫩枝条像鞭子一样敲打在墙上。但尤丽吐孜已经习惯了这些声音，缩在被子里的尤丽吐孜身体渐渐发热，浑身舒适地进入梦乡。临近黎明时分，一辆小汽车停在了院门前。车里传来女人阵阵大笑声，还有不知哪个女人的柔嫩的撒娇声。司机艰难地将苏力坦·艾力从车里接了出来，又开动汽车走远。苏力坦·艾力站立看着汽车远去，瞪大眼睛，嘴里骂着什么，气愤地挥舞着双手。他转过身，沉重的身体左右晃动，他担心自己摔倒，赶紧扶住大门……

尤丽吐孜还在甜美的睡眠中。从她的脚边，有个像石头一样沉重的东西压住了她。她立刻醒来，从睡梦中惊醒，屋里很黑，尤丽吐孜吓得大声惊叫起来，想挣扎着站起来。但一只像熊掌般粗糙的手捂住了她的嘴。尤丽吐孜一动不能动，但她还是在全力挣扎，对着压住她的人拳打抓挠。她在设法扭动那人的手指，将他的手指从嘴上掰开，并祈求有个强有力的保护者，将她从这个可怕的怪物手中拯救出来，大声喊道：

“县长伯伯……县长伯伯！”

那个怪物用沙哑的声音回答道：“县长伯伯……哈哈哈……你的县长伯伯，就在你身边，张开你的双手，我美丽的心上人。”

尤丽吐孜被酒气熏在脸上的恶臭，恶心得打了个寒颤，立刻知道了他就是苏力坦·艾力。啊，这是恶作剧吗？这不是像父亲一样的苏力坦·艾力伯伯吗？

“县长伯伯……”女孩哭着试图掰开他的手指：“你在干什么？别让我们这么难堪，县长伯伯！”

苏力坦·艾力将满是胡须的脸，在尤丽吐孜的脸上摩擦着，随即亲吻着：“我……我爱你，我的美人。”他气喘吁吁，感觉呼吸都很困难地说道：“我已经为你买了金戒指、金手镯、金项链，还需要多少钱，要一万，还是两万？我现在就拿出来摆在你面前……”

这恶毒的语言让尤丽吐孜完全无法接受，她用尽全身力气掐着苏力坦·艾力的鼻子、脸和嘴唇，说道：

“我要骂人了……你这个禽兽，快点放了我！”

“你骂吧……你尽情地骂吧……但你别想逃出我的手心。”

拼命的搏斗，让尤丽吐孜的手脚开始逐渐变得无力，身体虚弱起来。她感到自己在这可怕的力量面前，真的变得软弱无力，啊，这时候，如果有凯沙尔在身边！

她悲伤地哭喊着：“凯沙尔……凯沙尔……妈妈……”

苏力坦·艾力用一只大手紧紧抓住尤丽吐孜的双手，用另一只手在脱她的衣服。尤丽吐孜在死亡般的恐惧中，在与苏力坦·艾力的激烈搏斗中，渐渐没了力气，双手双脚都瘫软起来。悲伤的哭声和愤怒的哀号混杂在一起，声音不再那么响亮，转而变成压迫心脏的呻吟声。

尤丽吐孜还是在挣扎着，微弱的呻吟声仿佛临死之人在昏迷中的喃喃自语："野兽……没良心的，不要脸的野兽。"

苏力坦·艾力已经是满头大汗，就像挑着超重的担子，拼命地使着劲，大口地喘着气。今天，他终于等到多年来一直期盼的一刻，感受着尤丽吐孜柔软的身体。他想用尤丽吐孜充满热度的身体，温暖自己日益冰冷的身体。想用尤丽吐孜的青春之火，让自己行将枯萎的生命之树，焕发出新的生机……

像是被沉重的斧头从树根处劈倒的大树一样，苏力坦·艾力从尤丽吐孜身上掉下来，躺在地上紧紧捂着胸口。尤丽吐孜不知道自己是怎么起来的，跌跌撞撞地跑过去想打开门，还没等她来到院子里，苏力坦·艾力赶忙跑出来拽住她的胳膊。说道：

"尤丽吐孜，你先等等，你先听我说……"

"你给我滚开，你这个混蛋，放开我！"尤丽吐孜怒气冲冲地甩开他的手，向大门口跑去。

苏力坦·艾力紧紧跟在她后面，说："哈哈哈，我的美人，你难道不知道，大门已经让我锁了吗。"尤丽吐孜气愤地用力敲打着大门上的锁，意料不到中间的小门被打开了。真要感谢命运的突然垂怜。原本整天都是关闭着的小门，今夜却是开着的。苏力坦·艾力因为晚上从宴会回来时已经喝醉了，忘记了关门。尤丽吐孜在漆黑的街道上拼命地奔跑着，时不时地回头看看，苏力坦·艾力是否在后面追赶着她。她这样要跑到哪里去呢？她自己也不知道。此刻的她，听不到远近处传来公鸡的打鸣声、狗吠声，听不到来往车辆的轰鸣声，街上，电线杆上的灯发出黄色的光，一排排的树木，路两边的绿草地，飘着浮云的灰色天空像是在嘲笑她，向她投以憎恶的眼光。尤丽吐孜来到宾馆大门前，突然停下了脚步，躲在了路边的柳树下。她看着还没有开的宾馆大门，温馨如故的宾馆大楼……她怎么会来到这里呢？如果她让警察开门进入宾馆，让自己虚弱不堪的身体，躲进这个避难所……不，不！她现在可无法笑着面对宾馆里的人，她没有脸看他们。她被玷污了，难道还要让污秽的身体在姑娘们面前出丑吗？现在她内心极度的悲伤和难过，是瞒不过她们的。

尤丽吐孜立刻从宾馆前走开，感觉不到自己的呼吸越来越冷，身体还在不停地颤抖。大风吹乱了她的头发，吹皱她的裙子。尤丽吐孜紧咬牙齿向黑暗中走去。她迷失了方向，走着走着，她不知怎么摔倒了，随后又支撑着站起来。周围已经再也看不到房屋和树木，到处都是寒风呼啸，还有无边无际的黑暗，她在悲伤的痛苦和迷茫中，不知何时已经迷了路。路……

此刻她需要走的是哪条路？是去山里的路，还是去伯伯家的窄路呢？不，不……她现在想到的不是其中任何一条路。她只需要一条，能一直走的路。在这寒风不停拍打身体的夜晚，随着风不停地吹来夜的寒风，透过尤丽吐孜单薄的裙子，渗透进她柔嫩的身体，冻得她像小白兔一样缩着身体。在呼吸中她慢慢拖动失去知觉的双腿，迈着脚步向前走，但不知要走向何方。在前一刻还觉得很甜很美的人生，现在怎么变得可恶肮脏而又恶心？不！尤丽吐孜再也不愿过这种失去廉耻的不洁生活。她想要远离那些爱她的人，想无声无息离开古兰姆草原、那些像花一样纯洁的人们，想就此消失。尤丽吐孜想着这些，就像要用哭声来告别这个世界一样，放声大哭起来。在让人心碎的哭声中，她在夹杂着卵石的沙土地上跌跌撞撞地走着。在即将再次跌倒时，她的手指紧紧地抓着路过的树枝。这时，一道耀眼的强烈蓝光对准了尤丽吐孜的身体。这道光就像沙子里的水一样，在尤丽吐孜身上流淌，尤丽吐孜的身体逐渐感觉到了温暖。这舒适的感觉让她的身体越发有了种力量，就像一团炭火般火热起来，在幸福的感觉中闪闪发亮，让她的心情安静下来。这气息在逐渐加强，她悲伤的哭泣也渐渐平息下来。她静静地躺在沙地上，身体仿佛被那团幸福的温暖所笼罩，光越发强烈，光炽烈的温度给尤丽吐孜一种甜美的感受，这种从未体验过的愉悦，将她眼中悲伤的眼泪化为乌有，她沉迷于那甜蜜的醉意，躺在沙土地上。

十九

再娜甫汗中午赶回家挤完牛奶，准备做饭时。她突然看到尤丽吐孜跟以往完全不同的样子，心里一惊，顿时意识到尤丽吐孜身上一定发生了不好的事情，一下惊慌失措起来，立刻将她抱着走进屋里，问道：

“老天啊……这不是尤丽吐孜吗？我的孩子……”尤丽吐孜散乱的头发上还有沙土和牧草的碎片，甚至还挂着荆棘的刺条。她苍白的脸上沾着土灰，眼神中是凝重的凝视，带着无尽的哀伤和痛苦。单薄的裙子外，穿着不知是谁的旧毛衣，哭红的双眼中还有泪光闪烁，嘴里起了苔腻，脚上穿的鞋子也是干瘪破烂……

“到这里来，哎呀……到这里来。”母亲的心提到了嗓子眼，将尤丽吐孜领进里屋，让她坐在床上，找来湿毛巾擦拭着她的脸，问道：“这是发生了什么事啊，尤丽吐孜，发生了什么事？”

尤丽吐孜无声地摇了摇头，眼睛紧张地盯着地面，就像失去知觉一样。在已经好几个月没见过的母亲面前，她呆呆地坐着。

再娜甫汗的声音颤抖着问道：“你是怎么来的？”

尤丽吐孜紧闭的嘴唇微微颤抖，低不可闻地回答道：“交通车……”

“上个月你父亲回来，还说你找了份很好的工作，他还很高兴呢，这又是怎么回事，你不在那里上班了吗？”

“是的，我不在那里上班了……”尤丽吐孜说着，泪如泉涌。

“为什么？”

“妈妈，我头疼得厉害，让我休息一会儿。”

“我的孩子，好的，好的。”再娜甫汗立刻在床上铺被褥。

不，尤丽吐孜说想休息休息，完全是个借口，她蜷缩在被子里，无声地哭着，随着她的哀号，床微微晃动着。母亲的心同样在颤抖着，啊……这是怎么回事，这是灾祸的预兆吗？母亲怎么能想到，去年还满怀希望和喜悦，坐上苏力坦·艾力的小车，走进城里的尤丽吐孜，会以这样的状态回到家中。不……一定是发生了什么意外，一定是发生了什么不好的事情。一个星期以来，再娜甫汗都在做着噩梦，啊……对了，原来左眼皮一直在跳，是这个预兆！

“我的宝贝女儿，我的心快碎了，你到底怎么了啊？我是你妈啊，心里有事，不跟我说，跟谁说去啊！”再娜甫汗紧紧抱住尤丽吐孜，脸贴脸陪着尤丽吐孜哭了起来。尤丽吐孜的身体滚烫如火，泪水灼烫着再娜甫汗。

尤丽吐孜抱住母亲的脖子，像小孩一样大声地哭了起来：“妈妈，我的妈妈……我不想活了，我只是，我只是想来再看你一眼。”再娜甫汗心里咯噔一下，确认了一定是发生了不好的事情，用缓慢而又严肃的语气说道：

“好的，告诉我，发生了什么，还是你县长伯伯对你不好……”

“不，不！我再不想去城里了！”

“那是你的工作单位的人惹你生气了吗？”

“你别问了，你再问，我就从家里跑出去，我就去跳河！”

再娜甫汗吓得立刻安静下来，慢慢走了出去，让女儿休息。“不，一定发生了事情，她虽然不说，但眼睛已经说明了一切。老天啊……看来真有灾祸降临到女儿的头顶吗？我不是对孩子他爸哭着说了好几次，别让尤丽吐孜去城里吗？我心里早有预感，啊……为什么要让她去那个混蛋的家，我明明知道，但为什么那时没有阻止尤丽吐孜呢，不就是怕沙塔尔打骂吗？是啊，我就是怕他恶声恶气，怕他无情地打我，哎哟，都怪我，我太无知了。”再娜甫汗心中各种疑惑交织在一起，陷入悲伤的幻想中，手足无措。她像是丢掉了一样珍贵的东西一样，浑浑噩噩地走出屋子，又从外面走进屋子，就这样来来回回不知道做什么好。为了挤牛奶，她将花斑奶牛拴在羊圈前的杆上，很久都没有管它。牛嗷嗷叫，像是在说“你要挤奶就快点，别让我在这里受冻”般不停地叫着。牛犊也很久没有吃到奶了，用脆嫩的声音不停呼唤，为了喝到奶牛身上剩下的奶，在不停地催促着她，在牛圈里跑来跑去。再娜甫汗也忘记了放养在湖边的牲畜，为了给尤丽吐孜做些汤饭，她忙碌地和起了面。不一会儿，再娜甫汗听到沙塔尔·阿木提像是从屋顶扔下的木头一般粗暴的声音：

“哎……再娜甫汗，你是怎么了？奶牛差点都要死掉了！”

再娜甫汗放下正在切的面，赶忙走了出去。沙塔尔·阿木提正在解开团团缠住奶牛脖子上的绳子。

“你就是个懒婆娘！”沙塔尔·阿木提冲着再娜甫汗吼道：“羊都不知跑到哪儿去了，要不是我及时回来，奶牛都要死掉了，家里还有啥做不完的事？”

再娜甫汗用苦恼凄惨的声音说道：“尤丽吐孜回来了。”

“什么时候？”

“刚才回来的。”

“她怎么回来了，县长大哥不是才给她找了份工作吗？”

“你轻点说话，让她休息一会儿。”

“她在哪儿？”

“在里屋，你别进去，她这才睡着。”

“你还不挤牛奶吗？”

“不了，让牛犊吃奶吧，我在做饭。”

再娜甫汗这么说着走进屋子。沙塔尔·阿木提走过去打开牛圈的门，饥饿的牛犊，肚子干瘪地跑出来，来到母牛旁边，跪下两只前腿，伸长脖子，含住母牛的乳房贪婪地吸吮起来。沙塔尔·阿木提来到奶牛身边，坐在硬邦邦的杨树木上卷起了烟。从他那紧皱的眉头，不停大口大口抽烟的神情中，可以看出他心情非常的糟糕。尽管在煤窑投入了大量的资金，但是煤炭的开采速度缓慢，生意也不景气。刚开始抢购煤炭的客户们，再也不来这个矿场了。因为，他的煤里石头含量高，在炉子里燃烧不充分，容易成煤渣，现在整个城里的人都在说阿克卡西尔出产的煤质量不好。开始时，工人们就天天吵着说沙塔尔·阿木提给的工资太低，让他头疼不已，现在他连那点工资都发不出来了。有一次，沙塔尔·阿木提到矿场时，工人们像马蜂一样围了上来，一个工人揪住他的领子叫嚷道，我们的工资呢？还冲着他的脸挥舞拳头。当沙塔尔·阿木提被这样的侮辱气得要死时，还有人叫嚷着说，如果不能按时将他们的几个月的工资一起发给他们，就用炸药将矿场的那些设备炸成平地。沙塔尔·阿木提最怕的就是这个威胁的叫嚣，他怎么能保证矿里真的不会发生这种事呢？不，他不能保证，因为，那些矿工为了赚钱，抛妻弃子，从各个地方来到这里，在黑暗的矿底采矿。就连他自己都不能兑现合同中的规定，又怎么奢望他们遵守法律和秩序呢？沙塔尔·阿木提用十万元买了那些设备，如果真惹急了他们，肯定会让他们用铁锤砸个稀烂，然后他们会在一夜间逃之夭夭。到了那时，沙塔尔·阿木提又到哪里找他们，即使找到了，又能拿他们怎么办？压在沙塔尔·阿木提心头的烦心事，还不止这些，他还在担忧去年扩大到整个古兰姆草原的旅游事业，今年会是怎么个情况。牧场领导的意见倒可以不管，但糟糕的是牧民越来越强烈的反对。牧民们一致说他破坏了他们的草原，他们开始阻挡车辆，从四面八方开始来到草原有所行动。沙塔尔·阿木提在他们面前还能坚持吗？他想要将这些情况尽快反映给苏力坦·艾力。但他已经对苏力坦·艾力的性格有所了解，他是那种生了儿子夸自己、生了女儿怨别人、性格倔强的人。他只喜欢获得收益，不愿意接受亏损。如果沙塔尔·阿木提将这些告诉他，他又会有什么样的反应呢？会不会将所有的事都推到沙塔尔·阿木提身上？沙塔尔·阿木提正在发愁，回到家，听到尤丽吐孜回来，心情变得更加糟糕起来。他进屋，看到尤丽吐孜将头巾拉下，盖住眼睛，躺在床上，再娜甫汗正一手端着碗，一勺一勺地给尤丽吐孜喂饭。沙塔尔·阿木提来到床边，用一种不悦的眼神看着尤丽吐孜苍白得像纸一样瘦削的脸，问道：

“不舒服吗？”

尤丽吐孜瞥了父亲一眼，随后转头没有看向父亲。再娜甫汗赶忙替她说道：

“她感冒了，额头烫得要命……鼻塞、嗓子疼得说不出话来。”

沙塔尔·阿木提低头伸手摸了摸尤丽吐孜的额头。真奇怪，尤丽吐孜以往看到他，就会不停撒娇不停说话，今天真的一言不发，对他像对陌生人一般冷淡。沙塔尔·阿木提转身走出屋子，一边对再娜甫汗说道：

“我到场部去拿些药，你也快到羊群那边看着点。”

晚上入睡前，沙塔尔·阿木提对着再娜甫汗问起话来：

“你问她了吗？她为什么回来了？”

“我问了，但她不愿意说。”

“她不会是跑回来的吧？”

“很可能，我也是这么想的。”

沙塔尔·阿木提一下抱怨起来：“哎呀，县长大哥好不容易给她找了份那么好的工作，她为什么这么不懂事？我估计，她就是为了找凯沙尔才回来的。”

再娜甫汗的看法不同：“不是，我觉得不是为了这个，一定是发生了什么事。”

沙塔尔·阿木提警惕地问道：“会是什么事？”

“你没看到她刚回来的样子，头上脸上全是土。她穿着件单薄的裙子就从家跑了出来，在回来的公交车上，有个女人看她可怜，就把自己的毛衣穿在了她身上，你没注意到，她脸上还有伤。”

“她没说发生了什么事吗？”

再娜甫汗眼含着泪：“她不说，一问就掉眼泪。”沙塔尔·阿木提想了一会儿，又说道：

“你想办法问问到底是怎么回事，但她现在是有工作的人，还是要回去上班的。”

“我说了，那还能不说，但是……她说再也不会到城里去。”

沙塔尔·阿木提听到这里，更加生气起来：“真是不懂珍惜啊，这不懂事的孩子。我亲眼看过她工作的地方，也告诉过你，那地方可不简单，那可是家专门用来接待外宾的宾馆。如果不是县长大哥的面子，能安排她到那里上班？如果她不愿意在城市里上班，那就回来放羊，可惜……放弃了那么美好的地方跑回家，她这辈子也就这样了。这也就算了，但糟糕的是，在县长大哥面前让我太难堪了。”

再娜甫汗一句话都没说，她不能说出自己的怀疑，不，不怪尤丽吐孜，这一切都要怪苏力坦·艾力。她能这么说吗？不，不……再娜甫汗不能说，她不敢将心中的怀疑说出口。

再娜甫汗说道：“好吧，虽然是女儿长大了，但她还不懂事啊，这样吧，我来看着羊群，反正现在我也习惯了。尤丽吐孜就待在家里，尽可能做些家务。”这话让沙塔尔·阿木提听着心里舒服了些。这样尤丽吐孜就没机会跟凯沙尔见面了，古兰姆草原山高路宽，如果万一他们出个什么事，那在草原还能抬头做人吗？最好的，就是凯沙尔快点来我家里提亲，让他们把婚结了，尤丽吐孜以后也不会过得太苦。

日子一天天过去，尤丽吐孜身体逐渐有些恢复，开始帮家里做些家务，但她以前那爽朗的笑声、清脆的话语声消失不见。她仿佛整日深陷在无尽的烦恼中，表情呆滞，总是一个人发呆，在家里也像是客人做客一样，话语少得可怜。尤其让再娜甫汗心碎难过的是，看到她从白天到夜晚，无声地呆坐着，还有夜晚无声的流泪……但沙塔尔·阿木提完全不知道这些发生的事情。一天，场部会计交给他一封苏力坦·艾力写的信，信写得很简短，但又非常紧急，信大概的意思是，你的女儿突然失踪，让大家都担心不已，如果她回到山里，你尽快写信告诉我。沙塔尔·阿木提读完信后，想着尽快去城里，告诉苏力坦·艾力，尤丽吐孜一切都好，已经安全到家。他想顺便再问问苏力坦·艾力关于矿场和古兰姆草原的事，问问他有什么意见。第二天，他准备上路，从皮箱中将平常用的黑色背包取出来，来到了正在缝纫机前，修补弟弟穿破的衣服的尤丽吐孜身边，说道：

“你县长伯伯来信了，他们不知道你去了哪里，都很紧张，你以后可不能再做这样小孩子的事情，起来，我今天带你回去。”尤丽吐孜的脚在缝纫机踏板上停了下来，低着头，手中拿着衣服呆在缝纫机针头前，默默无语。

沙塔尔·阿木提再次问道：“你到底准备怎么办？”

“爸爸，我不去，你别逼我。”

沙塔尔·阿木提从女儿微弱颤抖的声音中，察觉到她坚定的态度。心想到：“算了，既然她不愿意，那就不勉强她了。说实话，县长大哥也是说话尖酸刻薄。尤丽吐孜辛苦八小时在宾馆上班回来，还要听他使唤，估计是女儿真的烦了累了。还好她回家了，如果她一时糊涂，到了别的乱七八糟的地方，做了不该做的事，那时，我们到哪里找她去？”想到这里，沙塔尔·阿木提一下也温柔起来。

他走出屋子边回头说了句：“记得挤牛奶。”

“好的，爸爸。”

“可别让羊圈里的羊羔饿着。”

“好的。”

沙塔尔·阿木提走上大路，没过多久，就坐上了从北疆开来的交通车。到下午时分，他来到苏力坦·艾力家，苏力坦·艾力披着厚毛衣躺在被窝里。

“您好啊，县长大哥。哎哟……您是不舒服吗？”

苏力坦·艾力擤着鼻子说道：“得了重感冒。”从他无神的双眼、下垂的下巴、浮肿的眼皮，可以看到他很不舒服。他明显地感觉到沙塔尔·阿木提的表情中，没有任何特别之处。沙塔尔·阿木提的眼中还是透着谄媚的神情，脸上带着亲近的笑容。

“尤丽吐孜回去了吗？”

“回来了，当天就回来了。”

“老天保佑……”苏力坦·艾力轻轻地呼了口气，当即恢复到以往的状态。

“真是不能对我的这些亲戚太好。我为了给你女儿安排工作，不知去了多少地方，求了多少人，你知道吗？我是卖了我这张老脸的，你懂吗？如果不是为了你女儿，我是那种向别人低头屈膝的人吗？那可是人家说起来都值得夸耀的地方，塔里木宾馆……再说还是属于市上管理的。每天就上个八小时班，每个月拿到手里的可是七八百块啊！在工厂企业上班，累到吐血也就二三百块工资，她可比那些人多拿几倍的工资……市属的单位，可是能捧一辈子的金饭碗。你自己看，连这样的金饭碗，你女儿都不知道珍惜！”

沙塔尔·阿木提害臊得脸上不停淌汗，说道：“女儿确实太不懂事了，做了个蠢事，我都恨不得打断她的腿。还不是看她也该结婚了，还是不愿意伤她的心。好吧，如果这么舒服的工作她都不愿意，那就让她受山里的苦。但我还是为有您这样的亲戚，感到万分感谢！感到十分的高兴！”

苏力坦·艾力还是不忘特别提醒一下沙塔尔·阿木提：“但你要清楚一件事，尤丽吐孜本来已经习惯了宾馆的工作，都是凯沙尔蛊惑了她。”

“还有这样的事？”

“你如果不相信，那就去宾馆问问。我现在跟你说句心里话，为什么尤丽吐孜刚来的时候，我没有给她安排工作？我就是担心凯沙尔那个狡猾的混蛋，跟在她后面骗了她，不是吗？尤丽吐孜每天说去上班，我又不能天天跟着。都是因为你催得紧，我才给她找了工作。现在，我说的都应验了。凯沙尔一个月前来过，那个混蛋一来就找到尤丽吐孜，几个晚上，都带着尤丽吐孜四处瞎逛。我一开始就感觉到了，但我没办法阻止尤丽吐孜走上这条路。唯一能阻止她的就是不让她再去工作，不让她走出我这个家门。”

沙塔尔·阿木提一声不吭。他不耐烦地坐在苏力坦·艾力身边，不悦地紧紧盯着地毯上的花朵图案。苏力坦·艾力知道自己已经将有关尤丽吐孜的话都摆在了沙塔尔·阿木提面前，对于这些问题已经没有必要再重复。

“好吧，我们开始说正事。”他动了动身体，将放在枕头上的头微微抬起说道：“今年的事，你准备怎么办？”

“矿场的情况很糟糕。”沙塔尔·阿木提说起矿场煤炭滞销的情况，因此没可能给工人们发工资，也说起了工人们的躁动和怨气，还说起工人们讨要工资的诉求。听到这里，苏力坦·艾力就像忘记了自己在生病一样，抬起头生气地说道：

“哎，沙塔尔，我早就说过不是吗？我问你那里的煤炭质量怎么样？你拍着胸脯说没问题。现在你说煤的石头含量高，人们怎么会买这种煤炭。他们需要的不是石头，是像羊油般燃烧的煤啊！该死的！我那时候，那时候怎么会相信你的话呢？”

苏力坦·艾力的话，对本就心情很不好的沙塔尔来讲，就像是当头一棒，让他觉得打击分外沉重。

“县长大哥，我那时说的话没错啊。”这是沙塔尔·阿木提第一次正面反驳苏力坦·艾力。

苏力坦·艾力的眉毛挑了起来，眼睛圆睁，说道：

“你说什么，煤矿的煤变成了石头，这也不是你的错？”

“煤矿刚开采时，表层的煤都是与石头混在一起的，这是常有的事。现在的问题是，我们的挖掘设备落后陈旧。工人使用的工具也不好，不能深入挖掘，才造成这样的情况。”

苏力坦·艾力紧紧盯着沙塔尔·阿木提的眼睛：“沙塔尔，你现在怎么开始找各种借口了？”

“县长大哥，这可不是借口，真实的情况如此。你没有下过矿井，所以不清楚情况。我们只有一个柴油发动机，照明灯不行，运煤车不行，手里只有铁锹、镐头……这些东西。我们周边的煤矿呢？电力运行的空调设备，电器设备……您对比一下就知道了……”

苏力坦·艾力没有说话，沙塔尔·阿木提接着说道：“因为那些矿的设备先进，可以想挖多深就挖多深，我们呢？又没有这种可能……”

苏力坦·艾力打断他的话道：“等等，你等等。你不是说也有电力挖掘机吗？”

“有倒是有，但自从大功率发电机坏了以后，只能用小功率发电机，它的电力只能勉强用在轨道用电和照明上，现在我们最担心的是矿下的甲烷，如果地下突然发生爆炸，那么……”

苏力坦·艾力失望地摆摆手：“这样啊，那这真是个麻烦的事了！那你认为现在应该怎么办？”

“我以前也曾跟您说过，不投入经费更换设备、不更新设备不行啊！”

苏力坦·艾力抱怨起来：“我为了这个矿投入的钱还少吗？那可是十五万元！但现在赚的钱还没有到十分之一。按你说，还要继续投资，我不是要继续亏下去？行了……既然这件事做不好，我们就收拾残局吧。”

“就那么把矿扔了！”

“为什么要废了矿场？我们卖给别人，或者租给别人。”

“这样的话，县长大哥，还得您亲自出马摆平这些事。”

“你先去找找买家，确定后再告诉我。”

沙塔尔·阿木提突然想起了件重要的事情：“但是，我们必须要发给那些工人工资，才能遣散他们。”

“你现在暂时垫些钱吧。”

沙塔尔·阿木提表示反对道：“县长大哥，我可没那么多钱。我手里那点钱，买了牲畜过冬的牧草饲料，就没剩下多少，这次我要不再买些，那牲畜连过冬都危险。”

“这种时候，你说这些话，可不像你的行事风格！”苏力坦·艾力提高声调大声说了起来：“你是出资人，我就不是出资人了？我为了给你嫂子治病、送葬，你知道花了多少钱吗？工人两个月的工资最多也就一万元吧。”

“是一万三千元。”

“好吧，就算是一万三千元，到这种时候，你连这些钱都要抱怨吗？”

“县长大哥，不是我不愿意出，我也知道您这段时间花销大，但您自己算算，十几头牛和一个羊圈的羊，我买了一个冬天的高价牧草饲料，我容易吗，要花多少钱？母羊已经饥饿瘦弱，羊羔吃奶都不够，不光要买饲料，还要买奶粉。我是成天地发愁，要不然这一万三千元还真不是个事。”

在不愿意出钱时，只要咬死自己“没钱”这两字，是最好的躲避手段。沙塔尔·阿木提银行里有好几万元，但还是在苏力坦·艾力面前哭穷，这是为什么呢？苏力坦·艾力这十几年来，都是在免费吃着他的牛羊肉。再说，苏力坦·艾力从来只希望自己那份牛羊数增加，绝不愿意减少，每当他那份牛羊数减少，沙塔尔·阿木提只能将自己的那份补充进去。每当这种时候，沙塔尔·阿木提心疼得几天都吃不下饭，他总是满怀怨气地想，这种亲戚也是够了。如果此次遂苏力坦·艾力的愿，自己出钱发给工人工资，将他们遣散回去。那完了！这以后就不能再跟苏力坦·艾力要钱了，沙塔尔·阿木提永远也没办法从苏力坦·艾力那里拿到钱。现在他只能这么做，只能这么说。但是，苏力坦·艾力可比他狡猾得多，对沙塔尔·阿木提为什么这么说，心里可是清清楚楚。是的，刚开始开矿时，他们约定好，由他出资，沙塔尔·阿木提直接管理矿场。现在这个混蛋就是抓住了这一点，但他是怎么管理矿场的呢？如果他能好好运作，矿场的收入增加，投入不就能收回来吗？现在，可要跟他算算这笔账了。

苏力坦·艾力挺了挺身体，坐直了说道：“原本我们说好，由我出钱，你来管理矿场。你还记得吗？”

沙塔尔·阿木提露出黄牙，谄笑说道：“当然，我当然记得。”

“好的，一万三千元我倒不是出不起。不管怎么样，我都会将钱放在你面前。但我们要把账算清楚，因为我们是亲戚，不能有损失了就推来推去。你是管理矿场的，但你到底管得怎么样？你没有管好，你把矿随便交到那些流浪汉、乞丐手里！”

“不，不，县长大哥，这个……”

“听我说，别打断我。如果你在矿场盯着他们，发动机会这么轻易地报废吗？你算算，在这个矿上，我最少损失了十万元。我为什么会做亏损这么严重的生意？还不是为了你？你自己知道，我每个月都能拿到一千两百元的工资，再怎么花，工资都够我花了。但人无外财不富，对我来说、对亲戚来讲都有好处。要不然，我是那种将钱扔到水坑里的傻子吗？但你这次没有尽到亲戚的本分，辜负了我的信任。”

沙塔尔·阿木提听到苏力坦·艾力恶毒的语言，像泄了气的皮球一样没了脾气。苏力坦·艾力像往常一样深深地喘着气，继续说道：

“好的，我等会儿就给你足够的钱，但你要尽快想办法将矿场转手出去。”

“县长大哥，这种时候，有很多整天在山上找矿的人，如果我们将矿租个五年出去，不但能回本，还能赚不少钱！”

“那样，你今天就回牧场去。”

“今天可能不行，我等会儿还要出去到饲料市场，还要找辆车，还要往车上装饲料，还得坐那辆车回去。”

“那你晚上回去。”

“还得看情况。”

沙塔尔·阿木提从苏力坦·艾力那里拿上钱，不顾天色将晚，走到街上。公园里的景色都显得暗沉，街道上刮来的寒风，让树上的枝条仿佛暴脾气人手中的马鞭一样挥舞。低沉的云层仿佛下一刻就会下起雨来，天地间的尘土形成龙卷风在街道上舞动。沙塔尔·阿木提看到如此景象，不再想去饲料市场，直接跑向街拐角处，到山里的汽车站。

今年，牧民的日子，在一种随时可能发生灾祸一般的波折和焦虑中度过。在浓重的云层遮盖下，星星都很少能够看到。侵体的寒风仿佛永不停息地刮着。山里的气温，也不像几天一个月能够转暖。牧民们都担心地摇着头叹气道，今年太难了。

尤丽吐孜高烧降下来不久，身体稍微有些恢复。但没过多久，又开始变得心灰意冷起来，显得病恹恹的。她总是一个劲儿地干咳，头疼脑涨只想睡觉，心里焦急得仿佛随时都要哭出来。有经验的母亲看到她的样子，立刻知道了其中的原因，顿时感到心惊肉跳，眼前一片漆黑。

母亲惊慌地看着尤丽吐孜满怀心事的眼睛，说道："尤丽吐孜，我是你妈妈，你要跟我说实话，到底是谁碰了你，是哪个混蛋恶人侵犯了你。"

尤丽吐孜心碎地抱住母亲，大声哭着。

"我不能说，我说不出口。"

"是苏力坦·艾力吗？"她怀着一种恨之入骨的心情提到了他的名字。

"是……他不是人，是畜生。"尤丽吐孜内心中涌出的悲戚，让她再也说不出话来。过了很久，才继续说道：

"我反抗了，但没有用，他力气太大了，我向老天祈求，但没有用，啊……我完了妈妈……我应该去死，应该离开这个世界，亲爱的妈妈……我已经不是以前那个尤丽吐孜了。"

"该死的苏力坦·艾力！他一向对别人充满野心并从中得到乐趣。你去年走的时候，我的心里就感觉不好。这次你回来我就很怀疑。啊，老天！真像我想的一样，你真的怀孕了孩子。"

“啊！”就像有把剑突然插进她的胸膛一般，尤丽吐孜打了个寒颤，恐惧得长大了嘴。她的心脏仿佛要停止跳动，灵魂就在这哀痛的呼喊中，离开她的身体。她眼睛中透着死亡的气息，仿佛在死神的魔掌中一样，瞪着眼睛发呆。她悲伤得狠狠咬牙，牙齿陷入手指中。再娜甫汗的脸色变得跟墙一样白，毫无血色的嘴唇颤抖着。她突然丧失理智，整个人处于慌乱迷茫中，她将脸埋在她的双膝间，大声哭着。可怜的女孩……除了通过哭泣宣泄悲伤痛苦的情绪外，她又能怎么办呢？再娜甫汗再也忍不住，与女儿一同大声哭了起来。想要同她一起，将多年来的伤心事宣泄出去……但她拼命控制住自己，抬起女儿的头来，用两只手掌心捧着她的头，看着女儿，擦着她的眼泪。

“发生的已经发生，现在别哭了，要不你爸爸会察觉到的。你要记住，这件事不能让任何人知道。”

“难道就这样放过苏力坦·艾力那个畜生？难道找不到教训他、为我报仇的人吗？”

“对我们来讲，真的无能为力，只有老天会惩罚他，也只有老天能为我们报仇！”

是的……受到苏力坦·艾力虐待的母女，除了眼睛里的泪水和心中的痛苦外，除了诅咒他外，还能拿苏力坦·艾力怎么样呢？再娜甫汗想到，难道要告诉沙塔尔·阿木提？不，不，沙塔尔·阿木提冲动、粗暴，但面对苏力坦·艾力，他只会像只狗一样摇尾乞怜。他会把从苏力坦·艾力那里获得的仇恨和愤怒，转嫁到她们母女身上。不知他又会向谁抱怨，即使听到，人们又能拿苏力坦·艾力怎么办？苏力坦·艾力依然会我行我素，最终丢尽脸面的还会是我们……尤丽吐孜……最好的办法，还是默默地将这桩丑事埋在心里。是的，要想个办法，骗过沙塔尔·阿木提，带尤丽吐孜去城里医院，要将这孽种从尤丽吐孜身上干干净净地拿掉。但古尔邦节快到了，过节前，再娜甫汗哪儿也去不了。

沙塔尔·阿木提到矿场，付清了工人的工资，将矿场五年的采矿权卖给了一名从内地来的商人。商人提前交付的三年租金，就已经超过了苏力坦·艾力的投资。沙塔尔·阿木提从这个被诅咒的矿，又得到什么好处了呢？不，他没有得到任何好处。他只是为苏力坦·艾力找到了矿脉，为了矿场放弃了所有重要的事情，整天徒劳地穿梭在家和矿之间，只是白白落人口实，只是穿破了几双鞋。自然，因为矿场没有带来过什么收入，所以他更不可能对苏力坦·艾力说，县长大哥，为了我的辛苦，给我分一点租矿的收入。该死的……那么多的劳动付之东流。现在只有专心经营去年还是带来不少收入的古兰姆草原旅游区。为了这件事，他起早贪黑忙碌着，有些时候，要几天才能回趟家。再娜甫汗被赋予最棘手的工作，还要落在羊圈里那最后一堆饲料上，生产的母羊、病弱的羊羔都已经宰了，但剩下的牛羊，还要想办法喂饱。糟糕的是，现在这种情况，这些羊看来都无法坚持到春天，无法坚持到吃上春天的新牧草。在这初春时节，她已经多少天没有笑过？是不是从北方飘来的黑云，覆盖了这座山上的一切。渐渐地，也有雨水落下，但随后就会变成雪。山林、草原、河流都会布满寒冷刺骨的风雪。雪终究会停的，但寒冷却迟迟不愿离去。现在哪里还有夏天的舒适，美丽的夜莺，哪里还有以往那漫山遍野的绿草？牧民期待着的这些日子仿佛遥不可及。再娜甫汗拿起了长棍，头上系着旧头巾，穿着带皮衬的棉袄，蜷缩着身子将面前一个羊圈的羊赶到河边厚厚的灌木丛中。小苗、干树叶、莎草、芨芨草早就被吃掉了。但对于饥饿得肚子抽搐、快要饿死的牲畜，对不久前只是闻一闻就走开的、粗糙坚硬的灌木枝条，今天却立刻咀嚼起来。牛羊不得不寻找与泥土混杂在一起的草根，作为最后的救命稻草。再娜甫汗在痛苦和困惑中纠结着，对灌木丛中像锯子一样尖利的风雪，仿佛无所察觉。像闪电一样在脑海中往复的只有两个人的名字——苏力坦·艾力和尤丽吐孜……由这两个名字和从中生出的两种情绪不断侵袭而来。心脏也在日益耗尽自己的能量。两个名字像两种威力不同的鞭子轮流鞭打着她。这不，那是称之为县长大哥，一向被他们尊重的苏力坦·艾力。县长可不是一般人，再娜甫汗在他面前总是显得那么拘谨。面对他，她会感到害羞和害怕，不敢正眼看他。在她年轻的时候，苏力坦·艾力那咄咄逼人狮子般的气势，对她却从来是那么地亲近、开朗，她又是多么地尊重他，听他的微言笑语。但就是这个狮子，这个备受她尊敬的县长，一天夜里，像一头豹子一样冲进她的屋子。当时，她是多么地惊讶，后来又是怎样地反抗他啊？啊！自那以后……后来发生了怎样噩梦般的事，她到现在都不愿意回忆。只要想起，心里就会再次充满痛苦，要好多天才能好起来。就在那天……天真烂漫的再娜甫汗，就像原野上被沉重的车轮轧过的蒲公英花，当花瓣被毁掉的时刻，她只记得自己对着苏力坦·艾力咒骂："你不是人，你是畜生！虽然我这弱小的身躯不能报复你，但总有一天，你会受到报应的！"随着时间的流逝，这诅咒，这内心被痛苦折磨的诅咒不知道多少次的重复着，再娜甫汗已经无法计算。苏力坦·艾力呢？还是和以前一样，只是相对肥胖了不少，但还是那副骄傲的样子，他没有受到任何惩罚，照样过着平平安安的生活。苏力坦·艾力没有成为故乡的真正的父母官，成为了一滩污秽的东西！身上又留下多少被他践踏的女孩的抓痕。告诉我，告诉我答案，你这个混蛋，畜生！你怎么忍心糟蹋我的亲生女儿？啊。你本是抛弃良知和信仰，是这世上可怕的怪物。你早已没有了人类的情感，又哪里来的良心？再娜甫汗跟在羊群后面，就像疯子一样在空中挥舞着手臂，混杂着哭泣大声呼喊。

节日的准备现在落在尤丽吐孜一个人身上。她总是干呕、气虚，这让她时常感到手足无力。她不顾自己像干枯树枝一样的手臂，将冬日里被灶火熏染的墙裙、窗帘、被套床单等都洗了一遍。用扫帚打扫了房间的天花板和墙面，拍去毡毯和地毯的灰尘，打了馕、馓子和油饼。她常常走到屋后，向着西方——向着河流的方向眺望。

那边有她过去放牛时最喜欢躺着的高坡，翻过那个高坡，用不了多久，就能到凯沙尔砖砌围墙的家。“啊，凯沙尔……”她哀痛地念着这个名字，流下伤心的泪水。那个时候告诉你的噩梦终于变成现实，在我对抗厄运时，在我反抗黑暗降临的时刻，我多少次呼唤你的名字？当时如果你在我身边，一定会将那个混蛋狠狠地压在地上，踹踏他吧。老天没有赐福于我们，我最终失去了你，亲爱的，这一切都是为什么？我说不出口……对我来说，你是太阳的光辉，而我被践踏的身体，不配拥有那份光华。

古尔邦节到了。一大早，牧民们不会像城里人那样到清真寺里祈祷，他们依然保持着淳朴的性情，他们会到尤丽吐孜河边，到尤丽吐孜每天眺望的河边进行简单的祷告。带领大家祷告的，当然是受到牧民爱戴的尕依孜・帕里万。在过节时，在周五的礼拜日，送葬礼等活动，牧民们都会在这个高坡边举行相应的仪式。

节日的第二天，尕依孜・帕里万带着凯沙尔到沙塔尔・阿木提家里拜年。凯沙尔为见到沙塔尔・阿木提会得到怎么样的对待而感到忐忑不安。在尕依孜・帕里万的催促下，勉强跟着他来到。出乎意料的是，沙塔尔・阿木提接待他们时表情显得格外高兴和亲密。等客人们进客厅坐在炕上的餐桌前，尕依孜・帕里万举起双手开始祷告，沙塔尔・阿木提和凯沙尔也跟着举起了手。

“祝你节日安乐啊，沙塔尔大富翁！”

沙塔尔・阿木提很高兴，说道：“谢谢，大家同乐。”他看到凯沙尔跪坐在炕上，不时伸缩两条腿，感到很不习惯的样子，亲切地说道：

“不用折磨自己，伸展双腿坐着吧。哎，这样的情况……你还有什么好拘束的？我们都是自己人了。”

餐桌上摆着刚打的馕和小油馕，盘子上放着馓子和油饼，小碟子里放着糖、饼干和干果。客人们洗过手后，沙塔尔・阿木提端着一盘冒着热气的手抓肉进来，一边用手将热腾腾的肉分解成块，一边说着：

“来来，尕依孜大哥，你先请，我们三个必须把这盘子肉消灭掉，这可是公羊羔的肉，吃了只有好处，没有坏处。”羊肉和附着在肉上的肥油像奶油一样细腻绵软，味道十足。沙塔尔·阿木提和尕依孜·帕里万边吃边说显得格外畅快，不断劝着凯沙尔吃肉。沙塔尔·阿木提开始说起去年在古兰姆草原做生意的情况，说起冬天羊圈里死了多少羊，又说起谁家的羊圈遭到狼的袭击，谁家又结了亲家。他们喋喋不休地说着这些闲话，就在这时，他们没有注意到，凯沙尔看到对面墙上挂着的相框，正在那里发呆，不知想些什么的样子。相框里是尤丽吐孜的彩色照片。这张照片，看起来像凯沙尔和尤丽吐孜初相识时的那年照的。看起来年纪不大，显得天然的稚嫩，唯有她的眼睛和嘴唇似乎没什么变化……乌黑的眼睛在诱人可爱的微笑中，闪烁着星光。嘴角挂着灿烂的微笑。啊，凯沙尔觉得能够拥有这样美丽的天使，能与之共度生命，是怎样的一种幸福！凯沙尔生怕引起他们的注意，只能时不时地偷瞄照片几眼。他心中暗暗自语，尤丽吐孜，祝你节日快乐！这时刻，城里一定是锣鼓唢呐齐鸣，好像婚礼一样热闹吧，估计你也放假了吧，哎，不知道你过得怎么样，是不是高兴快乐？你知道吗？我今天真的很高兴，因为，我是你家里尊贵的客人。以往你爸从不正眼看我，今天却对我态度和蔼。我和尕依孜·帕里万大爷来你家拜年，等我们的媒人——大妈稍微好一点，能出门活动，就会立刻来你家提亲。告诉你吧，亲爱的，我们在古兰姆草原举行的婚礼会有多么热闹。

他正陷入到自己的想象世界中，没过一会儿，尕依孜·帕里万用手肘顶了顶凯沙尔，然后举手做了祷告。再娜甫汗将他们送到门口，沙塔尔·阿木提则一直将他们送到了大路上。他们骑上马离开不久，尕依孜·帕里万说道：

“哎……你不是说尤丽吐孜在城里吗？我怎么看到她在屋子里？”

“不会的。”凯沙尔不相信，随口说了句。

“刚出门前，路过旁边的屋子时，我扫了眼，好像看到了她。”

“你不会看错了吧？”

“她可是从小在我眼前长大，我怎么会看错？”

凯沙尔一时沉默地想着：“她什么时候来的呢？是因为过节放假了吗，这样的话，她应该回来好几天了，那为什么不到我家里去呢？”但凯沙尔随即放弃了自己的怀疑，她家里要准备过节，事肯定很多，这些事都是要女人做的啊，一定是她一回来，就接过了母亲手中的活儿，顾不上去找我。

尕依孜·帕里万那像猛兽般的声音打断了他的思绪，他咳嗽了声，说道：

“这佳时佳日的，今天是个好日子……我都等不及老婆病好点了，我想自己去提亲。但我又担心，他们会不会认为不太尊重他们呢？哎，听我说，要不我们快点告诉你父亲。”

凯沙尔似乎觉得不太妥当，他沉思片刻，摇了摇头说：“一个是距离远，另一个原因是……我不想让父母参与到这件事中。”

老人脸一下红了起来，说道：“对啊，我知道。我现在就以你父亲的身份……但我还是想再带个有脸面的人一起去提亲。”

“提亲还有这样的规矩吗？需要准备什么东西，您就告诉我，我会准备齐全的。”

尕依孜·帕里万瞪了凯沙尔一眼：“你在说什么？那是我们的事，我说了，我们会以你父母的名义，我就是你的父亲……”他又想了想，继续说道：“要去提亲时，我会提前一天告诉你。”

他们来到尤丽吐孜河对面，尕依孜·帕里万拉着马的缰绳，停了下来说道：

“我们去我家吧，你一个人太孤单了。”

“您不是说要整天都去拜年吗？”

尕依孜·帕里万笑着说道：“是啊，是啊，我们是这样说的啊。我都忘记了，你说，我们去谁家？”

“牧场的教师还特意邀请过我，我们要是去那儿，他们肯定会很高兴的。但我想，我们还是去艾山·卡克立克家里看看。

“这就对了，那我们去艾山·卡克立克家！”两人带动缰绳，扭转方向，沿着河岸北方尘土与灌木交织的道路，骑着马儿走去。他们去艾山·卡克立克家还有其他一些牧民家里拜完年，才往回走着。

过了两天，两人晚上巡视森林，晚上从草原回来后，尕依孜·帕里万看到家里停了一辆吉普车。

一定是单位来了人，尕依孜·帕里万赶忙从马上下来，让凯沙尔跟着他走进屋子。看到在炕上餐桌前坐着三个人，一个是林业局局长吾买尔·塔瓦库力，一个是牧场场长艾则孜·马合木提，另一个是司机。

尕依孜·帕里万看到他们，高兴得逐个握了握他们的手说：

“哎呀，真是稀客！你们来拜年了啊！真是太好了。”

吾买尔·塔瓦库力站起来说道：“祝您节日快乐！”其他两人也跟着他站了起来。

“谢谢，谢谢，快请坐，快尝尝刚煮的肉。”

盘子里的肉看来盛上来已经有一段时间了，油都有些冷凝。看来客人们已经来了不短时间，年老多病的老婆婆，拖着肿了的腿勉强走路，但还是一直在接待他们。

尕依孜·帕里万端起盘子说道：“肉都凉了，我再去盛点来。”随后，老婆婆端着盘子进来，盘子上是刚下的面。她对任何人都是满脸的慈祥，是个真正慈祥的母亲。

“哎哟，你这是从哪里回来的，都这么长时间了。”老人对着尕依孜·帕里万不停埋怨起来：“客人都来这么久了，你先别想着吃肉，客人从城里大老远过来，不先吃口热乎饭怎么行？”

艾则孜·马合木提说道：“大妈，不来您这里拜年，我们心里过意不去，但来了又给您添麻烦。”

“哎呦，有什么麻烦的，我们又不是杀马宰骆驼，能拿得出手的也就是这一碗汤饭。你尕依孜大爷的情况就这样，从不顾家，也不看自己多少岁了，成天骑着马到处跑。”老奶奶亲密地取笑起老爷爷，惹得大家伙儿哈哈大笑起来。

吾买尔·塔瓦库力笑着说道：“现在正是尕依孜大爷玩乐的时候啊！让他去玩，但他不带着您，自己骑着马去玩，就太不应该了。”老奶奶露出因为年老掉得没剩几颗的黄牙，舒畅地笑了起来，笑的时候，深深的皱纹下，凹进去的眼睛都挤成一条线。不一会儿，屋里就开始弥漫肉汤下面条的香气。一碗饭下肚，每个人的太阳穴冒出了汗珠，满脸通红。

吾买尔·塔瓦库力用惯常开会时的文雅从容的语气，对他们说道：“将范围这么大的林场，扔给你们俩不管不顾还不够，还没能经常来慰问你们，为了洗清我们的罪过，这不就来看望你们了。”

从某种意义上讲，这是个未经提前准备的小型会议。吾买尔·塔瓦库力之后，艾则孜·马合木提也说了几句。两人说话的内容一致，市林业局党支部和天山牧场的领导，对他们俩过去一年里，在森林管理和林木培育方面的工作表示满意。吾买尔·塔瓦库力对凯沙尔的表现，更是激动得说了很长一段肯定话语，说他在林业技术发展方面做出了突出贡献，是个优秀的科技人员，他像爱护自己的眼睛一样爱护森林资源，是森林真正的守护者。最后，他宣布凯沙尔被市林业局评为模范青年和优秀个人，并获得了两千元的奖金。除此之外，他们带来的慰问品也不少，让凯沙尔最为高兴的是，他们专门为他买了两箱子的书籍、杂志。他们走出屋子时，天色早已经晚了。山里的寒风，在晚间更加剧烈地吹拂着大地。院子里老杨树的高大树枝在寒风中摇弋，从树枝上传来嘎吱嘎吱的声音。客人们不顾气候恶劣，坚持要回城里去，尕依孜·帕里万和凯沙尔一再劝说无果后，尕依孜·帕里万拉着吾买尔·塔瓦库力的手，来到羊圈前，说道：

“我本来就想着通知你们，有个非常重要的事，就是给凯沙尔提亲，所以今天你们不能走。”

吾买尔·塔瓦库力听到这意料之外的话语，发自内心高兴地说道：“好啊，这可是好消息，准备去谁家提亲啊？”

“你猜猜看。”

“是古兰姆草原的姑娘吗？”

“是的，父母都在这里。”

吾买尔·塔瓦库力想了想道：“这样的话……古兰姆草原还有凯沙尔看上的姑娘吗？对了，是老师，还是医生？”

“不，是牧羊姑娘……现在城里的一家大宾馆工作。这次你们非得领头去提亲才是……别让那家人以为没有为凯沙尔做主的人。”

“那亲家是谁？”

“沙塔尔队长，苏力坦县长的亲戚。”

“他们知道我们要去提亲吗？”

“上次去他家，大概提了下。”

“凯沙尔喜欢那个姑娘吗？”

“当然喜欢了，他们两情相悦，才有了提亲这件事。”

“尕依孜大哥，提亲也有讲究的，我们提前不知道这件事，也没有什么准备。”

尕依孜·帕里万说：“这你不用操心，我老伴早就准备好了。”

“我们什么时候去？”

“一切顺利的话，明天就可以去。”

吾买尔·塔瓦库力走到正在和司机聊天的凯沙尔身边，将手放在他的肩上，说道：

“恭喜啊，凯沙尔兄弟，看来你是要在古兰姆草原扎下根来。这样最好，你要像尕依孜大爷一样，在这里生根发芽、子孙成群才好啊！”

第二天一早，尕依孜·帕里万将依玛尼汗准备好的馕、糖果、方糖、一块呢子布料和一块丝绒布料，放在车后厢里。依玛尼汗说：

“哎哟，我的腿……我的腿都成这样了，走起路来像鸭子一样摇摇晃晃，就别跟着你们丢脸了。”尕依孜·帕里万不愿意，帮她整理衣裙，说道：

“你虽然手脚不利索，但你聪明啊，嘴又甜，今天事成不成可都在你身上。老天啊，快把这个破头巾扔了，戴上你那条大石榴花头巾，还有我秋天送给你的软套鞋在哪儿？都戴上穿上，要不都要烂在你的箱子里了。”

依玛尼汗按照老人说的，收拾停当来到车前。尕依孜·帕里万粗壮的身躯就占了后座一半的位置。吾买尔·塔瓦库力和艾则孜·马合木提两人好不容易挤上剩下的一点地方。

车在路上颠簸得很厉害，车里面更是拥挤，尕依孜·帕里万发牢骚道：

“所以我不喜欢坐车。这制造厂也不把车里做得宽敞些，看这挤得，就像关鹧鸪的笼子，这东西哪里有我的老马好。”

沙塔尔·阿木提一家人热情地笑脸相迎。沙塔尔·阿木提不顾储藏室里挂着几条羊腿，还是从羊圈里拉出肥壮的公羊，很快地宰了，将肉满满地放在锅里。夫妻两个都很高兴。孩子们正在假期，无聊地待在家里，想念着学校，这时听到动静都围着车跑动着，高兴地大喊大叫。听到客人到来的消息，尤丽吐孜在隔壁房间，静静地蜷缩在角落里。沙塔尔·阿木提在客厅与客人们畅快地聊着天。外屋的灶火越烧越旺，再娜甫汗在灶台旁忙着削红萝卜的皮。过了一会儿，依玛尼汗摇摇晃晃地来到她身边。女人们在一起就是这样……嘴里说着，手里忙着，在闲言碎语中，没过一会儿，一锅抓饭就做好了。

饭后，大家热得淌汗，打着饱嗝坐在一起时，司机看到尕依孜·帕里万向他示意，走到车旁，从后车厢里拿出聘礼走了进来。依玛尼汗打开包裹着馕的餐布，将方糖和两块布料放在馕上。尕依孜·帕里万随后抬起头来，轻轻咳嗽了下，说道：

“沙塔尔，再娜甫汗……老天赐予你们幸运，养大了像天使一样的尤丽吐孜。我们希望为尤丽吐孜找到适合的优秀孩子，那就是凯沙尔，但愿老天能赐予两人幸福。为了在他们心中灌注爱的种子，我们代表凯沙尔的父母亲友，带着万分喜悦的心情到你们家里提亲，请你们不要嫌弃我们带来的微薄礼物，接受礼物，接受我们的请求。”

沙塔尔夫妻站起身来，将双手放在胸前，俯身行礼道：“这是老天的恩赐！吾买尔局长、艾则孜场长辛苦了，你们可是我宰了羊圈的牛和骆驼都请不来的客人，谢谢你们尊贵的脚步。”

再娜甫汗说道：“谢谢你们！”说着双手从依玛尼汗手中接过馕、方糖，就这么举着走进里屋。

“你看，为了你的幸福，我们接受了聘礼。”

“啊？为什么？”尤丽吐孜受惊一般站了起来：“你们为什么接受？不，不，不能这样妈妈！”

再娜甫汗一下愣住了：“什么，你在说什么？你可不要犯糊涂啊。”

“不，不……我不愿意。”尤丽吐孜哽咽着道。再娜甫汗一边担心外面的人听到，惊慌失措地看着门，一边又看着尤丽吐孜。她压低声音用紧张的语气对尤丽吐孜说道：

“你别再犯糊涂了。本来你们之间都说好了，现在为了那个小伙子，连领导都来了。现在我们说女儿不愿意，他们会怎么看你啊？”再娜甫汗慢慢来到尤丽吐孜身边，用慈祥的口吻继续说着：“我会和你一同承受所有苦难。”她走出屋子来到客厅。她走进来时，依玛尼汗正跪坐着，嘴唇闭合，伸长脖子，一个劲地夸赞凯沙尔：

“凯沙尔可是我们称为真正棒小伙儿当中最优秀的一个。在乌鲁木齐上了大学，一肚子的学问，又懂礼貌，更是勇敢无畏，长相更是没的说……”

听她一个劲地夸耀，沙塔尔夫妻两个觉得很不自在，沙塔尔·阿木提干咳了几声，一向沉默少语的再娜甫汗，为了自己的女儿，也开始变得多话起来，她摇了摇头，轻轻晃动脖子说道：

"哎哟，我的女儿比起那小伙子可也不差。姑娘中有好有坏，花中更有花，我姑娘可是古兰姆草原上正在盛开的花朵，是从天上降临的天使，是天上的星星。如果哪个小伙子能摘到这朵花，你们所有人都会上天堂的。"

吾买尔·塔瓦库力说道："是啊，这话说得对！他们俩都是老天的恩赐。"没过一会儿，餐桌上就摆上了烤肉。屋里的人们都得偿所愿，高兴得神采飞扬，屋里充满了欢声笑语。吾买尔·塔瓦库力吃了一串烤肉后，用手绢擦了擦手。对尕依孜·帕里万示意道："该你说说婚事怎么办了吧？"尕依孜·帕里万挪了挪身子，轻声说起来：

"我们带着最大的希望和诚意而来，感谢你们没有让我们失望而归。我觉得任何事都要趁热打铁，所以，我觉得应该将结婚的日子定下来。"

"这个……"沙塔尔·阿木提还没有经历过提亲的事，一时不知道怎么回答，他把回答的权利给了再娜甫汗，向再娜甫汗看去。

再娜甫汗示意沙塔尔跟着他到外屋去，两个人走到走廊边，再娜甫汗低声对沙塔尔·阿木提说道：

"尤丽吐孜突然开始反悔了，她说她不愿意。"

"她说什么？"

"她不愿意嫁人，不愿意嫁给凯沙尔。"

沙塔尔·阿木提生气地喊了声："这事轮得到她做决定？"

再娜甫汗紧张地说："哎哟，你小声一点……小声说话。"

"行了，现在别提这个，婚礼定到什么时候？"

"现在能不能先别定婚期？"

"不行，我们都接受了提亲，现在反悔怎么来得及。"

"那你来决定吧。"

沙塔尔·阿木提走进客厅，站在客人面前，热情地说道：

"对不住大家，让你们久等了。因为我们夫妻到现在还没有嫁过女儿，娶过儿媳，不知道结婚的那些规矩。在诸位接受的情况下，这些事我要与父亲，还有我县长哥哥他们一起商量，婚期的事宜，与他们商量后，我再将结果告诉你们。”

尕依孜·帕里万用响亮的声音说道：“沙塔尔队长，就算这样，也别拖太久了。

吾买尔·塔瓦库力说道：“我们觉得，在七月或八月，在古兰姆草原最美的时候举行婚礼。”

“好的，等我们商量一下再定，说不定就同诸位的想法一样呢。”

客人们纷纷称善，站起身来，沙塔尔·阿木提与吾买尔·塔瓦库力低声耳语着什么，等所有人都到院子，吾买尔·塔瓦库力对司机说道：

“你先将尕依孜·帕里万大哥和依玛尼汗大嫂送回去。”他又走到尕依孜·帕里万身前：“我们就在这里道别吧，尕依孜大哥。”

“局长，你这是什么话？我们到家里再住一晚上。”

“昨晚已经麻烦了你一整夜，我们还会经常来。也许过不了多久我们就会闹新婚，哎，关于这场婚礼，以后不知道还有什么变故，到时候有消息一定要告诉我。”

汽车远去，吾买尔突然拉了拉艾则孜·马合木提的袖子，说道：

“沙塔尔队长要请我们喝茶，看来我们还要在他那里坐坐。”

他俩返回屋子，坐在餐桌前，沙塔尔·阿木提从床底搬出一箱酒，他们在沙塔尔·阿木提不停劝酒下，喝了两瓶酒。等到汽车到来后，坐上车到凯沙尔家去。凯沙尔一直以来安静的房间里，这一天显得非常热闹，充满欢声笑语，歌声不间断地传唱着，凯沙尔弹着吉他，曲调优美，让人内心生出感动，亲切的歌声更是让人着迷……

来家里拜年的人渐渐少了，再娜甫汗从锅台上的忙碌中解脱出来。这一天夜里，她将自己长久以来心里想的一个计划告诉了尤丽吐孜：

“我要带你去医院检查，我们现在要悄悄地将这件事处理好。”

“好办吗？”

“怎么会不好办？我悄悄地从队里女人们那里打听好了，几个意外怀孕的女人，都是到医院里打的胎。”

“亲爱的妈妈，我害怕，到底要怎么做才好啊？”

“别怕，那些女人回来后，都是若无其事，没什么影响，老天会帮助我们的，会帮助我们这样的女人，会同情我们这样弱者的疾苦。”

母女俩互相拥抱着，又流了会儿眼泪。

尤丽吐孜问道：“你准备带我去哪家医院？”她夹杂着哭音的悲伤声音，满是担心和害怕，开始颤抖起来。

“我想，我们还是去部队医院。离家近，技术也好些……”

“不。”尤丽吐孜又伤心地哭了起来：“那里的人会认出我的。”

“那么，我带你去市医院吗？”

“那儿也不能去，我在医院照顾婶婶那么长时间，医院里的人都认识我。”

再娜甫汗头疼不已：“哎呀……这儿也不行，那儿也不行，那还有什么医院可以去？”

“不是还有交通医院吗？”

“那倒是有，但不知道技术怎么样？”

“应该可以，就是因为偏一点，所以去看病的人少。”

就这样，母女为了去医院做着准备，第二天一早吃过早饭，再娜甫汗对沙塔尔·阿木提说道：

“尤丽吐孜回来后，一直都觉得不舒服，哭着说自己腰疼。我想带着她去医院看看，顺道儿看望我父母。”

沙塔尔·阿木提发牢骚道：“这些日子这么忙，不能等过阵子再去吗？”

“那样也可以，但尤丽吐孜不去医院检查一下可不行，这就要提到婚期了……”

虽然觉得现在不是扔下羊圈，去其他地方的时候，但沙塔尔·阿木提听到婚事的话后，还是沉默起来。是的，结婚前如果尤丽吐孜有什么病，是一定要治好的，让一个整天唉声叹气的人结婚，也是很不妥当的。

沙塔尔·阿木提想了一会儿，抬起低垂的眼皮，睁开眼睛盯着再娜甫汗问道："什么时候走？"

"今天准备准备，明天早晨我们就去医院。"

"这还要准备什么，你们又不是去参加婚礼。"

"哎呦，这些事你就别操心了，我们是女人，又不是男人，皮袄披在身上就哪儿都敢去……"

"准备带多少钱？"

"带个一千元就行了。"

沙塔尔·阿木提瞪着眼睛道："一千，怎么要那么多？"

再娜甫汗耐心地解释着："你看，尤丽吐孜还不知道得的是什么病，万一要住院或者做手术，我们去求谁？多带点没有坏处。真要花得少更好，剩下的不是可以带回来吗。"

吃过饭后，再娜甫汗赶着羊群走了出去。沙塔尔·阿木提牵出马儿，将马拴在杆子上。尤丽吐孜在灶台前洗着碗，沙塔尔·阿木提从木桩上取下鞭子，温柔地看着尤丽吐孜，想到前些时候，还像孩子一样跟他撒娇，见着他就唠唠叨叨地说个不停的女儿，现在为什么沉默起来，好像是见到陌生人一般在躲着他？哎……我是真的喜欢这个女儿啊，性格像男孩子一样，走到哪儿都跟着我，现在又如此这般让人无奈。过不了多长时间，她就会像鹞子一样从家里飞走，现在对她来讲，这个从小长大的家里，她也待不了几天了。

"你觉得身体哪儿疼？"

姑娘磕磕绊绊地说道："腰……腰疼……还有胃。"

"明天让你妈带你去医院检查一下，如果还不好，等夏天我闲下来，带你去乌鲁木齐看病。"

沙塔尔·阿木提走了出去，屋外传来马的嘶叫和马蹄踏地声，又传来沙塔尔·阿木提的声音：

“有两只羊羔从羊圈里跑出去了，你把它们赶回羊圈锁起来。”

“好的，马上。”

尤丽吐孜走出房门，看到羊圈门前有两只才出生两个星期的羊羔，羊羔互相追赶，蹦蹦跳跳地玩耍着。尤丽吐孜拉开羊圈的门，露出一点空隙，试图将羊羔赶进去。但就在这时，羊圈里出生还没几天的小羊羔也跑了出来。因为羊羔跟着母羊喂养比较麻烦，所以集中起来喂着牛奶、奶粉和松软的苜蓿。这些羊羔突然发出颤抖尖叫的声音，从羊圈里冲了出来。尤丽吐孜挡住它们，想把它们再赶进羊圈。但像婴儿一样啥都不懂的羊羔们，根本没有弄懂她的意思。还以为尤丽吐孜要给它们喂奶，跑到她的身边，一些立即扑在尤丽吐孜的身上，还有一些跑到羊圈后，想去找它们的妈妈。院子里瞬间充满了它们争先恐后的叫声，尤丽吐孜手忙脚乱地准备再次收拢羊羔。这时，凯沙尔仿佛从地里冒出来一般，出现在她眼前，看到凯沙尔，尤丽吐孜吓了一跳。

“我来帮你，要将它们都赶进羊圈吗？”

“是的。”

“哦依……哦依……黑珍珠们，快回家里去，快点！”凯沙尔抱起一只走路晃晃悠悠的羊羔：“哎呀……多美啊，多可爱啊！就像刚出生的婴儿，看它滴溜溜转动的眼睛……哎，可怜的小家伙，哎，可爱的小家伙……”

男人终究是男人，凯沙尔不一会儿就将羊羔们赶到羊圈前。这些将尤丽吐孜欺负得手忙脚乱的小家伙，被眼前男人陌生的气息吓得直往羊圈里扑去。凯沙尔关上羊圈的门，转身向身后看去，但却看不到尤丽吐孜，只是看到转身进屋的尤丽吐孜的一丝身影。他向前走了两步，来到房门前。尤丽吐孜站在门口，神情显得阴郁不乐……凯沙尔原本想讲一句笑话让尤丽吐孜乐呵乐呵，看到她的表情，一下手足无措起来。

“你好，尤丽吐孜，我……”

“你别进来，家里有人。”

“喂，你这个骗子。”凯沙尔兴致勃勃地对着尤丽吐孜开着玩笑，向她眨着眼睛：“我丈母娘在河边喂羊，岳父骑着马去了场部。家里还能有谁？”

“别胡说，谁都不是你的丈母娘，更不是你的岳父。”

“为什么不说？我要先习惯习惯这样的称呼。也不知道他们在想什么，也不把结婚的日子定下来。”

尤丽吐孜一言不发。

“你准备什么时候回去，你是怎么了？说话啊。”

尤丽吐孜摇着头，眼眶里瞬间满是泪水，用若不可闻的声音说道：

“我不会去，我不会回去了……”

“为什么，是宾馆裁员了吗，还是发生了什么不愉快的事情？”尤丽吐孜浑身僵硬，低着头，只是看地，说不出一句话。

“那么你县长伯伯……”

“别说了，你别说了……”尤丽吐孜突然发狂起来，砰地一声用力关上了门，随后，屋里传来她的呜咽声。凯沙尔完全没明白发生了什么，呆立在门口。哎？这是怎么回事？她为什么说不会去，为什么一提到苏力坦·艾力的名字就喊叫着关上门？又为什么这样让人心碎地哭泣？凯沙尔试着让尤丽吐孜开门，告诉他到底发生了什么事情，让她说给他听，但这些努力都白费。尤丽吐孜从里面闩上了门，没有回应凯沙尔的恳求，没有回应凯沙尔的问话和哀求。

从凯沙尔站立处，只能听到尤丽吐孜的哭声。凯沙尔又耐心地等待了很长时间，等着尤丽吐孜打开门。这时，传来从湖边回来的羊群咩咩的叫声。在河边吃草的母羊们，一接近羊圈，都想起了自己的孩子们，跑在了羊群最前头。现在，凯沙尔不得不走了。还没等帮助再娜甫汗照顾羊群的黑狗，走近扫视院子里的一切，他就轻快地跑到了屋子后面。

晚饭后，再娜甫汗就开始了明天上路的准备。她闷闷不乐心不在焉地摆弄着手中的东西。忘了已经将物品放在箱子里，又开始翻箱倒柜地寻找起来。只要是觉得对尤丽吐孜有用的东西都往箱子里装。她将沙塔尔·阿木提给的一千元钱放在内衣口袋里，用别针别好，等所有准备都做好了后，心里才觉得安定了些，开始铺床……

山里的夜晚就是这样……这里没有城市中整天穿梭不息的车辆，听不到车辆的轰鸣声，也听不到街上醉汉的大喊大叫声。如果不是不时可以听到山里狼的拖得长长的嚎叫，所有一切都像是陷入沉眠一样寂静无声。不知何时，隔壁屋子里传来沙塔尔·阿木提像锅里煮沸了的水一样的呼噜声，躺在他身边的母亲也已经睡着。直到现在，尤丽吐孜都无法入睡。她为了白天面对凯沙尔时的冷漠态度，当着他的面狠狠关上门的举动，感到发自内心的痛苦。想到明天去医院，即将面对的异常困难的情况，心中更是充满悲伤和恐惧。啊，凯沙尔，亲爱的，请你原谅我，原谅我对你做的一切，你知道吗，因为对你所做的，我心里又是多么地难过和自责？又是流了多少眼泪？为什么我没有像阳光一样带着灿烂拥抱你，而是用冰冷的态度、冷淡的表情对待你呢？亲爱的，我没办法向你解释这一切……我们曾彼此约定终身，成为甜蜜的一对恋人，但那时做的噩梦终于变成了现实。啊……到底要怎么办？我是那么爱你，在我心中，对你的爱，就像尤丽吐孜河水一样清澈纯洁。就算你已经让媒人到家里提过了亲，也征得了双方父母的同意，我也不愿意用已经脏了的身体，来玷污你。我的梦已经展示得很是清楚，我感觉自己也活不了多久。啊，我的苦衷……我想，就算我死也是死不瞑目，因为我在这个世上，不在乎其他人或事，我只在乎你。尤丽吐孜将脸埋在枕头里，自伤自怜无声地哭了起来。“死亡！”死亡的恐怖突然浮现在她的脑海中。现在看来，我最终的归宿只有死亡，但即便如此，死亡对我来讲，也是最美好和伟大的东西。因为死亡是摆脱世间所有悲伤痛苦的最终手段。不知道死亡能解除身体所犯的错误和污秽吗？不，我听说，污秽的身体连大地也不愿意拥抱。所以，我要勇敢地、坦然地面对明天医院里发生的任何事，把它当作洗刷我心灵和身体中污秽的一次机会。

……深夜里，尤丽吐孜走在陌生的山路上。她心里想到。不是说，妈妈要带我去医院吗？我怎么一个人走呢？这样徒步，那什么时候才能到城里呢？到医院后，我要怎么向医生开口？她身上还穿着单薄的裙子，肚子已经有些明显地鼓起，腰也变粗了。但此时，她感觉不到寒冷或恐惧。不知过了多久，微弱的光开始照亮她的路。尤丽吐孜高兴起来，这下，在去城里之前，在低洼山地间，在坎坷不平的荆棘间，不会跌跌撞撞受伤或恐惧。那光越来越亮，照亮了尤丽吐孜身周的一切。光悬浮在她的头顶，像蓝色的光盘在头顶燃烧，并向四周蔓延。

这时，从那蓝色的光球中传来一个声音："等等，女孩，等等我，你这是要到哪里旅行，是为了什么去远方？"这声音是如此亲切、温柔、值得信赖。就像尤丽吐孜小时候，奶奶哄她的声音一样。

尤丽吐孜停下来："我要去城里。我要去医院清理身体里不纯洁的东西。"

那个声音继续问道："什么，你是说不纯洁？"

尤丽吐孜心里突然又难过起来，哽咽地道："是的，苏力坦·艾力那个禽兽，他把我……"

"不，不，那个恶人并没有得逞，女孩，你一定要相信……你仍然抵抗住了他的淫欲。"

"但，妈妈说我怀孕了。我也觉得自己被他那种手段怀了身孕。"

"是的……你是怀孕了。那将是我们所有的希望，是我们生命永恒的安慰，你的身体里正孕育着伟大的生命。"

"啊……"尤丽吐孜呻吟着坐在地上："这生命如果不是苏力坦·艾力的，那会是谁的？"

"是来自于光……是那个时候温暖你的心灵，将你拥抱入怀中的那道蓝光。”

尤丽吐孜无论如何都无法相信：“蓝光？这怎么可能，这光是什么？是人吗？是有生命的吗？”

“那是在这片土地上生活过的人民漂泊的灵魂。那些灵魂是永生不灭的，这些灵魂的形式就是光，是他们的信仰和良知。”

尤丽吐孜顿时泪如雨下：“但这对我来讲太糟糕！其他人，包括我的妈妈都认为我怀了个孽种。就因为如此，我放弃了与曾相约终身的男朋友之间的婚约。所有一切，对我，对像我一样无辜的弱者，不是在承受不白之冤？”

从光中传来这样的声音：“这个神奇的胎儿是宇宙中不死的灵魂之光附着于你身体的结果。他为什么愿意，将自己的灵魂隐藏在你的体内，在这个隐秘中，得到永恒的生命呢？这其中有什么必然性呢？因为你的身体摆脱了世上所有的罪恶和肮脏。你自身原本就是个熠熠生辉的躯体，正因如此，才得到蓝光的青睐。你还觉得自己需要在他人面前卑躬屈膝吗？但你也要了解一个残酷的现实，孩子，不知从什么时候起，人们渐渐丢弃了信仰和良心，所以无法看到生命真正的美好本质，失去了理解和自我完善的能力。你看看他们，他们开始排斥原本对他们来讲最伟大的东西，最终将一败涂地。他们在嘲笑纯洁善良的同时，投下了诅咒的石头。相反，他们把世间的丑恶和肮脏装扮得淋漓尽致，还四处炫耀着，将老天赐予的智慧、理智和智谋，都淹没在毒品的烟雾和酗酒的毒素之中。在这片土地上，只有在你的身体中，在尽善尽美的伟大纯洁的身体中，才看到亮光的智慧和慧眼。”

尤丽吐孜依然感到心中的疑惑悬而未决：“有件事我要问明白。我肚子里的胎儿还是人形吗？”

“当然，他当然是人类。他是老天塑造的，原本形态的人类。一定会赐予他科学知识、赐予他信仰和勇气，并用这些塑造他。”

“如果是这样，我愿意生下这个孩子……但不知为何，我还在害怕。”尤丽吐孜依然显得忧心忡忡，声音中透出迷惑和担忧。

温柔的声音依旧在尤丽吐孜耳边响起：“你不要在乎被人耻笑，也不要在乎人们付之于你的言语甚至棍棒。因为你不仅是最接近人本源，更是最接近老天的人。我会遵从老天的指令，为你助产，为你艰难的生产提供帮助。”

尤丽吐孜一下高兴起来，仿佛卸下肩膀上的重担一般，轻松下来：“你会为我，会为我生产提供帮助吗？但我到现在还不知道你究竟是谁啊？”

“我就是那些流落灵魂的光之父。”

“啊，光之父！”尤丽吐孜像扑向自己母亲一样，投入到光之父的怀抱。

再娜甫汗很早就起来准备了早餐，其间多次进入尤丽吐孜睡觉的屋子。尤丽吐孜仿佛早已经忘记了今天要去城里医院的事，悠然自得地梳理着自己的头发。

母亲开始抱怨起来：“快点，你怎么一点也不着急。”

“妈妈，有什么事这么着急？”

“你在说什么啊？我们不是要去医院吗？”

“妈妈，我现在不去医院了。”

“为什么？”

“我打算生下这个孩子。”

“什么？哎哟，我的老天啊！”再娜甫汗被尤丽吐孜的话语惊呆，抬起手拍打着额头喊道，“你疯了吗？啊？那不是可以随便扔到院子后面的粪，那是人啊！你准备将他藏在哪里？你要我们怎么见人，我们哪有脸见人啊！哎呀，我要死了……你可是知道你爸爸的脾气，他要是知道动静，那打死我们俩都有可能。起来，别再干蠢事！”

“妈妈，请你原谅我，我是不会改变这个决定的。”尤丽吐孜今天表现得，与昨天完全不一样。仿佛突然遗忘了自己的痛苦悲伤，表现得安静和沉稳，只是稳当地坐在那里。但母亲怎么也无法理解女儿的想法，只是以为，一夜间孩子糊涂了。想到要面对大家的憎恨和诅咒，她是无论如何都不会答应尤丽吐孜的要求。

“我是一定要带你去的！”再娜甫汗气愤地从尤丽吐孜手中抢过梳子，狠狠地扔在地上。

“这是可以开玩笑、可以用来取乐的事吗？你不愿意去，那可由不得你，我是拽也要把你拽去，起来！”再娜甫汗向鹰隼抓猎物一样，紧紧抓住尤丽吐孜的胳膊，将她从床上拽下来。尤丽吐孜抓住床腿不放，说道：

“妈妈……别这样……你别再逼我。”

“逼你，我凭什么不逼你？我绝不会看着这种丢人的事情发生！”在羞耻和愤怒中，再娜甫汗使劲拉着，连着尤丽吐孜和床一起拉了过去。再娜甫汗大声喊道：

“哎哟，你这个不听话的家伙……快说，你是怎么想的，非要把肚子里的毒瘤生出来？你难道不感到痛苦吗？说，你忘了昨天还在哭天喊地吗？不！我一定要打掉这个毒瘤，就算我死后被诅咒，就算我死后会下地狱，受磨难，我也不愿意你生下苏力坦·艾力的孽种！”

“不，妈妈……”尤丽吐孜想对母亲说些什么，但立刻将到嘴边的话咽了下去。再娜甫汗将尤丽吐孜和床一起拉到门口，已经气喘吁吁。看到女儿不听她的话，母亲扶着门又气又急，随后又坐在地上，用手抚着额头痛哭起来……

二十

沙塔尔·阿木提一早赶着羊群出去吃草，中午回来看到她们俩还待在屋子里，一下发起牢骚。

“女人就是头发长见识短。昨天还像烧着了爪子的鸡一样急不可待，都这会儿了，怎么还没出门？”

再娜甫汗不动声色地擦了擦眼角残留的泪，摘下头巾捂住脸说道：

“今天，我们不准备去了。”

“为什么？”

“尤丽吐孜觉得好多了，她说不去了，再在家休息几天看看。”

沙塔尔·阿木提顿时消了气：“就是啊，就为了头痛肚子疼的，往城里医院跑，有必要吗？只要吃了我带回来的药，会好起来的。”

沙塔尔·阿木提最近忙得晕头转向，这时听到母女俩不去城里就医，顿时感到安心不少，反而高兴起来。要做的事情还有很多：要将湖周围冬天以来有所破损的保护网修复起来，偷走的铁丝网要重新补充，在游客到来之前，要准备好房屋和帐篷。还要修剪羊毛，取山羊绒。等稍微有了空闲，还要组织大家去消灭自春天以来又有所增加的狼群。不管怎样，去年，听从苏力坦·艾力的指挥，他也发挥了自己的智慧，好在尤丽吐孜湖和古兰姆草原的生意，还是挣了很多钱。除了给苏力坦·艾力那份钱以外，自己还留了有六万余元。六万元……他可没想到，自己有一天能在几个月间赚到这么多钱。不，就是做梦也没有梦到过。是啊……钱是个好东西啊，它能无中生有，它能把人与人之间的关系从远拉近，甚至能让人死而复生。就像冬天那样，在寒潮雪灾中，在别人的羊圈里有几十头甚至上百头的牲畜饿死时，他的羊圈里没有受到一点损失。原因就在于，他乘没人之际，先后两次到艾尼·库尔班办公室，给了他四五百元好处费，从牧场那里以便宜的价格买回来好多牧草饲料。就因为这些，他花了好几千元钱。今年，除了弥补这个损失之外，还能像苏力坦·艾力那样赚上十余万元。苏力坦·艾力靠什么赚钱呢？就是靠钱生钱啊！他除了投入资金以外，不用干任何活儿，就会每年打猎、玩乐和休养。一想到这儿，沙塔尔·阿木提的心就像被毒蛇咬了一样疼痛不已，吃不下饭，睡不着觉。他为了偿还苏力坦·艾力一两次的恩情，几年来不停奔波着，免费为苏力坦·艾力养几十只羊和好几头牛。现在……甚至十几年后，他都是沙塔尔·阿木提的主人，沙塔尔·阿木提则是他的仆人……在做苏力坦·艾力十几年仆人的时光里，他慢慢了解到一个道理，要维持亲属关系，归根到底还是要靠经济利益。他要做的是，即使有一天苏力坦·艾力将自己投入的资金撤出来，他也能够有属于自己的那份事业。那种能力是什么呢？就是钱！但他是一个人……一个人做事怎么有那个精力呢？除非他雇人在这些事中来回运作支撑。

松树林间的积雪融化，从松软的黑土粒冒出的热气变成了白色的雾，在森林间飘荡着。松树上清澈的松脂，散发出浓郁的气味，顺着树枝淋漓尽致地流淌着。在茂盛的树枝间，传来夜莺悠闲的鸣叫声，不时传来小鹿的吱吱叫声。啄木鸟、黑嘴雀和其他不知名的鸟儿，随着逐渐升温的天气变得活跃起来。有时在绿茵茵的森林，茂密的树枝间，有时在蔚蓝的天空中自由地飞翔。松鼠在树枝上奔跑，蚂蚁在地上忙碌。栖息在山林间，数百年来顽强生活着的动物们，用最美的身影，共同织就了这优美的旋律。

凯沙尔连日来，都忙着在新栽的松树根部进行培土，软化松树苗周围的土壤。对他来讲，生命中除了这些事，还有什么乐趣呢？只有日复一日、一件又一件，仿佛永远做不完的事，能让他不安的心，让他痛苦的心灵得到解脱和舒适。他的容貌经过太阳温暖的洗礼变得健康起来。日益青翠的绿色世界，让他心中的忧愁得到宽慰，让他可以暂时忘记尤丽吐孜对他冷漠的态度，忘记内心的痛苦。

这一天，尕依孜·帕里万骑着他那匹老马，顺着林间的老石路来到他面前。凯沙尔扔掉手中的铁锨，准备走到老人身边，将他从马上搀扶下来。老人坐在马背上，将手中的包递给他，从马上顺滑地落在地上，说道：

“拿着这个。就担心到这里就凉了，我可是赶着马来到这儿的。估计你很饿了吧，快，趁热吃了。”

他们盘腿坐在一块积雪融化，已经变得干燥空旷的地面上。凯沙尔在一块边缘有些烧焦的旧餐布上，摆放油炸圈饼和酸奶，酸奶有些洒落在餐布上，圈饼还冒着热气。

“看，这就是老天赐予的美食！”凯沙尔闻着散发浓郁羊肉和洋葱香气的肉饼，说道：

“哎哟，大妈的手艺真是没的说。我说啊，尕依孜大爷，娶到一个会做饭的老婆，对男人来说，就是最幸福的事啊！”

尕依孜·帕里万装模作样地笑了笑：“饭好吃，应该归功于美味的羊肉和羊油。”

“不，不，原料虽然重要，但最重要的还是手艺。我给您说说我去世的母亲，我妈妈做饭的手艺就很好，哪怕她做的糊糊，我也能吃到肚子撑得疼。”

尕依孜·帕里万盯着凯沙尔开起了玩笑：“不知道你的尤丽吐孜做饭怎么样？”

凯沙尔心中立刻泛起了难以忍受的痛苦。

“嗨，不知道……”思维开始混乱的凯沙尔一时间情绪低落起来。

尕依孜·帕里万笑着说道：“哎，光说起女人的事，这肉饼都要凉了！走了这么远的路，就怕肉饼凉了，结果你看，快，快，赶紧吃。”

“哎呀，我得洗洗手才好。”

尕依孜·帕里万向两边看了看：“这里哪有水？快吃吧，又不是吃手抓肉。”

凯沙尔把手在衣服上擦了擦，拿起肉饼吃了起来，肉饼一层层脆嫩无比，夹杂着松散的肉块。

“来，我们一起吃。”

“哎呦，不行，我再吃就上火了。”

“这不还有酸奶吗，喝了会舒服点。”

尕依孜·帕里万以这个理由，又催着凯沙尔蘸着酸奶吃了几块肉饼，随后又用勺子捞起酸奶享受地喝了起来。尕依孜·帕里万欣慰地看着凯沙尔吃饭，清了清嗓子说道：

“哎……孩子，这是怎么一回事啊，婚期定在哪月哪天，他们怎么不给个说法？”

“看来，是不是有什么变故？”

“能有什么事？女孩能嫁给你，他们高兴还来不及呢，但有一点我有些怀疑，沙塔尔队长虽然在牧场里跟狮子一样胆大妄为，但从来不会逾越苏力坦县长的安排。苏力坦县长是不是对这件婚事有什么别的想法？”

“不，我想，在婚事上，他不会有意见的。”

“那你觉得是什么原因？”

“我觉得……”凯沙尔犹豫不决是否说出口。但这件很长时间以来像把剑刺在他胸口的事，他不想对眼前这位向父辈亲人般的老人隐瞒。

“我认为，这其中的原因在尤丽吐孜身上，可能是尤丽吐孜不愿意。”

“啊？不会吧！”尕依孜·帕里万睁大眼睛，眉毛抖动了一下说道：“你在说什么胡话？”

“不，尕依孜大爷，情况估计就是这样。”

“我不相信，哎，你怎么停下来了，快，快吃！”

“谢谢，我真吃不下了。”凯沙尔用手背擦了擦嘴，继续说道：

“这说着话，我都吃了一个半肉饼，还喝了这一小锅酸奶。”

“那你把这一半也吃了。”尕依孜·帕里万递过来肉饼说道。

“谢谢，尕依孜大叔，我真吃不下了。”

“不吃了？好吧，我在你这个年纪的时候，一个半肉饼算什么？我一次不吃个四五个肉饼，那哪能罢休。哎……你们这些年轻人，到底还是身子虚。”

“尕依孜大叔，您说得对。”凯沙尔发自内心地笑起来：

“我们现在吃的麦子、米、菜、肉，不是用天然肥料，而是用人工化肥培育出来的。从牛羊到鸡鱼都有让其速生的药和增肥的药。西瓜、甜瓜还有葡萄苹果都有让其速生的针。总之，我们吃的喝的都有毒性，这吃着毒长大的人怎么会不虚弱呢？”

凯沙尔说道：“哎，尕依孜大叔……现在很多东西都失去了自身的天然性，人就像在大棚里种植的花朵一样，都是在人工的环境下生活，我已经习惯了。”

“是啊，真是这样……现在真是遇到了奇怪的事。”老人稍一沉默后，自顾自地举起双手祈祷起来。祈祷过后，他用餐布将剩下的肉饼和空了的小锅裹起来，站起身子说道：

“我今天非要和沙塔尔队长见一见，和他把话说清楚。”他的内心还在想着凯沙尔的婚事，揉了揉有些发麻的腿，步履缓慢，向在另一处牧草间、不知道在埋头吃着什么的马儿走去。他将马缰绳牵在手中，老马立刻停止吃草，抬起头静静站着。它的棕色眼睛半张着，嘴唇间挂着一棵莎草。尕依孜大叔拉着马下坡，自己爬上小土坡，把左脚套在马镫上，老马被他沉重的身体压得踉跄了下，随后又站稳。

“替我谢谢大妈，愿她厨艺常在。”

“好的，听了这句话，估计我那老伴儿要鼻孔朝天了。”

老马从来都很能领会主人想法，没等老人左右缰绳，带动马镫，就将头扭向小路，轻轻踏足走了起来。凯沙尔又独自留在森林中，和自己的知心伙伴——松树待在一起。他周围簇拥着几十米高、一人无法合抱的松树，还有那些正在长高的树苗。这里的世界，也同人生一样，充满了爱、快乐和悲伤。这个世界一角里，从山头，从一棵松树、一棵草，再到一只蚂蚁，都有自己纷繁复杂的经历。这里同样有诞生与灭亡不断重复发生。如果说这些生命的幸福和欢乐是庄重的，那它们面对死亡的叹息同样残酷。如果人类是用语言诉说命运，那这里的每棵树都会用自己隐秘的感情诉说一切。它们的声音就是命运的声音，它们的感受就是命运的感受。这里的世界永远如此纯洁、清晰而又充满爱意。也只有这片土地中，命运才会散发出伟大的美丽光芒。尕依孜大叔走之后，凯沙尔又很久无法专心工作，看着眼前刚做完培土的松树苗陷入沉思。如果用人类最美好的语言表述，这棵小树苗就是一个刚出生的天真婴儿。如果说人类的婴儿是由母亲抚育成长，那么抚育小树苗成长的就是大地母亲。也许正是因为如此，这里的松树就如同这片土地，沉稳从容，性格中充满了对生的勇气和追求。凯沙尔知道，松树的沉默和淡定中，有着充盈的内在能量。因此，阳光能够衬托出它的容颜，轻抚的风是它的笑声，电闪雷鸣是它的痛苦悲伤。这正可以说明，凯沙尔每日每夜独自在这森林中，为什么没有感到寂寞。环绕四周的绿色世界中，每一棵树，每一棵草，与他的交流不是通过语言，而是通过与它们交织在一起的感受和情感来进行。眼前这棵树苗，要成为参天大树，不知要经过多长时间？估计一个男人一生的时间都不够吧？总之，这片土地养育它是多么地辛苦……但是，用锯子从它的根部锯下去，将它连根拔出甚至就是几分钟的事，几分钟……大地母亲将其抱在怀中，养育了几十年的这棵美丽坚韧的生命，在几分钟之内就失去生命，这是多么地悲惨！是的，森林里的木材是重要的建筑材料，不能让它一直成为树，但每棵树被分割时，凯沙尔心中都会觉得有一个无辜的人在他面前被杀死一般，感到痛心不已。

随着气候逐渐变暖，凯沙尔不再骑着白眉马到森林里，而是选择步行。这对凯沙尔来讲是非常舒适和自在的体验。经过漫长的几个月严冬后，看着郁郁葱葱的丘陵，他是多么渴望被绿色包围的生活！每到夜晚，他将铲子和镐头扔在树林里，将外套披在肩上回家的时候，落日的余晖在西边的山上闪烁，将云层一面渲染成金黄色，一面又发着红光。凯沙尔走出树林，不多时就来到河边。下边是波涛汹涌的河水湍流，身边松树树梢和灌木丛中，山雀在叽叽喳喳鸣叫。还能听到不远处有狼嚎声传来。凯沙尔对这个狼嚎声非常熟悉，那是短尾狼的嚎叫，这声音像白眉马欢快的嘶鸣一样熟悉。它还活着啊——这匹母狼。凯沙尔有多久没在这么近的距离听到它的声音？凯沙尔发自内心地高兴起来，他将双手放在嘴前，做出喇叭状，向第一次听到狼嚎的方向，大吼了一声。他不敢确定自己的声音是否像狼嚎，但他立刻听到，短尾狼像是在回应他一般，一声接一声地嚎叫起来。凯沙尔踏着横跨在河流上当作桥使用的杨树树干，渡过了河，在黄昏时分回到了家。他看到尕依孜·帕里万不知何时已经到了他家，将马拴在马厩前的木桩上，自己则坐在一根干木桩上打盹，很显然，他有急事找凯沙尔。

“哎呀，我不知道您要来。”他急忙来到尕依孜·帕里万面前，白眉马在马厩里听到主人的声音，一声接一声地嘶叫起来。

老人费劲地站起来：“我来了很长时间，快把门打开。”

凯沙尔打开门，请老人进屋，给煤油灯点上火。

“你先过来坐，我摆下餐布。”

“不用，快坐下。”

尕依孜·帕里万不愉快的心情似乎已经告诉凯沙尔一切，肯定有不好的事情发生，是个坏消息……

“我是直接从沙塔尔队长那里来的。”尕依孜·帕里万低低咳嗽了两声，继续说道：“孩子，你的婚事，看来是有人作祟。”

“是的，我也有这种感觉。”

“你们俩以前不是说好的吗？”

“是的。”

“那尤丽吐孜为什么会翻脸不认账了呢？我去了他家，中午他们一家人都在。沙塔尔队长说的话，还跟以前一样，能让你做他的女婿，他是很高兴的。他让老婆再去问问尤丽吐孜的意见，一盏茶的工夫，再娜甫汗走出来说，尤丽吐孜不愿意嫁。沙塔尔队长气得站起来，手里拿着鞭子想冲进去……我阻止了他。沙塔尔队长不顾我的阻拦，还是使劲想冲进去打尤丽吐孜。当时，只要我放了他，说不定会怎么样呢。他还骂道，这个不要脸的，你们可以在河边、在灌木丛里偷偷见面，但就是不愿意结婚？现在一定要结婚！不由得你不同意。不听我的，我就打断你的腿！他就这样打闹起来，但细细一听，他说的也有道理。”

老人的话，让凯沙尔感到恐惧，又感到心里沉甸甸的难受无比，他说道：“算了，尕依孜大叔，这个婚我不结了。既然尤丽吐孜不愿意，不应该再去逼她。”

尕依孜·帕里万生气地说道：“这是什么话，为什么不逼她？她以前喜欢你，也愿意嫁给你，现在大家都知道要办婚事了，聘礼也下了，怎么能够悔婚，这是开玩笑的事吗？”

“算了，尕依孜大叔，她以前确实喜欢过也同意过，但现在不喜欢了，所以就可能不同意，不是说婚姻自由嘛。”

但是尕依孜·帕里万坚持着自己的看法：

“忽冷忽热的，那还叫什么心意？以前说起尤丽吐孜，我还觉得她是个礼貌聪明的孩子。所以听你说起她，我还自告奋勇地跑出来去提亲。到了今天这份上，她一句话就全部推翻，这又牵扯到谁的脸面、谁的羞耻心。孩子，这样不行，我不愿意！”

尕依孜·帕里万虽然这么说着，但这件事到底要怎么收尾，他也不知道，不禁烦恼得低下头来。女方父母虽然坚持，但女孩一再反对，这能有什么法子呢？现在又不是旧社会，趁着机会晚上到女孩家里，抱住姑娘放在马上就跑。凯沙尔还是足够沉着，他并没有为此灰心丧气，显得若无其事。保温瓶里的水凉了，他在炉子里生上火，顷刻间烧开水倒在碗里，放在老人面前的餐桌上。老人没有喝茶吃馕的心情，但还是照顾着凯沙尔的情绪，勉强喝了口茶，掰了块馕拿在手中。

“你认为我们应该怎么办？”老人将馕放在嘴里，他的牙齿没剩几颗，只能用舌头推着馕块，在嘴里不停咀嚼。他用忧郁的眼神看着凯沙尔。凯沙尔喝着茶笑了笑，没有说话。

“为什么不说话？我们不能就这样啥事都不做啊！”

“我还能说什么？尕依孜大叔，我尊重尤丽吐孜的选择。”

“她是不是有别人了。”

“我觉得没有这种可能，但对我来讲，都已经无所谓了。”

尕依孜·帕里万在餐桌前简短地做了祈祷站起身来，说道：“哎哟，好吧，不嫁就不嫁。下次一定不找这愚蠢顽固的姑娘，我要给你找个像你一样有学历、有文化的姑娘，那时候，我还作为你的父亲去提亲……是的，就算要我一个羊圈的羊做聘礼，我都愿意。”

“尕依孜大叔，谢谢您的好心。”

老马等尕依孜·帕里万在背上坐稳后，踏着轻快的步伐，将石路上的石子踏得哗啦哗啦作响，消失在夜色之中。凯沙尔看着马蹄下扬起的灰尘，独自一人站在门前，凝望着他远去的背影。真是个天使般伟大的老人啊。是的，他就是天使。他使古兰姆草原变得纯洁而美丽，是散播爱之光的天使。

伴随着白眉马不耐烦的嘶叫，马厩里传来它前蹄踏地的落足声。凯沙尔想起来，早上出门前，在马槽里放了些干苜蓿和玉米后，直到现在都没有再喂它饲料和水。他赶忙返回，打开马厩的门，聪明的马啊！它想着一向对它爱护有加的主人，怎么会在今天忘记喂自己吃草喝水，表达着自己生气的情绪，接下来又高兴起来，用嘴触碰着凯沙尔的头脸，对着他撒娇。凯沙尔骑着马到河边喝了水，又往马槽里倒入干草苜蓿，又倒了半盆玉米……

无月的夜晚……夜空下的松树林，西边的山峰和山峰顶部的皑皑积雪，都沉浸在如墨的夜晚之中。天空中偶然出现的星星，显得暗淡柔弱。河流湍急的流淌声使人心碎……凯沙尔第一次后悔自己不会吸烟，如果这个时候，能够抽口辛辣的烟，像被火炉里的烟呛了喉咙般，把烟吸进肺里，感受那种天旋地转的痛苦，能够忘记一切的感觉，不也很适合此刻的他吗，不也是一种享受吗？也许这样做，会让心中因为尤丽吐孜带来的痛苦，能够一下子从心里消失。

这种情绪，混杂着思念、离别、痛苦、焦虑和绝望，仿佛噩梦涌入身心……仿佛被蛇锋利的牙齿刺入身体，毒液散布到全身，以免于承受爱情的苦。又仿佛铁钳夹住皮肤，用强烈的牵引力让身体为之战栗。煤油将要烧尽，油灯散发着昏黄微弱的光，从窗外望去，灯光映照在窗户上，显得更加孤独。不知为什么，凯沙尔不想回到家里，家对此时的他来讲，是那么寒冷无情而又寂寞。就在这一瞬间，古兰姆草原、森林，还有自己培育的小树苗，在他心中，都失去了往日的魅力和魔力。在对尤丽吐孜失望后，他感到自己像被抛弃在荒野一般。这里还有什么能够让他心满意足，让他感到欣慰，让他能够像往常一样享受生命乐趣的事物呢？凯沙尔坐在院子里的干木桩上，用手支起下巴，凝望着黝黑的深夜，沉思着："算了……看来是我要离开这里的时候。我一定要离开，但去哪儿呢？回城里吗？不，他们不会愿意让我回单位工作。既然我命中注定要生活工作在牧场，那我申请去塔里木牧场算了，去荒漠，去塔克拉玛干沙漠，去胡杨林，我明天就写报告申请调离。"过了一会儿，从远处，大概是从光之父山峰那边，传来仿佛河水咆哮一般狼的长声嚎叫。天地沉沉，时间凝固，在这异常寂静的夜晚，狼嚎声显得如此清晰而又庄重。它只是在山与山之间的回声，显得越来越冷，慢慢地渗透进岩石之中。恐怖深沉的黑夜展开黑色的翅膀，笼罩一切。仿佛在狼群中只有短尾狼活了下来一般，它在用优美的嚎叫，感受着凯沙尔的痛苦，仿佛在安慰凯沙尔悲伤的心灵。确实是这样！在这夜深人静的时刻，在这片仿若没有生命存在的大山中，凯沙尔感到孤独和不安。随着狼的嚎叫，他仿佛听到自己知心朋友的动静一样，跳了起来，伴着狼嚎，他也放声大喊着，随后又变成发自内心的大声哭泣。这悠长的呼唤，是他对无情离别的质疑，是他内心压抑着的情感的全面爆发。随着这声呼唤，凯沙尔仿佛将自己内心所有的情感都宣泄出来一般，感到自己的心胸一下开阔起来……

……寂静，寂静就像无尽天空中永恒的时光。从遥远的地方，传来一个声音，仿佛山上吹过的清风，仿佛夏日里的清凉：

“孩子，快站起来，过度的睡眠会让人心志恍惚，精神萎靡。”

凯沙尔由于抑郁而逐渐沉迷的感知，在这个声音的呼唤中，慢慢恢复过来。

“在天上之城中，你会忘记悲伤，会得到安逸。”

凯沙尔跟着光之父走着。

“我们去哪里？”

走在路上，光之父的声音仿佛身在母亲怀抱中的婴儿一样可爱，又像情人睡梦中幸福的呢喃，又像热情洋溢的男女之间充满激情的私语，还像诗人在忘情咏颂创作的情歌，诗句的每个音节，都闪耀着光芒，都充满着炽烈的情感：“我的孩子，请允许我，我是你的保护人，我的孩子，命运让我来拯救你。善心是伟大事业的开端，当我恭敬地对你低头，眼睛盯着你的时候，请你跟我走。”

凯沙尔问道：“我们是在去城里的路上吗？”

光之父激动地说道：“是的，我们去城市，去美丽和富饶的伊甸园。每当我踏入这片伟大的土地，花草会成为我们铺路的地毯，绿色的森林齐齐抱胸向我们俯首，白色的浪花，在欢快的波涛中翩翩起舞，百灵鸟在筑巢的树枝间，以爱的名义在我们头上撒下一束束鲜花。这不是一座普通的城市，而是土地上的一块金匾，是这片土地的金冠。它是这样一段历史，是由智慧与科学的光辉组成。它是如此美丽，包容世间所有智慧，是首动听的歌谣。它能让山石般坚硬的心灵如水融化。所以我以它为傲，每当我说起这座城市，我都会有无法形容的激情。”

凯沙尔问道。“你的赞美让我感同身受。是谁创造了这座城市呢？”

“是我和我的族人。”光之父的眼中充满了自豪，闪耀着光芒。“我们为世人创造了这座城市，是要使世人因此尊重我们，并怀着钦佩和敬意提到我们的城市。当我坐在黄金宝座上，追求知识的人总是眼中满含渴望地看着我，专注地听我的讲述。我为他们教授《弥勒·史密斯》《奥古斯汗传》《真理入门》，还有《突厥语大词典》《福乐智慧》等书籍的内容。法拉比的哲学瑰宝，伊本·西奈宁的医学名言，还有那瓦依、乌纳姆、瑟格基、翟黎里等知识，全部传授给他们。此刻，我想起当时城市的壮丽景观，我的眼中就会流下幸福和自豪的泪水。我因为渴望而起航的心，飞向这座城市的黄金殿堂。”

光之父真的哭起来，一滴滴眼泪顺着花白的胡须滴落。凯沙尔从灰蒙蒙的雾中，感觉自己不是身处古老城市，而是觉得到了自己经常往来的城市。光之父走着走着停了下来，将手放在胸口，然后跪倒亲吻土地。

“哎，没有比我的故乡更美的地方了。你将自己的头贴近天山，将你的腿伸向广阔的塔克拉玛干，就会像吸吮母亲洁白的乳汁，会像在母亲怀抱中甜甜睡去的幸福婴儿，就像一束花灿烂无比。你会像刚洗过的瓷碗一样干净无瑕，从你心里流过的河，也许就是那欢快的河流，这是多么清澈纯净的河水啊，是治疗疾病的圣水，它会滋润你的心房。嫩叶如荫的果园也是绿色的，街道同样绿草茵茵，仿佛伟大的命运在所有颜色中独独赐予你绿色一般。你的世界，是幸福的绿色世界。是啊，生活在这世界，是多么地幸福，是多大的福缘。在这样的土地上生长的人，身上会产生什么样的品质呢？会有卓越的智慧，天使般的纯洁，阳光般的慈悲，狼一样的勇敢和如山般的力量。所以，在街道上行走的人，在我眼中都是圣贤和具有无与伦比知识的人。在这果园里的果实成熟后，不正是它生命的价值所在吗？所以，我要从这果实中汲取营养，我来这里的目的，就是要在这片土地上安息。为了这世界的荣誉，来掌握其中的规律。让我可以挺直苍老的脊梁，让我的身体充满太阳的能量，让我的眼睛更加地明亮。从你欢快流淌的河水中，从你布谷鸟般欢快的歌喉中，满足心灵的渴望。我之所以来到你的怀抱，尊贵的城市！请不要怪我，我的心充满忧伤。我不是人们心中的巨人。那我现在怎么了？为什么我心中总是难过得想要流泪？你不知道，我的城市、山林、草原已经没有以往的美丽，没有了绿色，生命之泉逐渐枯萎，你能听懂我的心吗？你为什么不回答我？你没有听到我痛苦的诉求？不，不，让我好好看看你。这是怎么回事，你怎么不像以往那样？是的，是的，你不像以往了，我为了寻找你的存在，来到了干枯的戈壁滩，不，我寻找的路没有变，那我喜爱的城市，去了哪里？凯沙尔啊，你来告诉我？”

“光之父，我们这里，只有这么一座城市可以诉之于口，我们正在这座城市中。”

光之父脸上刚刚露出的自豪的笑容消失不见。他用焦虑和疑惑的目光，向着四周巡看：“可是，在这个城市里，再也看不到以往那些风景。我看到的是浓烟和像被泼了脏水般浑浊的天空，似乎整个城市的人们都成了烟鬼。他们不像是在用小铜烟斗吸烟，而是用高高的烟囱吸烟……不，不，像是群山林立的烟囱里冒出乌云般的烟，是要人命的毒药。此刻我呼吸困难，无法休息。”光之父捂住胸口，剧烈地咳嗽起来。凯沙尔立刻搀扶着他，光之父肺部爆发的剧烈咳嗽，使得他的眼中充满泪花，气喘吁吁道：

“凯沙尔，我的孩子，告诉我。难道这就是诗人在诗中赞美的，像群山林立的烟囱，像马鬃般的黑烟？我真想听诗人亲口对我咏读这首诗！”

两个人正走在城市里最热闹的热斯坦大街，不知道为什么，街道上熙来攘往的人群仿佛约定好了一般，从不看他们，也不向街道两边的餐馆和商店看两眼。就像路人一样，商店餐馆的老板们，身上仿佛都蒙上了灰，坐在被太阳晒得褪了色的滞销货旁打盹。光之父走在路上，仿佛听到大楼倒塌般的轰鸣声，他停了下来，声音是从街道旁一座五层楼，叫作“毕力格亚尔”书店传出来。声音是那么强烈，在剧烈的敲击声中，大楼在震动。连带着光之父和凯沙尔所在的街都在跟着震动。光之父在轰鸣声中，听到一个女人微弱的喊声，随后，他又从中分辨出众多踢踢踏踏、拥挤的脚步声。

“啊，凯沙尔，这是什么声音？是有人在咆哮吗？”

“他们在开心玩乐，您看那里写着字呢？”凯沙尔指着二楼上的“酒吧”两个大字，那是个巨大的招牌。

光之父奇怪地瞪大眼睛问道：“你是说他们在玩乐？老天啊，这不是在开心，这是在受罪啊！”

“有什么办法？以往那贴心的、让人舒畅的、享受的、像清风拂面的纯艺术已经没了。对人们日渐迟钝的感知来讲，只有这样震荡神经的音乐，才能起到作用。”

“哎呦，孩子，那我们赶紧离开这里。”

就在这时，不知从何方，有一群人勾肩搭背，嬉笑着来到酒吧前。凯沙尔和光之父一时间没有来得及躲开，像被汹涌的洪水冲走树干一样，将他们一同挤进了酒吧的大厅。还没等他们站稳脚跟，回过神来。就有一对穿着职业装、打扮异常美丽的姑娘，带着甜美的笑容向他们俩打招呼。

“尊贵的客人，欢迎你们，请在里面就坐。”

“我……我们……原本是……”两个人结结巴巴地对视说着话。一对姑娘觉得好笑，嘿嘿地笑了起来，好像知道了什么一样，不等凯沙尔或者光之父反应过来，姑娘们就走过来搀着两人的胳膊，不由分说地带着他们走到餐厅最深处的餐桌前，让他们坐下。在舞台上，有一群乐师正在热血沸腾地奏着音乐。其中一个敲击着爵士乐鼓，电子琴发出尖锐的曲调，电子吉他也在奏响，一个人用力吹响大喇叭，将面颊鼓起了两个球，脖子上青筋毕露，眼睛胀得像酒杯一样大。他们身边有个穿着单薄的年轻姑娘在唱着歌。周围的景象是更加地可怕，桌子上很快摆满了酒，当姑娘小伙子们端起酒喝起来时，看着他们苍白的脸，仿佛他们在受着痛苦的折磨。但仅仅一瞬间，他们脸上痛苦的表情消失，开始充满欢笑。这笑容像墙一样苍白、无神、灰白。一群人走到舞台中央，开始跳起来，转着圈，喊叫着，一个个互相触碰。他们那低着头不停舞动的样子，让人想起断了脖子的苍蝇。

“这是怎么回事，这些是哪里来的恶人？”从光之父烦闷而又气恼的表情下，可以看到太阳穴在鼓动，从他那仿佛闪耀惊雷般的眼神中透出愤怒的情绪。他用异样的眼神，盯着正在打着鼓、光头戴着眼镜、瘦高个的人。随后走上前拽住他的胳膊，将他从舞台上拉下来，从他手中抢过鼓槌，愤怒地扔在地上。

“你回答我！”光之父愤怒的声音像鼓一样响起。

“你是什么时候到这种地方的？”

“每天都来。”

“这里每天都有这么多人聚集吗？”

“有时候比今天的人还要多。”

“以往，这里的五层楼，不是都被书籍填满的吗？那些书都去哪儿了？”

“一部分降价处理了，一部分书被送到造纸厂了，剩下的一部分都放到地下室去了。”

“我认识你，你以前是这个书店的老板。你不仅在书店卖书，有时还要到乡村里卖，现在怎么了，你都在干什么？”

“你不是都看到了吗？”那个人醉眼迷离地看着光之父。

“是的，我曾经是书店的老板，现在是乐手，是鼓手。”

“你回答我。”光之父气得浑身发抖。

“书店什么时候变成了酒吧？你又是怎么舍弃了做书店老板，反而在这里当了鼓手？”

“没有生意啊！”他委屈地、滔滔不绝地说起了情况。

“我想转让书店，但没有人接手，工作人员的工资都发不下来。银行又来催我们还贷款，工作人员又跑到我的办公室，喊着没钱吃馕，没钱吃饭。但书卖不出去，我有什么办法？总不能到街上抓个人，逼着他们买书吧。所以，为了还债，我将这栋楼租给了一个商人。那些工作人员在干什么，你知道吗？他们都在那个老板开的公司里打工，我则成为了这间酒吧的鼓手。”

“现在这样，你高兴吗？”

“我怎么会高兴啊，离开自己喜欢的岗位，我是多么痛苦。你看看这些人，为了吃喝玩乐，拿得出成百上千元，却舍不得花十几元买本书。”

光之父听到他的话后，松了口气，坐了下来：“哦，看来冤枉你了。原谅我刚才粗暴地对待你。”

他们旁边餐桌上的人们正在热烈地继续着谈话。他们喝下的烈性酒已经散布在全身血管里，显得异常激动，不停地交流道：

“我们的民族算是堕落了，以往那传扬的声望，现在已经被历史所淹没。”一位黑胡须中等个的男人，向他们敬了一礼，说道：

“我知道，现在属于我们的，只剩下三件东西。一个是清真寺、一个是酒、一个是歌舞。我们把手里的所有东西都给了别人。自己却地位难堪。”

坐在黑胡须对面的一个白胖男人挥舞着手，说道：“你们知道吗，我们为什么会落到如此地步？”

“因为我们是世界上最糟糕的民族……我们不团结、喜爱闲言碎语、爱嫉妒、懒惰、心胸狭窄。总之，我们失去了自己的文化，我们的精神丢失了。”

有个喝醉了酒、坐在椅子上左摇右晃的大眼睛光头的人，突然哭了起来，继续说道：“所以，我为自己是维吾尔族而感到丢脸。”

一个秃顶的人拉着朋友的手说道：“所以，我准备出国。”

光之父被他们的谈话，气得火冒三丈，但被凯沙尔紧紧拽住，只能坐在椅子上。到了此刻，再也忍不住，站起来发出一声大吼，愤怒地用手指着他们道：

“我诅咒你们，诅咒你们所有人！你们精神方面难道都堕落到如此地步了吗？你们是由这片土地养育成人，难道你们不该惭愧吗？

你们知道吗？你们的父亲、爷爷是谁？他们是怎么样努力的人？你们现在这副模样，怎么面对自己的父亲和爷爷。你们给父辈脸上抹了黑，不，你们所作所为比那个更糟。你们践踏了他们对世界的信仰，践踏了他们伟大的良知。你们告诉我，你们现在无知的状态，在践踏自己的生命，在充满污秽之地中，享受无聊的人生。你们会被踏在通过学习科学文化知识，从而取得进步的人们脚下。被进步的人类脚下扬起的灰，搞得灰头土脸。你们难道不惭愧吗？你们难道没有身处艰难环境的自觉？难道没有一点被抛在世界之外的恐惧？你们对得起这副健康的躯壳吗？”

那些鼓手、乐手在被光之父大声疾呼、振振有词的话语惊吓中，纷纷停了下来。歌手的声音也戛然而止，舞者的手也凝固在空气中。周围的人们都因光之父的呵斥而惊疑不定，一切都安静下来。

趁着周围的安静，光之父更加大声疾呼道：“太阳不灭，时光永续。你们要谨记于心，是光给了我们稳定和繁荣，在照亮我们的路！”

就在这时，那个醉酒的白胖男人冲到光之父面前：

“等等，老头子，你在骂谁？你以为你是谁？”

“活着就要像世界上的人一样，要不然就为大地减轻负担！”

因为醉酒，说话磕磕巴巴的白胖男人喊道：“朋友们，听到了吗？这个无赖的老家伙，在侮辱我们。”人群中有个人挥舞着拳头，喊道：“让我们教训教训这个老头儿！”

“打他！”

“打死他！”

这时，周围的人像风一样向光之父拥了过来。拳脚、酒瓶、酒杯、碗碟纷纷扔向光之父。凯沙尔急忙用身体挡住光之父，试图将他从这些恶棍手里救出来。酒吧的人们从四周冲过来，对他们拳脚相加，抓住他们的手脚，将他们扔到街上。

凯沙尔扶着光之父走在街道上。光之父的头脸上满是血，血从凯沙尔的腿上流下，但他却丝毫感觉不到疼痛。

“走吧，孩子，我们去河边洗一洗伤口，那里幽静凉爽干净。现在没有比那里更加舒适的地方。”光之父自信地对凯沙尔说道。

这不就是凯沙尔最近跟尤丽吐孜一起散步的河？但是，光之父看到河后，却充满愤怒痛苦地哀号起来：

“老天啊，这条河怎么变成这样？这就是我引以为豪的、将河之名传扬世界的那条河吗？那像天堂一样的铺满绿草地的河岸？这就是我朝思暮想的清澈河水？”光之父难过得哭了起来。但凯沙尔控制住自己，沉默地看着面前的河流。因为，他不是第一次看到，这让光之父为之心碎的悲惨景象。他来到这座城市，来到这条河边时，曾经像光之父一样，流下眼泪，心如刀绞。他怎么能不伤心呢？用石头砌成的三四米高的河岸两边，快要被垃圾填满。垃圾堆上苍蝇嗡嗡飞来飞去，爬满虫子。野狗和野鸡在垃圾堆中寻找食物。变得枯竭的河水，只剩下河底的水漫过二三块石头，作为河流的延续，在哗哗地流淌着。以往那清澈的流水，现在已经被垃圾污染，变得污秽肮脏。

“啊……我们连这条河也要失去了。”光之父拖着沉重的脚步，沿着河岸向上游走去。凯沙尔不知要走向何方，只有跟着光之父走着。他们走了很久，来到了河流西方竖立的几棵树前停了下来。这几棵树早就干枯，附近像蜂巢般建了几座密集的院子，看起来是那么哀伤孤独。

“啊，可惜，这些景色也被毁了。”光之父看到眼前的一切，心里很是难过，叹息着说道。凯沙尔感到奇怪，问道：

“您在说什么？”

光之父向凯沙尔解释道：“这个地方以前叫艾兰巴格，是一座很大的花园，五湖四海中都找不到这样的花园。从夏天到深秋，树上都会结满果实，走进花园，你会觉得不是走在地上，而是走在绿色的丝绒地毯上。千姿百态的花朵散发的香味，会让你沉醉。百灵鸟在你头上盘旋鸣唱。这座花园让人异常地喜欢，将花园称为艾兰巴格。花园之所以让人感到舒适，并不仅仅因为这些美景，在凉爽的清泉旁，经常有著名的乐师演奏，歌手也会与百灵鸟一争高下，舞者就像微风吹拂的花瓣一样娇嫩，这些就是让人们为之着迷的真正的艺术。哎，我刚才是不是提到过清泉？我们将这里的清泉称为什么，你知道吗？这里的清泉无论冬夏，无论早晚，都像是大锅里的开水般，咕噜咕噜地冒着泡，地下水不停地涌出来，同水一起冒出来的小石头，在阳光下，仿佛一颗颗玛瑙宝石一样绚丽夺目，所以人们又将这泉称为宝石泉。”光之父为自己再也看不到那样的美景而感到伤心难过，如同要与亲人永别，哀伤地看着周围，静静地站在那里。过了好一会儿，他用低沉的声音继续说道：“你说，这些人怎么忍心摧残花园的树，将它们拔掉、砍伐呢，又怎么忍心将清泉填掉呢？我真想不通，如果人杀人算作血海深仇，那人们将老天为了人类幸福赐予的如此美景，让其就这么消失，又该得到怎么样的惩罚呢？”

光之父剧烈咳嗽起来，眼中立刻流出泪来。他是为了在人们脚下呻吟的土地，为了花园悲剧的命运而感到悲伤哭泣呢，还是因为咳嗽而流泪呢？凯沙尔也已分不清楚。他立刻扶住光之父，光之父慢慢转过身来。凯沙尔跟着光之父，走在人来人往的街道，对光之父说道：“我来扶着您。”

“不，不用，我要独自看看这儿的一切。”人群的喧嚣，像飓风在呼啸。市场上，商人在用喇叭高声招揽着客人。铁匠敲打铁皮声，毛驴的叫声，卖酸奶的人的吆喝声，酒鬼被扶上马车后恶毒的叫骂声，汽车的喇叭声混杂在一起，嘈杂无比。城市上空，尘土飞扬，让人艰于呼吸。凯沙尔觉得呼吸困难，咳嗽起来，他一分钟都不愿意再待下去。他劝光之父道：

“光之父，我们赶快离开这肮脏的城市！”

光之父顺从地回答道：“好的，好的。但你知道吗，这座污秽的城市，对我来讲，依然珍贵。因为，这是我的故乡。这些人对我来讲，依然是亲切的。因为他们都是我们的后辈，我们有这样一句谚语：不要躲避坏人，也不要抛弃好人。”

光之父走到路边卖烟的女人面前。女人大概四十岁，从她发青的嘴唇，被烟熏得发黑的脸，可以看出她是个老烟鬼。她的身前，排列摆放着各种口味的烟袋。她嘴里叼着一卷拇指大小的莫合烟向人们出售着烟草。她的生意非常红火，她将面前的书页一张张撕了下来，制成喇叭状，按照那些烟民给的钱的多少，往纸里放入莫合烟，然后交到烟民手里。光之父瞬间跑到卖烟人面前，快速地抓住她准备继续撕纸的手，女人吓了一跳。紧张过度的光之父说道：

“放手，这是《福乐智慧》！你为什么要撕掉它？”

她继续卷着莫合烟，说道：“您没看到吗？是的，你的眼睛瞎了，所以看不见，我要用它包烟。”

“不，放手，快放下书，难道你要让这世间的无价之宝，被烟毁掉吗？”

女人恶毒地皱了皱眉头：“你需要莫合烟还是鼻烟，需要大麻吗？如果不买就走开，不要打扰我做生意。”

“那么我来要求你，把这本书卖给我。”

卖烟的女人想起刚才光之父似乎说过什么“无价之宝”的话，心里顿时有了邪念，转动着被烟熏得睁不开的眼睛，说道：

“好吧，卖给你，但这可是无价之宝。”

“我买了。”

凯沙尔在光之父耳边低语道：“我们可连一分钱都没有。”光之父一下呆住了。

卖烟的女人听到凯沙尔的嘀咕，更没好气地推了光之父一把：

“快从我眼前滚开！”

光之父伤心地哭了起来：“别这样，请你对这本书手下留情！那你收下我身上的衣服。”

卖烟的女人充满讽刺地哈哈大笑起来：

“哈哈哈，就这件又脏又旧的破衣服？就这件虱子都开始做窝的衣服？”

“那么……”光之父仿佛下定决心，“那我把心给你！”

“你的心？”卖烟的女人认定这是疯子的胡言乱语，她可不相信这个将书紧紧捂着胸口、紧张兮兮的老人，会真的将心掏出来。她说道：“好吧，把你的心拿来！”

……凯沙尔突然惊醒，从屋子里跑到外面，心脏因为恐惧怦怦直跳，就像要从他的胸中跳出来。他走出屋子看向山峰，在红霞弥漫的晨雾中，称为光之父的那座山峰依然坚挺，静静地矗立在远方。

“我不会离开这里！”他自言自语道。为自己昨晚曾有过的念头、那个离开这里的念头而感到羞愧。这片土地就像自己的身体一样宝贵，这里的人就像他的亲兄弟一般可爱！

二十一

在这个家里，让再娜甫汗感到恐惧，让她一直担心的事，发生得比意料中还要快。尤丽吐孜肚中的胎儿，与再娜甫汗的愿望相反，正在迅速地变大。尤丽吐孜的脸上，先是眼角下，然后在脸颊上，斑点逐渐多了起来。脸颊两边也同正在鼓胀的肚子一样，开始发胖起来。再娜甫汗因为担心害怕夜不能寐，食不甘味。她最害怕的，让她手足无力、浑身颤抖的，还是沙塔尔·阿木提。如果被他知道了，真不知道会不会闹出人命来？现在只有尽量隐瞒下去，不让沙塔尔·阿木提知道。但终究都是在一起生活的人，又可能瞒得了多久呢？但尤丽吐孜仿佛从不关心这些事一般，显得那么地从容安详，无忧无虑。再娜甫汗向来爱尤丽吐孜胜过自己的生命，看到尤丽吐孜这个样子，既奇怪又生气。

“哎哟，我要死了，你在院子里晃什么晃，如果你爸爸回来，看到你这个样子，会发生什么事情？”再娜甫汗赶着羊群从草原回来，看到在院子里走来走去的尤丽吐孜，急急忙忙跑过来说道。她拽着尤丽吐孜就往屋里走去，一边走一边说道：

“现在也还不晚，我们去城里医院，把孩子打掉。”

“不，我不是告诉你了，我决心把孩子生下来。”

“别这样，在想到办法前，还是把你的腰扎起来。”

“怎么能这么说，万一挤到孩子怎么办？”

再娜甫汗忍无可忍，怒火中烧。她对女儿说道：“你是真傻了吗？啊？让你做这个你不愿意，做那个你也不愿意。那个禽兽造下的孽种，你还有什么舍不得的？这不是孩子，是个祸害！你未婚生子，我们还有什么脸面见人！你就算生下来，又怎么养活他？最坏的情况，大不了我把你带到村子里，在亲戚家偷偷将孩子生下来。但世上没有不透风的墙，总会有人知道，总会有人看到。到时候，大家都会知道，到了那时候，你要我们怎么在人们面前抬头做人。”再娜甫汗看到尤丽吐孜根本不听她的，气得大声哭了起来。

“啊，老天啊……我这是过的什么日子啊，跟掉进泥潭一样！”

尤丽吐孜看到母亲哭得那么伤心，心里也很难受，她抱住母亲，为她擦去泪水。

“不，你别哭……不能为了这件事抱怨老天，老天爷不会原谅你的。”

再娜甫汗的问话中透露出对女儿的挖苦和气愤：“为什么，为什么老天会不高兴？”

“这是老天赐予我的生命，不能为他哭泣，妈妈，你应该万分感谢老天才对。”

再娜甫汗吃惊地看着尤丽吐孜，仿佛在看一个陌生人：

“老天啊！这是怎么回事啊！”她恍然大悟般抓住衣领。

“就为了他是那个禽兽的孩子？”

“不，他是老天赐予的孩子。”

再娜甫汗终于确认尤丽吐孜这下真的疯了。现在该怎么办呢？还没摆脱一个厄运，就连着来了又一个苦难。她心里想到，该怎么办呢？看来不把这件事告诉她爸爸，是不行了。算了，不管那时候会闹出什么样，总要有个男人出头才对，无论发生什么事，我都认了。但到现在，再娜甫汗都没有找到好的机会，能够平心静气地告诉沙塔尔·阿木提。沙塔尔·阿木提现在连着几天不回家的日子越来越多，就算回来，每次都很晚，天还没亮就又牵着马出门去。他有很多事需要忙碌，今年，他又往尤丽吐孜湖投入了很多钱，围着湖拉起了铁丝网，把帐篷和毡房装修得华丽干净又漂亮。尽管每月给雇工的工资，比上一年更高，条件更好，但今年来旅游区的游客明显比去年少了，因此他经常到城里，忙着找电视台和广播电台一个接一个地做广告，把毡房和帐篷搞得像城里宾馆一样亮堂堂。为了让几个大喇叭整天地播放音乐，那台发电机更是成天地轰鸣。厨师们在饭店没什么事可做，进了很多白酒、啤酒和香烟的商店老板，坐在凳子上，看到日渐减少的游客，开始打起盹来。在湖岸边，加上今年新买的快艇，已经有两艘快艇停在那里。湖水拍打着岸边砾石，快艇在波涛中荡漾，仿佛也为一天天地闲在湖上感到无聊。驾驶快艇的两个小伙子，裹着破皮袄，在岸边呼呼大睡。尽管沙塔尔·阿木提做好了各种准备来接待游客，但看到这些天连一个游客都没有，只能用最恶毒的语言咒骂起造成这种情景的恶劣天气。就算嘴里骂着，但他心里还是抱着希望，他总是关心天气的变化，从口袋里拿出小小的收音机，不时地听着收音机里嘈杂的声音。但是，强大的大自然对他的恶毒咒骂和疯狂的赌注，根本不屑一顾。沙塔尔·阿木提每天看到的还是最让他伤心的景色，听到的都是最坏的消息。此时此刻，寒风呼啸着，仿佛云天琼阁被刺穿了一般，层层叠叠的云层似乎被锁在山里，云层仿佛要永远栖息在古兰姆草原的天空上。山上草原上的青草在黑土地上艰难生长，只长出两指高，就仿佛被掐住脖子一样蜷缩在黑土地上。现如今，对沙塔尔·阿木提来讲，最后的希望都在古兰姆草原和山林间的生意上。幸运的是，有一天，古兰姆草原上来了两位穿着当地人服装、留着一脸络腮胡子的巴基斯坦商人。他们在一间独立的帐篷里与沙塔尔·阿木提见了面，告诉他，他们带来了一箱大麻，还告诉他，这批大麻是最好的货色。他们又告诉他，他们希望能够买到鹰隼、鹿角和熊掌等山珍。这对此刻的沙塔尔·阿木提来说，可是赚钱的大好时机。但是，就算他是如此眼红商人手里的大麻，还是表现出不怎么感兴趣和害怕的情绪。但商人们终究还是需要钱的，还是想将大麻尽快出手。沙塔尔·阿木提表明这东西在山里很难卖出去，只有很少的人才会吸食大麻。此外，山里的警察可是很是厉害的，如果他们知道了，自己得蹲上几年的大牢。总之，他不停地说这桩生意很危险，但为了客人的脸面，他们的辛苦不至于付诸东流，他还是准备将这批大麻买下来。最终，他以几乎跟烟草差不多的钱，买下了大麻。在谈到商人们需要的那些东西时，他又表现出自己的狡诈和灵活。他本就没打算将他们带到狩猎区域，如果让他们与深山的牧民联系上，互相结识了，以后的生意，他们就会直接与牧民交易，可能就会把他甩在一边。沙塔尔·阿木提可不想让别人大把大把赚钱，自己却毫无所获。他改变计划，对商人们这样说道：

“鹰隼、鹿角、熊掌，交易这些山珍，可都是要掉脑袋的生意。”他让自己看起来很是紧张和不安，“这你们也清楚，在这样的情况下，你们自己去狩猎区域，更是危险。所以，还是我把这些东西带到你们面前，你们就安心在旅游区等我好了。”

其中一个高个子瘦削的商人反对道：“我们公司的人，去年可是自己到深山里，还和猎人们一起狩猎，这我们告诉过你。”

沙塔尔·阿木提急忙自圆其说道：“客人们，问题就出在这里。就因为这，天山牧场派出所的所长都被处分了，还被调离了牧场，新来的所长，是从市公安局调来的，他来了后，就开始了严加管理，情况就是这样。”

商人们这下无话可说，只好等着沙塔尔·阿木提将货带到他们面前。他们告诉沙塔尔·阿木提，会耐心等待他的收获。

沙塔尔·阿木提开始步步紧逼：“还有一件事，我们丑话说到前头。每只鹰隼，我要三万元人民币，少了一分钱都不行，否则就不值得我去冒险。”

另一位矮个肥胖的商人说：“先生，我们最关心的是鹰隼的品质。”

“你说得对，但请你放宽心，在我们这片大山里，可没有差劲的鹰隼。”

虽然，三万元对于当地的猎人来讲，无疑是笔巨款。但商人只要能把鹰隼偷偷运出境外，那得到的好处会有这几倍还多。商人们也没有继续跟沙塔尔·阿木提讨价还价。沙塔尔·阿木提提前和他们支取了一部分钱，当天就去了古兰姆草原，将自己在尤丽吐孜湖要办的重要营生都交给了雇员。然后他亲自上路，那里有很多去年就为他带来可观收入的生意在等着他……

再娜甫汗在知道最近一个星期，沙塔尔·阿木提都不会回家后，感到很是高兴。如果让沙塔尔·阿木提知道尤丽吐孜怀孕的事，不知道要闹出多大的事端。她也知道，事情不能再拖下去，要尽快找到什么办法，来解决现在的困境。她感到头疼不已的是，还要想办法将尤丽吐孜带到农村父母家去。她想到，不管遇到什么困难，还可以和父母共同面对。她准备与父母像以前那样，将这件丑事隐瞒下来，她继续对尤丽吐孜就此事不停抱怨。

一天，发生了一件意料之外、听都没听说过的事情。尤丽吐孜的肚子里不时传来哇哇的哭声，不时又有婴儿的笑声从她肚子里冒出来。再娜甫汗第一次听到这声音时，吓得差点晕了过去。

再娜甫汗将双手朝天高举着，高声祈祷：“老天啊……伟大的主啊……请你宽恕我们的罪恶。这是怎么回事，我们都遇到了什么样的苦啊？我曾经听说，有个姑娘生下的孩子，是根本不像人的怪物。

难道这个恐怖的灾难会降临到我们头上？这下怎么才能隐藏下去？啊，灾祸啊！这下我要丢尽脸面了，以后还怎么见人啊……”

相反，尤丽吐孜听到肚中婴儿的哭笑声，显得异常高兴。她像夏日淡淡的湖水一样平静而又安详，她对母亲说道：

“你为什么大惊小怪？妈妈，你别害怕，要像我一样高兴才对。你现在要做的，不是哭泣，而是要感谢老天。因为这个孩子不是灾祸，不是灾难，是老天的恩赐。”说着，她坐在缝纫机前，开始为还未出生的孩子缝衬衣和棉裤。

在再娜甫汗心惊胆战的那些不安的日子里，一天，她听到沙塔尔·阿木提骑的枣红马嘶叫声。幸运的是，这天中午，再娜甫汗正在尤丽吐孜的屋子里照顾她。听到马嘶声，她的心咯噔一下，急忙朝外跑去。看到沙塔尔·阿木提从院子后面的小径骑马而来，再娜甫汗吓得手足无措，又朝屋子里跑着。进屋后，她匆匆忙忙收拾起缝纫机上的织布，说道：

“快放下手中的活儿，快站起来，快点。到隔壁屋子里去！你爸快来了，快躲到被子里去。”

“妈妈，不用了，所有的事都由我……”

“行了，闭嘴！”再娜甫汗又是扶又是抱的，将尤丽吐孜带到隔壁屋，将她塞进被子里。然后整理了下散乱的头发，又匆匆摆正并紧了紧松散的头巾，走出去，来到丈夫的面前。

“你回来了？”

“尤丽吐孜的情况怎么样？”

“还是老样子。”

沙塔尔·阿木提没有出声，将手中的马鞭和箱子交到再娜甫汗手里，带着枣红马来到羊圈旁，准备将马拴住。再娜甫汗在水盘里倒了水，等着丈夫过来洗手。沙塔尔·阿木提眉眼低垂，显得有些沮丧。进屋后，他心不在焉地喝着茶，再娜甫汗收拾着餐桌，说道：

“那我先到羊圈那里看看。”沙塔尔·阿木提没什么反应，只是靠着枕头沉默地抽着烟，沉思着。为了赚取巴基斯坦商人箱子里的钱，他精心挑选了有经验的猎人，在山林草原间，到群山深处不停地搜寻。他们将兔子四肢捆绑起来，在周围布下网，整天整天地爬在冰冷的地上，等待猎物送上门，可一切都是徒劳。沙塔尔·阿木提曾为了钱不顾一切地冒险，只身一人在受伤的熊后追了两天，最终在浓密的高山灌木林中，失去熊留下的血迹，只有灰心丧气地回到猎人身边。猎人们早就已经失望地将猎鹰的网收了起来，只等着沙塔尔·阿木提回来从他那里领取报酬。口头的承诺就是这样，猎人们没有狩猎到鹰隼，但即使毫无所获，也必须按天给他们报酬。沙塔尔·阿木提即使心中抱怨不停，但还是给了猎人钱，让他们走了。他为了了解今年山里草药的长势，在山间峡谷河流沿岸观察了一番。这期间，他在古兰姆草原发现了从来没有出现过的情况。他经常能看到田鼠挖掘的洞穴比比皆是。随着气候越来越热，获得成长机会的野草疯狂生长，同样可以看到像野草叶子一般的蝗虫。今天早晨，沙塔尔·阿木提从草原来到尤丽吐孜湖时，因为无事可做而显得无聊的那两个商人，怀着满心的希望欢迎他。但当他们听到沙塔尔·阿木提为难而又苦恼的声音后，眼睛瞪得像皮球一样鼓了起来，气得双手挥舞。

“先生，你知道吗？你给我们带来了很大的损失。时间就是金钱，如果不是相信你的承诺，我们会在这帐篷里白白等待吗？我们会想办法去赚钱！现在，你要为这些损失做出赔偿！”

沙塔尔·阿木提在他们的抱怨前手足无措，也没有为他们无端的指责而生气。他像那些多年经营富有经验的人一样，沉稳地说道：

“是的，这次对我、对你们、对我们大家都是损失。但我们大家都是人，我们都知道不能逆天而行，天意如此，我们又有什么办法？除了自叹倒霉外，我们没有别的办法。但我这次回来，并不是要收手不干，今天不行，明天不行，那总有一天会成功的，着急什么。”

高个儿瘦子脸黑得像铁块，说道：“不，在这该死的地方，我们是一天都待不下去了。先生，把我们的钱还给我们！”

此刻，让沙塔尔·阿木提掏钱简直就像掏心，但他还是从箱子里拿出定金，默不作声地放在他们面前。

“先生，这些钱可不够。”

“还要什么钱？”

“刚不是说过，我们这七八天白白待在这里，为此你要给我们赔偿！”

沙塔尔·阿木提生气地挥着双手：“快从我眼前消失！你们就是不知天高地厚的蠢驴！要不，别怪我停止与你们的交易，把大麻扔在你们头上。”

商人被沙塔尔·阿木提豪横的喊声惊呆了，忍气吞声安静下来。但沙塔尔·阿木提比他们的痛苦可是多了好几倍。他怎么也没有料到，为了赚大钱，这几天来奔波劳累，到最后还是一无所获。他到现在还无法抑制内心的痛苦，一根接一根地抽着烟，躺在床上，用辛辣的烟解愁。晚上，再娜甫汗不顾自己劳累，回到家，为丈夫做了可口的拌面。她知道自己的丈夫不喜欢她一次往碗里盛太多饭，而是喜欢每次少盛点，分两次吃。所以她往碗里盛了半份面，又往面上放了很多菜端了进来。沙塔尔·阿木提端着碗扒拉了两口，又放在了餐桌上。

再娜甫汗端着一碗面汤进来，小心地看了看他的脸色，问道：“怎么不吃了，是不是不合胃口？”

“不舒服，可能累了。”

“逼自己吃一点，再好好睡一觉，明天就有精神了。”

“好了，端走吧。”

再娜甫汗看着沙塔尔·阿木提像挂了霜的脸，心里惴惴不安，走出了屋子。又时不时踮着脚尖进来看看沙塔尔·阿木提是不是睡了。但沙塔尔·阿木提像是身体被石头硌着一般，翻来覆去睡不着。再娜甫汗以往每天都会睡在女儿屋子里，今天却靠着沙塔尔·阿木提躺在一起。半夜里，天色已黑，沙塔尔·阿木提还是在床上睡不安生，不时地发出深重的喘息声。再娜甫汗知道他还没有睡，伸手抱住他毛发浓密的手臂，用手抚摸他满是胡子的脸，说道：

“怎么了？睡不着吗？”

沙塔尔·阿木提粗暴地甩开她的手：“别烦我，快睡你的。怎么你今天是闹鬼了吗？”

“我……我有句话对你说。”

“什么话？”

“是尤丽吐孜的事……”

沙塔尔·阿木提不耐烦地翻身到床的另一边：“行了，有什么事明天再说。”但到了第二天，沙塔尔·阿木提睡了很久，不时可以听到他粗重的喘息声，轰隆隆的呼噜声。再娜甫汗为尤丽吐孜准备了早餐，用被子将她捂得严严实实后，才走出家门，将牛羊就地放在院子周围吃草。今天，她预感到家里一定会发生大事，一定会有大争吵，她感觉可能会出人命一般。她下定决心，一定不让尤丽吐孜和沙塔尔·阿木提单独待在一起，再娜甫汗下定决心面对任何灾难。快到中午时，再娜甫汗在厨房准备午饭，残酷的事情终于发生了。尤丽吐孜肚子里的孩子不知是怎么了，发出响亮的哭闹，然后是不很清晰的说话声。再娜甫汗跑进屋子，紧紧关上门，随后又开始用被子裹着尤丽吐孜。

她的脸像墙一样苍白，牙齿间咯咯作响：“啊……老天啊，这下要让他听见了……他是不是在说话？”

尤丽吐孜显得格外的高兴：“是的，是他在说话，这不，这不，你听听……他说，这狭窄黑暗的地方，让我感到窒息。快将我带到广阔无垠的世界去玩耍。”她轻轻抚摸着肚子，自豪地倾听着肚子里发出的细微、可爱而又娇嫩的声音。

“你听到了吗？妈妈？”

就在这时，从另一个屋子传来沙塔尔·阿木提的声音：

“再娜甫汗！”他叫着再娜甫汗。

“来了……来了……我这就来。”再娜甫汗慌慌张张地朝那个屋子跑去。沙塔尔·阿木提正在穿衣服。从他那像块旧布一样满是褶皱的脸，浮肿的眼皮，充满血丝的眼睛，可以看出他已身心俱疲。

“怎么？家里来人了吗？”

“没……没有人……”

“那我怎么听到小孩的哭声？”

“这是……”再娜甫汗惊慌失措，瘦削的脸上强颜欢笑。但她立刻压制住发自内心的恐惧：“我有事要跟你说，你先洗把脸，我去给你倒茶，然后……”

沙塔尔·阿木提火冒三丈：“等等！你先坐下，快说，什么事？”

“好，但我求你……”再娜甫汗哭着祈求说，“你想把我怎么样都行，就是打死我，我都认了，但求求你，别打尤丽吐孜，她没有犯错，她是无辜的……”

“啊？还有这样的事？”沙塔尔·阿木提从床上跳到地下，揪住再娜甫汗的衣领，“你这个婊子，为什么以前不告诉我，快说，为什么那时候不告诉我！”

“我也是后来才知道，我好几次都想告诉你，又担心害怕，所以……”

“说啊，告诉我一切！你再撒谎，我就割了你的舌头。”

“你先松开手，我喘不过气来了。”

“好，快说！”沙塔尔·阿木提同样仿佛喘不过气来一般沉重地呼吸着，颈部的血管膨胀，鼻孔张开。似乎下一刻就会对着再娜甫汗拳打脚踢一般，瞪着眼睛死死盯着她。再娜甫汗简短地将发生的事情告诉了他。

沙塔尔·阿木提失去理智般狂吼了声：“不，这不是真的。大婶的周年忌日都没过，不管怎样，县长大哥都不会干出这样的事！这无耻的狗娘养的，肯定是跟别人做了丑事，却归咎于我县长大哥。

我一定要杀了这个狗娘养的。”沙塔尔·阿木提抽出刀，像一阵风一样冲到门口，再娜甫汗哭喊着抱住他的胳膊。

“别打她，她是无辜的……别再冤枉我们的女儿！”

沙塔尔·阿木提朝再娜甫汗脸上扇了一巴掌：“滚开，你这个混蛋！”猛烈的一击，将再娜甫汗扇飞到在地上，但她立刻爬起来，又抱住沙塔尔·阿木提的腿，无力地呻吟道：“别打她，她是无辜的……”

“让你护着她，让你护着她……”沙塔尔·阿木提疯狂地用脚踹着再娜甫汗的胸口、肚子和随便什么地方。就在这时，在隔壁屋子里的尤丽吐孜也跑出来，抱住了父亲的腿。

“爸爸，都是我做的！你要打就打我，别伤害妈妈！”

沙塔尔·阿木提在极度愤怒中早已失去理智。眼中满是血丝，头昏脑涨，他说道：

“你这个畜生！”他伸出手拽住尤丽吐孜的头发，从后拉着她的头发，让她脸面朝上，“你让我们丢尽了脸，快说，你还有什么脸回到这个家？我要杀了你！”他那随着愤怒逐渐提高的拳头在空中挥动，但突然伸出的一只手，紧紧抓住了他的手臂。

“停下！”这个突然出现的声音正是来自于苏力坦·艾力，他用沙塔尔·阿木提向来惧怕的那种威严兼粗暴的声音说道，“我们到那边去，这是什么丑事啊？”

“县长大哥，这是奇耻大辱啊！”沙塔尔·阿木提放开拽着尤丽吐孜头发的手，“我一定要杀了她，一切后果由我来承担。”

再娜甫汗已经站不起来了，无力地躺在地上。尤丽吐孜放声大哭着跑到她身边，扶住她的头。

“这是怎么回事，怎么能这样对她们？我们到那边去说！”苏力坦·艾力拉着沙塔尔·阿木提来到屋外，站在院子里的汽车旁。年轻的汉族司机惊讶和不安地看着他们。

“县长大哥，我……”苏力坦·艾力朝沙塔尔·阿木提递了支烟，带着他来到马厩旁，“到底发生了什么事，闹成这个样子？”

沙塔尔·阿木提没有回答。他握住火柴的手颤抖着，困难地点着手中的烟，眼中流下了痛苦的眼泪。

苏力坦·艾力再次问道：“说，到底发生了什么事？”

“县长大哥，别问了……”沙塔尔·阿木提大口大口地抽着烟，嘴唇颤抖着。在痛苦和愤怒的情绪中，可以感受到他全身都在哆嗦。他深深喘了口气：“家里发生了比死亡更可怕的事……尤丽吐孜，她做了让我们丢尽脸面的事。”

苏力坦·艾力心里咯噔一下，心里想到：“会是什么事？那天晚上，我吃的药可没有起到什么作用啊……”

“她怀孕了吗？”

“好像是的，但让人想不通的是，那个孽种还在肚子里，我们就可以听到他的哭声，他还会笑啊，还会说话。”

“啊，怎么可能，你怎么开始胡说八道起来。”

“是真的……我可是亲耳听到了他的哭声。”

“等等，不管怎么样。”他为了洗脱沙塔尔·阿木提的怀疑，急忙说道，“这肯定是那个叫凯沙尔的混蛋做的事，以前我在家里是怎么对你说的？那个混蛋是不会给你们家带来好运的。”

“前几天，他还派来了媒人提亲。”

“你们怎么说？”

“我们同意了，但那时候，事情还没有败露。”

就在此刻，苏力坦·艾力心中嫉妒的火焰燃烧起来，

他心怀鬼胎地笑了笑：“很好，那么，现在他是把你逼到这般境地了。”

“但不知为什么，这个该死的丫头却不愿意同他结婚。”

听到这里，苏力坦·艾力压抑不住心中喜悦。

“是吗？为什么？”他很感兴趣地问道：“你问她了吗？为什么不愿意嫁给他。”

“她妈问过她了，她不愿意说。”

“不说吗，但明显，你女儿不同意这桩亲事，肯定是有原因的，那个败类一定是用暴力糟蹋她，但又没有成功，你女儿一定认为这是奇耻大辱，她从凯沙尔身上，看到了他的野心。”

沙塔尔·阿木提又点着一支烟，沉默地吸着，迷迷糊糊地发呆。

“好吧，那你准备怎么处理这件事？”

“我也不知道该怎么做。”

“应该上法院起诉这该死的家伙。”苏力坦·艾力强硬地说道：“因为这可是个重罪，你看着，为了他所做的事，至少也要判他十年。”

“不，不……你不能这么做，没人知道还好，如果扩散出去，让人们都知道了，我们就没脸见人了。”

“那么，你是准备悄悄地把婚事办了？”

“现在好像也没有别的办法。”

苏力坦·艾力心中闪过恶毒的念头：“沙塔尔，这不可能，你看着，你别想如愿以偿。因为，你女儿只要不属于我，我就不会允许她属于其他任何人。我绝对不会让他们得偿所愿。”苏力坦·艾力不再就此事表态。他对沙塔尔·阿木提说道：“走，带我去古兰姆草原，顺便消消气。”说着，他让沙塔尔·阿木提坐上车，在院子里扬起混杂着煤灰的灰尘，开动汽车走了。沙塔尔·阿木提这一走，又有好多天没有回来。

这些日子，古兰姆草原上的牧民时时感到恐惧，因为有很多奇怪的事接连发生。随着天气逐渐转热，干燥的风加剧，以往一个星期会下好几场雨，现在却不见雨的踪影。就在一个月前，草木郁郁葱葱的草原，由于今年的大旱，变得干枯起来。不，这不仅仅是因为旱灾的可怕，地上才长出来的草皮，让蝗虫从头到尾像剪刀一样整齐地吃掉了。它们像黑云般从草原这头飞到草原那头，数之不尽的蝗虫在天空飞过，发出轰鸣的声音，就像有一列列火车驶过。像蝗虫一样，无数的老鼠把草原挖得千疮百孔。古兰姆草原早已不复以往那草场成片、牛羊成群的美好景象。现在牲畜和牧民一样，都在草原为了食物四处张望觅食，牲畜的蹄子在草原上扬起灰尘。阿克提坎河四季奔流的河水量也开始明显减少。尤丽吐孜湖的水位相较于以往下降了近两米。尽管如此，为了躲避城市的酷热，在酷暑中喘不过气来的人们，仍然一个个坐着车来到尤丽吐孜湖避暑，游客一天天多了起来。

一天中午，从城里专门来往旅游区跑长途的面包车中，下来了一位瘦高个、红脸庞、白皮肤、头发稀少的老人。他将手中沉重的包放在地上，用手绢擦了擦眼镜，像找什么人一般向四处张望着。没过多久，有个小伙子来到他面前：

“您需要住宿吗？您想住帐篷有帐篷，想住毡房有毡房，被褥都很干净的，价钱也不贵。”

老人带着恳求的表情说道：“谢谢，我暂时还不需要，我来这里是想找我的一个学生。”

“您的学生叫什么名字？”

“他叫凯沙尔，我听说，他就在这里，在天山牧场工作。”

小伙子连连点头道：“我知道，我知道，他的家好像在河岸边，您往回走，大概一顿饭的工夫就能到。”

老人说：“但我对这里一点也不熟悉。你能帮帮我吗？”

小伙子不好意思地说：“我不能离开这里，另外我也没有马，但这里有让游客骑着马四处走动的牧民，租他们的马，一个小时要50元。”

老人高兴起来：“可以，可以。”小伙子向路边杨树下牵着马的十四五岁的一个孩子喊道：

“哎，向导，快骑马到这儿来。”

这个不再牧羊、整天守着帐篷的小孩子，现在已经找到了新的营生，满脸红斑的柯尔克孜族男孩，还是像这山里孩子一样害羞而温和。他小心地让老人骑上马，走上了山路，老人沿着刚才来的路，向西边走去。当爱因斯坦向美国学生解释什么是相对论时，曾说："当你焦急等待与最亲近的人相见时，一分钟就像一个小时，等到相遇后，一天就像一分钟，这就是相对论的范畴。"这话说得很有道理。两匹马在山路上迎风奔驰，但对老人来讲，刚才小伙子所说的一顿饭的工夫，现在却显得像一年一样漫长。老人骑着马在崎岖的山路上走了很久，才来到凯沙尔家门口。老天保佑！家里大门没有上锁，说明他就在屋子里。老人走上前敲了敲门。屋里传来一个声音：

"请进！"

就像太阳飞进了孤独的屋子，仿佛凯沙尔死去的母亲在此刻复活！啊，在凯沙尔面前站着的，是他大学时最敬爱的老师、优秀的自然学家穆再帕尔·赛依丁教授。

"老师！"正在写信的凯沙尔，将手中的笔扔在桌子上，一跃而起紧紧抱住老师："我是在做梦吗，您怎么到这里来了？"

老人指了指正在好奇看着他们俩的男孩，笑着说道："还不是托了这个小伙子的福。你先等等，我先送送他。"他从口袋里取出钱，拿出一张百元钞票递给小伙子："谢谢你孩子，看来你找到了自己的路，拿着，祝您生意越来越好！"

小孩子又将钱交给他："我没有钱找给您。"

"不用，孩子，你都拿去，就因为你的恩惠，我才能这么快到这里，剩下的钱是给你的奖励。"

小孩出去后，老人隔着像茶杯底一样厚的镜片，凝视着凯沙尔，激动地说道：

"等等，让我好好看看你。嗯……变化倒是不大，在学校时就是个帅小伙，现在肩膀变宽了，开始刮胡子了吧。哎……怎么样，在这里过得怎么样？"

"老师，我过得很好。"

"你还是一个人吗？还没有结婚吗？你是在孤独地过着鲁滨

逊·克鲁佐式的生活吗？要让我这个老头子在这里生活，估计过不了一个月就会死掉……”他说着大笑起来。

“言归正传，过了几年，我又突然出现在你面前，你一定没想到吧？”

“是的，真的没想到。”

“你知道我为什么在垂暮之年来到这里吗？都是因为你最近登载在报纸上的论文……你的论文破坏了我心灵的宁静，不知为什么，我读着你的论文，总是止不住难过。如果你在论文中提出的观点是真的，这里的人在对自然进行无情的摧残。我想亲眼看到这个野蛮摧残的场景。因此，我从报社找到了你的住址。”

这些天以来，凯沙尔陷入痛苦和悲伤之中，现在听到老师坚定而又温暖的声音，差点又忍不住掉下泪来：“如果我那篇无足轻重的论文，能够向您传达我正义的声音和祈求的宣言，那我在这件事上算是达到了自己的期望。”

教授继续说道：“后来，我听说，那篇登载在报纸上的论文，在乌鲁木齐引起了很大的反响，有人将你的论文裁剪下来。这是为什么呢？人们以往忘记了自然，随意地破坏自然，认为自然界是可以肆意践踏虐待的老黄牛。但人们没有想到，老黄牛总有一天会报复，没有想到，它会用难以逃脱的冷酷来报复我们。人们只是自大自然的惩罚中，开始感受到造成的悲惨后果，才开始感到后悔。所以，现在这个问题成为他们交谈中最重要、最感兴趣的话题。有几位读了这篇论文的人问过我，老天啊，那里的人是不是失去了理智？”

凯沙尔沉思片刻，说道：“无知和愚昧，对人类来讲，是最可怕的黑幕。谁的眼睛被那片黑雾阻挡，如果他是权力者，就会像东奔西走不停发出无用咆哮的老虎。如果是老百姓，就会成为一个不择手段的破坏者。所以，我这样想到，无知和愚昧是一切灾害的根源。

“哲学的真谛，是让真理之光熠熠生辉。如果你说的生态问题，不仅限于自然界，而是延伸到人类的精神，那就会成为一项异常复杂而又立体的整体问题。为了人们，为了我这个学生，请您不要吝啬你的恩惠！我想说的是，我想知道一件事，我能为您做些什么？”

教授舔了舔发干的嘴唇：“为我吗？此时此刻，我最需要的是一瓢水。”

“啊……对不起！”凯沙尔跳起来，拍了拍自己的脑袋：“老师，请原谅我……只顾着说话，都忘记了待客礼节，暖瓶里有开水，我现在就去泡茶。”

“不，不，最好给我凉水，最好是冰水。”

“水桶里也许有凉水，早晨从河里挑的水。但您千辛万苦来到这儿，我怎么能给您倒凉水喝。”

“没关系，去拿吧。”

凯沙尔用水瓢从桶里盛了水，倒在碗里，双手递给教授：

“老师，请你尽管放心喝，现在，为了灭杀蝗虫和老鼠，恐怕只有河水里没有撒过药了。”

敬爱的老师……对搞学术的人来讲，世界上再也没有比老师更伟大的称呼。是的，他就是科学世界里灿烂的太阳，他的身心由人性和信仰这些美好的事物组成。凯沙尔和老师一直聊到半夜，但他们越谈越是深入，各种观点犹如泉涌，就是用几天都不一定能完成。凯沙尔知道自己不能让年老的教授太过疲劳，在自己的床上铺上被褥，自己则睡在折叠床铺上被褥躺了下来。为了满足老师提出的要求：我住宿的地方，要能与牧民直接接触，要靠近山林和草原，要一切方便为宜。他带着老师来到艾山·卡克立克家里。

异常猛烈的暴雨后，干枯的古兰姆草原逐渐得到恢复，变得绿意盎然，饥肠辘辘的牲畜开始贪婪地吃起嫩草。为了旅游区的生意，苏力坦·艾力带着像影子似的沙塔尔·阿木提，整日穿梭在古兰姆草原和尤丽吐孜河。一天，尕依孜·帕里万终于在古兰姆草原沙塔尔·阿木提搭起帐篷的地方，见到了他。

他将沙塔尔·阿木提从苏力坦·艾力身边带走，在稍远的地方站定，对着沙塔尔·阿木提问起了婚事：“沙塔尔队长，这是怎么回事。已经过了很长时间，到现在都没有听到你们的回应，你们到底准备怎么操办婚事？”

“我们不是答应婚事了吗。”

“那我们就在这个夏天痛痛快快把婚事办了，要拖到秋天，那时天气就差了，再说大家都会很忙。”

“是，是的，但现在我们都有烦恼……尤丽吐孜可能没适应城里的生活，她生了病，到现在还没有好起来，我们只好将她接回家里。”

尕依孜·帕里万悲痛地说道：“是吗，还有这样的事？老天保佑她。我们对此一无所知，要不一定会去看望她。”

“谢谢，您不用麻烦，现在她已经好多了，先等她完全好起来，马上就把婚事办了。”

尕依孜·帕里万高兴起来：“这话说得对！哎，你等等，你女儿不会反悔吧？”

“这是怎么说的，孩子的一切都由我做主，她只有顺从的份。尕依孜大哥，都这时候了，我们不会反悔的。哎，对了，告诉凯沙尔，有时间去我家里看看。”

后来的日子，沙塔尔·阿木提多次想到：“幸亏当时县长大哥及时劝阻，要不是他，局面可就无法收拾了。要不然我在气头上，谁知道会把她们俩怎么样？说不定当时就把尤丽吐孜掐死了，要不就把她赶出家门。”当然，他被苏力坦·艾力强迫着在外面待了好几天，气也消得差不多。后来他也就此想了很多，也为当时自己的冲动和暴躁情绪所后悔，他想，如果真做出什么事来，那对谁有利对谁有害？那不就是她们流血，我也没得好活吗？女孩子长大终是要嫁人生孩子的，就算尤丽吐孜怀了孩子，那也是凯沙尔的孩子，他们自己作孽自己承担。这样的事现在又不是一件两件，凯沙尔做出丑事，但又没有提出退婚，看来这事还得我们自己内部消化……

这些，就是沙塔尔·阿木提后来的想法。他现在想着，等尤丽吐孜生下孩子后，就把婚事办了，他想通过尤丽吐孜将这个决定告诉凯沙尔。

可惜的是，最近这段时间，尕依孜·帕里万不管是在凯沙尔家，还是在森林中，都找不到凯沙尔。尕依孜·帕里万每天都在焦虑中等待，终于有一天，他在凯沙尔的家中，见到了凯沙尔。尕依孜·帕里万像阵黑风般冲了进来：

“你这个孩子，怎么搞的？我这几天就像被主人遗弃的狗一样，四处找你。你是不是喝醉了酒，躺在哪个下水道中了？”

凯沙尔早已习惯尕依孜·帕里万嘴硬心软、雷声大雨点小的性格。他笑着说：

“尕依孜大叔，您别生气，我又不知道您在找我。我有个老师从乌鲁木齐来这里，我带着他到山里、森林里看看……”

尕依孜·帕里万的火气立刻烟消云散，他来到床边坐下，用手撑了撑就算夏天也习惯戴在头上的旧皮帽，对着凯沙尔生气地说道：

“有那么重要的客人，为什么不带到我家里去？”

“我一定会去的，老师还要再待上一两个星期。”

“不带他来，小心我撕你的耳朵！有你这样的学生，我倒要看看你老师是怎么样的人。”

“我还向老师说起过您，他也着急着想见您呢。”

“带他来，我家的门随时向他敞开着。哎，对了，是这样的……我同沙塔尔队长见了面，他女儿没有悔婚的意思啊。”

“不，不，不……她是对我说过……”

“她生病了，在城里生的病，现在在家养病，只要病好了，就会结婚。他还说，让你去他家里，这不，我这几天都找不到你，你现在就去他家看看。”

凯沙尔完全搞不懂事情的来龙去脉，一时怔怔的没有反应过来：“是吗……我可以去他家吗？”

“是啊，我不是说现在就去吗！”

“这样啊，那您能不能陪我去？我觉得难为情。”

“说让你一个人去，我夹在中间算什么事？去吧，也许有些事她要跟你一个人谈谈。”

凯沙尔因痛苦悲伤而疲惫不堪的心，被意料之外的期望和快乐围绕，仿佛世界向他重新张开了温暖的怀抱，令他感到无限的幸福和希望。但在他激动和喜悦之余，不由得想起尤丽吐孜那天，对生命失去希望般的冷漠表情，还有尤丽吐孜当他的面狠狠关上门，并由此带来的痛苦失望，让他的心始终笼罩在疑惑的迷雾之中。不！现在不是关心这些情绪的时刻，不能再有任何犹豫！凯沙尔忘记了发生的一切不快，他从教授那里回来，将白眉马放在外面吃草。这会儿，他又出去牵着白眉马，放上马鞍，同尕依孜・帕里万道了别，骑上马朝沙塔尔・阿木提家奔去。

就在此时，就在此刻，尤丽吐孜正在山坡上，在周围是茂密的灌木覆盖着的绿色草坪上，忍受着分娩的阵痛。母亲一早就叮嘱她，如果凯沙尔到来，要跟他严肃地谈谈婚事和她肚子里的孩子，随后母亲赶着羊群走出院子。可怜的母亲……明明知道发生的一切，为什么还像发疯了一样，说这些话呢？尤丽吐孜心里清楚不是这样，母亲说那些话，并不是真的发疯，也不是要对凯沙尔撒泼弄狠。显然，这都是被她父亲逼着说的。可怜的人。还有爸爸……他的愤怒，辱骂和殴打，她也不怪自己的父亲，他什么都不知道，就因为他什么都不知道，所以他是无罪的，也是可怜的……尤丽吐孜早已将自己的命运，托付于伟大和神圣的力量。在她所信仰的这个庇护所是如此地仁慈，就连父母之爱也远远不及。尤丽吐孜将自己完全依赖于命运的监护之中，她觉得父母为自己操劳奔波，完全是多余的。不，她不再愿意面对父亲，对他诉说自己现在的状况，面对父亲表现出的羞愧愤怒的表情，也不愿意看到母亲悲伤的眼泪。只要她是肚子里的孩子的母亲，那神圣的蓝光就会成为她的庇护者。肚子里阵阵分娩的剧痛，像雷暴的乌云一样扑面而来。从肚子开始向全身蔓延的、难以忍受的剧痛，让她不停呻吟。让她像受伤的蛇一样蜷缩起来，在绿色草地上不停翻滚。蓬乱的头发铺在草坪上，细长的手指与绿草的根系紧紧交织在一起，额头上汗如泉涌。每次分娩的阵痛，她都狠狠咬自己的嘴唇，现在嘴唇上已经血迹斑斑。

这时，传来光之父悠扬如歌般的声音：“我的孩子，努力吧，我正在看着你。”尤丽吐孜立刻恢复了神志，仿佛在哀求母亲一般，哀求道：

“啊，老天啊，我快忍受不下去了，请给予我解脱吧！”

“努力吧，我的女孩，伟大的精神就是在病痛中产生的。”

尤丽吐孜因为致命的剧痛而尖叫。天地间立刻传来震天动地的雷声，周围的一切仿佛都在摇晃。光不断注入胎盘中，开始点亮黑暗幽静的世界。光之父用拐杖的尖端推挤着婴儿，虚弱的太阳无力地漂泊在这个黑暗的世界。突然，闪耀出无限耀眼的光芒，七层的地底兴奋地摇摇欲坠，七层的天也因为这光像命运天使降临般闪耀光彩……光之父将婴儿抱在怀中，用阿克提坎河纯净的水为他沐浴，又将因为剧痛消失后一下陷入平静、就仿佛睡着了一般的尤丽吐孜紧紧抱在胸口。婴儿躺在绿色的草地上，嘴里渴望着什么一般，不停抖动着躺在原地。他的嘴唇是艳红色的，眼睛像星星般灿烂，长及耳朵的湿润头发是棕色的。

虚弱无力的尤丽吐孜，在成为一名母亲的神圣力量支撑下，从婴儿火辣的呼吸中，慢慢恢复了神志，她侧身躺下，正在将乳房对着婴儿，准备喂他初乳。

大地说：“祝贺你！”

天空中，同样发出了惊天动地的呐喊：“祝贺你！”

“谢谢你，给我永恒生命权利的、神圣的蓝光，光之父！”

婴儿饥肠辘辘，逐渐虚弱。因为这个原因，在山间和灌木丛中奔跑的短尾狼，这时突然被一阵扑鼻的香气引动得停了下来。它警觉地嗅着周围的空气，在它从不犯错的敏锐感知中，充满了强烈而新鲜的肉味。它的饥渴变为无法抑制的火一般的渴望，口中流出浓浓的唾液，朝着气味传来的方向飞奔而去。今天，它为了这一刻的贪欲，愿意冒任何的风险。它的眼睛在燃烧着，显得异常的凶猛和残暴。在这本性的追逐下，它很快来到了完成分娩的尤丽吐孜身前。但是，它看着尤丽吐孜身边红红的一团肉，并没有像箭一样冲向猎物。因为就在那一刹那，它的双腿不由自主地停了下来。眼前是一团肉乎乎的新生婴儿，正投入到母亲的怀抱香甜地吸吮母亲的乳汁。短尾狼看到了眼前一幅奇妙的景象，眼前闪过以往的记忆，那时的自己，伸展四肢为刚出生的幼崽喂奶的场景，如今的它失去了火热和舒适的感觉，低垂的乳房仿佛一下鼓胀，在美妙的麻痒感觉中瘙痒起来。此刻，在它心中，对猎物的渴望，与对孩子的爱在激烈冲突着。它的本能，让它对面前的战利品垂涎欲滴，尖利的牙齿像箭一样显露出来。但相反的是，它身上母亲的本能，又时刻提醒自己曾经抚育幼崽的温馨时刻。幼崽在吸吮乳房时，对它来讲，同样是那么珍贵的时光。短尾狼想着这些，乳房里的乳汁滴落在地上。它无论如何都无法控制自己。它想将婴儿从母亲怀里抢过来，想让他成为自己的孩子。它猛地扑向尤丽吐孜，尤丽吐孜这时才看到面前的野兽。

“妈啊！”她在面对死亡的恐惧中大喊起来，想将婴儿塞进自己的怀里。但短尾狼早就将婴儿抢了过来，婴儿的身体已经有一半落在它的口中。虚弱无力的尤丽吐孜只能勉强自保，但她立刻拼命与狼搏斗起来，她望向四周努力的呼救声却毫无回应。狼叼着婴儿，仿佛劈开灌木丛一般，飞快地向河边跑去。尤丽吐孜用尽身上的力气，站起来大声喊叫着，跟在狼身后跑了起来。她不知道被什么绊倒，又挣扎着站起来，朝着狼追赶而去……这时，苏力坦·艾力正在灌木丛中行走，用狩猎来排解无聊心情，突然，他听到一个女人的大哭声。他顺着哭声前进，并与向河流方向奔跑的狼碰了个正着，他看到狼嘴里的婴儿。狼警觉地重新躲在灌木丛里。狼身后，一个状若疯狂的女人跑了出来，她的衣裙上沾满了血，头发散乱。苏力坦·艾力紧咬着牙齿说道："尤丽吐孜！"他清楚地看到了这可怕的景象，狼奔跑着投入到阿克提坎河中，起初它仿佛要沉没在白茫茫的波涛中，但不一会儿又出现在河流中，向河对岸游去。尤丽吐孜号啕大哭着来到了河边，苏力坦·艾力呆呆注视着尤丽吐孜一举一动，举起枪对准尤丽吐孜道：

"你的孩子成了狼的猎物，现在你会淹死在河里，既然你不属于我，就不能属于世界上任何人。凯沙尔……他抢了属于我的东西，他一定会吃不了兜着走。"

尤丽吐孜刚踏进水里，随着砰的一声枪响，抱着胸口摇摇晃晃地站了起来，又突然扑下身子，消失在苍白的波涛中。

二十二

穆再帕尔·赛依丁在艾山·卡克立克的旧茅屋里结束了最重要的那部分工作。他白天撑着长木棍当作拐杖，带着自己的旧皮包，行走在灌木丛、草原和山林间。他观察那里的畜群，与牧羊人日复一日地交谈，日子就这样一天天重复，有时，他会不知不觉地在两座山之间的深邃峡谷中，深入十几公里。到了夜晚，他又会筋疲力尽地走回艾山·卡克立克家。但无论如何，每到这时，他才会开始自己最重要、最为投入的事情。他会在艾山·卡克立克家里，点起乌黑的烟火灯放在旧箱子上，伏在箱子上将一天的见闻都记录在本子上。烟火灯上的红焰越升越高，像蛇的影子般蜿蜒扭曲。灯散发出的昏暗灯光，淡淡地照耀在纸上。在展开的白纸上，黑色的字体流畅地行走，在一行行逐渐增多的字迹中，记录的是这里的人们遇到的最苦的悲剧，记录的是人们满是心酸泪水的真实情景。良心的煎熬，让他在字里行间充满死亡和挣扎两大历史主题，促使他真实地反馈看到的一切，在勉强亮着微光的灯火下，书写在历史画卷中。年老的教授为什么不回到乌鲁木齐舒适的家中，在地上铺就厚厚贵重地毯的书房中，精心思考，并将思考的精髓立刻打在电脑中呢？放弃那样便利的环境，而是在艾山·卡克立克四壁漏风的破窝棚里，渴了喝凉水，饿了啃干馕，在微弱灯光下蜷缩着工作呢？那是因为，在他看来，人类能够最直接感受到的，是可以倾诉的痛苦喘息的声音，是人类能够拥有激情的根本动力。是的，在无力的灯光下，教授眨着眼睛在旧箱子上研究时，天上的月亮，每天晚上都透过窗帘注视着他。河流也在唱出它最悦耳的歌曲。教授迎着新一天的黎明，带来的第一缕微弱的光线，又坐了一整夜。他用自己即将完成最重要的事情时那种喜悦心情，来支撑手脚僵硬的身体。

艾山·卡克立克一大早就赶着羊群放牧，在午饭时刻，才疲惫地赶回来。他回来后，看到穆再帕尔·赛依丁正在箱子旁边，枕着旧皮袄沉睡。不，艾山·卡克立克可等不及让教授自然醒来，他想立刻就叫醒教授，但又有些担心教授会发脾气。

“先生……穆再帕尔老师……”艾山·卡克立克到现在还没有清楚记得教授的名字，对这样一位博学的教授，他都不知道怎么称呼才合适。教授的睡眠很轻，立刻抬起头来，将放在箱子上的眼镜戴在鼻梁上。他看了看窗外太阳强烈的光线，眨了眨眼睛说道：

“哎哟，我睡得可真香啊！艾山大哥，是你在叫我吗？”

艾山·卡克立克脸色发白，胡须抖动，眼睛里透露出悲伤和恐惧，说道：“是啊，是我叫您，不能不叫您起来，发生了件糟糕的事情。”教授立刻警觉起来，带着一种紧张的情绪盯着艾山·卡克立克：

“发生了什么事？”

艾山·卡克立克坐在炕角上，抽泣起来：“昨晚，警察来抓走了凯沙尔。他可是连一只蚊子都不会伤害的好小伙儿啊，不知道为了什么事抓他。他们像捆住要宰的羊那样，紧紧捆住他，简直就是五花大绑，坐进汽车里开走了。”

“等等，你慢些说。”听到这个消息，教授愣了一会儿：“到底发生了什么事，你慢慢告诉我。”

艾山·卡克立克用衣袖擦了擦眼睛，眼睛因湿润而显得格外愁苦。

“早晨，我赶着羊群来到河边，看到凯沙尔家门口围了很多人。尕依孜·帕里万大哥正冲着一个警察挥手说些什么。为了知道发生了什么事，我抛下羊群赶过去。原来警察来他家是为了封门。尕依孜·帕里万正在跟他们争论，为什么要将凯沙尔抓走。哎，老师……但愿老天能保佑所有人免遭委屈和磨难。一个月前，我还听说，尕依孜·帕里万去沙塔尔队长家提亲，要给凯沙尔和尤丽吐孜办婚事呢，现在您看，这口饭刚要喂到嘴里，事就黄了……”

教授带着发自内心的沉痛，说道：“哎，真是可惜……这是个悲剧啊……”

“我听说您是凯沙尔的老师，所以我求求您。”艾山·卡克立克声音发抖，眼中又流出泪来：“您看，不管怎么样，得想办法把凯沙尔救出来。您给我们指条路吧，那个孩子是冤枉的。”

穆再帕尔·赛依丁看到艾山·卡克立克像个小孩一样哭泣，看着他泪如泉涌的眼睛，看着眼泪从他布满皱纹的干瘪脸庞流下来，心里同样难过不已。但让他最难过的，不是艾山·卡克立克的眼泪，而是同泪水一起涌出的内心最真切的哀伤，还有他无能为力的痛苦。他在艾山·卡克立克充满希望和祈求的眼睛注视下，像个哑巴一样陷入深重的沉默中。他的心中，却像被飓风一样汹涌的痛苦所震撼。是的，他是凯沙尔的老师，他是愿意为凯沙尔做出飞蛾扑火的事。但以他没有任何权势的平民身份，又有什么办法能从警察手中，将凯沙尔放出来呢？如果说存在能够将凯沙尔平安解救出来的强大力量，那只能是法律的公正判决。但穆再帕尔·赛依丁能用这些话，来安慰艾山·卡克立克那痛苦的感受吗？不，此刻已经惊慌失措的艾山·卡克立克，是绝不愿意听到这种说辞的。

穆再帕尔·赛依丁想不通凯沙尔怎么会遭遇如此不测之事，遭到如此委屈。他来到凯沙尔家以来，凯沙尔一直同以往那样用开朗的态度、爽朗的语气同他交流。教授骑着艾山·卡克立克的白眉灰驴来到凯沙尔家，家门锁着一个大大的锁，锁上还贴着封条，孤零零的房子在河边空旷地带，显得冷冰冰。白眉马在马厩里顽皮地嘶叫，无休止地踏步，打破了夜晚的寂静，它嘎吱嘎吱地咀嚼着黄玉米和苜蓿。马厩的门打开了少许，周围仿佛还停留在凯沙尔突然走出家门，双手反绑在身后的样子。可以感觉到警察从他背后推搡着上车时，凯沙尔惊愕的恐惧。教授到现在还没有回过神来一般，坐在院子里的空树墩上，向前弓着背，将身体的重量通过肘部，支撑在右膝上，手撑着下巴紧紧盯着门，看着旁边用铁条布置的窗户，他忧心忡忡地看着这一切，慢慢地说道："我完成了在这里的工作，我是来同你告别，原本我想要拥抱你，现在，我无法与你说话，不能感谢你所做的一切，不能祝福你。在离别时刻，不能诉说对你的情意和信任，不能跟你说说心里话。我怎么能想到会发生这样的事情？此刻，我心中充满悲伤，我想在你家门口放声大哭。是的，男人是不能掉眼泪的，眼泪是不符合男人的本性。但你就像我的亲儿子，不知道你能不能从诽谤和诬陷中脱离出来，任何人想到这里，就算是铁石心肠，心里也会感到痛苦悲伤。在走之前，我还想跟你说一句，谢谢你！在学术道路上的贡献，我佩服你所做出的努力，我的孩子！作为一名教师，看到在自己众多学生中，至少还有一个达到了自己的要求，将科学的光辉前景引申到极致，他就达到了自己的目的。获得这种荣誉的教师，生命中还有什么遗憾呢？教师，从不在乎荣誉之冠冕堂皇，不贪图金钱和官职。他们只希望能够亲眼看到学生们在学术的天空中自由翱翔。对他们来讲，那是无与伦比的奖赏。你还记得吗？在学校时，我们关于达尔文进化论的讨论，我对你的高谈阔论和没有根据的表述，当时还觉得很是无聊，我还在学生之间批评你。孩子，希望你原谅我当时的行为，因为宇宙的无限，其中隐藏的规律，对人类来讲还是一片空白，人们努力用知识武装自己，朝着科学的境界和深度，探索和追寻，在探索其中的奥秘。所以，作为你的导师，现在我是作为一名学生，对你的学术观点认真思考。当我来到古兰姆草原，目睹悲惨的现状后，才真正了解你在报纸上刊登的那篇文章，其中具有的科学价值和人格魅力。文章中那回荡着的激昂宣言震撼着我的心灵，一片狼藉的大地，血泪横流的悲惨世界……这个地方上所有的生命都在面临着空前残酷的命运……哎，可悲的人们……他们都迷失在其中，忘记了自身的使命，奇怪的是，虽然他们开始注意到面前一切的真正价值，但仍然处于愚昧的状况之中。前段时间，你为了有助于我的研究，提供给我的那些论文，是多么让我惊叹！但你当时笑着对我说，这些论文，从没有任何报刊，甚至专业科研刊物发表。真是奇怪啊，他们为什么没有从这些论文中，看到其中科学真理的那种强烈的爆发力？关于这些论文，我在草原的牲畜群和牧民之中进行了专门的调查研究。孩子，你的推论是对的。在古兰姆草原上，狼群被屠杀殆尽，将要被根除的时候，发生了人们无法想象的奇怪情况：牲畜群虽得救了，但它们从繁盛的状态，慢慢开始退化，变得瘦弱、枯干和弱小。据老牧民说，牲畜的这种逐渐虚弱的情况，在进行改良等很多办法后，都没有得到转变。以对自然生物进行残酷屠杀为己任，并为此洋洋自得的人们，从死在他们枪弹下的狼群最后的惨呼声中，感受到了什么呢？”

院子周围的野花，听到教授仿佛永远没有休止的话语后，伤心地沉默下来，河流仿佛有一瞬间停止了流动。只有阴郁的山风还在吹拂，仿佛要将这些话语带到凯沙尔身边。

就在这一刻，在高墙内，在风也吹不到的牢房内，在厚厚墙壁的审讯室内，凯沙尔正站在警察的面前。

“姓名？”

“凯沙尔。”

“说全名！”

“凯沙尔……凯沙尔就是我的名字和姓，全名就叫凯沙尔！”

“年龄？”

“24岁。”

“文化程度？”

“大学。”

“你在大学时，参加过示威游行，是这样吗？”

“参加过。”

“为什么？”

“是反对领导干部中滋生的贪污贿赂等腐败现象。”

“交代你在天山牧场工作期间，犯过的罪行。”

“我没有做任何违反法律的事。”

“你对学生们说过什么？”

“我给他们讲自然知识和环境保护方面的知识。”

“你说谎，你蛊惑一部分学生，将他们带到森林里，对他们进行政治煽动。”

“这是毫无事实根据的捏造。”

“是吗？我们等着瞧，你对叫尤丽吐孜的姑娘做了什么？”

“我们互相喜欢。我们承诺过共度一生。”

“如果事情就这样继续就好了，但你欺骗她，奸淫了她。后来，你违背了结婚的诺言，她不堪忍受痛苦和羞耻，投河自杀了。”

“什么？她自杀了？”凯沙尔的头像是被木棒击中一般，脑子发晕起来。

“啊？尤丽吐孜死了吗？”

“如果她没死，我们怎么会抓你？你想想，因为你，导致了严重的事件发生。”警察脸上流露出难过的神情。

“因为你的罪行，你现在面临法律的质询。”

“不，这不可能！尤丽吐孜不可能死！”凯沙尔像失去理智般激动得颤抖起来，沉重的脚镣叮当作响。为了防止凯沙尔摔倒，站在两旁的警察立刻伸手从腋下抓紧他。但凯沙尔在警察手中大声喊了起来：“我知道了，我知道是哪个黑心肠伸出的罪恶之手……啊……尤丽吐孜……尤丽吐孜！”

审讯已经无法再继续。时间可以解决一切，凯沙尔在黑暗狭窄的牢房里，像受伤的狮子一般四处乱撞，仿佛生命连同力量从身体里涌出，慢慢地安静下来。从那以后，没完没了的审讯，一天天地持续着。提出的问题让他毛骨悚然，感到残酷而又震撼……对他来讲，回答那些本身不存在的东西，是多么地困难和荒谬。啊，充满了诽谤的腐朽世界……黑暗的极限在哪里。逃脱的路又在哪里，这些审讯又要继续多久？

仿佛到处弥漫着火药的气息。沙塔尔·阿木提和他的亲友们，找到尤丽吐孜的遗体时，她的身体在巨浪中不断撞击石头，已经难以辨认。他们捞出尸体，开始忙着处理后事，忙着准备乃孜尔（葬礼）。可怕的消息已经从牧场传到城市，甚至扩散到了乡村。所有人都为她的死感到悲伤和心疼。相反，在古兰姆草原上最孤独的生命——短尾狼如愿以偿地成为了一个心情舒畅欢乐的母亲，它躺在洞穴里，惬意地放松身体躺着。婴儿将胖胖的小手，一会儿放在它的肚子上，一会儿放在它的乳房上。他在短尾狼灰白的毛发中，寻找到柔软的乳房，已经早已习惯般地张口吸吮着乳汁。啊……对一个母亲来讲，世界上，还有让孩子吸吮乳汁，更让它感到满足的事吗？在日渐鼓胀变大的乳房中，流出温热乳白的乳汁，流进婴儿嘴里，它感到了无尽的回味，难以言表的甜蜜。世界仿佛又像以往那样变得无比美好，它的生命又仿佛充满了幸福和欢乐。每当婴儿强劲地吸吮它的乳房时，它的血脉就会成为生命之水，成为无尽的长河，河水在那强劲的激流中涌动。短尾狼获得了自己永恒的存在，它倾听这河流奔涌不休的声音，感受到生命的脉动。它感受到受尽磨难、虚弱无力的身体和干涩的心灵，重新充斥着力量和心灵的解放，充满了无限的美好和魅力。它那双干涩的眼睛，被这一生中从未见过的强烈光芒照映着，变得越来越明亮。它抬起头来，格外自豪地看了一眼怀里的那道蓝光，内心的渴望得到满足一般，慢慢闭上了眼睛。从婴儿身上涌出的蓝色光芒，使得洞穴里如同梦幻一般美丽无比。光之父在那道光的衬托下，出现在狼的面前，温柔地将因为享受温饱而显得异常满足的婴儿抱在怀中。此刻，他抱着的，不是一个刚刚降临人间的小小婴儿，是世界的、生命的光明希望！在他出生时，光之父作为一个慈祥的接生婆，用阿克提坎河清澈的水为他进行了洗礼。现在需要的是，为他取名，将老天赐予他的那个伟大的荣誉写在他额头的时刻。光之父将婴儿高举过头，仿佛用双手托起天边初升的太阳。

知识是人类的救星。我的孩子，因此，我给你取名为拜利克亚尔！光之父激动地宣示，随后他轻吻拜利克亚尔额头三次，在地上坚硬的石头上翻滚他的身体三次。

山林间的石窟中传来强烈的震动："拜利克亚尔……"

欢腾的大地上传来声音："拜利克亚尔……"

古老的灵魂为了这个名字，衷心地亲吻他的额头："拜利克亚尔！"

这些日子以来，因为尤丽吐孜的逝世，再娜甫汗在离别的痛苦中沉沦，生病卧床不起。从养羊到家里所有家务的重担落在了沙塔尔·阿木提身上。苏力坦·艾力还在古兰姆草原与尤丽吐孜湖之间徘徊，照顾着就像稳定的流水一般兴隆的生意。沙塔尔·阿木提整天跟在羊群后面，忙着放牧牛羊。这天下午……他将牛羊放牧在灌木丛深处，躲在一棵杨树下坐着，背靠着杨树睡觉。突然，沙塔尔·阿木提被一种奇怪的感觉惊醒。不知是在做梦，还是一种不好的预感，让他感到一种恐惧，仿佛大地在不停抖动，太阳仿佛挂在葡萄架上，像葫芦一样晃动着。从地下传来一声仿佛宣言般强烈的呼喊，这无法形容的声音让沙塔尔·阿木提心里一紧，身体颤抖起来。沙塔尔·阿木提吓得从地上跳了起来，呆呆地看着天空。蓝色的天空上，白色的云彩飘来飘去，太阳依旧静静高挂。周围的高山、草原还有河流都显得异常安静，但只有他的心脏在不安地跳动。不，这是不幸或者恶祸即将发生的前兆……就像上次发生的类似的可怕事情时，也同今天一样，让他心惊肉跳。那天，沙塔尔·阿木提遇到了牧羊人，是他将尤丽吐孜的尸体用车从河边拉回来。接下来又会发生什么祸事呢？又有什么黑暗要降临人间？无声的祈祷从沙塔尔·阿木提心中掠过，老天啊，不管我犯了多么大的罪孽，请你不要再报复我已经脆弱的身体。这时，他突然想到再娜甫汗，心中泛起种种不好的念头，他连忙抛下羊群，向家的方向跑去。在院子里的杆子上，拴着枣红马。沙塔尔·阿木提轻轻呼了口气，说道："原来是县长大哥来了。"但当他听到屋里再娜甫汗悲苦呼号的声音，顿时僵在了原地。

"衣冠禽兽！你将我们的生命挥霍殆尽，让我们被火烧得倾家荡产，现在你怎么还有脸来到我面前。怎么还敢踏足我家？你来得正好。看你今天怎么从我手中逃脱。今天，我要同你这个不要脸的畜生拼命！"

苏力坦·艾力惊慌地说道："哎，哎，再娜甫汗，你别这样，你疯了吗？快松开我的领子，快放手。等会儿沙塔尔·阿木提就回来了，别让他看到。"

"什么？你让我放了你？我今天要你的命！沙塔尔·阿木提来了更好。我要当着他的面，将事情都抖出来，把该说的都说了，就算死在他手里，我也心甘情愿。说啊，你这个禽兽，亲口告诉我，你对我做过些什么？"

"你真疯了，事情都过去了，你说这些干什么？"

"什么，你说过去就过去了！你以为我心中的伤口已经愈合了吗？你快说，你这个败类，我几岁去了你家？"

"我不记得了，反正你那时还很小。"

“那时，我还是个花苞呢，但是你……你……”再娜甫汗心如刀绞，一时间说不出话来。

“你糟蹋了我，你不怕遭到报应，你不肯听我求饶。你说，你这个地位高高在上的衣冠禽兽，不怕遭到报应，也不怕良心遭到谴责吗？我到现在还心疼沙塔尔·阿木提。因为我在你脚下，被你压碎了我的童贞，当我在你眼里失去利用价值的时候，你将我当作最珍贵的礼物送给了他，你还将这当作对亲戚的恩赐。你倒是告诉我。你这个狡猾的老狐狸！你什么时候真把可怜的沙塔尔当作自己亲戚了？不！这十六七年里，你不是把他当亲戚，而是将他当作狗、驴一样对待。将他当作奴隶般使唤，他是个笨蛋，是个大笨蛋……如果他真聪明，怎么会看不出你的奸猾狡诈？啊，我们女人是这个世界上最软弱的东西，我就是这些软弱者之一，如果女人会在男人的辱骂和殴打中死去，那我早在十五年前就死了。我为什么在沙塔尔的辱骂中一声不吭地坚持到现在，为什么在他的拳打脚踢中默默承受像个不会发声的动物，你知道为什么吗？因为我被一个缺德的黑心人践踏，沙塔尔早就知道我的身体被玷污，虽然因为害怕你的责难，他一直不敢跟我离婚，但也一直没有像对待自己老婆那样对待我，也一直没有觉得我是真心地爱他的，是他的老婆。所以他一直在我身上发泄着不能报复的心。我呢？我在他那人类难以忍受的暴行中，忍受着他恶毒的虐待，因为我无法抱怨，我没有脸面对他……”

沙塔尔·阿木提站在窗外，听着屋里传出的阵阵话语，心脏激烈地跳动着，呼吸急促仿佛即将喘不过气来，手脚发抖连站立都觉得困难，浑身冰凉战栗。再娜甫汗是否还在继续揪着苏力坦·艾力的衣领说些什么，他已经完全听不到了。过了一会儿，为了亲眼看到此刻屋里的情景，他像风一样悄无声息地从羊圈转过去，来到前厅的走廊外。从前厅外墙上，不知道何时破损的一个小洞，他瞄着眼向屋里看，他可以清清楚楚地看到再娜甫汗和苏力坦·艾力。苏力坦·艾力垂头丧气，毫无以往威严地坐在炕角上，再娜甫汗则站在他面前挥舞手臂愤怒地在说些什么，手中粗糙的镰刀闪闪发光。

“你知道谁是尤丽吐孜真正的父亲吗？”

“啊？这……这……”苏力坦·艾力惊慌地转移视线不敢看再娜甫汗的眼睛。

“是你！知道了吗？你是她的父亲！我怀着她两个月时，来到沙塔尔家，但是沙塔尔……可怜的沙塔尔，到现在还认为她是他的孩子，是他的亲生骨肉。”

听到这句话，苏力坦·艾力像被剑刺中了一般跳了起来，随后又灰心丧气地坐了下去，用虚弱无力的声音喃喃说道：

“再娜甫汗，请你原谅我，原谅我当时的冒失。”

“你这个畜生，不，你是个比动物还要无耻的败类！你为什么还要打尤丽吐孜的坏主意？你怎么敢再去糟蹋她？她是你的女儿啊！”

“不，不，你在说谎！”苏力坦·艾力吓得站了起来。脸白得像墙一样，双眼中透出死灰般的目光，牙齿像得了疟疾的病人一样咔咔作响，身体剧烈晃动起来。

“不，这不是真的，再娜甫汗，你这是对我的诽谤！”

“真正的诽谤者是你！是你诽谤凯沙尔，将他关进牢房。让一个无辜的孩子被冤枉，我还听说他面临着严重的指控。啊，老天啊……你是个多么黑心肠、恶毒的人啊。告诉我，你值得被原谅吗？你罪孽深重，但没有受到报应。但今天，我要让你知道，你的报应来了！”

再娜甫汗紧紧抓住镰刀把，眼中尽是愤怒和仇恨的光芒，脸色同样白得吓人。她紧握着镰刀向苏力坦·艾力走去，苏力坦·艾力惊慌地向后躲着。

“哎，哎……再娜甫汗，你冷静点，你想干什么？”

“为了我凋零的青春，为了我流了一辈子的眼泪，为了被你这禽兽糟蹋的女儿，为了她痛苦的死亡，现在我要向你复仇！”

“不，等等，再娜甫汗，等等！”

再娜甫汗将镰刀高举过头，对准苏力坦·艾力的身体疯狂地砍去。但苏力坦·艾力利索地侧过身子，锋利的镰刀从他身边落下，半个刀身砍进了炕板。再娜甫汗悲苦地叹息着倒在地上，苏力坦·艾力受惊过度，失魂落魄地跑出屋子时，不知被什么东西绊倒在地，他立刻站起来飞速朝外跑去。沙塔尔·阿木提像从深重的噩梦中醒来一般，伸出手掌扇着自己的脸。

“原来如此，啊，老天啊……这是一场恶作剧吗？”

他靠着墙大声痛号起来。

二十三

天山深处的僻静之地，人迹罕至之处，还没有被人为破坏的悬崖峭壁，还有峡谷幽静至今犹似天堂一般的美景，显得那么平静祥和。短尾狼将拜利克亚尔带到了人间最后一个净土游玩。每次，它将拜利克亚尔驮在背上走出山洞时，都会有绿油油的草坪铺展在拜利克亚尔面前。群山向着他们弯腰鞠躬，太阳温暖的阳光，照在他身上，为他戴上金冠。温柔的风从他脸颊上掠过，争相亲吻他的脸。天使们握住他的双手，他在大地母亲的怀抱中学习走路，在他面前，万物争相展现着自己的神奇。百灵鸟用最温柔的歌声与之相和。各色鲜艳的花朵跳着美妙的舞蹈与之呼应。在这种时刻，短尾狼仿佛对它们、对它们为拜利克亚尔所做的感到妒忌一般，对它们敞开爱的怀抱感到嫉妒，又像是担心它们会把拜利克亚尔从它怀中抢走一般，又将拜利克亚尔放在背上，向很远很远的地方，向河岸边，向森林里，向灌木丛中跑着，躲避着，像以往一样躲避呼啸而来的子弹般。拜利克亚尔用肥胖的手指紧紧抓住狼的鬃毛，将自己的身体紧紧贴在狼的背上，垂在他背后的棕色卷发在风中飘扬。自己则毫无畏惧地注视着狼奔跑的方向。他那闪闪发光的身躯，就像狼背上升起了太阳。无论狼走到哪里，他都为向自己敞开怀抱的世界感到欢欣鼓舞，脸上露出幸福的欢笑。

一天，短尾狼将拜利克亚尔带到河边玩耍。他躺在碧绿满是露珠的草坪上，草坪从河岸边一直延伸到厚厚的灌木丛中，身边有河流汹涌奔腾，如果没有灌木丛中石鸡的鸣叫，周围显得幽静安逸，没有一丝危险的迹象。他轻轻地拿着鞋子，两只手向前伸，在嫩绿的草坪上步履蹒跚地走着，小心翼翼走着以免摔倒。短尾狼像是他的宠物，有时在他的身边跑来跑去，有时伸展四肢躺在地上。拜利克亚尔跟着它，扑在它的怀中，像是找到好玩的游戏一样哈哈大笑。每次大笑都会露出珍珠般洁白整齐的牙齿。拜利克亚尔嘴里念叨着：

“妈妈……妈……妈……”

而短尾狼敏锐的感知随时都能听到他的话语，拜利克亚尔开口咿呀学语，叫着短尾狼——叫着他慈祥的母亲。短尾狼想起自己刚刚睁开眼睛的孩子，听到它们第一次用娇弱的声音呼唤它时，沉浸在那种自豪的心情之中。在它身上燃烧了很长时间的离别之火突然熄灭，它的心像是在无比舒畅的感觉中融化，让它忘记了世间的所有痛苦和悲伤，眼中闪烁着幸福的光芒。给予它安慰的，让它生命有了保障的，正是这个孤独的孩子，让它高兴得像成为一只鸟，成为河流中白色浪花一样汹涌澎湃。它从拜利克亚尔蹒跚学步中，从他的欢声笑语中，得到了一个启示，它从拜利克亚尔身上感受到甜蜜的意味，一声接一声地嚎叫起来，在孩子面前手舞足蹈起来。

沙塔尔·阿木提在灌木丛中放牧着最后一群从疮痂病中幸存下来的羊，突然看到眼前的情景，不由偷偷地在丛林间静静观察起来。

“老天啊，这是什么古怪，是什么奇迹？”他不知道自己应该是后退还是前进，他用上膛的枪瞄准短尾狼，在惊讶和恐惧中像块木头一样呆立不动，在心中自言自语道：

“狼身前的可是个人类的孩子，对，肯定是人的孩子……眼睛、眉毛、圆圆的脸庞、白白的皮肤，为什么看着那么像我的女儿，啊？是啊，简直就是一个模子刻出来的。尤丽吐孜摔倒爬起姗姗学步的时候，不就跟这个孩子一样吗。”

就在这时，拜利克亚尔踉踉跄跄走过来抱住正在翩翩起舞的母狼，母狼立刻知道了他的想法，伸展身体躺下来。玩着笑着肚子饿了的拜利克亚尔，赶忙扑向它的怀抱，开始滋滋有味地吸吮着它的乳房。他咕噜咕噜吞咽着乳汁，吞咽中那舒适甜美的感觉，使得沙塔尔·阿木提都能够清晰地感受到。

“天啊。”他惊讶得不敢相信自己的眼睛。

“真是不可思议啊，我们发誓要将其灭绝的一只凶猛的狼，没有吃掉眼前这个赤裸的小孩，还用自己的奶喂养他……那我们算什么，我又算什么，我现在跟血债累累的刽子手有什么区别？”他心里这么想着，双手剧烈颤抖起来，手中的枪一下掉在了地上。短尾狼正舒心地躺在地上，突然听到枪落地的声音，惊得抬起头来。它看到灌木丛中，在看着它的那个熟悉的、狰狞的面孔，立刻从地上跳了起来，用充满血丝的眼睛狠狠地盯着死敌沙塔尔·阿木提，嚎叫起来。顿时，一个可怕的念头在它脑海中燃烧，凶恶的敌人，我们正好相遇，这是我多久以来期待的时机啊？今天我要为死在你手中的孩子，还有我族群里那些死去的同伴，还有，我也要用你来教育我的孩子，如何对待敌人，如何向敌人报仇……短尾狼的血脉中，燃烧着愤怒的火焰在血管中沸腾，它眼中闪动着晶莹的蓝光，锋利的牙齿像匕首一样竖了起来。它想要将这个死敌撕成碎片，用尽全身力气向沙塔尔·阿木提扑去。沙塔尔·阿木提吓得大喊了一声，用双手掩住头脸仰面倒了下去。狼像一块岩石一般猛扑在他身上，但它突然停下撕咬猎物。身下对手的脸变得像腐尸一样惨白，泪流满面，嘴唇哆嗦着，身体颤抖着。短尾狼从来没有看到过，这个死敌可怜、脆弱而又惊恐的样子，短尾狼立刻感到恶心，从沙塔尔·阿木提身上跳下来。走开后，将拜利克亚尔背在背上，向厚厚的灌木丛中走去。

此后，沙塔尔·阿木提整整一个星期都卧病在床。身体像炭一样滚烫，头脸上不停地淌着汗，但他还是像躺在冰块上一样，冻得瑟瑟发抖，牙齿咯咯作响，只是对着再娜甫汗重复说着："我冷，快给我加床被子。"他只要稍微有些困意，迷迷糊糊睡着之际，就会发出梦呓"狼……狼……快救救我！"再娜甫汗变得日渐衰弱，心脏脆弱如斯，看到他的样子，更加害怕和惊恐："老天啊……无辜的生命现在也要向他复仇了吗？"

一天，沙塔尔·阿木提骑上马，将枪背在肩上，来到了尤丽吐孜湖。因为游客日渐减少，空闲下来的姑娘小伙儿们，在胡杨树下聚在一起，开始了他们的聚会。早晨点着的火炉，到现在已经快要熄灭。在烟熏火燎中，胡子都有些烧得枯黄的厨师，在床上伸展四肢呼呼大睡。沙塔尔·阿木提为了拴马，来到了胡杨树下。看到老板来了，姑娘们都拘谨地低下头，小伙子们睁开醉眼迷离的双眼，摇摇晃晃地站起身来。

"哎哟喂，沙经理。我说您怎么很久不见，您不在，现在连客人都不来了。"

"没客人，不是更好吗，看你们现在过得很舒服嘛。"

"像现在这种情况，我们虽然闲着，但也拿不到多少工资啊。"

"没拿到钱也不用担心，这湖边的所有东西都算是你们的。"

听到这里，小伙子们都哑口无言。一个黄发、红脸的小伙子探着沙塔尔·阿木提的口风，问道：

"您可别开玩笑。我们又不像你们，我们又不是老板。"

"你们不是老板，但你们是尤丽吐孜湖的主人……哎，我是想问，县长大哥来过吗？"

一旁一位正斜眼看着沙塔尔·阿木提的姑娘，好奇地笑了笑："你可别说什么县长大哥，您应该叫苏力坦县长。听您将那位大人物叫哥哥，真是不习惯。苏力坦县长前不久才到古兰姆草原，现在正在自己的帐篷里休息呢。"

沙塔尔·阿木提正准备将马拴在杨树枝上，听到她的话，突然停了下来，将手上的缰绳搁在马脖子上，让马在草丛中吃草，随后朝苏力坦·艾力的帐篷走去。

“您好，县长大哥，您一切安好？”他用跟往常一样爽朗的声音说着话，走进帐篷里。苏力坦·艾力被意料之外的声音惊呆了，赶忙抬起头来。此刻，他的脸色苍白，紧张的神情慢慢又有了些血色。他向沙塔尔·阿木提伸出粗短肥胖的手，说道：

“来，来，我的亲戚。哎哟，你可有一阵没有理我了。”

“哎呦，这不是忙得四脚朝天。”沙塔尔·阿木提坐在对面的空床上。

“办了女儿的丧事，四十天忌日后，还有很多亲戚朋友来家里祭拜，那以后，再娜甫汗又生了病，看来是心火太盛……为了让中医诊断，我还带她去了几次城里……回家又为羊群着急，要去草原放牧，又要去看兽医，全是烦心事……所以就没顾上您，没向您问安。”

苏力坦·艾力坐在床上，警惕地观察着沙塔尔·阿木提每一句话和每一个动作，慢慢放下心来，轻轻喘了口气。

“我早就想到，那个女人应该不会说的……是的，她说不出口，只要她说出口，连孩子他们一家都会被狠狠收拾的……”

“你羊圈里的羊都怎么样？”苏力坦·艾力又重新趴在床上。

“没有生病的，都在单独喂养。糟糕的是，不知道这病的扩散范围，我会按照情况补偿您的损失。”

苏力坦·艾力一下大方起来：“这话你别提了，牧场里又不是只有你的羊，这是个区域性的灾难。不能说什么你的损失或我的损失。”

“但我真的很为难。”

“不用为难，哪有一帆风顺的事，男人也要能承受损失。你那十朵花才开了一朵的女儿死了，我们不是也只能承受下来？马上就要入冬了。古兰姆草原和尤丽吐孜湖这边是没什么生意，但我们如果想做，还是有好生意的。”

“是什么生意？”

“木柴生意……在森林里像丧家之犬一样四处乱逛的凯沙尔那个孽种，如今已经不在了。尕依孜老汉也已经到了在床上等死的年纪。现在正是获得那些无主财富的好时机，只要我们装上十五二十辆车木柴……你算算其中的好处，你等着看，我们一定能将在尤丽吐孜湖和古兰姆草原的损失，一举赚回来！”

“检查站有森林管理人员，这个可怎么办？”

“只要有木柴就有市场。我们走去北疆的路，将木柴卖到筷子厂或者火柴厂去。”

沙塔尔·阿木提这才有了兴趣，说道：“倒是桩好生意。我什么时候做过拒绝您命令的事？”

如果说，沙塔尔·阿木提如以往一样热诚顺从的样子，让苏力坦·艾力放下悬着的心，再有他对木柴生意十分热忱的态度，让苏力坦·艾力像山顶天空下着尘土一样的沉重不安的心情，又仿佛不费吹灰之力得到一把把钞票一样，感到美梦得以实现。所以，他一时高兴起来，立刻请沙塔尔·阿木提来到餐厅。催促着黄胡须的厨师，让厨师赶紧干起活儿来，做了一碗过油肉拌面，两个人吃了起来。沙塔尔·阿木提走出餐厅，不顾秋天灰蒙蒙的天空，不顾天上那壮观无比的阴云。湖面平静，像镜子一样，湖面上微波荡漾，一波波的涟漪，拍打着岸边一块块岩石。他来到岸边，似乎在和湖水做着无声的交流，站在那里静静地看着。一会儿，餐厅那边传来苏力坦·艾力的咳嗽声和吐痰声。随后，苏力坦·艾力踏着石头小路来到沙塔尔·阿木提身边。

“沙塔尔，今天我们要不要去打猎，看到你，我的心情舒畅了不少。”

“好的。”沙塔尔·阿木提顺从地微笑着说道。

“说起打猎，猎物可就在我们面前。”

“什么，你说什么？在哪儿？”苏力坦·艾力左顾右盼道。

“您还记得吗？去年我们在这里猎了一只白天鹅。”

“是……是……倒是猎杀过，怎么会忘记，它的配偶还飞走了，那个混蛋。”

“另一只鸟还在湖面上飞着，您看……那不就在那棵松树的对面。”

苏力坦·艾力这下有了兴趣，开始向湖面张望，但面前除了暗黑色平静的湖水外，看不到任何东西。

“在哪儿，你在哪儿看到的，我怎么啥也没看到？”

“那不，就在松树对面，要不您拿望远镜看看。”

沙塔尔·阿木提从包里拿出望远镜递给苏力坦·艾力。苏力坦·艾力将望远镜举到眼前，不慌不忙地仔细观察起来，突然高兴得大喊起来：

“真的，是真的，我看到了。好啊……这家伙像绵羊一样大啊，让我们嘭的一声将它打下来！”

“那我去把快艇带过来。”

“快带来！哎，等等，把枪也带来！”

沙塔尔·阿木提跑到帐篷里取了枪出来，又跑到快艇处。快艇在岸边轻微地晃动着。沙塔尔·阿木提拉着船绳，从岸边的木桩上卸下来，跳上快艇打着火，快速地驾驶着快艇来到苏力坦·艾力身前。苏力坦·艾力很高兴，他高兴得脸泛红光，双眼圆睁，飞快地上了快艇，因为他沉重的身体，快艇向一侧倾斜，晃动起来。苏力坦·艾力不耐烦地说道：

“快开吧！”快艇在平静的水面像刀一样划向湖心，快艇两侧拍打着湖水，回荡着激流的声音。苏力坦·艾力依然盯着望远镜里显示的画面，像要立即捕杀兔子的鹰隼一般，身体微微向前倾，突兀地坐在快艇前端。快艇到了湖心，轰鸣的马达声突然停了下来。快艇的速度立刻降了下来。沙塔尔·阿木提拿起身边的猎枪和弹夹。稍看了几眼，随后就将枪和弹夹扔进湖里。

“什么东西掉了？”苏力坦·艾力吓得朝后看去，他听到了扑通一下什么东西落入水中。

“是枪，县长大哥。”沙塔尔·阿木提平静地回答。他僵硬的脸上流露出一种奇怪的、神秘的表情。

“哎哟，你这个笨蛋傻子！”苏力坦·艾力怒吼起来。

“要不是你扔下去，枪还能自己跳下去吗？”

“是的，是我扔下去的。因为，以后，我们再也用不上它了。来吧，县长大哥，从今以后，这个世界同样永远不需要我们了！”沙塔尔·阿木提这样说着，靠近苏力坦·艾力。看着他像铁一样坚强果敢的表情，苏力坦·艾力眼中闪动着面对死亡的恐惧。

“沙塔尔，你……你想干什么？”他一边说一边退到快艇边缘。

沙塔尔·阿木提揪住他的衣领，大吼道：“你这个卑鄙小人……禽兽！你还有什么资格活在这个世上，你还想摆脱弱者的哀号，摆脱老天的惩罚吗？还有我……我也是双手沾满无辜鲜血、双手染红的凶残屠夫。我也要受到自己应有的惩罚！知道吗！”他用颤抖的手戳着苏力坦·艾力的眼睛。

“就算将我们俩污秽的灵魂浸泡在这湖水里上千年，也不能救赎我们的罪恶。”

沙塔尔·阿木提拽着苏力坦·艾力向汽艇边缘走去。苏力坦·艾力用尽全身力气，挣扎着想要摆脱沙塔尔·阿木提的拉拽。一时间，快艇上充满了搏斗声和吼叫声。在两人的搏斗中，汽艇完全侧翻过去，湖水哗啦啦地灌注进来，随着搏斗的两个人，一起沉入湖水中……湖对岸，松树树影下，幽静的水面上，孤独的天鹅在缓缓地游来游去，它对刚才发生的事情一无所知。不知道前一瞬间就要被邪恶的子弹击中，被死亡的阴影笼罩，就在它即将面对死亡时，那死亡的威胁，却突然被淹没在几十丈的湖水深处。它只是沉浸在悲伤的情绪中，思绪万千，仿佛在期待着自己的伴侣，会像箭一样飞翔，飞到自己的身边。

湖岸边的人们在几个小时后，才想起了苏力坦·艾力和沙塔尔·阿木提。他们想着，老板怎么这么长时间还没有回来，纷纷来到岸边。湖上却不见他们俩，也不见快艇。岸边的人们顿时惊慌失措，人们顺着湖岸四处跑动寻找。最终，他们知道自己的老板遭遇不测，淹死在湖里。为了赶紧将这不幸的消息传出去，一些人赶忙朝沙塔尔·阿木提家里跑去，一些人到牧场，还有一些人奔向城里。没过几个小时，湖岸边就围满了远近而来的牧民、牧场负责人，后来城里的领导也来了，警察也来了。大家都站在一起，汽车轰鸣声不绝于耳，来到湖岸边后，大家都无言地看着湖心处，看着一片平静的湖水，不发一言。人们看的不再是尤丽吐孜湖那妩媚的美景，而是仿佛第一次看到尤丽吐孜湖的神秘和恐怖。

“还是没找到汽艇吗？就算是小船，你们也去找一条啊！”市政府秘书长看着周围的人说道。

一位从牧场来的人说道：“另一艘汽艇坏了，只有那艘快艇能用，就算有快艇，现在又有什么用？”

“市委和市政府下了严格的要求，一定要把苏力坦县长的尸体找到带回去。”

“米书记，那现在需要的不是汽艇，不是小船，需要的是潜水员。”

“那么谁下水？今天是对我们全体的一次考验，今天是我们践行舍己为人崇高精神的时刻！”

周围的人没有发出一丝声音。

秘书长继续说道：“我代表领导宣布，不管是谁能将县长的尸体捞出来，除了立功特别备案外，还会奖励一万元。”

大家还是一片安静，这时，一个黑壮胖脸的警察捅了捅夏木西丁，说道：

“你是苏力坦县长的儿子，怎么在一旁冷眼旁观？”他的脸上流露出恶毒的冷笑。

“你觉得我应该怎么做？”

“你也听到了秘书长说的话，你总要担负起子女的使命和责任吧？”

夏木西丁不动声色地说道：

“你说得真对。要跳进湖里，可是要赔上一条命的，但我活着不是为了死去的人，我更愿意为将死之人献身。”

时已黄昏，人们才陆续散去。尕依孜·帕里万骑着老马，艾山·卡克立克骑着灰驴，踏着石头小路走着。艾山·卡克立克声音颤抖，满是忧郁地开口说道：

“哎呀……这一年来，这片土地上简直是灾祸连连啊。一边是灾难，一边是死亡。”

尕依孜·帕里万大声咳嗽起来：“艾山，这是老天爷在发泄怒火，我倒不是说他们俩的坏话，但他们活着的时候，还有什么坏事没有做？他们做的事，凯沙尔可都记在本子上了，他还经常念给我听。老天爷可不是哦呜一口咬着就能跑掉的狗，惩罚早晚会来临。等到老天爷降下怒火的时候，可不会管坏人是否有钱，是否有地位。他会降下雷电要人命，降下大火要人命，降下大水要人命。”

“不知道凯沙尔还要被关多久？哎，应该放了他，放了那个孩子。”

尕依孜·帕里万夹杂着咳嗽愤怒地道：“怎么可能放了他？我听说，要判他刑……哎，这个苏力坦……这个混蛋……就算是罪过，我也要骂他。诽谤一个连粟粒那么小的罪都没有犯过的无辜孩子，让他背起那么重的黑锅。他这不是也死了吗！哎，可惜……真可惜啊！凯沙尔被冤枉了，我又能到哪里诉苦，去向谁哭诉？”

两位老人为了凯沙尔悲叹连连，眼眶里涌出泪水……

几个月后，牧场的山野间，开始飘起了雪，在寒冬即将来临的日子里，牧场的牧民们收到了沙迪尔·司马义的一封信。这封七八页字迹紧凑的长信里，提到了天山牧场里男人女人，老老少少……所有人的名字。在对他们致以深情的问候之后，在信的结尾，心酸地写到凯沙尔身受的冤枉委屈。信里说，凯沙尔在被关押后，与审问者进行了激烈的论争，为自己辩白，说那些诬陷是完全没有根据的。结果，在政法部门要重新审查这件案子的时候，没料到，发生了苏力坦·艾力和沙塔尔·阿木提的死亡事件。这样就无法证明关于尤丽吐孜死亡的原因和过程。因此，根据苏力坦·艾力提交的所谓证据，凯沙尔被判定为强奸罪和过失杀人罪。听到这个消息，女人们无声地哭了起来，男人们揪住自己的衣领吼叫着。但也有人说："不，尤丽吐孜的死亡就是因为凯沙尔。"

二十四

凯沙尔走在最前面，身后是一起被判刑的八个人，都被铐上手铐，他们排成一排，坐上了车窗上装有铁条的面包车。很显然，今天，他们会被送到某一个劳改所。自今日起，他们这些罪犯要服刑，用劳动为自己赎罪。汽车开出监狱走上大道，凯沙尔坐在车后座，靠着座位，透过铁窗的间隙，无声地看着窗外。窗外的城市，依然混杂着快乐与悲伤，幸与不幸，善与恶，纯洁与污秽，都沉浸在生命的喧嚣中。人们为了生活，承受着沉重的负担。为了求生，为了各自的图谋，四处奔波，就像无头的苍蝇一样拼命地四处乱撞，做着无尽而又无力的挣扎。此时此刻的凯沙尔，为了忘掉所有的事情而努力着，自己抚慰着自己的伤口，莫大的痛苦让他艰于呼吸，压抑不住的感觉在心中燃烧。这是多么大的诬陷啊？他怎么也没有想到，有朝一日，他像中邪一样，与周围这些盗贼、小偷、强盗、贪污犯等，像社会垃圾一样，被扔进垃圾堆里。他仿佛在向这座城市告别一样，仿佛再也不会加入到这充满热情的生命洪流之中。有时，他看着从商店里从容进出的人们，看着人来人往的街道，心里很是难过。那里，就是跟尤丽吐孜背靠背坐在一起长久谈心的绿草坪，还有跟尤丽吐孜手拉手走在一起的窄巷，两人一起漫步的河边……

现在所有一切，所有一切都一个个留在了他身后。汽车里，周围的人都在为自己今后的日子发愁。他们都在纷纷谈论着，推测自己将向何处去。

“会不会到塔里木劳改农场？”

“不，我听警察之间的谈话，好像是要去牌楼农场。”

“谁知道，说不定会把我们送去挖煤矿。”

“你别乌鸦嘴！”

“哎，朋友们，听说农场的劳动特别艰苦。”

“虽然艰苦，但最起码能吃饱肚子，笨蛋，那里还能看到太阳。”

“说得对啊，说到可以看到阳光，别把我们送到塔里木农场去了，哪怕送到牌楼农场都行啊，再说，只要不是送到煤矿去，那就算我们的好运了。”

“老天保佑，可千万不能去煤矿。去了那里，就算活着也跟死了一样！”

凯沙尔完全没有考虑过这些，没有想过会是去塔里木农场，还是去牌楼农场或者煤矿。在永远地失去自己的爱人后，离开曾经倾注满腔热情的森林、草原和山岭，现在将他送到任何地方，哪怕是送他去地狱，他也毫无所动。因为，他已经不再依靠理性和情感去考虑生活，憧憬向往幸福和快乐的那种精气神已经荡然无存，就像一具灵魂已经超脱肉体的干尸。如今的他，怎么能够再感受到身体的痛苦、悲伤心灵的真正滋味？

囚车开到城外，在向北转向山的方向时，提心吊胆、目不转睛看着山路的罪犯们，一下变得惊恐吵闹起来。

“老天啊，我们将生命托付于你，请你让我们得到解脱！”

凯沙尔从沉睡中醒来，睁开眼环顾四周。车旁是像野兔灰皮一般的沙质原野，光秃秃的丘陵，囚车向山上缓缓行驶，前面是黑黝黝的柏油路……自从凯沙尔来到天山牧场后，曾经无数次走过这条路。凯沙尔曾经听尕依孜·帕里万说过，在光之峰顶的另一边，有座煤矿，听说那里有劳改犯从事劳动。凯沙尔一下觉得心里亮堂堂的，连自己的痛苦都变得缓和起来。如果真的将他送到那座煤矿，那就等于他仍然活在自己的土地上，仍然在这片土地的怀抱中呼吸。他的生活不再被黑雾笼罩，他会用永不枯竭的力量和奋斗，充满激情地迎接挑战！

囚车摇摇晃晃地行驶在寸草不生的红色山峦间，在离尤丽吐孜湖还有六七公里的时候，突然转向左边，从覆盖着一层薄薄白雪的砾石间，开进了山谷。在崎岖的山路行驶了一段距离后，来到一片开阔地——从山谷向上的一片铺满干树枝的空地。周围是严冬当道，随着枯枝不停抖动，可以感觉到外面正是寒风呼啸。凯沙尔头顶上空层峦叠嶂的山峰，浮动着冬日的寒雾。他低下头，用袖子擦拭着窗户上的寒露，再次向远方望去。在阳光下泛着光芒的雪峰……凯沙尔一眼就认出来，正是那座最高的、代表光之父的山峰。凯沙尔心中顿时激动得心潮澎湃起来。啊，光之父啊，带领我孤独的灵魂走向永恒的生命境界的蓝光！我又见到你了！是啊，你又将我拉进你温暖的怀抱里，感谢你再次赐予我如此的美景。我向您表示衷心的谢意，对现在的我来讲，人生的烦恼悲伤和眼泪都将离我远去。在我最困难的时候，是你告诉我，我的身份和生命的追求和梦想，那座伟大的城市，让我从中得到人性的本质追求，第一次得到了教训。哎，光之父啊，是你让我有了在这伟大的土地上生活的权利，是你用那闪耀光辉的伟大精神，就像我慈祥的母亲一样，教授我在这个世界生存所需要的人类高尚的品格，纯洁的爱情和忠诚善良的品德。当我想到这些伟大崇高的品格的重要价值以及它所拥有的永恒追求，我为什么没有对你顶礼膜拜呢？我们还是见面了，伟大的山峰，森林和草原……现在我作为一个人类，透过铁窗，渴望着你，看不到我长长的头发胡须，看不到我煤灰般黑色的脸，我们的心灵之间依然默契，故土啊，请你相信我！

囚车缓缓颠簸前进，凯沙尔的低语声，在经过光之父峰时，就仿佛阿克提坎河那壮观呐喊声一样震耳欲聋。囚车来到了紧靠山腰的陡坡而建造的、有着高墙的监狱大门前。墙边，是一堆堆白雪覆盖的煤炭。寒风吹起了煤尘，不知从哪里，传来大型发动机时而轰鸣、时而微弱仿佛疲惫至极的声音。拉着带刺铁丝网的高墙上，有背着枪巡逻的战士。罪犯们的包裹和身体又一次经过检查，随后从监狱大门走了进去。这，就是为犯人制造的铁笼……还好的是，凯沙尔依然可以仰望天空。凯沙尔来到了指定的牢房，急忙向墙外的群山望去，已经看不到光之父峰……那天夜里，凯沙尔很长一段时间都没有睡着，只是躺在床上发呆。这时，他听到了一个声音——那是狼的嚎叫声。凯沙尔立刻从枕头上抬起头来："是短尾狼！你还活着吗，我的短尾狼！它一定是知道了我已经回到山里，所以在呼唤我到它的身边。"

寂静幽深的夜晚，让短尾狼回忆起那段安逸幸福的日子。飞扬的风，带来了阿克提坎河波涛汹涌湍急奔流的声音。被山雾遮挡着的月亮，闪闪发光的星星像狼群一样，让它想起狼群中的伙伴闪动的身影和它们的灵魂。它现在恢复了以往那样的情感，朝气蓬勃而又身形矫健……它已经完全相信自己是拜利克亚尔的母亲，从此，它的生命附着在沃土上，身体里又有了奔腾的力量。信心和征服者的那种无情的本性又回到了它的身体。如今它的嚎叫，不再是悲伤的呻吟，而是充满情意、无限热爱的火热歌声。以往经常挂着眼屎的眼睛，现在显得异常庄严敏锐。灰色的皮毛闪动着光泽，耷拉着的耳朵重新像剑一样竖了起来，尾部丰满的仪态，就像人类创作出的最美的图画。它内心的平静，把美丽的气质展现给了世人，伴着大地的气息翩翩起舞。

拜利克亚尔从光之父的怀抱中醒来，露出小米一般大小的牙齿，看着光之父慈祥的表情笑了起来，胖胖的小手伸向光之父白白的胡须……沉浸在母亲般幸福感受中的短尾狼，用身体摩擦着光之父的腿，不停亲吻着拜利克亚尔的脸，充满温情地看着他。

拜利克亚尔看着光之父的眼睛，无声地问了句：

“你是谁？”

“我吗，我是你的守护，是你的手臂。因为历史总是会为未来创造想象的翅膀，作为未来永不磨损的梯桥。”

拜利克亚尔又示意一直望向他的短尾狼，继续问道：

“我呢？”

“你是……人类……”光之父笑着激动地重复道：

“人类……是上天赋予土地最伟大的恩赐。”

“人类，人类又是什么？”

“人类就是……”光之父看着拜利克亚尔闪动着智慧光芒的眼睛，看着他天真的脸庞，充满沉醉意味地说道：

“人类是被魔鬼蛊惑的命运，是宇宙跳动的心脏，是宇宙的花冠。”

拜利克亚尔继续好奇地问道：“人类都做什么事情？”

“哦……”光之父陷入了思考，捋了捋胡须说道：

“孩子，你还小，可能还不明白其中的答案，你先别急，等你长大了就明白了。”

拜利克亚尔开始撒娇，吵闹着道：“哎……不……现在就告诉我，快告诉我……”

光之父用胡须拂过拜利克亚尔的脸颊和身体，说道：“好的，好的……我的小天使……那你认真听。”

“好的。”

“你想知道人类是做什么的，或者是人类应该做什么，这是个到目前为止，我们无数伟大的科学家在理性思维中，闪耀着神圣立场的题目。这是每个人出生世间开始，成为在他的思维中最想了解到的问题。这么多年，人类创作了无数的作品，这些在我们口中都被称为历史。历史是什么？从根本上来讲，是人类在找寻自我价值的结果。为了找寻自我，也需要知道自己的本质，知道自己是谁，知道自己的价值所在。这是人类不停探求，对土地、对物质和精神方面进行总结，只有这样，才会成为优秀的人，才会继续为了找寻真相而努力。”

拜利克亚尔仿佛沉浸在美好的想象中，在光之父的怀抱中安静地躺着。这种情况，只有在需求得到满足的孩子身上才会出现。“是的，孩子的智慧已经开始启蒙，他还那么小啊？不，所有优秀的人类都会有这样的反应。他们对人与宇宙间的思考，从小的时候就会散发出智慧之光，让所有人为之惊诧。那么，现在要给拜利克亚尔教授什么道理，教授哪些方面的知识呢？是应该抓紧时间了，现实和未来总是让过去显得简单。”光之父将拜利克亚尔抱下来，轻轻拍打着，放在狼的背上。他将拜利克亚尔胖胖的双腿分开，让他稳稳地坐在狼背上，让他用双手抓紧狼身上的灰色毛发，短尾狼立刻飞快地从山上向灌木丛中奔驰而去……

短尾狼驮着拜利克亚尔穿行在山野森林绿洲戈壁和沙漠，用去了三年的时间。

拜利克亚尔长成一头牛一样壮大的男人。他深眼高鼻，头发是棕色的，皮肤是白色的，胸毛迎风舞动……他跪在病倒的短尾狼前，温柔地抚摸短尾狼的头。

“母亲，你怎么了？眼里有泪，满心忧愁，你有什么烦恼吗？”

“孩子，没什么，什么事都没有。”

“不，母亲，你在说谎。你要知道，我可不愿意看到你现在这副模样。你已经受够了苦难，过了这么久，现在不要再想着那些苦难了！让我们脱离命运的控制，让命运在圣火中燃烧，你怎么还要将这苦难深藏在心中，承受着一切？不，我们的灵魂已经得到神圣的自由，你看看我们脚下的土地，它们是那么的美好！你看，那里……以往的荒原已经变得绿油油，多云的天空就像尤丽吐孜湖一样清澈，清新的空气是如此惬意……这里再也没有人与人的敌对，没有黑心肠的人，没有了瞄准你的上膛的枪，没有设在你经过的路上的陷阱……宇宙中，爱是一切的主宰！快站起来，我们一起微笑，快朝我笑一下，母亲！”

“好的，我会笑的，但愿你能称心如意，但愿我能享受微笑的自我。”

“你为什么这么说?”

“因为我的三个孩子，它们还留在我心的最深处，至今都没有遗忘。”

“你说的话，我没有听明白，你先别急，将来龙去脉告诉我。”

“这是很多年前的事了……我的三个孩子初长成，正向外面的世界迈出第一步……但就在那时，有很多人冲进了我的窝，用棍棒敲打它们，将它们装在麻袋里带走了。那时起，到很久之后，我都认为它们死在了人类手中，但最近我知道……它们没有死。漫游天下的风带来了一个消息，告诉我孩子们都还活着。(一共是两窝狼崽，第一窝是被带走了，第二窝是死了。)我的鼻子能从风中闻到它们的气息，能从风中感受到它们的悲伤和痛苦。你问我孩子们在哪儿?在笼子里我的孩子，在铁笼子里。你听听人类怎么说我的孩子，人类用最美丽的语言，将那里粉饰，称之为动物园。是啊，那里，对人类来讲是公园，但对自由的生命来讲，那里是地狱。我很奇怪，人们看到它们痛苦的样子，会感到无比的乐趣。听到它们的嚎叫，会高兴得哈哈大笑……你现在知道了吧，孩子，我的孩子们被紧紧地控制着，正在受着侮辱。”

“母亲，那我们为什么不去救它们呢?”拜利克亚尔浓密的黑眉毛拧在一起。

“啊，你觉得我有那个能力吗?笼子是用叫铁的东西制成的，是那么的坚硬，那个时候，灰鬃毛不小心被捕兽夹夹住后，还想用牙齿咬断铁夹，这个世界上最锋利的牙齿，也没能咬断铁夹，它的牙齿反倒像沙子一样崩坏。”

拜利克亚尔坚定地说道：

“我会打开铁笼的大门！你现在就带我去！”

短尾狼激动得泪流满面："以前，我从一位伟大的狼族前辈那里，听到过这样勇敢、公正的言语。今天，我又从你的口中听到。谢谢你的恩情，哎，人类，那么，请吧，请到我的背上来。"

短尾狼激动地仿佛忘记了病痛，让拜利克亚尔骑在背上，飞快地向山下跑去。

城市在雾蒙蒙的夜色中，仿佛被赶出酒吧后倒在灌木丛中的醉汉一般安静，显出东倒西歪的样子。短尾狼用异常敏锐的嗅觉很快就找到了动物园。动物园四周竖立着高墙，大门两旁的墙上，画着飞禽走兽的图画，一幅幅显得高大气派。拜利克亚尔伸手抓住大门上的铁锁，他手中闪动着蓝色的光芒，灼烧着铁锁，铁锁就像水银般熔化开来。代表末日的大门敞开，看到的是让他们感到撕心裂肺的可悲景象。在一排排的铁笼里，关着狮子、老虎、熊，它们都在笼子里沉睡。在高大穹窿状的大铁笼里，雄鹰将笨重的头缩在蓬松的翅膀下睡着觉。四周围着铁杆的围栏中，安心地躺着黄羊、鹿和北山羊，听到了从不远处靠近它们的异常动静，懒洋洋不情愿地抬起头来，仿佛在说是谁破坏了它们的美梦？只有一只笼子里关着的三只狼，在不停地嚎叫奔走，猛烈碰撞着铁杆，呼喊着发出祈求的声音。从它们蓬松凌乱的毛发中，从它们头颅眼睛上的伤口，可以看出它们从未屈服于束缚的野性，至今仍在用身心进行着拼死的搏斗。短尾狼快速地来到笼子前，在铁笼外表达着母亲的思念。它们为终于相见而感到喜出望外，互相亲吻着诉说着幸福和快乐。三只狼在母亲面前，仿佛回到了多年以前的童年时光，在母亲面前撒欢着，将前肢穿过铁笼，仿佛在祈求着道，把我们救出去！这时，响起了拜利克亚尔洪亮的声音，这动物园里的所有动物都能听到：

"哎，自然之子们！快从睡梦中醒来，站起身来，你们的故乡——山、森林和草原正在等着你们回去，真正的幸福和自由的生活正在等着你们！"

拜利克亚尔这么说着，就像拆掉旧篮子一样，开始拆卸所有的铁笼。坚固的铁杆，在他的手里如同面条般变得柔软无比，像面纱一样飘落。一瞬间，铁笼、铁杆等屏障被踩得粉碎，三只狼跑出牢笼，来到母狼身边，自由地欢呼跳跃起来，它们一起嚎叫着，舞蹈着。在破碎一地的铁条铁片间，狮子老虎熊等动物纷纷吼叫，但野骆驼依然如往常一样躺在那里，鹿、黄羊、北山羊们对夜晚发生的一切感到恐惧异常，战战兢兢，都缩在黑暗的一角瑟瑟发抖。

拜利克亚尔生气地踢了狮子一脚，说道："快起来，睁开眼睛，你原本是山中之王啊！"

狮子淡然地打了个哈欠，咕哝了一声："你做的一切都是白费力气。"

"起来，无边无际的土地，那里有皇冠等着你佩戴！"

"无边无际的土地？黄金皇冠？我很早之前就失去了这种幸福，那是人类为了自己的私利，从我身上夺走的。"

拜利克亚尔生气地来到了老鹰身前："抬起头来，天空之上的皇帝！看看你的周围，现在已经没有束缚你的铁笼，快，赶紧拍动你的翅膀，飞到属于你自己的天地去！"

老鹰摇了摇羽毛快要掉光的头，说道：

"谢谢你，我的恩人，我虽然还有飞翔的愿望，但我的翅膀已经没有力量。"

黎明将尽，周围慢慢变亮了。

"快起来，哎，所有沉睡的动物们！"拜利克亚尔愤怒地吼叫着，但四周没有任何动物的回应。它们既不感觉到悲伤，也不感到痛苦，它们身上，只有抑郁和安宁。只有拜利克亚尔身边的狼，在不耐烦地跳动，在催促他赶紧离开。这时，从房间走出来的一位工作人员，先是看到了跳动的狼，接着看到了变成沙子散落一地的铁笼，惊慌得大喊起来，转身敲打着隔壁的房门。随后，匆忙穿上衣服的人们走出房门，开始各自打着电话……没过多久，全副武装的人们从车上跳了下来，开始包围动物园，从枪口喷射出子弹。被枪声惊吓到的狼们，一会儿往这边，一会儿又往那边不停地跑动着。

拜利克亚尔最后一次愤怒地看了看四周的动物，大喊道：“你们勇敢的野性在哪儿？你们无畏艰难的精神在哪儿？你们的精神都死去了！你们现在沉睡，以后都会过着这悲惨的生活。”

拜利克亚尔身上散发着蓝光，强烈得足以把周围的一切烧成灰烬。围过来的人们纷纷捂住眼睛，痛苦地叫起来。拜利克亚尔、短尾狼和它的三个孩子，大张旗鼓地打开大门，快速地消失在路上……

……短尾狼带着三岁的拜利克亚尔，在山林间绿油油的草坪上嬉戏。过了几个像驼队一般一个紧挨着一个的冬天后，先是春天，紧跟着，时间来到了鲜花盛开的夏季。拜利克亚尔开始在短尾狼的带领下，在栖息的土地上，日益成长。

二十五

车窗上焊着铁栏的囚车驶过来，三个人来到监狱门口，上了车。踏过弯弯曲曲的石头路，就像走过童话里有来无回的路一般。几年前，凯沙尔就是从这辆汽车下来，拿着行李走进这个黑色大门后，就再也没有出来过。进入矿坑的竖井，就是在监狱大院里挖出来的。罪犯们分班从竖井进入矿坑，在八个小时紧张的劳动后，就会有人来接班，他们还会从这座竖井升上来，来到院子里。犯人们每天从地上到地下，又从地下到地上，这样每天循环往复，在一种秩序下度日。这里的罪犯，从小偷到抢劫犯，从强奸犯到毒贩，他们每次排队来到黑黝黝的井口时，都会诚心地祈祷，希望自己能够安然无恙地从透露出死寂、数千英尺的地底回来。不管是对这里的老人或者青年，大家的祈祷内容都是一样。对所有人来讲，生命都是甜美的，活着——求生的欲望是超出其他一切需求的。

早饭后，上早班的人们穿上工作服，拿起工具来到井口，等待着狱警发出开始工作的指令。他们中，一些人吸着烟，一些人聊着天。叫王连克的中等身材的罪犯，以往肥胖的身体现在已经有些消瘦，穿上衣服显得松松垮垮。他轻轻拍了下身边一位白皮肤蓝眼睛的矮胖犯人，用来到监狱后学到的维吾尔语，口齿不清地说道：

“哎，沙吾提，看你这一大早就不停地嘀嘀咕咕，你在说什么呢？”

沙吾提仿佛在责怪他打断了思路一般，瞪了他一眼。他身边的凯沙尔代替他回答道：

“他在祈祷，向老天爷祈祷平安。”

王连克好奇地说道：

“他偷了别人的货物，看着别人悲痛欲绝的时候，就从来没有想到会有今天吧，现在想起向老天爷祈祷，真是可笑，现在祈祷还有什么用？”

“老天爷会听到的，老王，这你懂吗？你利用手中的权力，贪污受贿那么多钱的时候，你不也是一样，从来没有想到中国还有法律吧？现在被抓进来后，反倒整天把法律挂在嘴上，为什么这样呢？不就因为，每个遇到困难的人，总是会从强大的精神力量中获得帮助。他是这样，你也是这样，每个人都一样。”

电铃声响起，告诉他们时间到了。随后，狱警从办公室里走出来，下命令道：

“列队！”犯人们立刻按照秩序排好队。

“报数！”

“1……2……3……4……”

“全体都有，下井！”

凯沙尔站在像箱子一样的电梯上，回想起同犯人们第一次下井时心里想过什么？但现在已经想不起来了。他现在已经对可能到来的、迫在眉睫的风险，不像以往那样关心。以往电梯向下坠的时候，他的心就会像悬浮于空中一般，很不适应。等到了矿底，眼睛都会暂时被突然的亮光，刺激得很久都睁不开。坑底的气息是浑浊的，使人联想到发霉食物的气味，现在，这些难闻的气味不知消失到哪里。他用敏锐的感知试探着四周，他现在已经习惯了一切，变得迟钝无比。现在下到煤矿待上八个小时之后，再回到监狱的院子里，变得仿佛都微不足道起来。

凯沙尔和王连克一起，拿着电钻对着面前金刚石一般闪闪发亮的实心煤矸石开始挖掘。头上戴着的安全帽上的探灯，将周围一切笼罩出苍白的轮廓。电钻在煤层中不停深入轰鸣，周边有煤渣不断像雪花般飞扬，混合着铁锨的敲击声，轮胎摩擦的吱吱作响声，还有不知是谁的大声说话声，在矿坑里浓重的潮湿空气中回荡……在休息了五分钟之后，凯沙尔坐到王连克身边，开玩笑问道：

“他们说你以前是地区的副专员？”

“哎，别提以前的事。”

“你那时分管什么？”

“主要分管工业。”

“如果你知道自己有一天会到这个地方挖矿，当时一定会对这个矿给予多多关照吧，王专员！”

“别开玩笑！”

“哎，王专员，聊聊呗，老王，怎么会有那么多人来探监？每天都有好多人坐车过来看你，他们都是什么人？是你的亲戚吗？”

“都是朋友。”

“你以前照顾过他们是吗？你就说句实话吧。”

王连克笑了，说道：

“也有这样的情况……”他笑着摇了摇头，继续说道：

“看来当时也没有做错，以前有很多家乡里来这儿打工的人，现在看看他们，一些是金融行业的老总，一些是公司的经理，一些成为了企业家，一些是厂长，最差的也有几十万的身家……”

凯沙尔仿佛知道了什么秘密，说道：“哦，这样啊。我说警察为什么在他们面前客客气气的，看来，那些来的人，都不是一般人啊。”

王连克开始说出自己的心里话：“都是利益，都是利益的力量！他们来看我，这里的人就会忙着想从他们身上得到些好处。这可是秘密……前几天，房地产公司的老板来，我就不说他的名字了。监狱的一个领导对我说，‘我们住的房子旧得都快要塌了，想着盖新房，但我们的经费不足，你对朋友说说，让他们帮帮忙。’我就给朋友打电话，让领导在旁听着，我说，你就给帮一下。按照惯例是不能给钱的，但没过多久，我的朋友就运来了水泥、钢筋、砖瓦和木柴，价值几十万的材料，无偿地捐献给了这里。”

凯沙尔笑着拍了拍他的肩膀：“哎，你是百足之虫死而不僵啊！你一个罪犯，凭你一句话，就解决了几十万的问题，那你当副专员时，贪污了多少钱啊？”

放进钻孔里的火药爆炸声，打断了王连克要说的话。接着爆发出同实心煤层坍塌不同的惊雷一般的声音。矿坑里的电灯熄灭了，还没等凯沙尔反应过来，就被气浪冲击，不知落在何处。周围传来狱友的惊呼，随后又传来一声巨响，黑黑的煤尘四处飘洒，就在这一眨眼的瞬间，黑沉沉的矿底，一切都颠倒起来……可以听到不知是谁的微弱的呻吟声。随后，四周陷入一片死寂。想尽办法逃出矿底的犯人大喊大叫起来，将矿底发生的事故告诉了狱警。狱警一时间脸色发白，眼睛瞪得极大，一会儿才反应过来，向监狱墙上警戒的警察喊道：

“出事了，快发信号！”

狱警急忙开枪，其他警察听到枪声，立刻向监狱里跑去，监狱长和持枪的武警排长，向逃出来的犯人询问起情况。知道了初步的情况后，知道矿坑发生了严重的塌方事件，矿井入口被封住了，除了推矿车的罪犯安全出来之外，矿井里负责爆破、钻井和运煤的犯人都被困在里面。现在这种时候，最有可能造成矿井里甲烷泄漏，如果再发生爆炸，矿井里的人，会被滚落的煤块、石块埋住，还有可能甲烷中毒。

班长带着一个班的人，戴着防毒面具，沿着铺轨坡道走向塌陷区。监狱长让几个犯人抬着担架跟在后面，通道里从上面滚下煤块和石块，将挖煤区的小通道堵住。技术人员迅速地将断了的电线连接起来，在强烈的灯光下，监狱长和犯人们开始清理着煤块，没过多久，就清理出一条通向挖煤区的腰粗细的洞。

第一个准备过通道的警察，闻到强烈的甲烷气味，立刻报告道："甲烷！"

排长命令道："戴防毒面具的士兵立刻进去！"

戴防毒面具的士兵一个接一个地开始进入，剩下的人在紧急地扩大通道口。过了一会儿，警察开始将陷入昏迷的沉重身体送到通道口……一个小时后，监狱长通过无线电，这样向指挥部报告道：

"报告首长，今天 13 时 40 分，在我们第三号矿坑，突然发生坍塌和甲烷泄漏事故。"

"发生伤亡情况了吗？"

"是的首长，有 9 名犯人在这起事故中中毒死亡。"

"这是极端不负责任的事件！"无线电中传来首长喊叫时沙哑的声音。

"9 个人员死亡，你们就在那里等着看吗？"

"报告首长，这种毒气，在三四分钟内致人死命，我们在最短的时间内开展了救援，挖开通道，但已经失去了最佳抢救时间。"

"尸体现在在哪儿？"

"在矿井运煤通道。"

"我现在就向上级报告这个情况。那之后，我会派人去你那儿调查，你们就地等待他们到来。"

"但现在是天气最热的时候，不可能让尸体长时间放置。"

"你们的医生都做了检查吗？"

“做过检查，已经写出死亡报告。”

“嗯……”指挥员不知想到了什么，过了一会儿才继续说道。

“那这样，现在授权你们今天埋藏尸体，但一定要注意保密，埋藏之前，给每个人拍照，等我派的人到来之前，要为每个人建立完整的档案资料。”

在通风的运煤道上，整齐地摆放着尸体，凯沙尔的尸体放在中间……就像是在干完繁重劳动后，躺在这通风的地方睡觉一般。不知为什么，从他的身体看不到对死亡的恐惧，看不到阴森的景象，脸上该白的地方还是白的，该红的地方还是红的……尸体一个挨一个被放进黑色的车上，狱警拿着镐头和铁锹，带着几名犯人坐上车。不知什么时候挖好的一排排墓穴，像妖魔张开大嘴，每个尸体被放进一个墓穴里，用石板盖在墓穴上。随后往上面撒上了细沙灰土……

寂静的夜晚，大山深处，传来短尾狼长长的嚎叫声，深更半夜的山风，将这嚎叫声带到很远的地方，在山间、在森林、在草原等地传来阵阵回响。短尾狼出现在光之父峰上，警觉地听着四周的声响。今天它显得很特别……耳朵尖尖竖起，蓝色的眼睛显得更有神采，狼嘴向左右嚼动，感觉着迎面吹来的山风。看来，它早就感觉到有事情发生，有种熟悉的气味不知从哪里飘到它的鼻尖……短尾狼风一般轻盈的身体动了起来，朝山下飞驰而去。它在山沟里跑了很久，从泉眼里流淌的浅水中跳了过去，越过巨大的岩石，警惕地观察了一下前方。山间寂静依然，眼前出现新挖的一座座坟，在夜光中显得黝黑。短尾狼来到坟上，快速地嗅着，开始找到一处地方急忙地刨了起来，沙土在它前腿不停的刨动下，向后飞扬，仿佛被用铁锹挖起来一般。过了很久，出现了碎石，出现了石板。短尾狼用锋利的爪子在石板上刨着，用狼爪伸进石板的缝隙中，使劲拉动。石板缝隙的沙土开始松动，短尾狼下一刻就听到坟下传来低沉微弱的呻吟。它激动得跳到坟上，又跳了下来，开始用尽全身力气撼动石板。没过多久，石缝中露出一个人的手指，开始用指头不停地挖着沙土，指甲已经扭伤，手指上的皮肤已经严重破损，露出红红的肉。短尾狼看着手指，高兴得咆哮了几声，它朝着天上的月亮祈祷赐予它幸运。月亮立刻降临到它的头顶，短尾狼灰色的毛发在月亮的银色光芒照射下，熠熠生辉。月光随之通过石缝照进坟墓，短尾狼将石板移开口，用牙齿咬住裹着身体的白布，将冰冷沉重的身体，一点一点地拉了出来。月光照在凯沙尔身上，将他盖着尘土的惨白面色照得明亮无比。凯沙尔的双眸僵硬得像熄灭了的灯，失去了光泽。牙齿轻微地抖动，呼吸显得极为衰弱，时有时无。短尾狼不敢相信自己的眼睛，惊讶地看着凯沙尔的神情，跳到凯沙尔的身上，温柔地嗅着凯沙尔的气味，用舌头舔着凯沙尔的头脸。短尾狼的舌头，像棉般光滑，像炭般火热。这温柔的抚慰，火热的气息，开始慢慢地渗入凯沙尔的身体。凯沙尔的生命，慢慢地、慢慢地归于他的身体。开始是他的手指，随后是他的身体开始动弹起来。短尾狼撕咬开白布，让他全身赤裸，然后蜷缩在凯沙尔的身边。

天亮了，应该要抓紧时间了，短尾狼咬住凯沙尔的手，拉拽着他，想尽办法要将凯沙尔放在它的背上。突然间，一道银盘大小的蓝光，落在短尾狼身前，劝它说道：

“咽下它！”短尾狼像喝水一样，将这团光咽了下去，顿时感受到前所未有的力量充斥在体内。很轻松地将凯沙尔背在背上。随后迈着轻快的步伐，从埋着尸体的坟墓快速地消失不见……

两天后，监狱长和班长带着调查组成员来到这片山地，但让他们意料不到的事发生了，坟墓被刨开，里面的尸体不见踪影，他们都惊呆了。调查组组长盯着他们问道：

“这是怎么回事，这座坟里的尸体呢？”周围的人面面相觑，默不作声。真是莫名其妙……坟怎么开了，尸体去哪儿了？

“这座坟里埋着哪个罪犯？”

“这是四号坟……啊……都记在本子上了，首长。”监狱长连忙翻看着记录本，继续说道：

"这四号坟里的，是叫凯沙尔。"

"他是因为什么罪关进来的？"

"是因为强奸罪。"

"我们要调查这个案件。"首长看着周围的人们说道。

"调查可能是谁挖走了尸体？是他的父母、妻子还是兄弟姐妹？"

监狱长解释道："根据档案，他还没有结婚，从入狱至今，他的父母亲友中，没有一个人来探视过他。此外，埋藏这些尸体时，我们很注意保密，参加的犯人也不可能将这件事传出去。"

"那按你说，我说的那些可能性实际上是不存在的吗？"

"首长，据我分析是这种情况。"

一同到来的技术员弯腰指着坟里，将周围的人们叫到身边来，说道："大家看，大家看这里……这个罪犯没有死，他是打开墓盖跑出的。"

监狱长吃惊地说道："你在说什么？"周围的人也被这句话惊得呆住了。

"你们看，这是手指印。"技术员指着坟内示意道，"坟里四周到处是手指印，这说明，罪犯是想办法推开石板逃跑的。"

首长和狱警们一起仔细观察起来。没错，坟墓四周的墙上，到处都歪七扭八的指印，正是人的手指抓痕。

监狱长怎么也不相信技术员的判断：

"这怎么可能？我们亲眼看到犯人死了。监狱医生也是一个个检查了犯人的尸体，肯定他们都已经死了。"

"是这样。"技术员自信地继续说道："这种情况下死亡的人，跟真正死亡的人看起来没什么区别，很难判断，表现出心脏停止跳动和呼吸停止。但甲烷中毒的人在特别情况下，会出现假死现象，我们遇到的可能就是这种特殊的情况。这种假死的特殊之处在于，他的心跳和呼吸都停止，但没出现脑死亡。在这样的情况下，遇到饱和的新鲜空气，接触正常的温度后，身体的生命活动可能逐渐恢复。

这样当时激发了死者身体的免疫功能，我认为这个死者符合这种情况。”

“奇怪的结论，但依据科学又是可以站住脚的新思路！”有人开始赞同技术员的话，有人还在犹豫，有人还在怀疑技术员的结论，但又找不到别的有力证据，来推翻他的话。武警排长一直默不作声，听着大家的谈论。在四处走动着，在离坟坑十米远的距离外，找到了一片挂在石块上的白布。他手里晃动着白布，很感兴趣地说了起来：

“大家看这个，看来，很明显，罪犯是赤身裸体跑掉的，但我们要想想一件事，如果他真是逃跑的，那这里一定会留下他的脚印。但是，我四处看了看，只看到狼的脚印，难道他长了翅膀飞走了？”

是啊，从坟墓到四周都是细细的沙土，只能看到狼经过后深深的脚印。在难以理解的神秘事件前，所有人，包括以自己独特的洞察力和判断力让其他人惊叹不已的技术员，也感到难以解释，他觉得自己的想象不合逻辑。他们绝不会想到，凯沙尔是被狼放在背上带走的。最终，所有人认为，凯沙尔是通过什么手段逃走的，现在已经不重要，如实向上级上报这一奇怪事件，立刻采取手段抓住犯人才是最紧要的。

短尾狼背着凯沙尔来到洞穴，天上繁星闪烁，月亮银色的光沿着地平线，延伸到广阔的天幕。拜利克亚尔在下面铺着柔软柏树叶的毯子上酣睡。短尾狼潜入洞内，在僻静的角落上，将凯沙尔慢慢放下来。只有短尾狼能够感觉到他那若有若无的呼吸，轻微跳动的心脏，让人仿佛能够感受到，婴儿在母亲子宫里第一次心跳。是啊，他现在摆脱了世间的所有危险和痛苦磨难，这个洞穴，对他来讲，就是母亲的子宫，就是解决世间的烦恼、永享太平的诺亚方舟。凯沙尔在生与死的交叉点上，仿佛在生与死激烈对峙的战场上，争夺着生命的制高点，这种争夺的后果，就是生存或者毁灭。凯沙尔来自于尘土，终将归于尘土，他的精神，被身体的重重障碍所束缚。他需要摆脱束缚，走向自由之永恒的光辉王国。那是真正意义上，美丽世界的自由，是最美的家园。凯沙尔赤裸着身体躺在短尾狼身边，短尾狼开始从头到脚慢慢地舔着他。它的这个动作，是在用它舌头上炽烈的温度，温暖凯沙尔冰冷的身体，将凯沙尔身上的毒，缓慢地吸收到它的身体里，让凯沙尔重新回到生命的王国。拜利克亚尔不知什么时候醒来，出现在洞穴里，好奇地看着眼前的陌生人。他走进了凯沙尔的精神世界，走进了凯沙尔痛苦的身体，用灵魂触摸凯沙尔的灵魂，问道：

“你是谁？”

“我是人。”

“你从哪里来？”

“从死亡的怀抱中来。”

“死亡是什么？”

“死亡是生命的另一种延续，是灵魂的永生。”

“你在死亡的怀抱中，感受到了什么？是痛苦，还是享受？”

“都能感受到，死亡之所以痛苦，就是让灵魂无所皈依，让灵魂从身体的每一处缝隙中渗出。死亡之所以美好，就在于摆脱肉体的束缚，获得永恒的自由，无论死亡是痛苦或是甜蜜，都是生命中最本源的存在。”

“你害怕吗？”

“害怕，就因为害怕，我仿佛吓得醒来了一般。”

“既然你尝到了死亡的味道，对于现实，你又有什么感悟？”

“我感受到了生命的珍贵，感受到了生活的无限美好。”

拜利克亚尔高兴地说道：“我从你口中，听到了我渴望听到的真理。快把我抱起来，我要亲吻你的额头。”

凯沙尔将拜利克亚尔抱起来，紧紧抱在怀中，在拜利克亚尔亲吻他的时候，凯沙尔从他的身体中感受到了极为熟悉的气息——尤丽吐孜独特的温暖气息，身体抖了一下。

“你是谁的孩子？”

“我是妈妈的孩子。”

“你妈妈是谁？”

“我妈妈在那儿。”拜利克亚尔伸出手，指着正在羡慕地看着他们的短尾狼。但是，从拜利克亚尔身上，凯沙尔闻到尤丽吐孜——那个他订下终身、深爱着的女孩的味道。凯沙尔慢慢地感觉着他身上如鲜花般的香味，觉得他就像从远处而来的蝴蝶。是啊，他现在拍动着轻盈的翅膀，带着那特别甜美让人沉醉的味道而来……

……这个旅程是空前痛苦的。凯沙尔慢慢恢复了神志，感受着身上强烈的痛苦，呻吟起来。从头到脚仿佛有千万根针在刺他一样，让他头晕目眩，恶心干呕。他无力地动了动身体，动了动手，想要摆脱这种痛苦。这时，有个火热柔软的手，在抚摸他的脸。他艰难地睁开眼睛，开始时仿佛看到云雾缭绕的天空，随后，那片雾慢慢散去，面前突然出现了如同童话一般的景象。凯沙尔躺在一个闪耀着蓝光的地上，上方垂下巨大的岩石，身边有一个头发垂落的三四岁男孩。男孩的眼睛像星星般明亮，正笑着盯着他看。凯沙尔最初看到的蓝光，正在他身上闪耀。他的右边，有只灰狼也正坐在那里盯着他看。它一看到凯沙尔睁开眼睛，高兴得站起身子手舞足蹈，抬起头冲着天空长长地嚎叫起来。这嚎叫，是战胜死亡的响亮呼号，是它自己还清对人类的负债而自豪的嚎叫……凯沙尔从嚎叫声中一下就认出了它。

凯沙尔伸出手轻声呼唤着它：

“短尾狼！你还好吗？我的老伙伴，我们怎么会再次重逢？”

凯沙尔心里想到，我在矿坑里时，突然发生坍塌，那以后……那以后，就什么都不知道了。后来又怎么到了这里呢？哎，这个孩子是谁？短尾狼又是怎么出现在我身边呢？

拜利克亚尔仿佛知道他在想什么似的，说道：

“是我的母亲将你从死亡中救回来的。”

“啊……”凯沙尔深深呼了口气。

转移到狼身上的毒，现在开始慢慢产生影响，薄嫩的舌头顿时肿胀，仿佛一块形状不规则的肉。从垂下舌头的末端滴下带血的毒水，短尾狼的脸部出现脓包，蓬乱松弛的毛发像灰尘一般开始飘落，身体也逐渐萎缩起来。凯沙尔心疼得走过去，想要抚摸它的身体。但短尾狼立刻吼了一声，仿佛在说我的病很重，不要靠近我，最后向后退去，来到洞口坐了下来……

最近几天，山里的气候明显变得热起来，短尾狼艰难地拖着自己虚弱的身体，走出洞窟，走到变得烫手的岩石上，躺在岩石上晒着太阳。

“我的母亲要死了！”拜利克亚尔看到短尾狼生病的样子，顿时感到阵阵恐惧，哭了起来。

“不，你的母亲不会死，你要相信我的话。”凯沙尔努力安抚着拜利克亚尔。

“你知道它为什么要去晒太阳吗？它清楚怎样从太阳纯洁无瑕的光辉中，获得长久的生命。”

随后，拜利克亚尔对着凯沙尔怒目而视道：

“这一切都是因为你，都是你带来的灾祸！要不是为了救你，它绝对不会成现在这样。”

凯沙尔尴尬和内疚地笑了笑道：

“你说得对，聪明的孩子。人类在面临死亡威胁的时候，老天总是会第一个派灰狼救他。”

“她是我的妈妈！是我妈妈！”拜利克亚尔脸上的怒气和仇恨消失，被骄傲的笑容所取代。

“你说得对，她是你母亲，你亲爱的母亲。所以你是世间最幸福、像你母亲一样勇敢的孩子。”

拜利克亚尔被凯沙尔发自内心的善良所融化，投入了他的怀抱：“你应该带我去玩耍，你能带我去玩吗？”

“我带你去，孩子，你想去哪儿？”

“随便什么地方都可以。”

“那我带你去宇宙中最美的地方散步，你要记住，那个世界，就叫自然，世界上没有比自然更伟大、更加智慧之地。”

凯沙尔牵着拜利克亚尔的手走下山，但没过多久，就被眼前看到的美丽景色惊呆了。山坡上茂密的绿草，山间盛开的各色鲜花，看到拜利克亚尔，纷纷向他俯首。百灵鸟、黑雀……成千上万的山鸟，用最美的歌声迎接他们，在他们头顶飞舞。凯沙尔带拜利克亚尔来到阿克提坎河边，河流立刻有了异常的波动，波涛欢快地轻吻着河岸，滚滚的白色浪花，像是伸向拜利克亚尔的无数双手，仿佛在呼唤拜利克亚尔来到它们纯洁松软的怀抱中。

拜利克亚尔请求道：“我们能在河里游泳吗？”

“好吧，你可以尽情地游玩。”

“不，你也要下去游泳！”

清澈见底的波涛，拥抱着凯沙尔和拜利克亚尔。真是伟大的自然啊！银色的波涛一会儿将他们拥在怀中，一会儿又将他们抛向空中。就像是慈祥的母亲在倾心地疼爱婴儿。他们爬上岸后，拜利克亚尔一时间发抖起来。哆哆嗦嗦说道：

“哎哎哎，我好冷。”

凯沙尔说道：“那好，我们穿上衣服吧。”

“穿什么呢？”

“用大自然华丽的装束，用草和花。”

凯沙尔带着拜利克亚尔向草原方向跑去。为了避免赤裸身体，他用花草做成裤子，用牛蒡宽大的叶子做了面具，让拜利克亚尔戴上气息芬芳的花冠。他们在绿草如茵的草坪上奔跑跳跃翻滚，快乐地大声欢笑。

凯沙尔说：“现在我带你去，我原本工作过的森林。”

他们渡过河，走进茂密的松树林，森林像往常一样沉默地欢迎着他们。看到这些松树，凯沙尔感到非常激动。这是多么熟悉的家园啊！看，他三年前种的树苗，现在明显长成了大树。但是从以往采伐的森林，从熄灭的火堆旧痕中，可以看到这里也已经没有了以往的秩序，很久没有人来看顾了。尕依孜·帕里万不知道是否还活着？不，看来他一定有了什么变故……要不，他不会这样放任不管的，怎么可能允许他人在森林里生火？拜利克亚尔在森林中尽情玩乐，可能累了，慢慢来到凯沙尔身边伸起懒腰。

“我的宝贝，睡一会儿吧。”

“不，我要听你讲童话故事。”

“童话故事？好的，好的，讲哪个童话故事好呢？”

“给我讲关于我妈妈、灰狼的故事。”

“好的。”凯沙尔想了想，开始讲起故事。

“我给你讲《巴图尔奥古斯汗》的故事……”

“不，我要听灰狼的故事。”

“你先别急，这个故事里就有关于你亲爱的妈妈灰狼特别感人的话语……”

凯沙尔不慌不忙地讲起故事，拜利克亚尔将头靠在凯沙尔肩膀上，蓝色的眼睛盯着他的嘴，听凯沙尔讲述感人的故事——奥古斯汗在战斗中遭到意外伤亡，被困在山里，灰狼指引他们通过山洞，将他们带到有着潺潺流水的草原上，为他们找寻到充满生命、宁静祥和的乐土……这时，凯沙尔的鼻子，突然闻到一股松树燃烧产生的气味，凯沙尔立刻抬头观望四周，在森林靠近山岭的方向，滚滚浓烟升向天空。他立刻站了起来：

“火！森林起火了！”

烟越来越浓，在山间盘旋，山鸟不安地鸣叫着，鹿、黄羊和兔子在四处逃窜。松鼠们惊恐地瞪着眼睛，从一个枝条跳到另一个枝条。还没等凯沙尔缓过神来，从远处像飓风一样呼啸而来的火吞噬着树林，向他猛扑而来。凯沙尔连忙抱起拜利克亚尔，惊慌地跑起来，但无论往哪里跑，熊熊燃烧的火焰都像巨龙一样张大嘴向他而来。此时，凯沙尔已经知道，自己陷入烈火的海洋中，为了摆脱困境，他在燃烧的松树之间四处寻找生路。一眨眼间，短尾狼突然出现在他面前，它用嘴指了指背，示意他骑在身上。凯沙尔立刻将拜利克亚尔放在它的背上，短尾狼钻进了火焰之中，消失不见。凯沙尔不顾粘上火苗的头发和身体，跟在短尾狼身后跑起来。不知道他跑了多久，终于来到山与河之间的那条老路，来到了森林的边缘。短尾狼像蛇一样蜿蜒向山上爬去，拜利克亚尔紧紧地将身体贴在短尾狼的背上，短尾狼是朝着洞穴的方向跑去。凯沙尔爬到半山腰的岩石上，向下望去。从前那绿色茂盛的森林，现在变成了熊熊的火海。强烈的风吹着火焰，从树林向两边伸展，烧到茂密的灌木丛。凯沙尔看着惊涛骇浪般的景象，感到无比的心酸，不知所措地放声大哭起来。

“我的森林！还有那些生命，都要毁于一旦吗？啊……老天啊！现在是世界末日吗？”

这时，泪眼蒙眬的他，看到老路上，有两辆卡车缓缓颠簸而来。满载着木头的汽车，使得卡车发动机发出不堪重负的轰鸣声，卡车缓慢而行，发出时重时弱的沙哑轰鸣。凯沙尔立刻集中精神，身上的愤怒和痛苦像风一样腾起，仿佛要逼着他冲向那两辆卡车。他躲在山腰上的大块岩石后面，看着过来的汽车，等着汽车来到他这里，刚经过时，他立刻推下一块块岩石，自己站在山腰的大岩石上，大喊道：

“哈哈哈……这就是你们要的钱……祝你们好运！这些你们可以满足了吧，满足了吧！”随着从山上滚落的石头互相触碰增多了几倍，一个连着一个在猛烈的撞击中滚下来。凯沙尔愤怒的吼声混杂在这山间巨大轰鸣声中。

还没等汽车上的人反应过来，从山上滚下的巨石流，已经击打在汽车的前后。惊吓过度的司机，忙着左右掌控方向盘，试图躲避巨石的威胁，但随之还是发生了他们意想不到的事。为了躲开阻挡在公路上的石头，车辆开始向河边倾斜，后来一个接一个失去平衡，相继倒在河里。粗大的木头，将汽车车厢压得像铁皮玩具一样瘪，随后又滚进了河里。凯沙尔听着有人在河里痛苦地喊叫，有人在呻吟着从山上跑了下来。好几个人满脸是血，在大呼救命，从压扁的车厢中往外爬，有人在河中载浮载沉，随着木柴顺流而下。凯沙尔跑来，跳进河里，抓住那个人的手，将他拉上岸，他躺在岸边的卵石上不停哀叹。凯沙尔从他苍白的脸色，仿佛似曾相识，是的，凯沙尔认识他……就是那时偷伐林木，装载在一辆车上走时，被凯沙尔抓住的人，就是他鼓动伙伴将凯沙尔狠狠打了个半死，还把他丢在林中的，就是那个戴白色礼帽的老板……

老板恶狠狠地咒骂着那些人："这下好了，我说了，别走这条路，你们都不同意。现在两辆车都毁了，哎哟，我为了伐木买的车、花的钱啊！这些都打水漂了！"

"兄弟，车毁了，钱打水漂了，这些都不要紧，但现在你的处境很糟糕啊。"

老板听到陌生的声音，吓得睁开了眼睛，面前是一位满脸胡须、头发披在肩膀上、怪模怪样的陌生人，正睁大眼睛用犀利的目光狠狠地瞪着自己。

"你……你是谁？"老板被他的样子吓得想要站起来。但他的手脚都无法动弹，手和腿早就被木头碾断。

凯沙尔回道："我是森林防护员。"

"森林防护员？我怎么从来没有见过你？"老板艰难地抬起头，靠在岸边的石头问道。

"我们见过，我们见过两面，你没有印象了吗？"

"啊！原来是你！"老板想起了凯沙尔，吓得双眼失神，虽然害怕，但他依然不愿意屈服。

"原来是你将石头推下来，砸坏了我的车，砸断了我的手脚，你就是罪魁祸首！"

“是的，是我……我在城里，记得那时我说了什么吗？我说过，一定会好好款待你。快说，是谁在森林里放火？”

“滚开，我怎么知道？”

老板的话语未落，凯沙尔就走来揪住他的衣领。

“你这个畜生，混蛋！到底是谁放的火？”

“我不是告诉你了吗，我怎么知道？”

凯沙尔拽起老板，将他的头按进河水里。

“你不说是吧？”

“你想干什么？”

“是我救了你的命，如果你不说实话，我就亲手淹死你。”

“停手，好吧，你赢了。快放开我，别伤害我。”

“是你放的火……你是罪魁祸首！就因为你的罪孽，森林现在还在燃烧，动物们在燃烧，在死亡！”

“我也不知道会这样……我们原本想烤肉吃。”老板微弱地呻吟着，抽抽搭搭地哭了起来。

“现在，你知道，为了自己的行为，会受到怎样的惩罚吗？”

“死……死亡。你杀了我吧，别再折磨我，杀了我吧！”

“不，不。”凯沙尔愤怒地宣布：

“死亡都不能赎罪，对你来讲死亡都是轻的。我要让你也感受到，那些在森林里燃烧挣扎的生命的苦难，你也要在痛苦中受到惩罚！”

“我……我已经受到惩罚。我的手脚都已经断了。”

凯沙尔盯着老板面若死灰的脸：“现在你只有拄着拐杖。你知道你会用什么做拐杖吗？是你残害的树，你今后的生命中，将用那些树的两根树枝当作拐杖。”

凯沙尔说完，转身向着正在熊熊燃烧的森林中跑去。

二十六

大火席卷了整座山，森林猛烈地燃烧着。松树在火中噼里啪啦燃烧，让人想起子弹出膛、大炮轰鸣的声音。天空中的浓雾像飓风飞舞，天地间充满了让人心碎的怨气，大地在火炭般的温度中显得扭曲、呻吟。滚滚黑烟让人窒息，太阳也仿佛在死亡中挣扎，发出阵阵哀鸣。

越来越多的人，从四面八方拥向大火。乘坐直升机在森林上空盘旋的人们，用手机不停地向下方的人们报告着火势。对人们进行紧急指示，说着从哪个方向开始灭火，采取什么样的方式。但是，他们为了灭火的种种努力都白费了。巨大的火焰冲上天空，人们则像是被火焰摧毁家园的蚂蚁一样渺小。柱柱浓烟开始吞噬天空和太阳，天色开始变得暗淡，让人们突然感到恐惧和担忧，开始四散跑开，人们惊慌地纷纷议论：

“大家看啊，太阳也在燃烧！”

“不，你们没看到吗？太阳的火快灭了，太阳要死了！”

“是到世界末日了吗？”

“啊，要毁灭了，万物都要毁灭了！”

“老天啊，将我们从火灾中救出来吧，快把诺亚方舟派来吧！”

凯沙尔、拜利克亚尔和短尾狼，在山顶上将这毁灭性的景象，看得一清二楚。短尾狼痛苦地低声咆哮，眼中流出了泪来，用头蹭着凯沙尔和拜利克亚尔，仿佛在说，我已经失去了一切，你们不要抛弃我。凯沙尔看到短尾狼痛苦的呻吟和悲伤的眼泪，心被深深地刺痛。他就像曾经抱过尤丽吐孜一样，深情地拥抱着它，拜利克亚尔则亲吻着短尾狼流泪的眼睛。

凯沙尔强忍住泪，对着短尾狼的耳朵低语。

“不，你要相信我们，相信人类。我与你经历了那么多深重的灾祸，到现在还在面对灾难，这是为什么呢？因为，在老天眼中，我们的精神是一致的。你知道那个叫尤丽吐孜的姑娘吗？你知道，你一定知道。我这一生中第一个亲吻的姑娘，我曾渴望能与她度过一生……但天不从人愿，她死在世界上最恶毒的人手里。她是那么仁慈、孝顺，忠于我们的爱情，甚至不惜自己的生命。后来，她离世了，我在监狱知道她死去的消息后，曾一次次地用头撞监狱的墙，我对自己大喊，我也要死，我为什么不死？后来，我快死在矿坑里，我都已经被埋在地下。但那时，你将我从坟里挖了出来，让我得到重生。后来，我知道，我是在你的怀抱中，被你温暖的身体抚慰，得到重生，重新拥有了人类的生命。我记得，你为了救我，吸收了我身体中腐朽的血液，却差一点失去自己的生命……那时，我真正理解了你对我的感情。我知道，尤丽吐孜的灵魂，就是你的灵魂。她死的时候，将自己对我的爱，灵魂中那满溢的爱，附着在你的灵魂上。你是我爱着的短尾狼……也是我们同样深爱着的尤丽吐孜！”

短尾狼指着拜利克亚尔示意道：

“你，你知道是谁生的他吗？”

“不知道，几年来，我都不敢从你那儿探究这个秘密。”

“现在，你要知道，你们两个都要知道，拜利克亚尔正是那个你深爱的女孩生的。”

“啊？”拜利克亚尔吃惊得喊出声来。

凯沙尔睁大眼睛问道：“什么？这是怎么回事？你说的不是真的，你在开玩笑吗？”

短尾狼道：“我以神圣蓝光的名义发誓。”

凯沙尔想一探究竟，继续问道：

“那么，拜利克亚尔的父亲是谁？他是谁的后代？”

“是光，是神圣的光。”

“请吧，请告诉我真实情况。这个孩子怎么会被你养育？”

“那么请你们认真听吧。”短尾狼将尤丽吐孜在山坡的草坪上，是怎么忍受分娩的痛苦，又是怎么生下了拜利克亚尔，它又是怎么与尤丽吐孜争夺孩子，怎么抢到孩子跑掉。它还说起那时灌木丛中出现了一张凶相毕露的面孔，他又是怎么向尤丽吐孜开枪……它痛苦地说起，当时没有看到后来发生的一切。

“我知道，你说的那个罪犯是苏力坦·艾力。”凯沙尔大声喊道，紧紧抱住短尾狼的脖子，痛哭起来。

“尤丽吐孜，你怎么就这样离开这个世界啊，你是怎么被歹徒的子弹射中，又承受了怎么样的痛苦啊！”

凯沙尔、拜利克亚尔和短尾狼立刻哭成一团。

大地披上了黑色的衣装，显得越发黑暗，直升机盘旋着，已经消失不见。人们陷入死亡的恐惧中，开始呻吟哭泣。

“你们知道吗？我们是怎么遭遇这个灾祸的？”凯沙尔站起来，向山下用尽力气喊道。

“因为，我们玷污了伟大的土地，向太阳泼洒仇恨，现在老天要惩罚我们。”

拜利克亚尔跟着他，用清脆而又稚嫩的声音喊道：

“热爱土地，就是热爱命运啊！”

凯沙尔立刻想起，拜利克亚尔说的这句话，是他曾在几年前，与光之父在古老城市中，用金子刻在墙上的句子。他问拜利克亚尔道：

“你是从哪里找到的真理宝藏？”

“这是来自光之父的智慧，光之父对我的第一次教育，就是从这句话开始的。”

“我亲爱的儿子！”凯沙尔激动得将拜利克亚尔高高举起。

“你要用光之父传授的真理之光，拯救山下这些遇到灾难而瑟瑟发抖的人们！”

拜利克亚尔用他那清脆响亮的声音说道：“我长大后，一定会将那美丽的世界找回来，我要把绿色重新带回生命的怀抱！”他的声音中充满了神圣，回荡着自信和坚定。

烟雾越来越浓，大地陷入深深的黑暗之中。最终，拜利克亚尔身上的蓝光，像火把将山林间照亮，山下在黑暗中惊慌失措、找不到出路的人们，意外地看到了这道光，一下心中充满了希望和信心，开始全力向山上爬去。

“看，是光……是光！”

“不，那是从山上升起的太阳！”

凯沙尔举着拜利克亚尔疾驰，短尾狼在凯沙尔身前带路。人们不顾一切地跟在他们后面跑着。这时，从光之父峰顶，传来只有他们的心灵才能够感受到的、光神圣绝妙的声音：

“没有人会点着灯火，再将它隐藏起来，反而会为了让进屋的人看到亮光，把灯挂在墙上。你们的眼睛就是身躯的灯，如果你们心怀善意，会像有着健康眼睛的人一样，整个身体散发光芒。如果你们心怀恶意，会像有眼疾的人一样，整个身体都陷入黑暗。如果你们的身体里都有光，没有一丝黑暗，明亮的灯光就会伴你们左右。”

但人们已经丧失了心灵之光，他们再也无法听到这个声音。他们追赶着山顶上的光，当他们看到光，原来是一个小孩散发出的，是一个男人在高举着小孩，看到是一只灰狼在前面带路，一下都动起了坏念头。一个牧民大喊道：

“你们看到了吗？那是一只狼！我们去杀了它，杀了它的人奖励一只羊！”

其中一个人拍了下脑袋，说道：“这是怎么回事？我们看到的光，原来是从那个赤裸身子的小孩身上发出来的。我们去抓住他！他一定是妖怪。”

监狱长挥动手中的手电筒，喊道：“看，那不就是逃跑的罪犯凯沙尔吗？抓住他！快抓住他。”

在古老的皇宫里，光之父站在和田地毯上，拜利克亚尔恭敬地跪坐在他身前。

“温习你学到的知识。”

“爱是天地，爱是命运。”

“人类的出路在何方？”

“知识和智慧。我们的前辈玉苏甫哈斯哈吉甫曾这样说过。”

谁掌握智慧，谁就是伟大的。

谁有知识，谁就是伟大的。

聪明的白鹭，智慧的人。

有学问的人，聪明的人。

光之父弯腰亲吻拜利克亚尔的额头：“好啊，我的孩子！你吸吮了短尾狼的乳汁，已经成为像狼一样勇敢无畏的人。我已经将智慧宝库里的知识，都播撒在你纯洁灵魂的深处。我要感谢上苍，你已经为人类找到了光明的前景，我也终于完成了夙愿。”

光之父抬起头来，挺直了腰杆，显得精神抖擞。拜利克亚尔担心他会走开，用担忧的眼神盯着他。

“光之父，你别丢下我！”

“我为什么会丢下你呢？我永远与你同在。但现在，我要融入你的内心。”

“不，为什么？”

光之父这样说道：“你是从痛苦的灵魂中诞生。你知道了自己是谁，明白了自己生存的价值。因此，我的灵魂将融入你的灵魂之中。如果不这样，我的存在还有什么意义？”

随后，光之父像拜利克亚尔呼吸着的空气一样，渗入他的身体。现在，他隐藏在拜利克亚尔身体最深的一个角落里。在灵魂最深处问拜利克亚尔：

“世界上，最让人们感到诱惑的是什么？”

“愚昧和无知。”拜利克亚尔的灵魂回应道。

“孩子，你要时刻提防，通过自己的努力抵御魔鬼的诱惑，这是人类之所以为人类的基本。”

人们从四面八方将凯沙尔、拜利克亚尔和短尾狼围了起来，逐渐逼近山顶。他们仿佛丧失理智一般，向他们三个挥舞着手臂，狂乱地吼叫。他们为了抓住这三个逃犯而努力着。但短尾狼毫不惊慌地带领着凯沙尔和拜利克亚尔走在峰顶。它听着山下人们的喊声："快抓住他们，别让他们跑了。"人们在山下像黑蚁般小，在向他们爬去。没过多久，他们也爬上了光之父峰，但都惊讶得目瞪口呆。光将峰顶照得雪白一片，但峰顶除了岩石，看不到任何一个人或狼。人们人心惶惶，在岩石间，甚至是岩石的缝隙中疯狂寻找。他们就像是在大海捞针，等到没有找寻到任何东西后，又开始跌跌撞撞地在黑暗中，向山下走去。

河边有篝火在燃烧。在昔日郁郁葱葱的森林深处，现在已经覆盖了一片焦黑的土壤。几天中忙着灭火时，又在追赶逃犯，人们最终白费苦心，显得灰心丧气。人们筋疲力尽地躺在河边篝火旁，在河畔，在山坡上……人们在躺着，正感觉到睡意袭来时，突然听到短尾狼那让人恐惧的嚎叫声。

"嗷呜……嗷呜……"这声音回响在光之父峰顶，仿佛永恒的存在。这回声在山林间回荡，越来越响亮，让夜幕为之战栗，震撼着大地。

图书在版编目（CIP）数据

草原故事 / 伊力亚·阿巴索夫译. -- 北京：作家出版社，2022.4

中国少数民族文学发展工程·民译汉专项

ISBN 978-7-5212-1698-1

Ⅰ. ①草… Ⅱ. ①伊… Ⅲ. ①长篇小说-中国-当代 Ⅳ. ①I247.5

中国版本图书馆 CIP 数据核字（2021）第 265860 号

草原故事

作　　者： 托乎提·阿尤甫
译　　者： 伊力亚·阿巴索夫
责任编辑： 史佳丽　李亚梓
装帧设计： 薛　怡
出版发行： 作家出版社有限公司
社　　址： 北京农展馆南里 10 号　　**邮　　编：** 100125
电话传真： 86-10-65067186（发行中心及邮购部）
86-10-65004079（总编室）
E-mail: zuojia@zuojia. net. cn
http: //www. zuojiachubanshe.com
印　　刷： 唐山玺诚印务有限公司
成品尺寸： 170×240
字　　数： 310 千
印　　张： 24
版　　次： 2022 年 4 月第 1 版
印　　次： 2022 年 4 月第 1 次印刷
ISBN 978-7-5212-1698-1
定　　价： 48.00 元
